BESTSELLER

Clive Cussler posee una naturaleza tan aventurera como la de sus personajes literarios. Ha batido todos los récords en la búsqueda de minas legendarias y dirigiendo expediciones en pos de recuperar restos de barcos naufragados, de los cuales ha descubierto más de sesenta de inestimable valor histórico. Asimismo, Cussler es un consumado coleccionista de coches antiguos, y su colección es una de las más selectas del mundo. Sus novelas han revitalizado el género de aventuras y cautivan a millones de lectores. Entre ellas deben destacarse *Dragón*, *El tesoro de Alejandría*, *Cyclops*, *Amenaza bajo el mar*, *El triángulo del Pacífico*, *Iceberg*, *Rescaten el Titanic*, *Sáhara*, *El secreto de la Atlántida* y *La cueva de los vikingos*. Clive Cussler divide su tiempo entre Denver (Colorado) y Paradise Valley (Arizona).

Paul Krempecos, coautor de las novelas de la serie NUMA —*Serpiente*, *Oro azul*, *Hielo ardiente* y *Muerte blanca*—, autor de seis *thrillers* de detectives submarinistas y ganador de un Premio Shamus, es un experto y reconocido submarinista con una excelente formación como reportero, columnista y editor.

Biblioteca

CLIVE CUSSLER
Y PAUL KEMPRECOS

Muerte blanca

Traducción de
Alberto Coscarelli

LⅡ **DeBOLSILLO**

Título original: *White Death*
Diseño de la portada: Departamento de diseño de Random
  House Mondadori
Fotografía de la portada: © Stephen Frink/The Image Bank

Primera edición en U.S.A.: junio, 2005

Printed in Spain – Impreso en España

ISBN: 0-30734-326-X

Distributed by Random House, Inc.

Prólogo I

Al oeste de las islas británicas, 1515

Diego Aguírrez se despertó de un sueño intranquilo con la sensación de que una rata le había pasado por el rostro. Su ancha frente estaba bañada en sudor frío, los latidos del corazón eran como martillazos en el pecho, y un miedo impreciso le corroía ferozmente las entrañas. Escuchó los sordos ronquidos de los tripulantes y el suave chapoteo del agua contra el casco de madera. No parecía haber motivo alguno para la alarma. Sin embargo no conseguía sacudirse la desagradable sensación de que una amenaza invisible acechaba en las sombras.

Se levantó del coy y después de echarse una gruesa manta de lana sobre los anchos hombros, subió la escalerilla para salir a la cubierta, envuelta por la niebla. A la débil luz de la luna, la sólida carabela brillaba como si estuviese hecha de telarañas. Aguírrez se acercó a una silueta acurrucada junto al resplandor amarillento de un candil de aceite.

—Buenas noches, capitán —saludó el marinero al ver que se acercaba.

Aguírrez se sintió complacido al ver que el tripulante de guardia estaba despierto y alerta.

—Buenas noches —respondió el capitán—. ¿Todo en orden?

—Sin novedad, señor. Aunque sigue sin soplar viento.

Aguírrez echó una ojeada a los fantasmagóricos mástiles y velas.

—Soplará. Lo huelo.

—Sí, capitán. —El hombre contuvo un bostezo.

—Baje y duerma un poco. Yo le relevaré.

—Todavía no es la hora. Mi turno no acaba hasta dentro de otra vuelta del reloj.

El capitán cogió el reloj de arena que estaba junto al candil y le dio la vuelta.

—Resuelto. Ya es la hora.

El marinero le dio las gracias y bajó al sollado de la tripulación mientras el capitán ocupaba su puesto en el castillo de popa. Miró en dirección sur, hacia la niebla gris que se elevaba como el vapor de la superficie del mar absolutamente plana. Continuaba en su puesto cuando amaneció. Sus ojos oscuros estaban enrojecidos, y le dolían de la fatiga. La manta estaba empapada. Con la tozudez que le caracterizaba, no hizo el menor caso de las incomodidades y se paseó por el puente como un león enjaulado.

El capitán era vasco, un habitante de las escarpadas montañas que separan España y Francia, y sus instintos, afinados por muchos años en el mar, no podían tomarse a la ligera. Los vascos eran los mejores navegantes del mundo; los hombres como Aguírrez viajaban habitualmente a regiones que otros marinos menos osados consideraban el reino de serpientes marinas y remolinos gigantes. Como la mayoría de los vascos, tenía las cejas hirsutas como zarzas, las orejas grandes y sobresalientes, la nariz larga y recta, y el mentón prominente. Siglos más tarde, los científicos dirían que los vascos, con sus marcados rasgos faciales, eran descendientes directos del hombre de Cro-Magnon.

Los tripulantes salieron a cubierta y entre bostezos fueron a ocuparse de sus tareas. El capitán se negó a que lo relevaran. Su persistencia se vio recompensada a media mañana. Sus ojos inyectados en sangre atisbaron un fugaz reflejo entre la espesa niebla. El destello solo duró un instante, pero provocó en Aguírrez una extraña combinación de alivio y temor.

Con el pulso acelerado, Aguírrez levantó el catalejo de latón que llevaba colgado de un cordón alrededor del cuello, lo extendió al máximo y miró a través del ocular. Al principio solo vio la mancha gris donde el banco de niebla se confundía con el mar. El capitán se secó los ojos con la manga, parpadeó varias veces para aclarar la visión y volvió a levantar el catalejo. Tampoco esta vez vio nada especial. Un efecto óptico, pensó.

Repentinamente, vio un movimiento a través de la lente. Un afilado espolón había emergido de la niebla como el pico de un ave de presa. Luego apareció a la vista toda la embarcación. Una esbelta nave con el casco negro avanzaba, se deslizaba durante unos segundos, y avanzaba de nuevo. Otras dos embarcaciones la siguieron en rápida sucesión; se movían por la tranquila superficie como gigantescas pulgas de agua. El capitán maldijo por lo bajo.

Galeras de guerra.

La luz del sol se reflejaba en los remos mojados que se hundían en el mar con una cadencia rítmica. Con cada estrepada, las esbeltas naves acortaban rápidamente la distancia que las separaba de la carabela.

El capitán observó con calma las naves que se acercaban de proa a popa, y valoró su estructura con el conocimiento de un experimentado constructor naval. Eran auténticos galgos de mar, capaces de alcanzar una gran velocidad en las distancias cortas. Docenas de países europeos habían adoptado las galeras de guerra diseñadas por los venecianos.

Cada galera era impulsada por ciento cincuenta remos, dispuestos en tres hileras de veinticinco en cada banda. El perfil bajo le daba un aspecto aerodinámico que se avanzaba a su tiempo, y se curvaba hacia arriba y hacia popa donde se ubicaba la cabina del capitán. El espolón era alargado, aunque ya no se utilizaba a modo de ariete como en el pasado. Se había transformado la proa para convertirla en una plataforma para la artillería.

Había una pequeña vela latina a popa, pero era la fuerza de los remeros lo que daba a la galera su velocidad y maniobrabilidad. El sistema penal español proveía un inagotable suministro de galeotes condenados a tirar de los pesados remos de cincuenta palmos hasta morir. Las *corsias*, las angostas pasarelas que a cada banda iban de proa a popa, eran el reino de los cómitres, que intimaban a los remeros con amenazas y rebencazos.

Aguírrez sabía que la potencia de fuego con la que podían atacar su nave sería formidable. Las galeras casi doblaban los veintiséis metros de eslora de su rechoncha carabela. Normalmente, las embarcaciones de guerra iban armadas con cincuenta arcabuces de ánima lisa que se cargaban por la boca. El arma más potente era un mortero de hierro colado llamado bombarda, que iba montado en la plataforma de la proa. Que estuviese instalado en la banda de estribor era un recuerdo de los días en los que la estrategia naval consistía en embestir al enemigo con el espolón.

Mientras que la galera era una vuelta a la robusta nave griega que había llevado a Ulises desde Circe a los cíclopes, la carabela era el futuro. Rápida y maniobrera, para la época, la resistente embarcación podía navegar por todos los mares del mundo. La carabela combinaba el aparejo mediterráneo con la fortaleza de los cascos del norte hechos con planchas claveteadas y un timón sujeto con bisagras. Las velas latinas, que eran muy fáciles de aparejar, copiadas de las velas del *dow* árabe, hacían que la nave fuese muy superior a cualquier otra embarcación de vela cuando se navegaba ceñido al viento.

Desafortunadamente para Aguírrez, dichas velas, absolutamente milagrosas en su sencilla eficacia, colgaban flojas de los mástiles gemelos. Sin la menor brisa que las hinchara, no eran más que inútiles trozos de tela. La calma chicha mantenía a la carabela inmóvil en la superficie del mar, como un barco dentro de una botella.

El capitán miró de nuevo las velas flácidas y maldijo a los elementos que conspiraban contra él. Se enfadó consigo mismo por la estúpida arrogancia que le había llevado a contradecir su instinto de quedarse en alta mar. Debido a la poca altura de las bordas, las galeras no estaban diseñadas para la navegación de altura y hubiesen tenido dificultades para perseguir a la carabela. Pero él había navegado cerca de la costa porque era la ruta más directa. Con viento favorable, su nave podía aventajar a cualquier otra embarcación. No había esperado encontrarse con una calma chicha. Tampoco había esperado que las galeras lo encontraran con tanta facilidad.

Se olvidó de los reproches y las sospechas. Ya tendría tiempo más adelante para las recriminaciones. Se quitó la manta de los hombros y la arrojó sobre cubierta como si fuese la capa de un torero; luego, bajó del castillo de popa mientras gritaba órdenes. Los hombres se animaron inmediatamente al oír la potente voz de su capitán desde un extremo al otro de la carabela. En cuestión de segundos, la cubierta parecía un hormiguero.

—¡Arriad los botes! —Aguírrez señaló las naves de guerra que se acercaban—. ¡Venga, muchachos, moveos, o tendremos a los verdugos trabajando día y noche!

Los tripulantes realizaron sus tareas con sorprendente celeridad. Todos los hombres a bordo de la carabela sabían que sufrirían los horrores de la tortura y acabarían quemados en la hoguera si las galeras los capturaban. En cuestión de minutos, los tres botes de la carabela estaban en el agua, tripulados por los remeros más fuertes. Los cabos amarrados a la nave se tensaron al máximo, pero la carabela, obstinadamente, se negaba a moverse. Aguírrez gritó a sus hombres que remaran con todas sus fuerzas. A voz en cuello apeló a su hombría vasca con todos los insultos que pudo imaginar.

—¡Remad! —gritó Aguírrez con los ojos negros brillando como ascuas—. ¡Remáis como un hatajo de putas españolas!

Los remos levantaban espuma en el agua calma. La nave crujió, se sacudió, y finalmente comenzó a moverse. Aguírrez volvió a animar a sus hombres y corrió hacia proa. Se apoyó en la borda para afirmarse mientras miraba con el catalejo. Esta vez vio a un hombre alto y delgado en la plataforma de proa de la galera que iba en vanguardia. Lo miraba con el catalejo.

—El Brasero —murmuró Aguírrez con el más absoluto desprecio.

Ignacio Martínez vio que Aguírrez lo miraba y sus voluptuosos labios gruesos trazaron una mueca de triunfo. Sus despiadados ojos amarillos hundidos en las cuencas ardían con fanatismo. Fruncía la larga nariz aristocrática como si oliera algo apestoso.

—Capitán Blackthorne —susurró al hombre de barba roja que se encontraba a su lado—, haga correr la voz entre los remeros. Dígales que si atrapamos a nuestra presa quedarán en libertad.

El capitán se encogió de hombros y cumplió con la orden, a sabiendas de que Martínez no tenía la intención de cumplir con su promesa, que solo se trataba de un cruel engaño.

Martínez se había ganado el apodo de Brasero por el celo que ponía en quemar herejes en los autos de fe. Era una figura habitual en los quemaderos, donde se valía de todos los medios, incluido el soborno, para asegurarse de ser él quien tuviese el honor de encender la hoguera. Aunque su título oficial era el de fiscal público y consejero de la Inquisición, había convencido a sus superiores para que lo nombraran inquisidor para el país vasco. Perseguir a los vascos resultaba muy rentable. La Inquisición confiscaba inmediatamente las propiedades de los acusados. Las riquezas robadas a las víctimas financiaban las prisiones, la policía secreta, las cámaras de tortura, el ejército y la burocracia, y convertía a los inquisidores en hombres acaudalados.

Los vascos eran consumados maestros en el arte de la navegación y la construcción de naves. Aguírrez había navegado docenas de veces por los caladeros secretos del mar occidental para cazar ballenas y pescar bacalao. Los vascos eran gente de naturaleza emprendedora; muchos de ellos, como Aguírrez, se habían hecho ricos con la venta de sus capturas. Su astillero en la orilla del río Nervión construía naves de todo tipo y tamaño. Aguírrez estaba al corriente de los excesos de la Inquisición, pero nunca les había prestado demasiada atención ocupado como estaba en dirigir sus diversas empresas y en disfrutar de la compañía de su bella esposa y sus dos hijos cuando podía. Había sido al regresar de uno de sus viajes cuando se había enterado de primera mano que Martínez y la Inquisición eran fuerzas malévolas que debía tener presente.

Una multitud furiosa recibió a las naves pesqueras cuando se acercaban a los muelles para descargar las capturas. La gente reclamaba a gritos la ayuda de Aguírrez. La Inquisición había arrestado a un grupo de mujeres del pueblo y las había acusado de brujería. La esposa del capitán figuraba entre las detenidas. Ella y las demás habían sido juzgadas y sentenciadas a morir quemadas en la hoguera. En ese momento iban a llevar a las condenadas al quemadero.

Aguírrez calmó a la multitud y sin más demora partió hacia la capital de la provincia. Aunque era un hombre influyente, sus súplicas para conseguir la libertad de las condenadas no fueron escuchadas. Las autoridades le respondieron que no podían hacer nada; se trataba de un asunto de la Iglesia, no de una cuestión civil. Algunos de los funcionarios le comentaron por lo bajo que sus propias vidas y propiedades se verían en peligro si se enfrentaban a las órdenes del Santo Oficio. «El Brasero», susurraron muy asustados.

El capitán tomó el asunto en sus manos. Reunió a cien de sus hombres y en una rápida operación asaltó la caravana que trasladaba a las supuestas brujas a la hoguera, y rescató a las mujeres sin producir ni una sola baja entre los guardias. Incluso mientras abrazaba a su esposa, Aguírrez sabía que el Brasero había orquestado los arrestos y los juicios para conseguir tenerlo a él y a sus propiedades en sus codiciosas garras.

Aguírrez sospechaba que había una razón más importante

para justificar el interés de la Inquisición en su persona. El año anterior, el consejo de ancianos le había encomendado la custodia de las sagradas reliquias del país vasco. Algún día serían empleadas para unir a los vascos en la lucha por la independencia contra España. Por ahora, estaban guardadas en un cofre oculto en una cámara secreta en la lujosa casa de Aguírrez. Era posible que Martínez conociera la existencia de las reliquias. La región estaba plagada de espías. Martínez debía de saber que las reliquias sagradas podrían alimentar el fanatismo, de la misma manera que el Santo Grial había dado lugar a las sanguinarias cruzadas. Cualquier cosa que uniera a los vascos representaba una amenaza para la Inquisición.

Martínez no reaccionó a la liberación de las mujeres. Aguírrez no era tonto. El inquisidor solo atacaría cuando hubiese reunido las suficientes pruebas acusadoras. El capitán aprovechó ese tiempo para prepararse. Mandó que colocaran la más rápida de sus carabelas en las anguilas de la playa de San Sebastián, como si fueran a calafatearla. Distribuyó dinero a manos llenas para formar su propia red de espías; sobornó también a algunos hombres del entorno del fiscal, e hizo correr la voz de que quien le advirtiera a tiempo de su arresto recibiría una gran recompensa. Luego continuó con sus actividades habituales y esperó, sin alejarse mucho de su casa, rodeado de sus fieles guardias, todos ellos curtidos en mil batallas.

Transcurrieron algunos meses sin novedad. Entonces, una noche, uno de sus espías, un hombre que trabajaba en los despachos de la Inquisición, llegó a todo galope hasta su casa para darle el aviso. Martínez se acercaba con un grupo de soldados para arrestarlo. Aguírrez recompensó generosamente al espía y puso en marcha sus bien trazados planes. Besó a su esposa y a sus hijos y les prometió reunirse con ellos en Portugal. Mientras su familia escapaba en una carreta con gran parte de su fortuna, otra carreta hacía de señuelo para despistar a los hombres de Martínez. Aguírrez se dirigió a la costa con su escolta armada. Al amparo de la oscuridad, botó la carabela y tras desplegar las velas puso rumbo al norte.

Al amanecer del día siguiente, una flota de galeras de guerra apareció de entre la bruma que cubría el horizonte intentando cerrarle el paso. Gracias a su gran experiencia marinera, Aguírrez pudo eludir a los perseguidores, y una brisa constante impulsó la carabela hacia el norte a lo largo de las costas de Francia. Puso rumbo a Dinamarca, donde viraría al oeste hacia Groenlandia e Islandia. Pero cuando se encontraban en la latitud de las islas británicas, el viento fue amainando, y Aguírrez y sus marineros se vieron atrapados por la calma chicha.

Ahora, con el trío de galeras cada vez más cerca, Aguírrez estaba dispuesto a luchar hasta la muerte si era necesario, pero su instinto de supervivencia era muy fuerte. Ordenó a los artilleros que se prepararan para el combate. Cuando armó la carabela, sacrificó el armamento a la velocidad, y la potencia de fuego a la maniobrabilidad.

El arcabuz era un arma difícil de manejar; se cargaba por la boca y se apoyaba en una horquilla, y eran necesarios dos hombres para cargar y disparar. Los arcabuceros de la carabela iban armados con unos modelos más pequeños y ligeros que podían cargar y disparar ellos mismos. Sus tripulantes eran unos tiradores de primera que rara vez fallaban un disparo. En cuanto a la artillería pesada, Aguírrez había optado por un par de cañones de bronce montados en cureñas con ruedas para trasladarlos donde fuesen más necesarios. Los artilleros habían practicado tanto el manejo de las piezas que podían cargar, apuntar y disparar con una precisión desconocida en la mayoría de las naves.

Los remeros daban visibles muestras de cansancio, y la carabela se movía con la lentitud de una mosca en un pote de miel. Las galeras tenían una buena posición de tiro. Sus arcabuceros podían disparar a voluntad contra los remeros de Aguírrez. Sin embargo, este decidió que los hombres continuaran remando. Mientras la nave se moviera, dispondría de cierto control. Animó a los hombres para que se esforzaran todavía más; cuando se volvió para ayudar a los artilleros sus afinados sentidos detectaron un cambio en la temperatura, que era el indicador de que se levantaría viento. La pequeña vela latina se movió como el ala de un pájaro herido. Luego volvió a pender inmóvil.

Mientras echaba una ojeada al mar, atento a la aparición de los rizos que precedían a una racha, oyó el inconfundible tronar de la bombarda. El mortero de boca ancha estaba montado en una cureña fija, por lo que no se podía ni apuntar ni elevar. El proyectil explotó en el agua a unas cien varas a popa de la carabela. Aguírrez se echó a reír; sabía que era prácticamente imposible hacer blanco directo con una bombarda, incluso si el objetivo se movía con la lentitud de un caracol.

Las galeras habían avanzado en línea. Mientras una nube de humo flotaba sobre el agua, las galeras a ambos lados de la nave capitana avanzaron rápidamente para situarse detrás de la carabela. La maniobra no era más que una finta. Ambas galeras viraron a babor, y una de ellas se situó en la vanguardia. Las galeras tenían la mayor parte de su armamento en la banda de estribor. Cuando pasaran junto a la carabela, acribillarían la cubierta y los aparejos con los disparos de las armas pequeñas y medianas.

Aguírrez, anticipándose a aquella maniobra, emplazó los dos cañones casi juntos en la banda de babor y mandó tapar las bocas con una tela negra. El enemigo creería que la carabela también llevaba la poco precisa bombarda y que sus bandas estaban desprotegidas.

El capitán enfocó el catalejo en la plataforma de artillería de la nave de guerra y maldijo por lo bajo cuando reconoció a uno de sus antiguos marineros que lo había acompañado en muchas travesías. El hombre conocía la ruta que Aguírrez seguía para llegar al mar occidental. Lo más probable era que la Inquisición se hubiera hecho con sus servicios tras amenazar a su familia.

Aguírrez comprobó el ángulo de elevación de cada cañón. Apartó la tela negra y apuntó a través de las troneras a un imaginario círculo en el mar. Al no encontrar ninguna oposición, la primera galera se había aproximado mucho a la carabela. El capitán dio la orden de disparar. Los cañones rugieron. El primer disparo se quedó corto y levantó una columna de agua junto al espolón, pero el segundo dio de lleno en la plataforma de la artillería.

La proa se deshizo en una violenta explosión de llamas y humo. El agua entró como una tromba en el casco destrozado, ayudada por el avance de la galera; la embarcación se fue a pique en un par de minutos. Aguírrez se compadeció de los remeros, encadenados a los bancos y sin ninguna posibilidad de escapar, pero después se dijo que era preferible una muerte rápida a padecer semanas y meses de sufrimientos.

La tripulación de la segunda galera vio lo ocurrido, y en un despliegue de la famosa maniobrabilidad de los trirremes, viró bruscamente para alejarse de los cañones de la carabela; luego fue a unirse con Martínez, que había mantenido su nave apartada de la escaramuza.

Aguírrez dedujo que la siguiente maniobra de las galeras sería separarse para acercarse por ambas bandas, sin ponerse a tiro, y a continuación virar para atacar a los desprotegidos remeros. Como si Martínez le hubiese leído el pensamiento, las galeras se separaron y comenzaron a trazar un amplio círculo por ambas bandas de la carabela, como hienas hambrientas.

El capitán oyó un chasquido por encima de la cabeza, causado por un aleteo de la vela mayor. Contuvo el aliento. ¿Sería solo una racha sin continuidad? Entonces la vela aleteó de nuevo, se hinchó, y los mástiles crujieron. Corrió a proa, se inclinó sobre la borda y gritó a los marineros que los remeros volvieran a bordo.

Demasiado tarde.

Las galeras habían interrumpido el largo giro y habían virado para tomar un rumbo que las llevaba directamente hacia la carabela. La galera de estribor maniobró para presentar la banda, y los arcabuceros concentraron los disparos en el bote más cercano. La descarga provocó una matanza entre los remeros.

Envalentonada, la segunda galera intentó la misma maniobra por la banda de babor. Los tiradores de la carabela se habían recuperado de la sorpresa, y ahora centraban los disparos en la plataforma de la artillería donde Aguírrez había visto a Martínez por última vez. El Brasero seguramente estaría escondido detrás de la borda, pero aun así captaría el mensaje.

La descarga golpeó la plataforma como un puño de plomo. En cuanto los tiradores habían disparado, cogían otro arcabuz y disparaban de nuevo, mientras los marineros volvían a cargar las armas. Los disparos eran continuos y mortíferos. Incapaz de soportar la prolongada descarga, la galera viró, con el casco astillado y los remos destrozados.

La tripulación corrió a tirar de los cabos para recuperar los botes. El primero estaba bañado en sangre y la mitad de los remeros habían muerto. Aguírrez gritó nuevas órdenes a los artilleros mientras corría a empuñar el timón. Los artilleros movieron a fuerza de brazos los pesados cañones para llevarlos a las troneras de babor. Un grupo de marineros se ocupó de los aparejos para aprovechar al máximo el viento.

Mientras la carabela ganaba velocidad, al navegar empopada, el capitán viró para poner rumbo a la galera que había sido alcanzada por los disparos de los arcabuceros. La galera enemiga intentó una maniobra de evasión, pero había perdido a un gran número de remeros y su avance era errático. Aguírrez esperó hasta llegar a unas cincuenta varas. Los tiradores de la galera dispararon contra su perseguidor sin que sus proyectiles causaran daño alguno.

La primera andanada de los cañones hizo blanco en el castillo de popa, que voló por los aires reducido a astillas. Los artilleros volvieron a cargar y esta vez apuntaron a la línea de flotación, donde abrieron unos enormes boquetes. Cargada de hombres y equipos, la galera desapareció bajo la superficie en cuestión de minutos y solo quedaron unas burbujas, unos cuantos maderos y un puñado de supervivientes.

El capitán volvió su atención a la última galera.

Al ver que se habían vuelto las tornas, Martínez había emprendido la huida. Su galera escapaba rumbo al sur como una liebre asustada. La ágil carabela viró para lanzarse a la persecución. Aguírrez ya saboreaba el placer de apagar el fuego del Brasero.

No pudo ser. El viento no era lo bastante fuerte para permitir que la carabela superara en velocidad a la galera, cuyos remeros se empleaban a fondo porque les iba la vida en ello. Al cabo de poco tiempo la galera se convirtió en un punto negro en el horizonte.

Aguírrez no hubiera vacilado en perseguir a Martínez hasta los confines del mundo, pero vio aparecer unas velas en el horizonte y dedujo que seguramente eran naves enemigas. La Inquisición tenía el brazo muy largo. Recordó la promesa hecha a su esposa y a sus hijos y su responsabilidad para con el pueblo vasco. Muy a su pesar, giró el timón para retomar el rumbo norte que lo llevaría a Dinamarca. No se hacía ilusiones respecto a su enemigo. Martínez podía ser un cobarde, pero era paciente y tenaz.

Solo era cuestión de tiempo que volvieran a encontrarse.

Prólogo II

Alemania, 1935

Poco después de la medianoche, a lo largo de una faja que se extendía desde la ciudad de Hamburgo hasta el mar del Norte, los perros comenzaron a aullar. Los animales, aterrorizados, miraban el cielo oscuro de la noche sin luna con las patas traseras encogidas y temblorosas. Sus finos oídos habían captado aquello que el oído humano no podía oír: el débil zumbido de los motores del gigantesco torpedo plateado que atravesaba la gruesa capa de nubes muy por encima de ellos.

Cuatro motores Maybach de doce cilindros, dos a cada lado, colgaban en sus aerodinámicas carcasas de la parte inferior de la aeronave, que tenía una longitud de doscientos sesenta y siete metros. Las luces brillaban en las enormes ventanas de la cabina de control cerca de la proa del fuselaje. La larga y angosta cabina estaba organizada como la timonera de un barco, con una bitácora y las ruedas que accionaban el timón y los alerones.

Junto al timonel, con los pies bien separados y las manos a la espalda, se encontraba el capitán Heinrich Braun, una figura alta y recta como una baqueta, impecablemente vestido con un uniforme azul oscuro y gorra. Los radiadores solo conseguían atemperar en parte el frío en la cabina, así que llevaba un grueso suéter de cuello alto debajo de la chaqueta. El altivo perfil de Braun parecía tallado en granito. Su postura rígida y los cabellos casi blancos, muy cortos, y la leve elevación de la sobresaliente barbilla, recordaban sus años como oficial naval prusiano.

Braun echó una ojeada al rumbo que marcaba la brújula y luego se volvió hacia un hombre de mediana edad y entrado en carnes cuyo abundante mostacho con las guías hacia arriba le daba el aire de una morsa.

—Bien, herr Lutz, hemos completado con éxito la primera manga de nuestro histórico viaje. —Braun tenía una manera de hablar elegante y al mismo tiempo anacrónica—. Estamos cumpliendo nuestro objetivo de viajar a una velocidad de ciento veinte kilómetros por hora. Incluso con un leve viento de frente, el consumo de combustible es exactamente el calculado. Mis felicitaciones, herr profesor.

Herman Lutz tenía el aspecto de un camarero de cualquiera de las muchas cervecerías de Munich, pero era uno de los más respetados ingenieros aeronáuticos de Europa. Después de su retiro, Braun había escrito un libro en el que proponía una línea de transporte aéreo a través del Polo a Norteamérica. Durante la presentación de su libro había conocido a Lutz, quien intentaba recaudar fondos para financiar la construcción de una aeronave polar. Los hombres habían simpatizado enseguida, convencidos de que las aeronaves podrían promover la cooperación internacional. Los ojos azules de Lutz se encendieron de entusiasmo.

—Lo mismo digo, capitán Braun. Juntos avanzaremos para la mayor gloria de la paz mundial.

—Estoy seguro de que ha querido decir para la mayor gloria de Alemania —manifestó Gerhardt Heinz, un hombre bajo y delgado que estaba detrás de los otros dos y lo bastante cerca como para oír cada palabra. Encendió un cigarrillo con mucha parsimonia.

—Herr Heinz, ¿ha olvidado que por encima de nuestras cabezas tenemos miles de metros cúbicos de hidrógeno altamente inflamable? —replicó Braun con una voz acerada—.

Solo está permitido fumar en la zona del alojamiento de la tripulación.

Heinz masculló una respuesta y apagó el cigarrillo con los dedos. Dispuesto a no dejarse avasallar, se irguió como un gallo de pelea. Heinz llevaba la cabeza afeitada y usaba quevedos. La cabeza, de un color blanco lechoso, parecía pegada a los estrechos hombros. Si bien el efecto pretendía ser intimidatorio, en realidad resultaba grotesco.

Lutz pensó que, con su ceñido abrigo de cuero negro, Heinz tenía todo el aspecto de un gusano saliendo de la crisálida, pero tuvo la prudencia de callarse. Tener a Heinz a bordo era el precio que él y Braun habían tenido que pagar para convertir en realidad el proyecto de la aeronave. Esto y el nombre de la aeronave: Nietzsche, como el filósofo alemán. Alemania continuaba luchando para librarse del yugo financiero y psicológico impuesto por el tratado de Versalles. Cuando Lutz propuso el viaje de una aeronave al Polo Norte, el público se mostró muy dispuesto a contribuir con los fondos necesarios, pero el proyecto se estancó.

Un grupo de empresarios propuso discretamente a Lutz una solución. Con el respaldo de los militares, financiarían la construcción de una aeronave para que realizara un viaje secreto al Polo Norte. Si la misión triunfaba, se haría pública, y los aliados se encontrarían con un hecho consumado que demostraba la superioridad de la tecnología aeronáutica alemana. Si fracasaba se mantendría el secreto para evitar el desprestigio. La construcción de la aeronave que Lutz había diseñado sobre la base del dirigible *Graf Zeppelin* se había realizado con la mayor discreción. Como parte del trato, había aceptado llevar a Heinz en la expedición en su carácter de representante de los intereses de los empresarios.

—Capitán, ¿puede informarnos de nuestros progresos? —preguntó Lutz.

Braun se acercó a la mesa del navegante.

—Esta es nuestra posición actual —dijo apoyando un dedo en un punto de la carta—. Seguiremos el rumbo que tomaron el *Norge* y el *Italia* hasta las islas Spitzbergen. A partir de allí nos dirigiremos al Polo. Calculo que recorreremos la última manga en unas quince horas, si no hay complicaciones con el tiempo.

—Espero que tengamos mejor suerte que los italianos —comentó Heinz, recordando innecesariamente los anteriores intentos de alcanzar el Polo por vía aérea. En 1926, el explorador noruego Amundsen y un ingeniero italiano llamado Umberto Nobile, habían llegado y circunvolado el Polo en un dirigible italiano llamado *Norge*. Sin embargo, la segunda expedición de Nobile en una aeronave gemela llamada *Italia* que pretendía aterrizar en el Polo, había acabado en tragedia cuando la aeronave se estrelló. Amundsen murió cuando dirigía las operaciones de rescate. Solo Nobile y un puñado de sus hombres consiguieron salvar la vida.

—No se trata de una cuestión de suerte —le contradijo Lutz—. El diseño de esta aeronave se hizo precisamente teniendo en cuenta los errores de los demás. Es más resistente y más fácil de gobernar con mal tiempo. Hemos duplicado los sistemas de comunicación. La utilización de Blaugas nos permitirá un mayor control porque no tenemos necesidad de emplear el hidrógeno como lastre. Hemos aplicado anticongelante en los controles. Todas las máquinas están preparadas para funcionar con temperaturas bajo cero. Es la aeronave más rápida construida hasta ahora. Tenemos una red de aviones y barcos dispuestos a responder a la primera llamada si se presenta algún problema. Nuestras instalaciones meteorológicas no tienen rival.

—Tengo plena confianza en usted y en su aeronave —manifestó Heinz con una sonrisa servil, siguiendo su natural tendencia a la adulación.

—Bien. Propongo que descansemos unas horas antes de llegar a Spitzbergen. Allí repostaremos combustible, y luego iremos al Polo.

El viaje hasta Spitzbergen transcurrió plácidamente. Advertidos por radio, los equipos encargados del combustible y el avituallamiento les esperaban, y la aeronave reemprendió el viaje en pocas horas con rumbo norte, más allá de la Tierra de Francisco José.

El mar de color gris oscuro aparecía salpicado con placas de hielo flotante. Poco a poco las placas se fueron haciendo más grandes hasta convertirse en grandes extensiones donde algunas grietas dispersas permitían ver el agua. Cerca del Polo, desaparecieron las grietas y solo se veía un campo de un color blanco azulado que parecía llano visto desde una altura de poco más de trescientos metros. Los exploradores que habían recorrido aquel territorio helado a pie habían aprendido con grandes sufrimientos que estaba surcado de protuberancias y hendiduras.

—Buenas noticias —anunció Braun alegremente—. Nos encontramos en la latitud de ochenta y cinco grados norte. No tardaremos en llegar al Polo. Las condiciones meteorológicas son ideales. No hay viento. El cielo está despejado.

El entusiasmo fue en aumento, e incluso aquellos que no estaban de servicio se amontonaron en la cabina de control y miraron a través de las grandes ventanas como si esperaran ver un mástil a rayas que señalaba los noventa grados norte.

—Capitán, creo que he visto algo en el hielo —comunicó uno de los vigías.

El capitán observó con los prismáticos el lugar que señalaba el vigía.

—Muy interesante —dijo. Le pasó los prismáticos a Lutz.

—Es un barco —señaló Lutz al cabo de un momento.

Braun asintió con un gesto. Ordenó al piloto que cambiara de rumbo.

—¿Qué está haciendo? —preguntó Heinz.

Braun le alcanzó los prismáticos.

—Mírelo usted mismo —respondió sin más explicaciones.

Heinz se quitó los quevedos y se acercó los prismáticos a los ojos.

—No veo nada —afirmó.

Al capitán no le sorprendió la respuesta. El hombre veía menos que un topo.

—Sin embargo, hay un barco en el hielo.

—¿Qué podría estar haciendo un barco aquí? —preguntó Heinz en un tono quejoso—. No tengo noticias de ninguna otra expedición al Polo. Le ordeno que volvamos a nuestro rumbo.

—¿Cuál es la razón, señor Heinz? —replicó el capitán, y levantó la barbilla un poco más. Era evidente por la frialdad de su voz que le importaba muy poco la respuesta.

—Nuestra misión es ir al Polo Norte —declaró Heinz.

El capitán Braun miró a Heinz como si estuviese dispuesto a echarlo a puntapiés de la cabina y ver cómo caía en el campo de hielo.

Lutz advirtió la irritación del capitán y se apresuró a intervenir.

—Herr Heinz, amigo mío, tiene usted razón. Pero creo que también nos corresponde averiguar cualquier cosa que pueda sernos de ayuda en nuestra próxima expedición.

—Además, estamos obligados por el deber, como cualquier otra nave que surca los mares —añadió Braun—. Debemos ayudar a aquellos que puedan tener una emergencia.

—Si nos ven, lo comunicarán por radio y podría dar al traste con nuestra misión —opinó Heinz intentando darle otro enfoque a la cuestión.

—Tendrían que ser sordos y ciegos para no habernos visto u oído —contestó Braun—. ¿Qué importancia tiene que informen de nuestra presencia? La aeronave no lleva ninguna señal de identificación excepto el nombre.

Al verse derrotado, Heinz encendió un cigarrillo sin prisas y luego exhaló el humo con la cabeza echada hacia atrás, como si desafiara al capitán a que le impidiera fumar.

Braun no hizo el menor caso del gesto de desafío y dio la orden de descender. El piloto accionó los controles, y la gigantesca aeronave comenzó su lento descenso hacia el campo de hielo.

1

Islas Feroe. En la actualidad

El barco que se acercaba a las islas Feroe tenía el aspecto de haber sido el perdedor en una guerra con globos llenos de pintura. El casco de sesenta metros de eslora del *Sea Sentinel* estaba pintado de proa a popa con un psicodélico despliegue de todos los colores del arco iris. Solo le faltaba llevar a Calíope tocando la flauta y a una tripulación de payasos para convertirse en una carroza de carnaval. El ridículo aspecto del barco era engañoso. Como muchos habían aprendido a su costa, el *Sea Sentinel* era tan peligroso a su manera como cualquier otro navío citado en las páginas del *Jane's Fighting Ships*.

El *Sea Sentinel* había entrado en las aguas de las Feroe después de una travesía de ciento ochenta millas desde las islas Shetland, frente a las costas de Escocia. Para darle la bienvenida se había reunido una pequeña flota de barcos pesqueros y yates contratados por las agencias internacionales de noticias. La fragata *Leif Eriksson* de la armada danesa navegaba en círculos a una distancia prudencial.

Era uno de los típicos días lluviosos de verano en las Feroe, un archipiélago de veintidós islas montañosas de origen volcánico, dieciocho de ellas habitadas, ubicado en el nordeste atlántico a medio camino entre Dinamarca e Islandia. Los cuarenta y seis mil habitantes de las Feroe son en su mayoría

27

descendientes de los vikingos, quienes las colonizaron en el siglo IX. Aunque las islas forman parte del reino de Dinamarca y el idioma oficial es el danés, los nativos hablan el feroés, derivado del antiguo nórdico. Los habitantes se ven superados en número por los millones de pájaros que anidan en los imponentes acantilados que se levantan como murallas contra los embates del mar.

Un hombre alto y fornido de unos cuarenta y tantos años se encontraba en la cubierta de proa rodeado por los reporteros y los cámaras de televisión. Marcus Ryan, el capitán del *Sea Sentinel*, llevaba un discreto uniforme negro con galones dorados en el cuello y las bocamangas. Con su perfil de estrella de cine, la tez bronceada, los largos cabellos despeinados por el viento y una sombra de barba rubia que enmarcaba la barbilla cuadrada, Ryan tenía el aspecto de un actor seleccionado para interpretar el papel de un intrépido capitán. Era una imagen que a él le gustaba cultivar.

—Enhorabuena, damas y caballeros —dijo Ryan con una voz bien modulada que se oía con claridad por encima del zumbido de los motores y los golpes de las olas contra el casco—. Lamentamos no poder ofrecerles un mar más calmado. Algunos de ustedes están blancos como el papel después de nuestra travesía desde las Shetland.

Algunos representantes de la prensa habían sido escogidos por sorteo para informar de la noticia de la invasión. Después de pasar la noche en las literas mientras el barco navegaba por un mar embravecido, algunos de los miembros del cuarto poder lamentaban haber sido los afortunados.

—No pasa nada —respondió con voz ronca una reportera de la CNN—. Solo asegúrese de que la historia compense toda la maldita Biodramina que he tenido que tomar.

Ryan le dedicó una de sus sonrisas de galán de cine.

—Les puedo garantizar que verán acción. —Trazó un amplio arco con el brazo en un gesto teatral. Las cámaras siguieron obedientemente el dedo que señalaba al buque de guerra. La fragata navegaba trazando un amplio círculo a una velocidad constante. En el mástil ondeaba la bandera roja y blanca de Dinamarca—. La última vez que intentamos detener a estas personas que cazan ballenas, aquella fragata danesa que ven disparó un cañonazo por delante de nuestra proa. Los disparos con las armas de pequeño calibre estuvieron a punto de alcanzar a uno de los miembros de la tripulación, aunque los daneses negaron habernos disparado.

—¿Es verdad que ustedes respondieron con un lanzabasuras? —preguntó la reportera de la CNN.

—Nos defendimos con los materiales que teníamos a mano —contestó Ryan con fingida gravedad—. Nuestro cocinero ha construido una catapulta para lanzar bolsas de basura biodegradable desde la cubierta. Es un gran aficionado a las armas medievales, así que diseñó un artilugio similar a una catapulta que tiene un alcance sorprendente. Cuando la fragata intentó cortarnos el paso, efectuamos un certero disparo, para gran asombro nuestro, y suyo. —Hizo una pausa y como un actor cómico añadió en el momento exacto—: No hay nada como ensuciar con mondaduras de patatas, cáscaras de huevo y borras de café para desanimar al más pintado.

El grupo celebró el comentario con sonoras risas.

—¿No le preocupa que actos como ese contribuyan a aumentar la reputación de los Centinelas del Mar como uno de los grupos más radicales de defensa del medio ambiente y de los derechos de los animales? —preguntó el enviado de la BBC—. Su organización ha admitido sin reparos haber puesto en fuga a barcos balleneros, bloquear canales, pintar bebés de focas, perseguir a los cazadores de foca, cortar redes de deriva…

Ryan levantó una mano en señal de protesta.

—Eran barcos balleneros piratas, aguas internacionales, y todas las demás cosas que menciona son absolutamente legales según los acuerdos internacionales. Por otro lado, nuestros barcos han sido abordados, nos han lanzado gases lacrimógenos, han disparado contra nuestras tripulaciones y se han hecho detenciones ilegales.

—¿Qué respondería a las personas que los califican de organización terrorista? —quiso saber un periodista de *The Economist*.

—Yo les preguntaría: ¿qué puede ser más terrorífico que la matanza a sangre fría de mil quinientas a dos mil ballenas pilotos o calderones indefensos cada año? También les recordaría que nunca nadie ha muerto o ha resultado herido por una intervención de los Centinelas del Mar. —Ryan sonrió de nuevo—. Ustedes ya conocen a las personas de este barco. —Señaló a una atractiva joven que se había mantenido apartada del grupo sin perderse ni una palabra de lo dicho—. Respóndanme con toda sinceridad. ¿Esta joven les parece terrorífica?

Therri Weld estaba en la treintena, era de estatura media, con un cuerpo atlético y bien proporcionado. Los vaqueros desteñidos y la camisa de trabajo que llevaba debajo del holgado anorak no conseguían disimular su figura femenina. Una gorra de béisbol con el logotipo CDM cubría sus cabellos castaños cuyos rizos naturales estaban remarcados por el aire húmedo, y la mirada de sus ojos color genciana era alerta e inteligente. Se adelantó y dedicó a los reporteros una amplia sonrisa.

—Ya hemos tenido ocasión de conocernos —manifestó con una voz ronca pero clara—. Por lo tanto saben que cuando Marcus no me tiene fregando la cubierta, soy la consejera legal de los centinelas. Como les dijo Marcus, solo utilizamos la acción directa como último recurso. Después de nuestro último encontronazo en estas aguas nos marchamos para iniciar un boicot contra el pescado de las Feroe.

—Sin embargo no han conseguido ustedes detener los *grind* —le dijo el reportero de la BBC a Ryan.

—Los centinelas siempre hemos sabido lo difícil que sería acabar con una tradición que se remonta a centenares de años —respondió Ryan—. Los habitantes de las Feroe tienen la misma tozudez que sus antepasados vikingos necesitaban para sobrevivir. No están dispuestos a rendirse a un grupo de amantes de las ballenas como nosotros. Pero si bien admiro a esa gente, creo que el *grindarap* es cruel y bárbaro. Es indigno de los feroeses. Sé que algunos de ustedes han presenciado un grind. ¿Alguien quiere explicarlo?

—Un espectáculo sangriento y repugnante —admitió el periodista de la BBC—. Claro que a mí tampoco me gusta la caza del zorro.

—Al menos el zorro tiene una oportunidad —manifestó Ryan en tono áspero—. El grind es sencillamente una carnicería. Cuando alguien ve una bandada de calderones, suenan las sirenas, y los barcos empujan a las ballenas hasta la playa. Los habitantes, incluso en ocasiones las mujeres y los niños, las esperan en la orilla. Se emborrachan y es una juerga para todos, excepto para las ballenas. Meten los garfios de los bicheros en los orificios de respiración y las arrastran a la playa, donde les cortan la yugular y las dejan sangrar hasta que mueren. El agua se tiñe de rojo. ¡Algunas veces sierran las cabezas de las ballenas cuando todavía están vivas!

—¿En qué se diferencia un grind de matar a las reses para comérselas? —preguntó una reportera.

—Le está preguntando a la persona equivocada —declaró Ryan—. Soy vegetariano. —Esperó a que se acallaran las risas—. Sin embargo, es una buena pregunta. Quizá incluso estemos protegiendo a esas personas. La carne de las ballenas piloto está contaminada con mercurio y cadmio. Perjudica la salud de sus hijos.

—Si quieren envenenarse a ellos mismos y a sus hijos —añadió la reportera—, ¿no es una muestra de intolerancia por parte de su organización condenar sus tradiciones?

—Los combates de gladiadores y las ejecuciones públicas también lo fueron. La civilización decidió que esos salvajes espectáculos no tenían cabida en el mundo moderno. Infligir un dolor innecesario a animales indefensos es lo mismo. Ellos dicen que es una tradición. Nosotros proclamamos que es un asesinato. Por eso estamos aquí de nuevo.

—¿Por qué no continúan con el boicot? —preguntó el enviado de la BBC.

Fue Therri quien respondió a la pregunta.

—El boicot era demasiado lento. Continúan matando centenares de ballenas. Así que hemos cambiado de estrategia. Las empresas petroleras quieren perforar pozos en estas aguas. Si conseguimos el máximo de publicidad negativa para la caza de ballenas, quizá las petroleras retrasarán sus planes. Eso presionaría a los isleños para que acaben con los grind.

—Además tenemos que ocuparnos de otro asunto —añadió Ryan—. Hay una multinacional dedicada al piscicultivo que tiene instalaciones en la isla y llevaremos a cabo una protesta para manifestar nuestra oposición a los efectos perjudiciales de las piscifactorías.

El reportero de la cadena Fox miró al capitán con una expresión de incredulidad.

—¿Hay alguien a quien no pretenda provocar?

—Avíseme si me olvido de alguien —respondió Ryan para el jolgorio general.

—¿Hasta dónde piensa llegar con las protestas?

—Presionaremos todo lo que podamos. En nuestra opinión, según las leyes internacionales esta caza es ilegal. Ustedes están aquí como testigos. Las cosas pueden ponerse feas. Si alguien quiere marcharse ahora me ocuparé de que lo lleven a tierra. —Echó una ojeada a los rostros que lo rodeaban y sonrió—. ¿Nadie? Bien. Entonces, mis valientes, allá vamos. Hemos estado siguiendo el rastro de varias bandadas de ballenas piloto. En estas aguas abundan. Aquel joven tripulante que ven haciendo señas como un desesperado quizá tenga algo que decirnos.

Uno de los tripulantes que tenía el turno de vigía se acercó a la carrera.

—Hay un par de bandadas que están pasando junto al *Stremoy* —le comunicó al capitán—. Nuestro observador en la playa dice que están sonando las sirenas y que las embarcaciones se han hecho a la mar.

Ryan le dio las gracias y se volvió hacia los periodistas.

—Es probable que intenten guiar a las ballenas hacia el

matadero de Kvivik. Nos meteremos entre las embarcaciones y las ballenas. Si no conseguimos apartar a las ballenas, interceptaremos las naves.

El reportero de la CNN señaló la fragata.

—¿Si lo hace no se enfadarán aquellos tipos?

—Cuento con ello —respondió Ryan, con una sonrisa burlona.

En el puente de mando de la *Leif Eriksson*, un hombre de paisano observaba al *Sea Sentinel* a través de unos prismáticos muy potentes.

—¡Dios mío! Ese barco tiene todo el aspecto de haber sido pintado por un demente —comentó Karl Becker a Eric Petersen, el capitán de la fragata.

—Ah, así que conoce al capitán Ryan —respondió Petersen, con una débil sonrisa.

—Solo por su reputación. Parece tener mucha suerte con los jueces. A pesar de que en numerosas ocasiones ha infringido las leyes, nunca se le ha condenado. ¿Qué sabe usted de Ryan, capitán?

—En primer lugar, dista mucho de ser un demente. Su determinación raya en el fanatismo, pero todas sus acciones están perfectamente calculadas. Incluso la manera como ha pintado su barco tiene un propósito. Engaña a sus oponentes y sale muy bien en la televisión.

—Quizá podríamos acusarlo de contaminación visual del mar, capitán Petersen —manifestó Becker.

—Sospecho que Ryan encontraría a un experto capaz de certificar que el barco es una obra de arte flotante.

—Me complace ver que conserva el sentido del humor a pesar de la humillación que sufrió en su último encuentro con los Centinelas del Mar.

—Bastó con coger una manguera para limpiar la basura que nos arrojaron. Mi antecesor consideró necesario responder al ataque con la artillería.

—Creo que el capitán Olafsen tardará mucho en volver a estar al mando de una nave. La publicidad fue nefasta. «Buque de guerra danés cañonea a un barco desarmado.» «Tripulación borracha.» ¡Dios, qué desastre!

—Después de haber servido como primer oficial de Olafsen, respeto sus decisiones. El problema fue que no recibió instrucciones claras de los burócratas de Copenhague.

—¿Burócratas como yo? —preguntó Becker.

El capitán esbozó una sonrisa.

—Cumplo órdenes. Mis superiores dijeron que usted vendría a bordo como observador del departamento de marina y aquí está.

—Yo no querría a un burócrata a bordo de mi barco si estuviese en su lugar. Pero se lo aseguro, no tengo autoridad para invalidar sus órdenes. Por supuesto, informaré de todo lo que oiga y vea, pero permítame recordarle que si esta misión fracasa, rodarán nuestras cabezas.

El capitán no había sabido muy bien qué debía hacer con Becker cuando le dio la bienvenida a bordo de la fragata. El funcionario era bajo, moreno; tenía unos grandes ojos llorosos y una nariz larga; parecía un cormorán desconsolado. Petersen, en cambio, encajaba con el tipo habitual del hombre danés. Alto, rubio y facciones angulosas.

—No me hacía mucha gracia tenerle a bordo —admitió el marino— pero, a la vista de los exaltados a los que nos enfrentamos, las cosas podrían acabar descontrolándose. Agradezco la oportunidad de tener a un representante del gobierno a quien poder consultar.

Becker le agradeció sus palabras.

—¿Qué opina usted de este asunto del grindarap?

—Tengo muchos amigos en la isla —contestó el capitán. Se encogió de hombros—. Preferirían morir antes que renunciar a sus viejas costumbres. Dicen que ellas les hacen ser como son. Respeto sus sentimientos. ¿Y usted?

—Nací y me crié en Copenhague. A mí todo este asunto de las ballenas me parece una enorme pérdida de tiempo. Pero aquí hay mucho en juego. El gobierno respeta los deseos de los isleños, pero el boicot ha causado mucho daño a la actividad pesquera. No queremos que los feroeses pierdan su medio de ganarse la vida y pasen a depender del Estado. Saldría carísimo. Para no hablar de los ingresos que perdería el país si las petroleras deciden no seguir adelante con las perforaciones debido al problema con las ballenas.

—Soy muy consciente de que esta situación tiene algo de alegoría. Cada uno de los actores conoce su papel a la perfección. Los feroeses han organizado este grind para desafiar a los Centinelas del Mar y asegurarse de que el Parlamento tome buena nota de sus inquietudes. Por su parte, Ryan ha proclamado a los cuatro vientos que no permitirá que nada se interponga en su camino.

—¿Puedo preguntarle, capitán Petersen, si usted conoce su papel?

—Por supuesto. Lo único que no sé es cómo acaba la obra.

Becker respondió con un gruñido.

—Para su tranquilidad —prosiguió el capitán—, le comunico que la policía local tiene órdenes de mantenerse poco visible. Bajo ninguna circunstancia debo utilizar las armas. Mis órdenes son proteger a los isleños del peligro. Es mi responsabilidad decidir cómo hacerlo. Si él se acerca demasiado, hasta el punto de poner en peligro las embarcaciones pequeñas, entonces tengo la obligación de empujar el barco. Ahora, si me perdona, señor Becker… Veo que está a punto de levantarse el telón.

Los barcos de pesca que acababan de zarpar desde diversos embarcaderos avanzaban hacia una zona donde las aguas se veían muy agitadas. Navegaban a toda potencia; las proas levantadas rebotaban contra el oleaje. Las embarcaciones convergían hacia un punto donde los resplandecientes lomos negros de una bandada de calderones asomaban a la superficie.

El *Sea Sentinel* también se acercaba a las ballenas piloto. Petersen dio una orden al timonel. La fragata abandonó el rumbo que había seguido hasta entonces.

—Dígame, capitán, ¿cuándo un «empujón» se convierte en una embestida? —preguntó Becker que había estado reflexionando en lo que había dicho Petersen.

—Cuando yo quiera.

—¿No es muy delgada la línea que las separa?

Petersen ordenó al timonel que aumentara la velocidad y que pusiese rumbo al *Sea Sentinel*. Luego se volvió hacia Becker con una sonrisa burlona.

—Estamos a punto de descubrirlo.

2

Ryan observó cómo la fragata dejaba de navegar en círculo y viraba para poner rumbo hacia su barco.

—Parece que Hamlet ha tomado finalmente una decisión —comentó a Chuck Mercer, su primer oficial, que estaba a cargo del timón.

El *Sea Sentinel* había estado intentando llevar a las ballenas mar afuera. La bandada estaba formada por unos cincuenta calderones, y algunas de las hembras se retrasaban para no abandonar a las crías, cosa que demoraba la operación de rescate. El barco zigzagueaba como un vaquero solitario que intenta reunir al ganado extraviado, pero las nerviosas ballenas hacían casi imposible la tarea.

—Es como arrear gatos —murmuró Ryan. Salió al puente de estribor para ver qué distancia separaba a los pesqueros de la bandada. Nunca había visto a tantos isleños participando en un grind. Parecía como si todos los puertos de las Feroe se hubieran vaciado. Docenas de embarcaciones, desde barcas de arrastre a lanchas con motor fuera borda, avanzaban a gran velocidad desde todos los puntos del cuadrante para sumarse a la cacería. Las estelas blancas destacaban en el agua oscura.

Therri Weld ya estaba allí, entretenida en observar cómo se reunía la flota.

—Tienes que admirar su tozudez —comentó.

Ryan también estaba impresionado. Asintió con un gesto.

—Ahora sé cómo se debió de sentir Custer. Los feroeses están realmente dispuestos a defender sus sanguinarias tradiciones.

—Esta no es una manifestación espontánea —afirmó Therri—. Por el orden que siguen, es obvio que tienen un plan.

Apenas acababa de decirlo cuando, a una señal, la flota comenzó a dividirse haciendo un movimiento de pinza. En una clásica maniobra militar de avanzar por los flancos, las embarcaciones rodearon el barco de Ryan para situarse en el lado mar de la bandada. Se desplegaron en una línea, de proa hacia la costa, con los calderones entre ellos y el *Sea Sentinel*. Los extremos de la línea comenzaron a cerrar el círculo. Las ballenas se apretujaron mientras se movían hacia la costa.

Ryan tenía miedo de herir a las ballenas asustadas o de separar a las familias si la nave permanecía en la misma posición. Muy a su pesar, ordenó al timonel que apartara el barco del rumbo de la cacería.

En cuanto el *Sea Sentinel* comenzó la maniobra, los pescadores gritaron en señal de triunfo. La fila empezó a cerrarse alrededor de las indefensas ballenas en un abrazo mortal. Las embarcaciones más rápidas se adelantaron para formar el pasillo que seguirían sus presas para llegar al matadero, donde las esperaban los afilados cuchillos y arpones de los verdugos.

Ryan ordenó a Mercer que llevará el *Sea Sentinel* a aguas abiertas.

—¿Qué ocurre? ¿Nos rendimos sin más? —preguntó Mercer.

—Espera y verás —respondió Ryan, con una sonrisa enigmática.

La fragata se acercó a ellos como un policía que escolta a un gamberro expulsado de un estadio de fútbol, pero cuando los barcos se encontraban a poco más de media milla de la manada, la nave de guerra comenzó a retrasarse. Ryan se hizo cargo del timón y vigiló continuamente la posición de la fragata. Cuando los barcos se encontraron donde él quería, cogió el teléfono para llamar a la sala de máquinas.

—A toda máquina —ordenó.

El *Sea Sentinel* era un barco ancho de manga, y la proa y la popa eran muy altas; su silueta parecía la de una bañera anticuada. La nave de exploración científica había sido diseñada para servir como una plataforma estable desde donde botar los instrumentos submarinos. Lo primero que hizo Ryan después de que la organización adquiriera el barco en una subasta fue equiparla con nuevos motores diésel de gran potencia capaces de moverlo a mucha más velocidad.

Ryan giró la rueda violentamente a babor. El barco crujió ante el tremendo esfuerzo de la virada y luego avanzó rápidamente hacia la flota de la cacería. Pillada por sorpresa, la fragata intentó seguirlo, pero la nave de guerra no pudo efectuar el mismo viraje cerrado del *Sea Sentinel* y perdió unos valiosos segundos al tener que dar una vuelta más amplia.

La cacería había avanzado hasta casi una milla de la costa cuando el *Sea Sentinel* alcanzó a la bandada y a las embarcaciones que la cercaban. La nave realizó otro viraje brusco que la llevó a cruzar las estelas de las embarcaciones menores. Ryan continuó al timón. Quería ser el único responsable si algo salía mal. El plan de dispersar a los pescadores requería un hábil manejo del timón. Si navegaba demasiado rápido o demasiado cerca los tripulantes feroeses acabarían de cabeza en el agua helada. Mantuvo el barco a una velocidad constante y aprovechó el ancho de la manga para crear una violenta estela. La ola alcanzó a las otras embarcaciones en plena popa. Algunas consiguieron cabalgar la ola, que los levantó fuera del agua. Otras perdieron impulso y dieron la vuelta en un desesperado intento para no zozobrar.

La línea se rompió de forma caótica. Se abrieron grandes espacios entre las embarcaciones, como separaciones en una hilera de dientes. Con otro golpe de timón, Ryan hizo que el *Sea Sentinel* realizara otro cambio de rumbo que colocó a la nave directamente en el camino de las ballenas. La bandada que escapaba de los cazadores advirtió la presencia del obstáculo, dio media vuelta y escapó por los espacios abiertos entre las embarcaciones de los isleños.

Ahora fue el turno de los tripulantes del *Sea Sentinel* de estallar en aclamaciones, pero su júbilo fue breve. La fragata les había dado alcance y navegaba a la par separada por una distancia de unas sesenta brazas. Una voz que hablaba en inglés sonó por el altavoz de la radio.

—Atención. Les habla el capitán Petersen de la fragata *Leif Eriksson*.

Ryan se apresuró a coger el micrófono.

—Soy el capitán Ryan. ¿Qué puedo hacer por usted, capitán Petersen?

—Se le solicita que lleve el barco a mar abierto.

—Navegamos de acuerdo con la ley internacional. —Dirigió a Therri una sonrisa traviesa—. Mi asesor legal está a mi lado.

—No pretendo discutir de leyes con usted ni con sus asesores, capitán Ryan. Está poniendo en peligro a pescadores daneses. Tengo autorización para utilizar la fuerza. Si no cambia de rumbo inmediatamente, volaré su nave.

La torreta de proa de la fragata giró y el cañón apuntó directamente al *Sea Sentinel*.

—Creo que su juego es muy peligroso —dijo Ryan con calma—. Si falla el disparo podría hundir a algunas de las embarcaciones pesqueras que intenta proteger.

—No creo que erremos a esta distancia, pero quiero evitar un derramamiento de sangre. Los equipos de televisión lo han filmado todo. Muchas ballenas piloto han escapado, y la cacería ha finalizado. Ha conseguido su propósito y ya no es bienvenido.

Ryan se echó a reír.

—Siempre es grato tratar con un hombre razonable. A diferencia de su antecesor, demasiado aficionado a apretar el gatillo. De acuerdo, nos vamos, pero eso no significa que dejemos las aguas de las Feroe. Tenemos otros asuntos.

—Es libre de hacer lo que le plazca, siempre que no viole nuestras leyes o ponga en peligro a nuestros ciudadanos.

Ryan respiró más tranquilo, su expresión de calma era fingida. En todo momento había tenido claro el peligro que corría su tripulación y los representantes de los medios de comunicación. Le devolvió el timón al primer oficial y dio la orden de marcharse lentamente. Una vez fuera de la zona de caza, el *Sea Sentinel* puso rumbo a mar abierto. El plan de Ryan era fondear el barco a unas pocas millas de la costa mientras se preparaba para la protesta contra la piscifactoría.

Para evitar más sorpresas, el capitán Petersen hizo que la fragata escoltara al buque de los ecologistas, dispuesto a impedir cualquier maniobra con la que la nave intentara desviarse.

Therri rompió la tensión que había en el puente.

—El capitán Petersen no sabe de la que se ha librado —comentó con una amplia sonrisa—. Un solo disparo y lo hubiera llevado delante de un tribunal además de embargarle el barco.

—Creo que le asustaba más nuestro cañón lanzabasura —afirmó Ryan.

Las risas fueron interrumpidas por las maldiciones de Mercer.

—¿Qué pasa, Chuck? —preguntó el capitán.

—Maldita sea, Mark —replicó Mercer con las dos manos en la rueda del timón—. Has debido de averiar la transmisión cuando has hecho virar el barco como si fuese una moto de agua. —Frunció el entrecejo, y luego se apartó—. Toma, pruébalo tú.

Ryan lo intentó. La rueda se movía un par de centímetros a cada lado, pero parecía encallada. Ejerció un poco más de presión y luego desistió.

—Sí, está encallada en alguna parte —admitió Ryan, con una mezcla de enfado y sorpresa.

Cogió el teléfono, ordenó a la sala de máquinas que pararan los motores y volvió a ocuparse de la rueda. En lugar de aminorar la marcha, incomprensiblemente la nave comenzó a ganar velocidad. Ryan soltó una maldición y llamó de nuevo a la sala de máquinas.

—¿Qué demonios pasa, Cal? —gritó—. ¿Las máquinas han acabado por dejarte sordo? Te he dicho que reduzcas la velocidad, no que aceleres.

Cal Rumson, el jefe de máquinas, era un marino veterano.

—Te he oído perfectamente la primera vez —contestó Cal. Su tono reflejaba su desconcierto—. He reducido la velocidad. No sé qué pasa. Parece que los controles no funcionan.

—Entonces apágalos.

—Lo intento, pero los motores continúan acelerando.

—Sigue intentándolo, Cal.

Ryan colgó el teléfono. ¡Era una locura! El barco parecía tener voluntad propia. Observó el mar más allá de la proa. Buenas noticias. No había tierra ni buque alguno a la vista. Lo peor que les podía pasar era que se quedaran sin combustible en pleno Atlántico. Cogió el micrófono de la radio para informar a la fragata del fallo. El grito de Mercer le interrumpió.

—¡La rueda está girando!

Mercer intentaba sujetar la rueda, que giraba lentamente a estribor, para tomar un rumbo que los llevaría hacia la fragata. Ryan se aferró a la rueda, y luego entre él y Mercer intentaron volver al rumbo anterior. Utilizaron todas sus fuerzas, pero la rueda se les escapó de las manos bañadas en sudor y el *Sea Sentinel* se acercó más a la fragata.

La fragata danesa había advertido el cambio de rumbo. Una voz conocida sonó en la radio.

—Adelante, *Sea Sentinel*. Habla el capitán Petersen. ¿Cuál es la intención del cambio de rumbo?

—Tenemos problemas con el timón. La rueda está encallada y no podemos apagar los motores.

—Eso es imposible —afirmó Petersen.

—¡Dígaselo al barco!

Hubo una pausa. Luego se oyó otra vez la voz del capitán de la fragata.

—Nos apartaremos para que tengan todo el espacio que

necesiten. Emitiremos un aviso a todos los barcos que estén en la zona.

—Gracias. Parece que finalmente se cumplirá su deseo de que abandonemos las Feroe.

La fragata inició la maniobra. Sin embargo, antes de que la nave danesa pudiera desviarse, el *Sea Sentinel* viró bruscamente y se dirigió como un misil hacia la banda de la fragata.

Los marineros en la cubierta y el puente de la fragata comenzaron a agitar los brazos para desviar al barco que avanzaba hacia ellos. La sirena de la fragata emitió señales de emergencia. En la radio comenzaron a sonar voces que hablaban en inglés y en danés.

Al ver que no había forma de evitar el desastre, los marineros se arrojaron al agua.

En un último intento por evitar la colisión, Ryan se echó sobre la rueda del timón. Continuaba colgado de la misma cuando su barco se estrelló contra la amura de la fragata. La afilada proa del *Sea Sentinel* atravesó la plancha de acero del casco como una bayoneta; después se apartó con un terrible estruendo de metales retorcidos.

El *Sea Sentinel* se bamboleó como un boxeador que acaba de recibir un directo en la mandíbula. La fragata, herida de muerte, embarcaba miles de litros de agua por el enorme boquete en el casco. La tripulación corrió a los botes salvavidas y comenzó a arriarlos, atentos a la orden de abandonar la nave.

Therri había rodado por el suelo al producirse la colisión. Ryan la ayudó a levantarse, y luego él y los demás que se encontraban en el puente de mando bajaron a la cubierta. Los aterrorizados representantes de los medios de comunicación, al ver que de repente se habían convertido en protagonistas de la noticia, buscaban a alguien que les dijera qué debían hacer. La mayoría de ellos había sufrido lesiones.

Alguien gritaba pidiendo ayuda. Algunos tripulantes y reporteros rescataron a un cuerpo ensangrentado de entre el amasijo de hierros retorcidos que era todo lo que quedaba de la sección de proa.

Ryan ordenó que abandonaran el barco.

En medio del griterío y la confusión, nadie vio el helicóptero que volaba muy alto por encima de las naves. El aparato dio unas cuantas vueltas como un buitre hambriento y luego se alejó en dirección a la costa.

3

A unas millas de la costa norte de Rusia

A mil doscientas millas al sudeste de las islas Feroe, el buque de exploración científica *William Beebe* estaba fondeado en las heladas aguas del mar de Barents. Las letras NUMA destacaban en el casco turquesa de ochenta metros de eslora. Bautizado con el nombre de uno de los pioneros de la exploración submarina, el *Beebe* contaba con numerosas grúas y pescantes capaces de izar barcos desde el fondo marítimo.

Cuatro tripulantes vestidos con trajes de buceo se encontraban en la cubierta de popa, con las miradas fijas en un punto donde la superficie del mar hervía como un caldero. El agua se volvió más clara y una erupción de burbujas precedió a la aparición del submarino de rescate *Sea Lamprey*, que emergió como un leviatán mutante en busca de aire. Con la precisión de un equipo de comandos, los tripulantes se montaron en una lancha neumática con un motor fuera borda, descendieron por la rampa instalada a popa y se dirigieron a toda velocidad hacia el submarino que se movía como un corcho en el oleaje.

El equipo enganchó un cable de acero al vehículo pintado de color naranja brillante, y un cabrestante eléctrico a bordo del *Beebe* arrastró al sumergible hasta situarlo debajo de la grúa puente que se proyectaba por encima de la popa.

Engancharon los cables de Kevlar a los cáncamos en la pequeña cubierta del sumergible. Se oyó el rugido del poderoso motor de la grúa, y el sumergible se separó de la superficie marítima. Mientras colgaba de los cables, el *Sea Lamprey* ofreció a la vista su poco atractivo casco cilíndrico y la extraña proa recortada que parecía un acordeón.

La grúa puente se deslizó sobre sus carriles y depositó el sumergible sobre una cuna de acero hecha a medida, mientras los tripulantes apoyaban una escalera en un lado de la cuna. Se abrió la escotilla de la torre y se oyó el golpe cuando pegó contra el suelo de esta. Kurt Austin asomó la cabeza y parpadeó como un topo. Sus cabellos casi albinos brillaron al reflejarse en ellos la fuerte luz metálica del cielo encapotado.

Austin saludó a la tripulación con un gesto, luego con un par de contorsiones consiguió pasar los hombros por la abertura, salió al exterior y esperó junto a la torre. Unos segundos más tarde, su compañero, Joe Zavala, sacó la cabeza al aire fresco y le entregó una resplandeciente caja de aluminio.

Austin le arrojó la caja a un hombre de mediana edad, bajo y fornido, que esperaba al pie de la escalera. El hombre vestía un suéter de cuello alto y un traje de agua amarillo. Solo la gorra puntiaguda lo identificaba como un miembro de la marina rusa. Cuando vio volar la caja, soltó un grito de desesperación. La atrapó al vuelo, la movió un par de veces a un lado y a otro, y después la estrechó contra el pecho.

Mientras Austin y Zavala bajaban la escalera, el ruso abrió la caja y sacó un objeto envuelto primero en un trozo de espuma de plástico y luego en papel. Quitó los envoltorios y dejó a la vista una botella cuadrada. La sostuvo como si fuese un bebé al tiempo que murmuraba unas palabras en su idioma. Al ver las expresiones perplejas de los hombres de la NUMA, dijo:

—Perdonen, caballeros. Estaba dando gracias porque el contenido de la caja no ha sufrido ningún daño.

Austin miró la etiqueta e hizo una mueca.

—¿Nos hemos sumergido cien metros y metido en un submarino para rescatar una botella de vodka?

—Oh, no —replicó Vlasov. Metió la mano en la caja—. Tres botellas. El mejor vodka que se produce en Rusia. —Desenvolvió con mucho cuidado las otras dos botellas y dio un beso a cada una de ellas antes de volver a guardarlas en la caja—. Joya de Rusia es una de las mejores marcas y Moskovska es soberbia. El mejor para beber helado es el Charodei.

Austin se preguntó si alguna vez llegaría a entender la mentalidad rusa.

—Por supuesto —manifestó alegremente—. Hundir un submarino para mantener fría una bebida es algo muy lógico cuando lo explica de esa manera.

—El submarino era una vieja unidad de la clase Foxtrot que se utilizaba para entrenamiento —dijo Vlasov—. Los retiraron del servicio activo hace más de treinta años. —Obsequió a Austin con una sonrisa deslumbrante—. Debe admitir que fue idea suya colocar objetos en el submarino para poner a prueba su habilidad en recuperarlos.

—Mea culpa. No me pareció una mala idea en su momento.

Vlasov cerró la caja.

—¿Debo entender que la inmersión ha sido un éxito?

—Efectivamente —respondió Zavala—. Solo hemos tenido algunos problemas técnicos de poca importancia. Nada grave.

—Entonces debemos celebrarlo con una copa —opinó Vlasov.

Austin se hizo con la caja de las botellas.

—No hay mejor momento que este.

Cogieron tres vasos de plástico en el comedor y luego fueron a la sala de descanso. Vlasov abrió la botella de Charodei y llenó los vasos casi hasta el borde. Levantó el suyo para brindar.

—Por los jóvenes valientes que murieron en el *Kursk*.

Vlasov bebió el vodka como quien se toma una tisana. Austin bebió un sorbo. Conocía por experiencia los efectos del fortísimo aguardiente ruso.

—Brindo para que nunca más ocurra nada parecido a lo del *Kursk* —dijo Austin.

El hundimiento del *Kursk* había sido una de las peores catástrofes en la historia de la navegación submarina. Más de cien marineros habían muerto en el año 2000 cuando el submarino portamisiles de la clase Oscar II se había hundido en el mar de Barents como consecuencia de una explosión en la cámara de torpedos.

—Con su sumergible —manifestó Vlasov—, ningún joven que sirve a su país, sea cual sea, tendrá que enfrentarse a esa espantosa muerte. Gracias al ingenio de la NUMA, ahora podremos entrar en un submarino hundido independientemente de si la escotilla de emergencia está en condiciones de ser utilizada. Las innovaciones que ha incorporado en este sumergible son revolucionarias.

—Es muy amable de su parte, comandante Vlasov. Joe merece todo el mérito por haber unido un montón de piezas sueltas y haber aplicado el tradicional sentido común norteamericano.

—Les agradezco las alabanzas, pero robé la idea a la madre naturaleza —declaró Zavala con la modestia que le caracterizaba. Licenciado en ingeniería naval en el New York Maritime College, Zavala estaba dotado de un talento natural para la mecánica. James Sandecker, director de la NUMA, se había hecho con sus servicios en cuanto salió de la universidad; además de cumplir con sus obligaciones en el equipo de misiones especiales al mando de Austin, había diseñado numerosas naves submarinas tripuladas y automáticas.

—¡Tonterías! —exclamó Vlasov—. Hay un camino muy largo desde la lamprea a su sumergible.

—El principio es el mismo —comentó Zavala—. Las lampreas son unas criaturas extraordinarias. Se enganchan a un pez, clavan los dientes en la piel y le chupan la sangre. Nosotros utilizamos la succión y los rayos láser en lugar de los dientes. El principal problema fue diseñar una compuerta flexible y a prueba de filtraciones que se pudiera enganchar en cualquier tipo de superficie y nos permitiera hacer un corte. Utilizando materiales de la tecnología espacial y ordenadores hemos conseguido un resultado realmente bueno.

Vlasov volvió a levantar su vaso de vodka.

—Tengo en mi mano la prueba de su ingenio. ¿Cuándo entrará en servicio el *Sea Lamprey*?

—Pronto. Al menos así lo espero.

—Cuanto antes mejor. Me estremezco al pensar en posibles nuevos desastres. Los soviéticos han construido algunos barcos de primera. Pero para mis compatriotas siempre ha primado lo gigantesco sobre la calidad. —Vlasov se acabó la bebida y se levantó—. Ahora he de volver a mi camarote para redactar el informe para mis superiores. Se sentirán muy complacidos. Les doy las gracias por el buen trabajo realizado. Le expresaré mi agradecimiento al almirante Sandecker personalmente.

En el momento en que Vlasov salía, entró en la sala uno de los oficiales para comunicarle a Austin que tenía una llamada telefónica. Austin cogió el teléfono, escuchó durante un minuto, formuló unas pocas preguntas, y luego añadió:

—Permanezca a la espera. Volveré a llamarle. —Colgó el teléfono—. Una llamada de la OTAN. De la oficina de emergencias submarinas de la región del Atlántico oriental. Necesitan nuestra ayuda en una misión de rescate.

—¿Alguien ha perdido un submarino? —preguntó Zavala.

—Una fragata danesa se ha ido a pique en aguas de las islas Feroe, y algunos de los tripulantes están atrapados en el interior. Al parecer, todavía están vivos. Los suecos y los británicos van de camino, pero la fragata no tiene una escotilla de emergencia. Los daneses necesitan a alguien que pueda perforar el casco y sacar a esos tipos. Se enteraron de que estábamos por aquí haciendo inmersiones de prueba.

—¿De cuánto tiempo disponemos?

—Por el modo en que lo dijeron, solo unas pocas horas.

—Las Feroe deben de estar a más de mil millas de aquí. —Zavala sacudió la cabeza—. El *Beebe* es un barco rápido para su tamaño, pero necesitaría tener alas para llegar allí a tiempo.

Austin se sumió en sus pensamientos durante un par de minutos, y luego comentó:

—Eres un genio.

—Me alegra que por fin te hayas dado cuenta. ¿Te importaría decirme cómo has llegado a esa conclusión? Podría serme muy útil para ligar.

—Primero, deja que te haga una pregunta: ¿El *Sea Lamprey* está en condiciones de ser utilizado en una operación de rescate real? Advertí un tono de «cúbrete el culo» cuando Vlasov preguntó cuándo estaría preparado.

—Por defecto, los tipos del servicio civil nos apuntamos a la clase de Cúbrete el Culo 101 cuando firmamos —respondió Zavala.

—Estoy seguro que acabaste el curso con sobresaliente. ¿Qué contestas?

Zavala se tomó unos momentos para pensar la respuesta.

—Tú has visto cómo se comportó en la subida.

—Sí, fue como una montaña rusa, pero salimos bien parados. Cualquiera pagaría una pasta por un viaje así en Disney World.

Zavala movió la cabeza lentamente.

—Tienes la virtud de plantear la posibilidad de una muerte horrible de una manera muy despreocupada.

—Mi deseo de morir no es más fuerte que el tuyo. Dijiste que el *Sea Lamprey* está construido como un búnker.

—Vale, fue una exageración. La estructura es muy sólida pero hay que mejorar el funcionamiento.

—Así a bote pronto, ¿cuáles serían las probabilidades de cumplir con éxito la misión?

—Están al cincuenta por ciento. Podría hacer algunos arreglos provisionales para aumentar las probabilidades a nuestro favor.

—No quiero presionarte, Joe.

—No es necesario que lo hagas. No podría volver a dormir si no intentamos ayudar a esos tipos. Pero todavía nos queda llevar el sumergible hasta donde se fue a pique la fragata danesa. Algo me dice que tienes una idea, ¿verdad? —dijo Zavala al ver la sonrisa de Austin.

—Quizá —admitió Austin—. Tendré que aclarar algunos detalles con Vlasov.

—Dado que estoy a punto de arriesgar mi vida en otra de tus locuras, ¿podrías decirme qué estás maquinando?

—Con mucho gusto —respondió Austin—. ¿Recuerdas lo que dijo Vlasov sobre la afición rusa a lo gigantesco?

—Sí, pero…

—Piensa a lo grande —le recomendó Austin mientras se dirigía hacia la puerta—. Piensa muy a lo grande.

4

Karl Becker se paseaba como una fiera enjaulada por la cubierta del buque de exploración oceánica *Thor* de la marina danesa. Con los hombros encorvados y las manos metidas en los bolsillos de un abrigo que le venía grande, el burócrata parecía un gran pájaro sin alas. Becker iba abrigado con multitud de prendas, pero temblaba cada vez que revivía el momento de la colisión. Lo habían empujado a uno de los botes salvavidas, pero acabó en las gélidas aguas cuando el bote sobrecargado se dio la vuelta mientras lo arriaban. Si un pesquero feroés no lo hubiese recogido cuando estaba a punto de perder el conocimiento, ahora estaría muerto.

Se detuvo para encender un cigarrillo protegiendo la llama con las manos, y se apoyó en la borda. Mientras contemplaba con profunda pena la boya de plástico rojo que señalaba la posición de la fragata hundida, oyó que alguien gritaba su nombre. El capitán del *Thor*, Nils Larsen, cruzaba la cubierta en su dirección.

—¿Dónde están esos malditos norteamericanos? —espetó Becker.

—Buenas noticias. Acaban de llamar —respondió el capitán—. Estarán aquí dentro de cinco minutos.

—Ya era hora —dijo Becker.

Como su colega del *Leif Eriksson*, el capitán Larsen era alto y rubio y tenía un perfil muy marcado.

—La verdad es que solo han pasado unas horas desde que se hundió la fragata. El equipo de rescate de la OTAN necesitaba al menos setenta y dos horas para traer hasta aquí una nave nodriza, un sumergible y su tripulación. La gente de la NUMA ha cumplido con su promesa de estar aquí en un plazo de ocho horas. Merecen cierto margen de confianza.

—Lo sé, lo sé —admitió Becker en un tono más de impaciencia que de enfado—. No pretendo ser desagradecido, pero cada minuto cuenta. —Arrojó la colilla al mar y volvió a meter las manos hasta el fondo de los bolsillos—. Es una pena que Dinamarca haya abolido la pena de muerte —rabió—. Me gustaría ver ahorcados a toda esa pandilla de asesinos de los Centinelas del Mar.

—¿Está seguro de que la colisión fue intencionada?

—¡No tengo la menor duda! Cambiaron de rumbo y vinieron directamente hacia nosotros. ¡Bang! Como un torpedo. —Miró su reloj—. ¿Está seguro de que los norteamericanos dijeron cinco minutos? No veo a ningún barco que se aproxime.

—Es curioso —admitió el capitán. Cogió los prismáticos y miró el horizonte—. Yo tampoco veo ningún barco. —Al oír un ruido, enfocó los prismáticos hacia el cielo encapotado—. Un momento. Hay un helicóptero que viene hacia aquí. Vuela a gran velocidad.

El punto creció rápidamente contra el fondo de las nubes, y no tardó mucho en escucharse con toda claridad el sonido de los rotores. El aparato voló en línea recta hasta el *Thor* y se detuvo un momento un poco por encima de los mástiles. Luego viró para volar en círculo alrededor de la nave científica. Las letras NUMA eran claramente visibles en el fuselaje del Bell 212 color turquesa.

El segundo oficial cruzó la cubierta a la carrera para acercarse al capitán y le señaló el helicóptero.

—Son los norteamericanos. Solicitan permiso para aterrizar.

El capitán asintió, y el segundo oficial transmitió la autorización al piloto. El helicóptero se acercó a la nave, se situó en la vertical de la cubierta de popa y descendió lentamente hasta posarse suavemente en el centro del círculo blanco que marcaba el helipuerto.

Se abrió la puerta y dos hombres saltaron del aparato. Agachados para evitar los rotores, cruzaron la cubierta. Como político, Becker era un agudo observador de las personas. Los hombres caminaban con el aire despreocupado que había visto en otros norteamericanos, pero su paso decidido y su porte transmitían confianza.

Becker calculó que el hombre de hombros anchos que iba en cabeza medía poco más de un metro ochenta y pesaba unos cien kilos. Sus cabellos eran casi blancos, pero a medida que se acercaba, Becker vio que era joven, probablemente estaba alrededor de los cuarenta. Su compañero, de tez morena, era un poco más bajo, más joven y más delgado. Caminaba con la gracia felina de un boxeador; el burócrata no se equivocaba porque el hombre se había pagado los estudios como boxeador de la categoría de los pesos medios. Sus movimientos eran relajados, pero con la energía de un resorte. El capitán se adelantó para saludar a los norteamericanos.

—Bienvenidos al *Thor*.

—Gracias. Soy Kurt Austin de la National Underwater and Marine Agency —respondió el hombretón, que tenía todo el aspecto de ser capaz de atravesar una pared—. Este es mi compañero, Joe Zavala. —Estrechó la mano del capitán, y luego la de Becker, con un apretón que casi hizo llorar al danés. Zavala acabó de triturar los huesos que se habían salvado del apretón de Austin.

—Han llegado muy rápido —comentó el capitán.

—Vamos un poco retrasados sobre el horario previsto —se lamentó Austin—. La logística resultó un tanto complicada.

—No pasa nada. ¡Gracias a Dios ya están aquí! —exclamó Becker, que se frotaba la mano dolorida. Miró hacia el helicóptero—. ¿Dónde está el equipo de rescate?

Austin y Zavala intercambiaron una mirada risueña.

—Lo tiene ante sus ojos —contestó Austin.

El asombro de Becker dio paso a una furia apenas contenida. Se volvió como una tromba para mirar al capitán.

—En nombre de Dios, ¿cómo van a poder estos dos... caballeros rescatar al capitán Petersen y a sus hombres?

El capitán Larsen se preguntaba lo mismo, pero se mostró más discreto.

—Quizá deba preguntárselo a ellos —replicó, muy molesto por el estallido del burócrata.

—¿Qué responden? —les preguntó Becker en tono airado.

Becker no tenía elementos para saber que los dos hombres que habían bajado del helicóptero equivalían a toda una brigada de salvamento. Austin, nativo de Seattle, se había criado en y junto al mar, algo que no tenía nada de particular, dado que su padre era el propietario de una compañía de salvamentos marítimos. Mientras estudiaba ingeniería de sistemas en la Universidad de Washington, había asistido a los cursos de una prestigiosa escuela de submarinismo, donde se había especializado en diversas materias. Había llevado a la práctica sus conocimientos en la explotación de los yacimientos de petróleo en el mar del Norte, y después de trabajar durante un tiempo para su padre, había sido contratado por la CIA para operaciones de inteligencia submarina. Al finalizar la guerra fría, había aceptado la oferta del almirante Sandecker para dirigir el equipo de tareas especiales.

Zavala era hijo de padres mexicanos que habían vadeado el río Grande, para instalarse en Santa Fe. Su genio para la mecánica era legendario en la NUMA; era capaz de reparar, modificar o restaurar cualquier tipo de motor. Tenía miles de horas de vuelo como piloto de helicópteros, y aviones de hélice y turbinas. Su incorporación al equipo de Austin había resultado ser un emparejamiento muy afortunado. La mayoría de sus misiones nunca llegarían a ser del dominio público, pero su despreocupada camaradería cuando se enfrentaban al peligro enmascaraba una férrea determinación y una competencia que muy pocos podían igualar.

Austin observó tranquilamente a Becker con la aguda

mirada de sus ojos del color del coral debajo del agua. Comprendía la aflicción de Becker, y se enfrentó a la furia del danés con una amplia sonrisa.

—Lamento la frivolidad. Tendría que haber aclarado inmediatamente que el vehículo de rescate está de camino.

—Estará aquí dentro de una hora —añadió Zavala.

—Hay muchas más cosas que podamos hacer mientras tanto —manifestó Austin. Se volvió hacia el capitán—. Necesito ayuda para descargar una caja del helicóptero. ¿Podría disponer de algunos hombres fuertes?

—Sí, por supuesto. —El capitán agradeció tener la oportunidad de hacer algo concreto. Sin perder ni un momento, mandó al segundo oficial que reuniera a unos cuantos marineros.

Los hombres descargaron un gran cajón de madera del compartimiento de carga del helicóptero y lo dejaron en la cubierta. Austin cogió una palanqueta del aparato, abrió la tapa y miró en el interior. Después de una rápida inspección, comentó:

—Todo parece estar en orden. ¿Cuáles son las últimas noticias de la situación?

El capitán Larsen señaló la boya que marcaba la posición del crucero hundido. Austin y Zavala escucharon atentamente mientras Larsen les hacía un rápido resumen de la colisión y el hundimiento.

—No tiene mucho sentido —dijo Austin—. Por lo que usted dice, tenían todo el espacio que querían para maniobrar.

—También lo tenían el *Andrea Doria* y el *Stockholm* —le recordó Zavala. Se refería a la colisión de los trasatlánticos frente a las costas de Nantucket.

Becker murmuró algo referente a los criminales Centinelas del Mar. Austin optó por no hacerle caso y se concentró en el problema.

—¿Cómo sabe a ciencia cierta que el capitán y sus hombres están vivos?

—Estábamos haciendo un muestreo para determinar la

población de ballenas no muy lejos de aquí cuando recibimos la llamada de auxilio —explicó Larsen—. Bajamos un hidrófono y captamos el sonido de alguien que transmitía un SOS en código morse. Desafortunadamente, solo podemos recibir mensajes, no enviarlos. Sin embargo, sabemos que hay trece hombres, incluido el capitán Andersen, atrapados en una bolsa de aire en el sollado de proa. El aire está viciado, y están sufriendo los primeros síntomas de hipotermia.

—¿Cuándo oyeron el último mensaje?

—Hará cosa de dos horas. En esencia siempre es el mismo mensaje, solo que los golpes son cada vez más débiles. En la última comunicación, transmitieron la misma palabra varias veces.

—¿Cuál era?

—Desesperados.

Austin rompió el lúgubre silencio.

—¿Han bajado algún otro equipo hasta la fragata?

—La guardia costera de las islas llamó a la base de la OTAN en Stremoy. Ellos se pusieron en contacto con la red de rescates submarinos de la OTAN pocos minutos después de irse a pique la fragata. Todos aquellos barcos que ve pertenecen en su mayoría a países escandinavos. Estamos cumpliendo las funciones de buque nodriza. No tardará en llegar un barco sueco con un vehículo de rescate, pero como todos los demás, no será de ninguna utilidad en esta situación. Está preparado para rescatar a los tripulantes a través de una escotilla de emergencia. Hemos localizado la posición de la fragata a una profundidad de cincuenta y cuatro brazas, pero más allá de eso, a pesar de toda nuestra capacidad técnica, solo somos espectadores de una tragedia en ciernes.

—No tiene por qué ser forzosamente así —replicó Austin.

—¿Cree usted que los podrá ayudar? —preguntó Becker con una expresión de súplica.

—Quizá. Lo sabremos después de averiguar a qué nos enfrentamos.

Becker se disculpó por su descortesía.

—Lamento haber perdido los estribos. Le agradecemos su ayuda. Tengo una deuda personal con el capitán Petersen. Después de la colisión y cuando no había ninguna duda de que la fragata se hundiría en cuestión de minutos, se aseguró de ponerme a salvo en uno de los botes salvavidas. Cuando se enteró de que había algunos tripulantes atrapados bajo cubierta, corrió a ayudarlos y fue entonces cuando se encontró atrapado en la nave hundida.

—Es un hombre valiente. Razón de más para salvarlo a él y a sus hombres —afirmó Austin—. ¿Tiene usted alguna idea de cuál es la posición del barco en el fondo?

—Sí, por supuesto. Vengan conmigo —dijo el capitán. Los llevó hasta un laboratorio de electrónica debajo de la cubierta principal. La sala estaba equipada con monitores que se utilizaban en trabajos por control remoto—. Esta es una imagen de sónar de alta resolución del *Leif Eriksson* —explicó mientras señalaba una imagen en un monitor más grande—. Como ven, está posado en un pequeño ángulo en una pendiente. Los alojamientos de la tripulación están aquí, una cubierta por debajo del comedor, a poca distancia de la proa. Es obvio que el aire está atrapado aquí. —Marcó una sección del casco con el cursor—. Es un milagro que todavía estén vivos.

—Es un milagro que seguramente desearían que nunca hubiese ocurrido —opinó Decker en tono lúgubre.

—Háblenos del compartimiento.

—Es bastante grande. Hay literas para veinticuatro hombres. Se accede por una única escalerilla situada en el comedor. También hay una escotilla de emergencia.

—Necesitaremos conocer todos los detalles del dormitorio, sobre todo la localización de las cañerías, los conductos y los mamparos.

El capitán le entregó una carpeta.

—El departamento de la marina nos envió este material para utilizarlo en las operaciones de rescate. Creo que encontrará todo lo que necesita. Si falta alguna cosa, se la conseguiremos de inmediato.

Austin y Zavala estudiaron los planos de la fragata y luego volvieron a fijarse en la imagen del sónar.

—No creo que podamos averiguar mucho más a partir de las imágenes —opinó Austin—. Quizá sea el momento para una zambullida.

—Ha sido un acierto que trajeras el bañador —dijo Zavala.

—Es el último modelo Michelin. Irresistible para cualquier mujer.

Becker y el capitán se preguntaron si por uno de esos caprichos del destino se habían encontrado con una pareja de locos. Se miraron intrigados y luego corrieron detrás de los hombres de la NUMA. Mientras Zavala explicaba al capitán Larsen y a Becker cuál era el plan, Austin supervisó el trabajo de los cuatro tripulantes que se ocupaban de mover el cajón hasta situarlo debajo de un pescante. Soltaron el cable de la grúa. Austin cogió el gancho, lo sujetó al contenido de la caja y dio la señal para que lo levantaran.

La figura pintada de un color amarillo brillante que emergió de la caja medía poco más de dos metros de estatura y parecía un autómata de las películas de ciencia ficción de los cincuenta. Los brazos y las piernas de aluminio fundido abultaban como los del hombre Michelin, y el casco parecía una pecera sobredimensionada. Los brazos acababan en pinzas como las de un insecto. Cuatro hélices pequeñas protegidas con carenados circulares sobresalían en los codos y la parte de atrás de los brazos.

Austin golpeó con los nudillos la unidad de control adosada a la espalda.

—Esta es la última palabra en la tecnología de los trajes de buzo. Este modelo puede funcionar a profundidades de unos seiscientos metros durante seis horas, o sea que dispongo de mucho margen. ¿Puede pedir una escalera? También necesito que bajen un bote con una tripulación experimentada.

El capitán ordenó al segundo oficial que se ocupara de la solicitud. Austin se quitó el anorak, se puso un suéter de lana sobre el jersey de cuello alto y se encasquetó un gorro de lana negra que le tapaba las orejas. El traje de aluminio estaba dividido en dos secciones en la cintura. Austin utilizó la escalera para meterse en la parte inferior. A continuación, un par de tripulantes cogieron la parte superior y la sujetaron con los cierres. Por último, engancharon el cable de la grúa que lo levantó por los aires.

Austin utilizó la radio del traje, que tenía la misma frecuencia que las radios del barco, para ordenar que detuvieran la grúa cuando estaba a un par de metros por encima de la cubierta. Movió los brazos y las piernas con la ayuda de las dieciséis articulaciones hidráulicas. Después probó las pinzas que hacían la función de manos. Por último, hizo un ensayo con los controles accionados con los pies y escuchó el zumbido de los propulsores verticales y horizontales.

—Todos los sistemas funcionan —comunicó Austin.

El traje de inmersión había sido diseñado para proteger a los buceadores de las fuertes presiones submarinas y permitirles realizar tareas relativamente delicadas. A pesar de su silueta humanoide, el traje se consideraba un vehículo y el buceador su piloto.

Bajo la supervisión de Zavala, la grúa giró para situar su carga más allá de la borda. Austin, suspendido del cable, se balanceaba, como un yoyó. En cuanto vio que el bote estaba en posición, transmitió la orden de que lo bajaran.

Austin se sumergió en el agua. Una espuma verde le cubrió el casco. Uno de los tripulantes del bote desenganchó el cable, y Austin se hundió como una piedra durante unas cuantas brazas, hasta que ajustó el traje para una flotación neutra. Luego puso en marcha los impulsores. Bajó, subió, avanzó y retrocedió, y luego flotó. Echó una última mirada a la pálida superficie por encima de su cabeza, encendió los focos instalados en el pecho del traje, accionó el control vertical y comenzó el descenso.

5

Desconocedor de lo que sucedía a casi setenta metros por encima de su cabeza, el capitán Petersen yacía en una litera en medio de la oscuridad y se preguntaba si moriría congelado o asfixiado por la falta de oxígeno. Era un ejercicio puramente intelectual. Ya no le importaba cómo sería su muerte. Solo deseaba que fuese cuanto antes.

El frío le había consumido casi todas las fuerzas. Cada jadeante exhalación de anhídrido carbónico que hacían él y su tripulación colaboraba a reducir la capacidad del aire para mantenerlos vivos. El capitán se estaba hundiendo en el estado letárgico que se presenta cuando la voluntad de vivir disminuye como la marea baja. Ni siquiera pensar en su esposa e hijos consiguió devolverle un poco de ánimo.

Anhelaba llegar a la etapa de aturdimiento que aliviaría sus dolores físicos y mentales. Su cuerpo aún tenía vida suficiente para mantener su sufrimiento. Sus pulmones torturados por la falta de oxígeno le provocaron un acceso de tos que le reavivó el dolor en el brazo izquierdo que se había roto cuando se había visto lanzado contra un mamparo. Era una fractura simple, pero le dolía muchísimo. Los gemidos de los tripulantes le recordaron que no estaba solo en su padecimiento.

Una vez más volvió a revivir toda la colisión, y se preguntó si podría haberla evitado. Todo había ido bien. Se había evitado una confrontación peligrosa, y habían escoltado al *Sea*

Sentinel a mar abierto. Entonces, sin ningún aviso previo, el barco pintado como una carroza de carnaval viró hacia el flanco indefenso de la fragata.

Su desesperada orden de virar llegó demasiado tarde. El terrible estruendo del acero desgarrado le advirtió que la herida era mortal. Su experiencia entró rápidamente en acción. Dio la orden de abandonar el barco; mientras vigilaba el arrío de los botes salvavidas uno de los marineros le comunicó que había tripulantes heridos bajo cubierta. Petersen no lo dudó ni un segundo; dejó la maniobra a cargo del segundo oficial y corrió a ayudar a sus hombres.

Los hombres que se encargarían de la guardia nocturna estaban durmiendo cuando se produjo la colisión. La proa del *Sea Sentinel* se hundió en el casco por detrás de los dormitorios; los tripulantes se habían salvado de morir en el acto pero algunos estaban heridos. Petersen atravesó el comedor y bajó por la escalerilla. Vio que sus hombres atendían a los heridos.

—¡Abandonen el barco! —ordenó—. Formen una cadena para trasladar a los heridos.

La fragata se hundía por la popa debido al peso del agua que entraba por el enorme boquete. El agua inundó el comedor, y luego entró por la escalerilla. Consciente de que ya no había ninguna posibilidad de huir, Petersen subió de nuevo, cerró la compuerta y giró la rueda que la ajustaba. Mientras bajaba, la nave se sacudió y se golpeó contra el mamparo con tanta violencia que perdió el conocimiento.

Fue un accidente afortunado porque le impidió oír los terribles crujidos de la nave mientras se iba a pique. Tampoco su cuerpo sufrió más heridas cuando, momentos más tarde, la fragata golpeó contra el fondo fangoso. Aun así, cuando el capitán se despertó en el dormitorio sumido en la oscuridad, oyó algo todavía más terrible: los gemidos y los gritos de los marineros. Muy poco después de recuperar el conocimiento, un rayo de luz disipó parcialmente la oscuridad y quedaron a la vista los rostros pálidos y ensangrentados entre las literas tumbadas y las taquillas. El cocinero de la fragata, un hombre bajo y gordo llamado Lars, pronunció el nombre del capitán.

—Estoy aquí —respondió Petersen con voz ahogada.

La luz se movió en su dirección. Lars se acercó a gatas y se acurrucó junto a Petersen sin soltar la linterna.

—¿Está bien, Lars? —preguntó el capitán.

—Solo unos cuantos golpes y rasguños. La grasa me ha protegido. ¿Cómo está usted, señor?

—No he tenido mucha suerte. Me he roto el brazo izquierdo.

—¿Qué ha pasado, capitán? Estaba durmiendo.

—Nos embistió una nave.

—Maldita sea. Antes de verme tumbado en el suelo estaba soñando con una montaña de platos a cual más delicioso. No esperaba verlo por aquí abajo, señor.

—Alguien de la tripulación me comunicó que estaban en apuros. Vine a ayudar. —Intentó levantarse—. No seré de mucha ayuda si sigo sentado aquí. Écheme una mano.

Improvisaron un cabestrillo con el cinturón del capitán y recorrieron el dormitorio. Con la ayuda de los pocos hombres que solo tenían heridas leves, procuraron que los menos afortunados estuviesen un poco más cómodos. El frío y la humedad eran el peor y más inmediato peligro. Quizá podía ganar un poco de tiempo, pensó Petersen. En el dormitorio había trajes de inmersión para protegerse del agua helada si el barco se iba a pique.

Tardaron un buen rato en dar con los trajes, que estaban desparramados por todo el dormitorio guardados en bolsas, y ayudar a los heridos a vestirse. Luego se pusieron los guantes y se ajustaron las capuchas. Por último, juntaron todas las mantas y prendas disponibles y se abrigaron como pudieron.

Controlado por el momento el problema del frío, Petersen se centró en la reserva de aire. Uno de los cofres de aluminio guardaba respiradores para ser utilizados en caso de incendio u otras emergencias. Los repartieron. Servirían para ganar un poco más de tiempo. El capitán decidió utilizar primero las botellas de aire porque este era más puro que el aire viciado del dormitorio, que comenzaba a hacer sentir sus efectos.

Petersen formó grupos encargados de transmitir la señal en código morse por la misma razón que los oficiales prisioneros de guerra distribuían las tareas para mantener la moral. Los hombres se turnaban para golpear el casco con una llave inglesa. Cuando los equipos ya no pudieron continuar, Petersen continuó haciéndolo, aunque no sabía por qué. Aburrido de repetir el SOS, comenzó a transmitir mensajes en los que describía la situación. Pero también él acabó por agotarse y solo golpeaba el casco cuando conseguía recuperar algo de fuerza, cosa cada vez menos frecuente. Después desistió. Se olvidó del rescate, cerró los ojos y una vez más comenzó a pensar en la muerte.

Con el cabo de la boya como guía, Austin se hundió en las profundidades con los pies por delante y un tanto inclinado, como los viejos buzos que bajaban unidos a una invisible manguera de aire. Unos rayos multicolores atravesaban el agua como los rayos del sol que atraviesan un cristal coloreado. A medida que bajaba más, el agua borraba los colores y, finalmente, reinó la oscuridad.

Los potentes focos halógenos montados en el pecho del traje alumbraron trozos de vegetación submarina y algunos bancos de peces, pero no pasó mucho tiempo antes de que Austin llegara al nivel bentónico, donde solo vivían los peces más resistentes. A una profundidad de casi setenta metros, las luces alumbraron los mástiles y las antenas de la fragata, y luego los fantasmagóricos contornos de la nave hundida.

Austin puso en marcha los propulsores verticales y frenó el descenso cuando llegó al nivel de la cubierta principal. Entonces utilizó los propulsores horizontales, y se movió a lo largo del casco, rodeó la popa y volvió hacia la proa. El buque se encontraba en la misma posición que había visto en la imagen del sónar, un tanto inclinado en la pendiente, con la proa más alta que la popa. Observó la nave de guerra con la misma atención con la que un médico forense practica la autopsia a la víctima de un asesinato, y se fijó especialmente en el gran boquete triangular en la banda. No había ninguna nave capaz de salvarse de las consecuencias de semejante herida.

No vio más que metales retorcidos más allá del boquete, así que volvió a dirigirse hacia la proa. Se acercó hasta unos pocos centímetros del casco, con la sensación de ser una mosca posada en una pared enorme, apoyó el casco contra la plancha de acero y escuchó. Los únicos sonidos eran el de su respiración y el de los propulsores que lo mantenían en posición. Austin se apartó un par de metros, puso en marcha los propulsores horizontales y dejó que las rodillas metálicas del traje golpearan contra el casco.

Al otro lado del casco, Petersen abrió los ojos como platos. Contuvo la respiración.

—¿Qué ha sido eso? —preguntó una voz ronca en la oscuridad. Era Lars que estaba acurrucado en la litera junto al capitán.

—Gracias a Dios tú también lo has oído —susurró Petersen—. Creí que me había vuelto loco. Escucha.

Permanecieron atentos y escucharon los golpes en la parte exterior del casco. El código morse. Lento y titubeante, como si el remitente tuviera que luchar con cada letra. En el rostro del capitán apareció una expresión de asombro, mientras traducía las señales de cada letra.

P-E-T-E...

Austin maldecía la dificultad de la transmisión. Había pedido a uno de los tripulantes que sujetara un pequeño martillo de acero en las pinzas de su mano derecha. El brazo mecánico se movía con una lentitud desesperante, pero así y todo consiguió transmitir toda la palabra en el código morse.

Se detuvo y apoyó de nuevo el casco contra la plancha. Después de un momento, escuchó la respuesta en puntos y rayas.

SÍ

ESTADO

AIRE MALO FRÍO

AYUDA PRONTO

Una pausa. Luego, RÁPIDO

PRONTO

Petersen comunicó a sus hombres que el rescate era inminente. Le dolió mentirles. Se les estaba acabando el tiempo. Le costaba enfocar la mirada. Cada vez resultaba más difícil respirar y muy pronto sería imposible. La temperatura había descendido a bajo cero y ni siquiera los trajes de inmersión conseguían mantenerlos abrigados. Había dejado de temblar, la primera señal de la hipotermia. Lars sacó a Petersen de su ensimismamiento.

—Capitán, ¿puedo hacerle una pregunta?

Petersen asintió con un gruñido.

—¿Por qué demonios vino aquí, señor? Podría haberse salvado.

—Oí decir en alguna parte que el capitán debe hundirse con su barco.

—Pues esto es todo lo que se puede hundir, capitán.

De la garganta de Petersen escapó un gorgoteo que con mucha imaginación podía interpretarse como una carcajada. Lars también intentó reír, pero enseguida se quedaron sin fuerzas. Se instalaron lo más cómodamente que pudieron y esperaron.

6

La tripulación del bote esperaba la aparición de Austin; en cuanto apareció en la superficie, como un corcho amarillo, lo sujetaron como si fuera un novillo fugado de la manada. En cuestión de minutos, se encontró en la cubierta, donde explicó al capitán Larsen y a Becker cuál era la situación.

—¡Dios bendito! —exclamó Becker—. Qué forma más horrible de morir. Mi gobierno no reparará en gastos para recuperar los cadáveres y entregárselos a los familiares.

El pesimismo del burócrata comenzaba a fastidiar a Austin.

—Por favor, deje ya de representar el papel del danés melancólico, señor Becker. Su gobierno se puede guardar la cartera. Esos hombres todavía no están muertos.

—Pero usted ha dicho...

—Sé lo que he dicho. Se encuentran en mal estado, pero eso no significa que estén condenados. Se necesitó más de un día para el rescate de la tripulación del submarino *Squalus*, y treinta y tres tripulantes salvaron sus vidas. —Austin hizo una pausa cuando su fino oído captó un nuevo sonido. Miró hacia lo alto y se protegió los ojos del resplandor—. Me parece que aquí llega la caballería —anunció.

Un helicóptero gigantesco se acercaba a la nave. Colgado de su vientre había algo parecido a un dirigible con la proa aplastada.

—Es el helicóptero más grande que he visto en mi vida —comentó el capitán Larsen.

—La verdad es que el Mi-26 es el helicóptero más grande del mundo —añadió Austin—. Mide más de treinta y tres metros. Lo llaman la grúa voladora.

Becker sonrió por primera vez en horas.

—Por favor, dígame que ese extraño objeto que cuelga del vientre del helicóptero es su vehículo de rescate.

—El *Sea Lamprey* no es la nave más bonita del mar —respondió Zavala. Se encogió de hombros—. Cuando la diseñé tuve que sacrificar la forma a la función.

—Todo lo contrario —manifestó Becker—. Para mí es hermosa.

El capitán sacudió la cabeza. No salía de su asombro.

—¿Cómo demonios han podido traer todo ese equipo hasta aquí en tan poco tiempo? Se encontraban a mil doscientas millas de aquí cuando se envió la llamada de auxilio.

—Recordamos que a los rusos les encanta hacer las cosas a lo grande —contestó Austin—. Aceptaron encantados la oportunidad de demostrarle al mundo que continúan siendo una nación de primera clase.

—Así y todo, es imposible que ese helicóptero pudiera traer todo ese equipo en un plazo tan corto. Ustedes, caballeros, deben de ser magos.

—La verdad es que nos costó sacar el conejo de la chistera —admitió Austin, mientras observaba la maniobra del helicóptero—. El Mi-26 recogió el sumergible en el mar y lo transportó a una base en tierra, donde esperaban dos aviones de transporte Antonov N-124. Cargaron el *Sea Lamprey* en uno. El helicóptero gigante y el Bell de la NUMA los cargaron en el otro. Fue un vuelo de dos horas hasta la base de la OTAN en las Feroe. Mientras descargaban el sumergible y lo preparaban para transportarlo hasta aquí, nosotros aprovechamos para venir a ocuparnos de los detalles.

El tremendo ruido de los motores impidió oír la réplica del capitán porque el helicóptero se acercaba a la nave. Los rotores de ocho palas y las cinco del rotor de cola azotaban el aire; la corriente descendente que creaban dibujó un cráter en la superficie del mar. Soltaron las amarras del sumergible cuando estaba a un metro del agua, y el helicóptero se apartó. Habían equipado al *Sea Lamprey* con unos flotadores. Se hundió por debajo de las olas, pero rápidamente volvió a la superficie.

Austin recordó al capitán que prepararan la enfermería para tratar los casos de hipotermia grave. Luego el bote los trasladó hasta el sumergible. La tripulación retiró los flotadores. El sumergible llenó con agua los tanques de lastre y desapareció debajo del mar.

El *Sea Lamprey* mantuvo una posición estable con la ayuda de los propulsores. Austin y Zavala se acomodaron en los asientos, con los rostros iluminados por la luz azul del panel de instrumentos, y comprobaron que todo funcionara normalmente. Luego Zavala movió hacia delante la palanca de mando para poner la proa en un ángulo descendente y soltó lastre. Dirigió el sumergible en un descenso en espiral con la misma tranquilidad con la que se lleva a la familia a dar un paseo en coche el domingo.

Austin observó las aguas oscuras más allá del alcance de los focos.

—No tuve tiempo de preguntártelo antes de que subiéramos a bordo —comentó—. ¿Esta cosa es segura?

—Como dijo una vez un presidente: «Depende de cuál sea su definición de *es*?».

—Permíteme que haga la pregunta de otra manera. ¿Están reparadas las filtraciones y la bomba?

—Creo que he sellado las filtraciones, y la bomba de lastre funciona perfectamente en condiciones ideales.

—¿Qué me dices de las condiciones actuales?

—Kurt, mi padre solía citar un viejo refrán español: «En boca cerrada no entran moscas».

—¿Qué diablos tienen que ver las moscas con nuestra situación actual?

—Nada —replicó Zavala—. Me pareció que debíamos cambiar de tema. Quizá el problema con el control de los tanques de lastre acabe por solucionarse solo.

El sumergible había sido diseñado como último recurso en una operación de rescate. El agujero abierto por los rayos láser en el casco de una nave hundida permitiría la entrada del agua en cuanto se apartara el sumergible. No había manera de taparlo. Había que evacuar a los tripulantes atrapados en un único viaje. Este era un prototipo, construido para transportar a ocho pasajeros además del piloto y el copiloto. Si tenían que sacar de la fragata a los trece marineros y al capitán, superarían en seis el número permitido.

—He estado repasando las cifras —dijo Austin—. Digamos que cada hombre pesa unos setenta y cinco kilos. Eso significa más de una tonelada de peso. El *Sea Lamprey* tiene un margen de seguridad, así que probablemente no habrá mayores dificultades, excepto por el tanque de lastre averiado.

—Ningún problema. Tenemos una bomba de reserva por si la principal no funciona. —A la hora de diseñar el *Sea Lamprey*, Zavala había seguido la práctica habitual y había duplicado todos los sistemas—. Puede ser que algunos de los tripulantes estén muertos.

—Ya lo he pensado —señaló Austin—. Aumentaríamos el margen de seguridad si dejamos los cadáveres, pero no pienso irme hasta no tener a todos los hombres a bordo. Vivos o muertos.

Se hizo el silencio en la cabina mientras los dos hombres pensaban en las posibilidades de éxito. El único sonido que podía oírse era el zumbido de los motores eléctricos mientras el sumergible bajaba hacia las profundidades. Algunos minutos más tarde, se encontraban junto a la fragata. Austin dirigió a Zavala hasta el punto de penetración. Cuando la proa del sumergible golpeó la plancha de acero se oyó un golpe amortiguado. Zumbaron los motores de las bombas y el sumergible se quedó donde estaba, pegado al casco por el efecto del vacío.

Desplegaron el túnel de escape, hecho de un material sintético muy resistente y flexible. Ocho propulsores verticales y horizontales mantenían al sumergible estable, guiados por los ordenadores que controlaban sus movimientos en relación a la corriente. Los instrumentos señalaron el momento en que se completó el sellado. En situaciones normales, una sonda atravesaba el casco para delatar la presencia de gases explosivos.

Los sensores midieron la presión dentro del sello y el vacío. En cuanto se encendió la luz verde, Austin se sujetó a la espalda una botella de aire comprimido y un respirador y salió por la compuerta estanca. Había pequeñas filtraciones alrededor del sello, pero no eran motivo de preocupación. Avanzó a gatas por el túnel.

En el dormitorio de la fragata, los tripulantes y el capitán estaban sumidos en un profundo sopor. Un ruido semejante al que haría un enorme pájaro carpintero arrancó de su sueño al capitán Petersen. ¡Condenado pajarraco! Mientras una parte de su cerebro maldecía a la fuente del ruido, otra lo analizaba automáticamente y agrupaba los golpes en una serie conocida, cada una equivalente a una letra.

HOLA

Encendió la linterna. El cocinero había oído el ruido, y sus ojos parecían huevos fritos. Los dedos entumecidos del capitán sujetaron la llave inglesa que tenía a su lado y golpeó débilmente contra el casco. Después de nuevo, con más fuerza.

La respuesta fue inmediata.

APÁRTENSE

Es más fácil decirlo que hacerlo, pensó el capitán. Petersen ordenó al cocinero que se apartara del mamparo, y luego lo siguió. Avanzó a gatas por el suelo mientras avisaba a los demás que se movieran. Se sentó con la espalda apoyada en una taquilla durante lo que le pareció una eternidad; no tenía muy claro qué esperaba.

Austin volvió al interior del *Sea Lamprey*.

—Misión cumplida —anunció.

—En marcha el abrelatas —dijo Zavala.

Apretó el interruptor del anillo con los rayos láser. Cortaron la plancha de cinco centímetros de grosor con la misma facilidad con la que un cuchillo caliente corta la mantequilla. Un monitor mostraba la profundidad del corte y la brillante luz roja de los rayos, que se apagaron automáticamente en cuanto cumplieron su función.

Petersen había observado cómo un círculo de color rosa pálido aumentaba de intensidad hasta alcanzar el naranja rojizo del metal fundido. Notó un agradable calor en el rostro. Cuando el redondel de metal cayó al suelo se oyó un ruido a hueco; tuvo que protegerse los ojos del fuerte resplandor del disco de luz.

Una nube de vapor llenó el túnel de escape; el borde del agujero aún estaba caliente. Austin colocó en el borde una escalerilla hecha a medida y asomó la cabeza por la abertura.

—¿Alguno de ustedes ha pedido un taxi?

A pesar de su tono despreocupado, Austin se preguntó si la misión de rescate no había llegado tarde. Nunca había visto a unos hombres en peores condiciones físicas. Llamó al capitán Petersen. Una figura manchada de grasa de pies a cabeza se adelantó.

—Soy el capitán —dijo con voz ronca—. ¿Quién es usted?

Austin entró en el dormitorio y ayudó al capitán a levantarse.

—Tendremos que dejar las presentaciones para más tarde. Por favor, diga a los hombres que puedan moverse que salgan por el agujero.

El capitán tradujo la orden. Austin puso un par de mantas empapadas en el áspero borde de la abertura y luego ayudó a aquellos que no podían valerse por sí mismos. Petersen resbaló cuando intentaba pasar y Austin tuvo que empujarlo.

Fue el último en salir de la fragata. En cuanto entró en la esclusa, vio cómo el agua se filtraba por el borde del sello donde Zavala había hecho una reparación de emergencia.

Cerró rápidamente la compuerta. Zavala había conectado el piloto automático mientras ayudaba a entrar a los tripulantes. Los abultados trajes de inmersión complicaban la tarea. Era un milagro que los tripulantes estuviesen vivos y más sorprendente todavía que algunos hubiesen sido capaces de moverse por el túnel por sus propios medios. El espacio destinado a los pasajeros consistía en dos bancos colocados a lo largo del sumergible. Los supervivientes se apretujaban en los bancos; los que ya no tenían lugar estaban de pie en el pasillo como pasajeros en un vagón del metro en hora punta.

—Lo lamento pero no tenemos primera clase —manifestó Austin.

—No oirá ninguna queja por nuestra parte —respondió el capitán—. Mis hombres y yo consideramos que es un lujo comparado con nuestro alojamiento anterior.

Una vez acomodados los pasajeros, Kurt volvió a la cabina.

—Hay algunas pequeñas filtraciones alrededor del sello —informó.

Zavala le señaló una luz que parpadeaba en el diagrama del sumergible que aparecía en una pantalla.

—Más que pequeñas. La junta reventó como un neumático pinchado un segundo después de cerrar la compuerta.

Recogió el túnel telescópico, soltó el enganche al barco hundido y apartó el sumergible. Los focos iluminaron con toda claridad el agujero que habían hecho los rayos láser. En cuanto el sumergible se alejó lo suficiente de la fragata para maniobrar sin peligro, puso en marcha las bombas de lastre. Se oyó el zumbido de todas las bombas eléctricas, excepto la bomba que estaba a proa en la banda de estribor, donde sonaba un ruido parecido al de un tenedor en un triturador de basura. Uno de los tanques de lastre continuaba cargado con agua y desequilibraba el sumergible mientras los demás se llenaban con aire comprimido.

El *Sea Lamprey* funcionaba como cualquier otro submarino; bombeaba agua en los tanques de lastre para sumergirse, y bombeaba aire para emerger. El ordenador intentó com-
pensar el desequilibrio dando más potencia a los propulsores
verticales. El sumergible se movió inclinado por la proa, y un
olor a metal caliente entró por los respiraderos. Zavala volvió
a llenar los otros tanques con agua, y el *Sea Lamprey* se ni-
veló, más o menos.

Austin miró el tablero de instrumentos. Había una luz
que parpadeaba en el diagrama que indicaba si había problemas. Consultó el ordenador, que era el cerebro del sumergible. El sistema le informó que la luz de advertencia se había
encendido por un problema mecánico, el tipo de cosas que
suelen presentarse con los equipos nuevos, y probablemente
sería de fácil reparación. Pero este no era un viaje de pruebas;
era una inmersión a cincuenta brazas. Se encendió otra luz
roja.

—Han fallado los dos motores frontales —dijo Austin—.
Tendrás que usar el segundo grupo de bombas.

—Esas eran las bombas del segundo grupo —declaró
Zavala.

—¡Fantástico! Para que después hablen de la duplicación
de los sistemas. ¿Cuál es el problema?

—Te lo diría en un minuto si pudiera ver este trasto en el
foso.

—No veo ningún taller cercano, y en cualquier caso, no
llevo encima la tarjeta de crédito.

—Como decía mi padre: «Todo lo que hace falta para que
un burro testarudo se mueva es un cartucho de dinamita».

En los despachos de la NUMA, Austin tenía una merecida reputación de mostrarse imperturbable ante la adversidad.
La mayoría de los hombres, muy prudentemente, daban media vuelta y echaban a correr cuando se enfrentaban a un desastre seguro; Austin lo enfrentaba con ecuanimidad. El hecho de que continuara con vida era una prueba irrefutable de
que poseía una notable combinación de ingenio y suerte.

Aquellos que le habían acompañado en alguna ocasión pensaban que su serenidad era aterradora. Austin siempre había hecho caso omiso de sus quejas. Pero ahora, Joe le estaba pagando con la misma moneda. Austin apretó los labios, entrelazó las manos detrás de la nuca y se reclinó en el asiento.

—No estarías tan tranquilo si no tuvieras un plan de reserva —comentó Austin.

Zavala le dedicó un guiño y cogió una llave que llevaba colgada de una cadena alrededor del cuello. Levantó una tapa de metal en el centro de la consola y metió la llave en la cerradura.

—Cuando haga girar esta llave y apriete el pequeño interruptor que está al lado, entrará en funcionamiento el tercer equipo de reserva. Las cargas explosivas volarán los tanques de lastre, y subiremos como si nada. Ingenioso, ¿no?

—No si el *Thor* está encima de nosotros cuando salgamos a la superficie. Hundiríamos el barco y nosotros nos iríamos a pique con ellos.

—Si hace que te sientas mejor, pulsa aquel botón. Enviará una boya de aviso a la superficie. Está equipada con bengalas, sirenas y no sé cuántas cosas más.

Austin pulsó el botón. Cuando la boya salió del sumergible se oyó la descarga de aire comprimido. Luego avisó a los pasajeros que se sujetaran.

Zavala levantó el pulgar con una sonrisa infantil en el rostro.

—¡Arriba!

Pulsó el botón y ambos se sujetaron. El único sonido fue el de la voz de Zavala, que comenzó a maldecir en castellano.

—El botón no ha funcionado —dijo con una tímida sonrisa.

—A ver si soy capaz de resumir la situación. Estamos a cincuenta brazas de profundidad, con un exceso de carga, la cabina llena de marineros moribundos y el botón de emergencia no funciona.

—Tienes el don de la concisión, Kurt.

—Gracias. Me explicaré un poco mejor. Tenemos los dos

tanques de lastre de proa llenos de agua, los dos de popa vacíos, y eso significa una flotación neutra. ¿Hay alguna manera de aligerar al *Sea Lamprey*?

—Puedo soltar el túnel de escape. Saldremos a la superficie, pero no será una experiencia agradable.

—No creo que tengamos otra alternativa. Diré a nuestros pasajeros que se sujeten lo mejor que puedan.

Austin hizo la recomendación, se abrochó el cinturón de seguridad y dio la señal. Zavala cruzó los dedos y soltó el túnel de escape. Lo habían hecho desmontable como una medida de precaución adicional, en el caso de que el sumergible tuviera que abandonar una operación de rescate en el acto. Sonó una explosión amortiguada, y el sumergible se sacudió. El *Sea Lamprey* subió un poco, luego un poco más, y a continuación ascendió unas brazas. La subida fue desesperantemente lenta al principio, pero el vehículo comenzó a ganar velocidad a medida que se elevaba. En cuestión de minutos subía como un cohete.

El *Sea Lamprey* emergió del mar con la popa por delante en medio de una gran columna de agua. El sumergible dio varias vueltas sobre sí mismo y sus ocupantes fueron lanzados de un lado a otro como si fueran dados en un cubilete. Alertados por la boya de emergencia, algunas lanchas neumáticas se acercaron rápidamente; los tripulantes se apresuraron a sujetarlo con los flotadores, con lo que consiguieron estabilizar el sumergible en una posición aproximadamente horizontal.

Luego engancharon un cable para arrastrar el sumergible hasta el *Thor* donde una grúa lo subió a cubierta. En cuanto se abrió la escotilla, los asistentes sanitarios ayudaron a salir a los supervivientes, los cargaron en las camillas y los llevaron hasta los helicópteros que los trasladarían a un hospital en tierra. Cuando Austin y Zavala salieron del sumergible, la cubierta estaba prácticamente desierta, excepto por un grupo de tripulantes que se acercaron para felicitarlos por el rescate y luego volvieron a sus tareas.

Zavala echó una ojeada a la cubierta casi vacía.

—¿No hay banda de música?

—La única recompensa de los héroes es su heroísmo —sentenció Austin—. Claro que no rechazaría una copa de tequila si alguien me la ofreciera.

—Qué coincidencia. Tengo una botella guardaba en mi macuto. ¡Canela fina!

—Quizá tengamos que postergar los festejos. El señor Becker viene hacia aquí.

El burócrata danés cruzaba la cubierta con una expresión de radiante felicidad. Les estrechó las manos, palmeó la espalda de los hombres de la NUMA y los cubrió de halagos.

—Caballeros, les doy las gracias —manifestó efusivamente—. ¡Dinamarca les da las gracias! ¡El mundo entero les da las gracias!

—Ha sido un placer —respondió Austin—. Gracias por darnos la oportunidad de probar el *Sea Lamprey* en condiciones reales. El helicóptero ruso está en la base de la OTAN con los aviones de transporte. Los llamaremos, y saldremos de aquí en cuestión de horas.

En el rostro de Becker reapareció la habitual expresión agria.

—El señor Zavala es libre de irse cuando quiera, pero me temo que usted tendrá que aplazar su partida. La comisión investigadora que se ha constituido para esclarecer el incidente celebrará mañana una audiencia en Torshavn. Querrán escuchar su declaración.

—No veo cómo puedo ayudarlos. No presencié la colisión.

—Así es, pero usted bajó hasta la fragata dos veces. Podrá informar con detalle de los daños. Nos ayudará a presentar los cargos. —Al ver la expresión de duda en el rostro de Austin, añadió—: Lamento tener que insistir en que sea nuestro huésped hasta que termine la audiencia. Anime esa cara. La embajada norteamericana ha sido informada de nuestra solicitud y se la comunicará a la NUMA. Ya le he reservado una habitación.

Estaremos alojados en el mismo hotel. Las islas son una maravilla, y solo retrasará su regreso un par de días como mucho.

—No hay ningún inconveniente por mi parte, Kurt —manifestó Zavala—. Me llevaré el *Sea Lamprey* al *Beebe* y me ocuparé de las reparaciones.

La furia brilló en los ojos de Austin. Le desagradaba profundamente que un vulgar burócrata decidiera qué debía hacer. No hizo el menor esfuerzo por disimular el enojo.

—Está visto que seré su invitado, señor Becker. —Miró a Zavala—. Dejaremos la celebración para mejor momento. Llamaré a la base de la OTAN para que pongan las cosas en marcha.

El gigantesco helicóptero ruso no tardó en hacer su aparición, anunciada desde hacía unos minutos por el estruendo de sus rotores. Colocaron las eslingas debajo del vientre del *Sea Lamprey*, y el helicóptero izó el sumergible de la cubierta del barco. Zavala subió al helicóptero de la NUMA para escoltar al sumergible hasta la base donde lo cargarían en el avión de transporte para el viaje de regreso.

—Una cosa más —dijo Becker—. Me gustaría que conservara ese fantástico traje a bordo por si la comisión necesita alguna otra prueba. De no ser así, se lo enviaremos con mucho gusto donde usted nos diga.

—¿Quieren que haga otra inmersión?

—Es posible. Por supuesto, me encargaré de hablar con sus superiores.

—Por supuesto —respondió Austin. Estaba demasiado cansado para discutir.

El capitán les comunicó que el transporte que los llevaría a tierra estaba preparado. Austin no quería permanecer ni un minuto más en compañía del funcionario danés.

—Regresaré a tierra mañana, si usted no tiene inconveniente —dijo—. El capitán Larsen quiere enseñarme algunos de los resultados obtenidos en su muestreo de las ballenas.

El capitán vio la desesperación en los ojos de Austin y le siguió el juego.

—Oh, sí, desde luego, tal como le dije, encontrará fascinante el trabajo que hemos hecho. Yo mismo me encargaré de llevar al señor Austin a tierra mañana por la mañana.

—Como usted desee —manifestó Becker. Se encogió de hombros—. En lo que a mí respecta, espero no tener que volver al mar en una larga temporada.

Austin esperó hasta que la lancha iniciara el viaje para dirigirse al capitán.

—Muchas gracias por rescatarme del señor Becker.

Larsen exhaló un sonoro suspiro.

—Supongo que los burócratas como Becker cumplen una función en el orden general de las cosas.

—También las bacterias ayudan en el proceso de la digestión —declaró Austin.

El capitán se echó a reír y apoyó una mano en el hombro del norteamericano.

—Creo que es hora de celebrar el éxito de su misión con un par de copas.

—Estoy totalmente de acuerdo —afirmó Austin.

7

Austin recibió un trato de huésped de honor a bordo del buque de investigación oceánica. Después de tomar un par de copas en el camarote del capitán, disfrutó de una opípara comida, y luego asistió a la proyección de las películas donde aparecían las ballenas. Le asignaron un camarote con todas las comodidades y durmió como un bendito. A la mañana siguiente se despidió del capitán Larsen.

El oficial pareció lamentar la marcha de su huésped.

—Vamos a estar aquí algunos días más para hacer unos trabajos de exploración en la fragata. Avíseme si hay algo que pueda hacer por usted o por la NUMA.

Se estrecharon las manos y Austin embarcó en la lancha que lo llevaría en un breve viaje hasta Western Harbor. Contento de pisar una vez más tierra firme después de haber pasado muchas semanas en y debajo de la superficie del mar, caminó por los muelles de adoquines más allá de donde estaban atracados los barcos pesqueros. La capital de las islas Feroe se llama Torshavn, que significa la bahía de Tor, el más poderoso de los dioses escandinavos. A pesar de su impresionante nombre, Torshavn era una ciudad tranquila ubicada en una lengua de tierra entre dos puertos muy activos.

Austin hubiera preferido explorar las angostas callejuelas bordeadas de viejas casas pintadas de diferentes colores, pero una mirada a su reloj le avisó que más le valía darse prisa si quería llegar a la audiencia. Dejó su macuto en la habitación del hotel que Becker le había reservado. Había calculado que debería quedarse en las Feroe como máximo un par de días, y estaba decidido a marcharse sin importarle lo que quisiera Becker. Antes de salir del hotel, pidió en la recepción que le reservaran un pasaje en el vuelo a Copenhague para dentro de dos días.

Su punto de destino estaba muy cerca, en Vaglio Square en el corazón del centro comercial de la ciudad. Unos pocos minutos más tarde, se detuvo delante de un impresionante edificio del siglo XIX construido con basalto negro. Una placa junto a la entrada anunciaba que aquello era el Raohus, el ayuntamiento. Se preparó mentalmente para la dura prueba que le esperaba. Como empleado de una agencia federal norteamericana, Austin no era ningún novato a la hora de navegar por las procelosas aguas de la burocracia gubernamental. Se dijo que el rescate de los hombres atrapados en la fragata *Leif Eriksson* sería sin duda la parte más sencilla de su aventura feroesa.

En la mesa de información del vestíbulo le indicaron el camino para llegar a la sala donde se celebraba la audiencia. Un policía le dijo que esperara y entró en la sala. Reapareció al cabo de un momento acompañado por Becker. El burócrata cogió a Austin por el brazo y lo llevó aparte.

—Me alegra volver a verlo, señor Austin. —Miró al policía y bajó la voz—. Este asunto requiere una gran delicadeza. ¿Sabe usted algo del gobierno de las islas Feroe?

—Solo que está asociado con Dinamarca. No sé los detalles.

—Correcto. Las islas son parte del reino de Dinamarca, pero tienen un gobierno autónomo desde 1948. Son muy independientes, incluso conservan su idioma. Sin embargo, cuando tienen problemas de financiación, no vacilan en pedir dinero a Copenhague —explicó, con un tímida sonrisa—. Este incidente ha ocurrido en aguas jurisdiccionales de las Feroe, pero ha afectado a una nave de guerra danesa.

—Eso significa que los Centinelas del Mar no ganarán ningún concurso de popularidad en Dinamarca.

Becker descartó el comentario con un gesto.

—He dejado muy clara mi opinión. Tendrían que colgar a esos locos por hundir nuestra nave. Pero soy realista. Todo este lamentable episodio no hubiese ocurrido de no haber sido por el empecinamiento de los isleños en mantener sus viejas tradiciones.

—No haré ningún comentario respecto a la moralidad del grindarap. Son muchos los que en Dinamarca consideran el grind una costumbre bárbara e innecesaria. Pero todavía son más importantes las consideraciones económicas. Las empresas dispuestas a comprar las capturas de los pesqueros feroeses o a buscar petróleo no quieren que el público crea que hacen negocios con asesinos de ballenas. Cuando los feroeses no pueden pagar sus deudas, Copenhague tiene que rascarse el bolsillo.

—Para que después hablen de independencia.

El burócrata sonrió de nuevo.

—El gobierno danés quiere resolver este asunto lo antes posible y con la menor publicidad internacional. No queremos que el público vea a los Centinelas del Mar como unos valientes mártires que, aunque algo violentos, actúan en defensa de criaturas inocentes.

—¿Qué quiere de mí?

—Por favor, vaya más allá de los detalles técnicos en su declaración. Sabemos qué hundió la fragata. Hable con libertad del sufrimiento humano que presenció. Nuestro objetivo es que la opinión pública condene a Ryan, luego echar a esos bandidos de nuestro país y asegurarnos de que no vuelvan nunca más. Queremos tener la seguridad de que el mundo los ve como a unos locos en lugar de como a unos mártires. Quizá entonces no volverá a repetirse algo como esto.

—¿Qué pasará si Ryan es inocente de todo lo ocurrido?

—Si es inocente o culpable es algo que no le concierne a mi gobierno. Hay en juego asuntos mucho más importantes.

—Como usted dice, es un asunto que requiere una gran delicadeza. Le explicaré a su gente lo que vi. Eso es todo lo que puedo prometerle.

—Me parece justo —asintió Becker—. ¿Entramos?

El policía les abrió la puerta, y Becker y Austin entraron en la sala. La mirada de Austin recorrió la gran sala con las paredes revestidas con madera oscura y se fijó en las personas trajeadas, probablemente funcionarios gubernamentales y asesores legales, que ocupaban varias hileras de sillas. Él llevaba sus prendas de trabajo habituales: vaqueros, jersey de cuello alto y un anorak, dado que a bordo no necesitaba vestirse de una manera más formal. Había otras personas trajeadas sentadas detrás de una larga mesa en la cabecera de la sala. Sentado en una silla a la derecha de la mesa estaba un hombre vestido de uniforme. Hablaba en danés, y un estenógrafo tomaba nota de sus palabras.

Becker le señaló un asiento, se sentó a su lado y le susurró al oído:

—Ese es el representante de la guardia costera. Usted es el siguiente.

El testigo de la guardia costera concluyó su declaración al cabo de unos minutos. Inmediatamente después oyó que decían su nombre. Había cuatro hombres y dos mujeres sentados a la mesa; la mitad eran representantes feroeses y la otra mitad daneses. El presidente de la comisión, un danés con facciones vikingas, dijo que su nombre era Lundgren. Explicó a Austin que él formularía las preguntas y luego lo harían los demás. Aquello era solo una sesión para recoger información, y no un juicio, añadió, y por lo tanto no habría contrarréplicas. También se encargaría de la traducción cuando fuese necesario.

Austin se acomodó en la silla y, en respuesta a las preguntas, ofreció un relato completo del rescate. No fue necesario adornar el sufrimiento de la tripulación encerrada en una helada tumba submarina a oscuras y casi sin aire. La expresión en el rostro de Becker mostraba su complacencia por lo que había escuchado. Austin se levantó de la silla después de cuarenta y cinco minutos, con el agradecimiento de la comisión. Estaba ansioso por marcharse, pero cuando el presidente de la comisión anunció, en inglés y danés, que el capitán del *Sea Sentinel* presentaría su versión de los hechos decidió quedarse.

Austin sintió curiosidad por saber cómo podía defenderse alguien que tenía todos los testimonios en su contra. Se abrió la puerta y entró un hombre alto y fornido de unos cuarenta y tantos años, escoltado por dos policías. El hombre de la NUMA se fijó en la barba rubia al estilo del capitán Ahab, los cabellos bien peinados y el uniforme con galones dorados.

El presidente de la comisión lo invitó a sentarse y a que se presentara.

—Mi nombre es Marcus Ryan —manifestó el hombre, que miró sin vacilar a los presentes en la sala—. Soy el director ejecutivo de los Centinelas del Mar y capitán del *Sea Sentinel*, la nave insignia de la organización. Para aquellos que no lo saben, somos una entidad internacional dedicada a la preservación de los mares y de la vida marina.

—Por favor, explíquenos su versión de los acontecimientos que acabaron con el hundimiento de la fragata danesa *Leif Eriksson*.

Ryan se embarcó en una diatriba contra la caza de ballenas. El presidente de la comisión le pidió con voz firme que se ciñera al relato de la colisión. Ryan se disculpó y luego describió cómo el *Sea Sentinel* cambió bruscamente de rumbo, se dirigió directamente contra la fragata y la hundió.

—Capitán Ryan —dijo Lundgren sin disimular el tono burlón—. ¿Nos está diciendo que su barco atacó y hundió a la *Leif Eriksson* por voluntad propia?

Por primera vez desde que había comenzado su declaración, Ryan perdió el aplomo.

—No, señor. Solo digo que los controles de mi barco no respondieron.

—A ver si lo he entendido bien —intervino una de las

mujeres de la comisión—. Afirma que el barco asumió el control y actuó por libre.

Se oyeron algunas risas entre el público.

—Eso parece —admitió Ryan.

Esa admisión abrió la puerta a una larga serie de preguntas a cual más incisiva. Quizá aquella investigación preliminar no pretendía ser un juicio, pensó Austin, pero no había ninguna duda de que los miembros de la comisión se estaban cebando en Ryan como aves de rapiña. Ryan hizo todo lo posible por atender a las preguntas, pero con cada respuesta, su defensa se hacía cada vez más débil. Finalmente acabó por levantar las manos, como si dijera: «Me rindo».

—Me doy cuenta de que mi explicación plantea más preguntas que respuestas. Así y todo hay algo que quiero dejar muy claro para que no haya malentendidos. Nosotros no embestimos al barco danés intencionadamente. Tengo testigos que respaldarán mi afirmación. Puede preguntarle al capitán Petersen. Él le dirá que le advertí.

—¿Cuánto tiempo transcurrió entre la advertencia y la colisión? —preguntó Lundgren.

Ryan hizo una inspiración profunda y después exhaló el aire lentamente.

—Menos de un minuto.

Lundgren no hizo más preguntas. Ryan cedió el lugar a la reportera de la CNN. La mujer se mostró tranquila mientras narraba el incidente, pero se vino abajo y miró a Ryan con una expresión acusadora cuando describió la muerte de su cámara.

El presidente de la comisión pidió a un funcionario que pusiera en marcha el reproductor de vídeo conectado a un televisor que estaba en una posición elevada para que todos pudieran ver la pantalla. La película mostraba a Ryan en la cubierta rodeado por periodistas y cámaras. Se oyeron algunos comentarios graciosos sobre el estado del mar, y luego la voz de la reportera que decía: «Solo asegúrese de que la historia compense toda la maldita Biodramina que he tenido que tomar».

Luego se vio un primer plano del rostro sonriente de Ryan mientras respondía: «Les puedo garantizar que verán acción». Mientras la cámara seguía al dedo que señalaba hacia la fragata danesa, se oyeron algunos murmullos en la sala. «Se acabó —pensó Austin—. Ryan está perdido.» Acabó la proyección, y Lundgren preguntó a la reportera:

—¿La voz que acabamos de escuchar era la suya?

La periodista asintió. Ryan se levantó inmediatamente.

—Eso es injusto. ¡Están utilizando mi comentario fuera de contexto!

—Por favor, siéntese, señor Ryan —dijo Lundgren con una expresión divertida.

Ryan se dio cuenta de que su arrebato solo serviría para reforzar la imagen de que era un fanático capaz de hundir un barco. Recuperó la compostura.

—Le pido disculpas, señor. No se me informó de que el vídeo sería presentado como una prueba. Confío en tener la oportunidad de comentarlo.

—Este no es un tribunal norteamericano, pero podrá explicar su versión antes de que termine esta audiencia. La comisión escuchará las declaraciones del capitán Petersen y su tripulación en cuanto estén en condiciones de hacerlo. Hasta entonces permanecerá usted bajo custodia. Haremos todo lo posible por agilizar el proceso.

Ryan saludó a la comisión y abandonó la sala escoltado por los dos agentes de policía.

—¿Esto es todo? —preguntó Austin a Becker.

—Eso parece. Es posible que lo vuelvan a llamar, aunque por lo que se ve ya no lo necesitan. Espero que todo esto no le haya causado muchas molestias.

Austin aseguró a Becker que no había sido ninguna molestia. Permaneció sentado mientras se vaciaba la sala. Comenzó a pensar en las declaraciones de Ryan. Ese hombre o decía la verdad o era un actor de primera. Aunque eso lo decidirían hombres mejor preparados que él. Ahora le apetecía un café, luego averiguaría si había algún vuelo a la capital danesa. Desde allí emprendería el viaje de regreso a Washington.

—Señor Austin.

Una mujer caminaba hacia él, con una amplia sonrisa en el rostro. Austin se fijó en su figura atlética y bien proporcionada, los cabellos castaños que le caían sobre los hombros, la piel perfecta y los ojos de mirada alerta. Vestía un mono de lana blanca, típico de Islandia, conocido como *lopapesya*. Se dieron la mano.

—Mi nombre es Therri Weld —dijo con una voz cálida y sensual—. Soy la consejera legal de los Centinelas del Mar.

—Es un placer conocerla, señorita Weld. ¿Qué puedo hacer por usted?

Therri había estado observando la expresión grave de Austin mientras hacía su declaración, y no estaba preparada para su encantadora sonrisa. Los hombros anchos, las facciones bronceadas y los ojos azul verdosos le recordaaron a un capitán de una película de piratas. Casi se olvidó de lo que iba a decir, pero se recuperó rápidamente.

—Me pregunto si podría dedicarme algunos minutos —manifestó.

—Me disponía a buscar algún sitio donde tomar una taza de café. Será un placer invitarla.

—Gracias. Hay un café a la vuelta de la esquina.

Encontraron una mesa en un rincón tranquilo y pidieron dos capuchinos.

—Su declaración ha sido muy interesante —comentó Therri después de tomar un sorbo de café.

—El capitán Ryan es la estrella del día. Mis palabras no han sido nada comparadas con su relato.

Therri rió por lo bajo. Su risa tenía una sonido cantarín que a Austin le pareció muy agradable.

—Hoy no ha sido uno de sus mejores días. Por lo general es muy elocuente, sobre todo cuando se trata de algunos de los temas que lo apasionan.

—Debe de ser muy difícil intentar explicar a un grupo de

escépticos que tu barco estaba poseído por los espíritus del mal. La declaración de la reportera y el vídeo acabaron de hundirlo.

—Estoy de acuerdo y esa es la razón por la que quería hablar con usted.

Austin le dedicó su sonrisa más encantadora.

—Vaya, me había hecho la ilusión de que se había sentido desesperadamente atraída por mi magnetismo animal.

Therri enarcó sus cejas finamente delineadas.

—Eso no hace falta ni decirlo. Pero la razón principal por lo que quería hablar con usted era para saber si estaría dispuesto a ayudar a los Centinelas del Mar.

—Para empezar, señorita Weld...

—Therri. ¿Puedo llamarle Kurt?

—Por supuesto. Así a bote pronto se me presentan dos problemas, Therri. Primero, no sé cómo puedo ayudarla. Segundo, no sé si quiero ayudar a su organización. No soy partidario de la matanza de ballenas, pero tampoco doy mi apoyo a unos locos radicales.

Therri atravesó a Austin con una mirada de sus ojos brillantes como rayos láser.

—Henry David Thoreau, John Muir y Edward Abbey fueron considerados unos locos radicales en su época. Pero lo admito. Hay mucha gente que no está de acuerdo con la tendencia que tienen los centinelas a pasarse de la raya. De acuerdo, dice que no apoya a los radicales. Sin embargo creo que tampoco apoya las injusticias, porque eso es exactamente lo que está pasando aquí.

—¿Por qué lo dice?

—Marcus no arremetió intencionadamente contra la fragata danesa. Yo estaba en el puente de mando cuando ocurrió. Él y los demás hicieron todo lo que pudieron para evitar la colisión.

—¿Se lo ha comunicado a las autoridades danesas?

—Sí. Dijeron que no necesitaban mi declaración y me ordenaron abandonar el país.

—Muy bien. La creo.

—¿Así de sencillo? No parece que usted sea alguien que acepta las cosas así, sin más.

—No sé qué otra cosa puedo decir sin ofenderla.

—Nada de lo que diga puede ofenderme.

—Me alegra saberlo. Dígame, ¿por qué cree que puede importarme que la acusación contra Ryan sea justa o no?

—No le pido que se preocupe por Marcus.

El tono de Therri insinuó que había acero detrás de sus hermosas facciones. Austin contuvo una sonrisa.

—¿Qué quiere de mí, Therri?

La joven apartó un mechón rebelde.

—Quiero que haga una inmersión hasta el *Sea Sentinel*.

—¿De qué serviría?

—Quizá consiga una prueba de que Marcus es inocente.

—¿Cómo?

—No lo sé. —Levantó las manos—. Quizá consiga encontrar algo; todo lo que sé es que Marcus dice la verdad. Con toda sinceridad, gran parte de su radicalismo es pura apariencia. Es un pragmático que calcula cuidadosamente todas las probabilidades. No es la clase de persona que hunde barcos de guerra en un arrebato. Además, quería al *Sea Sentinel*. Incluso eligió personalmente la ridícula pintura psicodélica. Nadie a bordo, y me incluyo, quería que alguien resultara herido.

Austin se reclinó en la silla, cruzó las manos detrás de la nuca y miró el rostro de Therri. Le gustaba cómo sus labios carnosos dibujaban una sonrisa de Mona Lisa incluso cuando la expresión era seria. Su aspecto de chica sencilla no conseguía esconder a la mujer sensual que acechaba detrás de aquellos ojos. Había mil razones por las que podía darle las gracias por el café, estrecharle la mano y desearle buena suerte. Pero quizá había tres buenas razones por las que podía considerar su petición. Era hermosa. Podía estar en lo cierto. Y, equivocada o no, era una apasionada de su causa. Faltaban dos días para que saliera su avión. No había ningún motivo para que su breve estancia en las Feroe tuviera que ser aburrida.

Intrigado, se echó hacia delante y pidió otros dos cafés.

—Vale, de acuerdo. Dígame exactamente qué pasó.

8

Unas horas más tarde, Austin se encontraba a años luz de la cálida atmósfera del café; embutido en el voluminoso traje de aluminio color amarillo, realizaba una nueva inmersión en las heladas aguas de las Feroe. Mientras bajaba a las profundidades, sonrió al imaginarse la reacción de Becker si supiera que se estaba utilizando un barco danés para ayudar a Marcus Ryan y a los Centinelas del Mar. El esmirriado burócrata intrigante se lo tendría bien merecido, pensó Austin, y su risa resonó en el interior del casco.

Después de despedirse de Therri Weld, había vuelto al hotel para llamar al capitán Larsen y solicitarle permiso para realizar otra inmersión desde el *Thor*. Le había dicho que quería sacar unas cuantas fotos de la escena del rescate para un informe, cosa que era una verdad a medias. Larsen no había vacilado en aceptar e incluso había enviado una lancha para trasladar a Austin hasta el barco. Dado que Becker le había pedido que dejara el traje de buzo en la nave, ya lo tenía preparado cuando subió a bordo.

El indicador de profundidad le avisó que se acercaba al fondo. Disminuyó la velocidad de descenso poniendo en marcha durante unos segundos los propulsores verticales, después se detuvo a unos quince metros por encima de la sección de proa de la fragata. El mar ya había acogido a la nave en su seno. Una fina capa de vegetación submarina cubría el casco y la superestructura como una manta de alpaca. Numerosos peces entraban y salían por los ojos de buey y las escotillas, atraídos por la vida marina que había convertido en su hogar los oscuros rincones y recovecos de la fragata hundida.

Austin utilizó una cámara digital para sacar las fotos del agujero que los láser del *Sea Lamprey* habían hecho durante la operación de rescate y del boquete triangular donde el *Sea Sentinel* había atravesado el casco. Gracias al capitán Larsen sabía cuál era la última posición conocida del *Sea Sentinel* en relación a la fragata, y se dirigió hacia la zona del hundimiento.

Siguió el procedimiento habitual de búsqueda. Recorrió la zona en idas y venidas más o menos paralelas hasta que los focos del traje iluminaron el casco multicolor. Como en el caso de la fragata, el barco de los centinelas aparecía cubierto por un manto de vegetación y pequeños crustáceos. La combinación de las algas con los colores psicodélicos producía un efecto sorprendente. El *Sea Sentinel* estaba posado sobre la banda de babor y, excepto por la proa destrozada, la nave no mostraba ningún otro desperfecto.

Austin observó atentamente los daños y recordó la declaración de Ryan. Los motores habían enloquecido y no habían respondido a los controles. No había manera de comprobarlo sin entrar en la sala de máquinas, pero sí podía revisar el sistema de navegación, porque había una parte exterior. El manejo de un barco moderno se realiza con una combinación de sistemas electrónicos e hidráulicos. Pero incluso con los ordenadores, el sistema GPS y el piloto automático, el concepto sigue siendo el mismo que cuando Colón emprendió el viaje para descubrir las Indias. En un extremo está la rueda del timón. En el otro está el gobernalle. Se gira la rueda, y el gobernalle pivota para poner al barco en la dirección apropiada.

Austin se acercó a la popa, dio media vuelta y luego descendió hasta situarse delante del gobernalle.

«Curioso.»

La pala estaba intacta, pero había algo que no cuadraba.

Atornillados en la pala había dos cables que se extendían a cada lado del casco. Austin siguió el cable de estribor hasta una caja de acero del tamaño de una maleta grande soldada al casco. Una conducción eléctrica salía de la caja y entraba en la nave.

«Muy curioso.»

Las soldaduras alrededor de la caja y la conducción resplandecían y parecían nuevas. Se apartó para seguir el cable de babor hasta otra caja idéntica a la primera. Cogió la cámara y sacó otro par de fotos. Un cable con aislamiento de goma del grosor de un pulgar conectaba ambas cajas. Otro cable aislado salía de la caja de estribor y seguía la curva del casco hasta un punto un poco por encima de la línea de flotación. En el extremo había un disco de plástico de unos quince centímetros de diámetro. Austin tuvo muy claro qué era lo que estaba viendo.

«Al parecer alguien le debe una disculpa, señor Ryan.»

Austin sacó unas cuantas fotos más, luego cortó el disco con los manipuladores y lo guardó en una bolsa sujeta al traje de aluminio. Permaneció sumergido otros veinte minutos que dedicó a revisar todo el casco. No encontró nada más, así que puso en marcha los propulsores verticales y comenzó el ascenso a la superficie. Después de quitarse el traje, agradeció al capitán Larsen haberle permitido usar el *Thor* y regresó a Torshavn.

En la habitación del hotel, sacó el disquete de la cámara digital, lo introdujo en el ordenador portátil y lo abrió para ver las fotos en la pantalla. Observó las imágenes ampliadas hasta que casi pudo verlas con los ojos cerrados. Luego llamó a Therri y le preguntó si podían encontrarse de nuevo en el café. Ya tenía el ordenador encendido y preparado en la mesa del café cuando apareció la abogada.

—¿Buenas o malas noticias? —preguntó.

—Ambas. —Austin le acercó el ordenador portátil.

—Resolví un misterio, pero descubrí otro.

Therri miró la imagen que aparecía en la pantalla.

—¿Qué es exactamente lo que estoy mirando?

—Creo que es un mecanismo que domina o elude los mecanismos de gobierno desde el puente.

—¿Está usted seguro?

—Razonablemente seguro.

Utilizó el ratón para ir pasando las fotos que mostraban las cajas soldadas al casco desde diversos ángulos.

—Estas cajas pueden tapar poleas capaces de mover el timón en cualquier dirección o mantenerlo fijo. Mire aquí. Esta conexión eléctrica sigue el contorno del casco hasta un receptáculo colocado por encima de la línea de flotación. Alguien desde fuera del barco pudo gobernarlo.

Therri frunció el entrecejo.

—Parece un plato de postre.

Austin metió la mano en el bolsillo del abrigo, sacó el disco de plástico que había desenganchado del casco y lo dejó sobre la mesa.

—Esto no es precisamente un plato de postre. Es una antena que se pudo utilizar para captar las señales.

La joven miró la pantalla, cogió el disco y lo observó atentamente.

—Esto podría explicar los problemas que tuvo Marcus cuando quiso recuperar el control de la nave. ¿Qué hay de los motores que no pudo desconectar?

—No tengo ninguna respuesta para esa pregunta. Si alguien pudiera entrar en el barco para desmontar la sala de máquinas, quizá encontraría un mecanismo que permite controlar la velocidad de la nave desde el exterior.

—Conozco a todos los tripulantes del *Sea Sentinel*. Son absolutamente leales. —Adelantó la barbilla como si se preparara para una discusión—. No hay nadie en esa tripulación capaz de sabotear la nave.

—No he hecho ninguna acusación.

—Lo siento. Supongo que debo plantearme la posibilidad de que alguien de la tripulación esté implicado.

—No necesariamente. Permítame que le haga la misma

pregunta que hacen en los controles de seguridad de los aeropuertos. ¿Alguien le hizo las maletas o han estado fuera de su vista?

—Así que cree que alguien ajeno a la tripulación pudo haber saboteado el barco.

—Encontré un cable de alimentación para las poleas que atravesaba el casco para utilizar el suministro de electricidad del barco. Alguien tuvo que entrar en la sala de máquinas para hacerlo.

—Ahora que lo menciona —dijo Therri sin vacilar—, tuvieron que hacer unas reparaciones en la sala de máquinas. El barco estuvo en un dique seco de las islas Shetland durante cuatro días.

—¿Quién se encargó de las reparaciones?

—Marcus lo sabrá. Se lo preguntaré.

—Podría ser importante. —Tocó la pantalla—. Esta podría ser la prueba necesaria para que Ryan salga de la cárcel. Le aconsejo que se ponga en contacto con un tipo llamado Becker que se aloja en el mismo hotel que yo. Parece ser que tiene contactos con la gente de la armada danesa. Quizá podría ayudarla.

—No lo entiendo. ¿Por qué los daneses querrían ayudar a Marcus después de todas las cosas horribles que dijeron de él?

—Toda esa palabrería es para el público. Lo que quieren de verdad es echar a Ryan de las Feroe y asegurarse de que nunca más aparezca por aquí. No quieren que se dedique a dar discursos, porque podría espantar a las compañías que piensan invertir en las Feroe. Lo lamento si esto complica los planes de Ryan para convertirse en un mártir.

—No niego que Marcus confiaba convertir esto en una causa célebre.

—¿No es una estrategia un tanto arriesgada? Si molesta demasiado a los daneses, quizá se vean obligados a condenarlo y entonces acabará en la cárcel. A mí no me parece que sea un temerario.

—No lo es en absoluto, pero Marcus calculará muy bien

la jugada si cree que los beneficios lo justifican. En este caso, sin duda habrá sopesado la posibilidad de ir a la cárcel si con ello consigue detener el grind.

Austin sacó el disquete del ordenador y se lo ofreció a Therri.

—Dígale a Becker que estoy dispuesto a declarar sobre lo que vi y a garantizar que yo hice las fotos. Buscaré al fabricante de la antena, pero lo más probable es que la hayan montado con piezas sueltas y no nos dirá nada.

—No sé cómo agradecérselo —manifestó Therri, y se levantó.

—Mi tarifa habitual es que acepten una invitación a cenar.

—Estaré encantada… —Se interrumpió y miró al otro lado del salón—. Kurt, ¿conoce a aquel hombre? Hace rato que lo mira.

Austin se volvió. Vio a un hombre casi calvo y rostro alargado de unos sesenta años que se dirigía hacia la mesa.

—Si no estoy en un error es usted Kurt Austin, de la NUMA —dijo el hombre con una voz muy sonora.

Austin se levantó y extendió la mano.

—Profesor Jorgensen, es un placer verle de nuevo. Han pasado tres años desde nuestro último encuentro.

—Cuatro desde que trabajamos en aquel proyecto en el Yucatán. ¡Qué agradable sorpresa! Leí la noticia del milagroso rescate que realizó, pero creí que ya había abandonado las Feroe.

El profesor era alto y enjuto. Los mechones de pelo en los costados de la pecosa calva reluciente parecían las alas de un cisne. Hablaba inglés con un fuerte acento de Oxford, cosa muy natural dado que había estudiado la carrera en la famosa universidad inglesa.

—Me quedé para ayudar a la señorita Weld en un proyecto. —Austin presentó a Therri, y añadió—: Este es el profesor Jorgensen, uno de los más destacados ictiólogos del mundo.

—Kurt hace que parezca mucho más interesante de lo que realmente es. No soy más que un simple ictiólogo. ¿Qué le ha traído hasta este lejano confín de la civilización, señorita Weld?

—Soy abogada. Estoy estudiando el sistema legal danés.

—¿Qué me dice de usted, profesor? —intervino Austin—. ¿Está haciendo alguna de sus investigaciones en las Feroe?

—Efectivamente, he estado estudiando un fenómeno muy peculiar —respondió Jorgensen, sin apartar la mirada de Therri—. Quizá sea un atrevimiento por mi parte, pero tengo una propuesta que hacerles. Quizá podríamos cenar juntos esta noche y podría explicarles lo que estoy haciendo.

—Mucho me temo que la señorita Weld y yo ya tenemos planes.

Una expresión afligida apareció en el rostro de Therri.

—Oh, Kurt, lo siento muchísimo. Había comenzado a decirle que estaré encantada de cenar con usted, pero no esta noche. Voy a estar muy ocupada con el asunto legal del que estábamos hablando.

—Tocado y hundido. —Austin se encogió de hombros—. Por lo que parece usted y yo tenemos una cita, profesor.

—¡Espléndido! Lo espero en el comedor del hotel Hania sobre las siete, si le parece bien. —Miró a Therri—. Estoy consternado, señorita Weld. Confío en que volveremos a encontrarnos. —Le besó la mano.

—Es encantador —comentó Therri, cuando Jorgensen se hubo ido—. Me gustan sus modales aunque estén pasados de moda.

—Estoy de acuerdo, aunque sigo prefiriendo que hubiera sido usted quien compartiera la mesa conmigo.

—Lo siento mucho. Quizá cuando estemos de regreso en Estados Unidos. —Sus ojos se ensombrecieron—. He estado pensando en su teoría referente a la posibilidad de que el *Sea Sentinel* hubiese sido controlado desde el exterior. ¿Desde qué distancia se podría controlar el barco?

—Se puede hacer desde bastante lejos, pero quien lo hizo seguramente permaneció a una distancia que le permitiera ver si el barco respondía a las órdenes. ¿Alguna idea?

—Había algunas embarcaciones que llevaban a los representantes de los medios. Incluso vi un helicóptero.

—Pudieron accionar los controles desde el mar o desde el aire. No hace falta un gran equipo. Un transmisor con un joystick, como los que se usan en los videojuegos. Digamos que sabemos el cómo; hablemos del porqué. ¿Quién se beneficiaría apartando a Ryan?

—¿Dispone de todo el día? La lista es interminable. Marcus se ha ganado enemigos en todo el mundo.

—Vamos a centrarnos un poco. Empecemos por las islas Feroe.

—Los balleneros serían los primeros de la lista. Es un tema que despierta pasiones, pero son personas decentes a pesar de sus extrañas tradiciones. No me los imagino atacando una nave que había venido a protegerlos. —Hizo una pausa—. Hay otra posibilidad, pero parece demasiado descabellada para tomarla en serio.

—Inténtelo.

La abogada frunció el entrecejo.

—Después de toda la manifestación contra el grindarap, Marcus y su tripulación tenían pensado hacer una protesta en la piscifactoría de la corporación Oceanus. Los Centinelas del Mar también están en contra de la piscicultura a gran escala, por los daños que causa en el entorno.

—¿Qué sabe de Oceanus?

—Poca cosa. Es una multinacional que se dedica a la distribución de alimentos marinos. Compran las capturas de las flotas pesqueras de todo el mundo, pero en los últimos años han apostado por la piscicultura a gran escala. Sus piscifactorías tienen el mismo tamaño que algunas de las explotaciones de la industria agroalimentaria en Estados Unidos.

—¿Cree que Oceanus podría haber montado todo este asunto?

—No lo sé, Kurt. Disponen de los recursos necesarios, y quizá también tienen un motivo.

—¿Dónde está la piscifactoría?

—No está muy lejos de aquí, cerca de un lugar llamado Skaalshavn. Marcus había planeado hacer varias pasadas con el *Sea Sentinel* por delante de las instalaciones de la piscifactoría para que lo filmaran las cámaras. —Therri miró su reloj—. Eso me recuerda... debo irme. Tengo mucho trabajo que hacer.

Se estrecharon las manos, y prometieron volver a encontrarse. Therri cruzó el local y se detuvo un momento para mirarlo con coquetería por encima del hombro. El gesto probablemente tenía la intención de animarlo, pero solo consiguió apenar todavía más a Austin.

9

El profesor Jorgensen estuvo observando cortésmente durante varios minutos cómo Austin intentaba decidir qué pediría de la larga lista de platos desconocidos que aparecían en el menú, pero al final no pudo más.

—Si quiere probar alguna especialidad feroesa, le recomendaría la avefría frita o el filete de ballena piloto.

Austin se imaginó a sí mismo royendo los huesos de una de aquellas aves con pico de loro y pasó de la avefría. Tampoco le hacía ninguna gracia comer el filete después de saber cómo asesinaban a las indefensas ballenas en las Feroe. Pensó pedir morro de tiburón, pero acabó decidiéndose por el *skerpikjot*, que era un plato de cordero. Después del primer bocado, lamentó no haber pedido el avefría.

—¿Qué tal el cordero? —preguntó el profesor.

—No es exactamente una suela de zapato, pero tampoco es mucho más tierno —respondió Austin, con las mandíbulas doloridas.

—Vaya, tendría que haberle recomendado que pidiera cordero hervido, como yo. El skerpikjot es carne de cordero secada al viento. Lo suelen preparar en Navidad y lo sirven el resto del año. Hay que estar acostumbrado a comerlo. —Sonrió—. En cualquier caso, la esperanza de vida en las Feroe es muy alta, así que no creo que le haga ningún daño.

Austin cortó un trozo muy pequeño y consiguió tragarlo. Luego dejó los cubiertos mientras daba un momento de reposo a las mandíbulas.

—¿Qué lo ha traído a las Feroe, profesor? No puede ser la comida.

En el rostro del profesor apareció una expresión risueña.

—He venido a comprobar unos informes sobre la disminución de la población ictícola en las islas. ¡Es todo un misterio!

—¿En qué sentido?

—En un primer momento creí que la disminución podría atribuirse a la contaminación, pero las aguas son sorprendentemente puras en las Feroe. No me quedan muchas más pruebas que hacer aquí, así que mañana regreso a Copenhague para analizar algunas muestras de agua. Quizá encuentre rastros de algunos productos químicos que puedan orientar la investigación.

—¿Tiene alguna teoría respecto a la fuente de los vertidos químicos?

—Es curioso —respondió el profesor. Tiró suavemente de los cabellos de uno de los mechones—. Estoy seguro de que el problema tiene alguna relación con la piscifactoría instalada aquí, pero hasta ahora no he encontrado ningún vínculo claro entre los dos.

Austin, que había estado mirando la ración de cordero mientras se preguntaba si podría pedir una hamburguesa, prestó atención al oír las palabras de Jorgensen.

—¿Ha estado tomando muestras del agua cerca de una piscifactoría?

—Sí. Hay varias en las islas; producen sobre todo truchas y salmones. Recogí muestras de las aguas próximas a una piscifactoría en Skaalshavn, que está a unas pocas horas en coche desde Torshavn por el camino de la costa en Sundini, el canal que separa Streymoy de la isla de Eysturoy. Hace años allí había una factoría ballenera. Ahora es propiedad de una multinacional pesquera.

Austin se arriesgó a adivinar.

—¿Oceanus?

—Sí. ¿Ha oído hablar de ella?

—Hace muy poco. Si no le he entendido mal, profesor, la población ictícola alrededor de la piscifactoría está por debajo de lo normal.

—Así es. —Jorgensen frunció el entrecejo—. Es todo un misterio.

—Alguien me comentó que las piscifactorías pueden ser perjudiciales para el entorno —manifestó Austin, que recordaba con claridad su conversación con Therri Weld.

—Efectivamente. Los vertidos de una piscifactoría pueden ser tóxicos. Alimentan a los peces con una dieta especial con muchos productos químicos para que se desarrollen rápidamente, pero Oceanus afirma que tienen un nuevo sistema de purificación para el tratamiento de las aguas. Hasta ahora no he encontrado ninguna prueba que desmienta tal afirmación.

—¿Ha visitado la piscifactoría?

Jorgensen dedicó una sonrisa a su compañero de mesa.

—No se permiten visitas. Vigilan ese lugar como si guardasen las joyas de la corona. Conseguí hablar en Copenhague con una persona del despacho de abogados que representa a la compañía en Dinamarca. Me aseguró que no se utilizan productos químicos en la piscifactoría y que tienen el mejor sistema de tratamiento de aguas. Como corresponde a un científico escéptico, alquilé una casa no muy lejos de las instalaciones de Oceanus y me acerqué todo lo que pude en una embarcación para recoger las muestras. Como le dije, mañana me voy a Copenhague, pero usted y su encantadora amiga pueden disponer de la casa. Es un viaje muy bonito.

—Gracias, profesor. Pero, muy a mi pesar, la señorita Weld está demasiado ocupada.

—Es una lástima.

Austin asintió, distraído. Le intrigaba la mención de Jorgensen sobre las estrictas medidas de seguridad en la piscifactoría. Algunos las podrían considerar un obstáculo insalvable, pero para Austin era una invitación a demostrar la relación entre la multinacional y la terrible colisión entre el barco de los centinelas y la fragata.

—Quizá acepte su oferta. Me gustaría conocer algo más de las Feroe antes de marcharme.

—¡Fantástico! Quédese todo el tiempo que quiera. Las islas son espectaculares. Llamaré al casero para avisarle de que irá. Se llama Gunnar Jepsen y vive en la casa de al lado. Puede usar el coche que tengo alquilado. Hay una pequeña embarcación que va incluida en el alquiler de la casa y muchas cosas con las que entretenerse. Es un lugar ideal para hacer caminatas, las aves que anidan en los acantilados son dignas de ver, y hay algunas ruinas arqueológicas realmente fascinantes.

—Estoy seguro de que encontraré algo que hacer —respondió Austin con una sonrisa.

Después de cenar, tomaron una copa en el bar del hotel y luego se despidieron con la promesa de encontrarse en Copenhague. El profesor pasaría la noche en casa de un amigo y se marcharía de las islas por la mañana. Austin subió a su habitación. Quería salir temprano a la mañana siguiente. Se acercó a la ventana y contempló con expresión abstraída la pintoresca ciudad y la bahía. Luego cogió el móvil y marcó un número.

Cuando sonó el teléfono, Gamay Morgan-Trout se encontraba en su despacho en las oficinas centrales de la NUMA, en Washington, con la mirada fija en la pantalla del ordenador. Sin desviar la mirada, cogió el teléfono y dijo hola automáticamente. Al oír la voz de Austin, apareció en su rostro una deslumbrante sonrisa que la pequeña separación entre los incisivos hacía todavía más encantadora.

—¡Kurt! —exclamó con entusiasmo—. ¡Me alegro de oírte!

—Lo mismo digo. ¿Cómo van las cosas por la NUMA?

Sin dejar de sonreír, Gamay apartó un mechón de cabellos color caoba de la frente antes de responder.

—Hemos estado matando moscas desde que tú y Joe os marchasteis. Yo he estado leyendo un artículo sobre unos recientes estudios realizados en el sistema nervioso del pejesapo y sus posibles aplicaciones en la cura de los problemas de equilibrio en los humanos. Paul está en su ordenador trabajando en un modelo de la fosa de Java. No recuerdo la última vez que me lo pasé tan bien. Lo siento por ti y por Joe. Aquella aventura del rescate debió de aburriros a más no poder.

El ordenador de Paul Trout estaba espalda contra espalda con el de su esposa. Trout miraba la pantalla en una postura que era típica en él, con la cabeza gacha, en parte porque pensaba, pero también para acomodar sus casi dos metros de estatura. Tenía el cabello color castaño claro peinado con la raya en medio y aplastado hacia atrás en las sienes. Como siempre, iba vestido impecablemente, con un traje italiano color aceituna, y una pajarita, que eran su sello, a juego. Miró hacia arriba con sus ojos color avellana, como si mirara por encima de las gafas, aunque usaba lentillas.

—Por favor, pregúntale a nuestro intrépido líder cuándo piensa regresar a casa —dijo Paul—. El cuartel general de la NUMA parece un velatorio mientras que él y Joe aparecen en los titulares.

Austin oyó el comentario de Paul.

—Dile a Paul que volveré a estar sentado a mi mesa dentro de unos días. Joe regresará un poco más tarde, en cuanto acabe con las pruebas de su último juguete. Solo quería avisaros de dónde estaré. Mañana saldré a recorrer la costa y estaré un par de días en un pequeño pueblo llamado Skaalshavn.

—¿Algo interesante? —preguntó Gamay.

—Quiero echar una ojeada a una piscifactoría de una empresa llamada Oceanus. Quizá haya una relación entre Oceanus y el hundimiento de aquellos dos barcos. Mientras yo escarbo por aquí, ¿podrías ocuparte de averiguar lo que puedas de la empresa? No tengo gran cosa. Tal vez Hiram pueda echarte una mano. —Hiram Yeager era el genio de la informática que se encargaba de la gigantesca base de datos de la NUMA.

Austin comentó con Gamay algunos de los detalles de la operación de rescate de los marinos daneses y, después de que la joven le prometiera que se ocuparía inmediatamente de su petición, se despidió. Gamay le hizo a su marido un rápido resumen de su conversación con Austin.

—No hay nadie como Kurt para convertir un silbido en una tempestad —manifestó Paul con una risita. Se refería a la vieja creencia de que silbar en un barco era llamar al mal tiempo—. ¿Qué quiere saber de la piscicultura? ¿Cómo manejar el tractor en las profundidades?

—No, una cosechadora —replicó Gamay fingiendo una exagerada seriedad—. ¿Cómo he podido olvidar que prácticamente creciste en un pesquero?

—Solo soy el hijo del hijo de un pescador. —Trout había nacido en Cabo Cod, en el seno de una familia de pescadores. Se había apartado del oficio de sus ancestros cuando, en la adolescencia, había comenzado a frecuentar la Woods Hole Oceanographic Institution. Algunos de los científicos de la entidad le habían animado a estudiar oceanografía. Se había licenciado en ciencias oceanográficas en la Scripps Institution of Oceanography y luego se había especializado en geología submarina. También sabía utilizar los gráficos hechos por ordenador en sus diversos proyectos submarinos.

—Sé que a pesar de tus muestras de ignorancia, sabes mucho más de la piscicultura de lo que finges saber.

—La piscicultura no es nada nuevo. En mi pueblo, la gente lleva sembrando y cosechando los bancos de almejas y ostras desde hace más de un siglo.

—Entonces sabes que básicamente es el mismo principio, solo que extendido a los peces. Nacen en tanques y los crían en jaulas de redes que flotan en el océano. Las piscifactorías producen peces en menos tiempo del que se tarda en pescarlos a mar abierto.

—Con todas las restricciones a la pesca que imponen los gobiernos debido a la disminución de los bancos de peces —comentó Paul—, la competencia de las piscifactorías es lo último que necesitan los pescadores.

—Los dueños de las piscifactorías no opinan lo mismo. Dicen que la piscicultura produce un alimento más barato, crea puestos de trabajo y beneficia a la economía.

—Como bióloga marina, ¿qué opinas tú de este tema?

Gamay se había licenciado en arqueología marina antes de interesarse en otro campo científico. Había ingresado en Scripps, donde se había doctorado en biología marina. Mientras cursaba los estudios, había conocido y se había casado con Paul.

—Creo que estoy exactamente en el centro —respondió—. La piscicultura tiene su lado positivo, pero me preocupa un poco que si las grandes compañías son las propietarias de las piscifactorías, las cosas acaben descontrolándose.

—¿De qué lado sopla el viento?

—Resulta difícil decirlo, pero te daré un ejemplo de lo que está pasando. Imagina por un momento que tú eres un político que se presenta a las elecciones y los dueños de las piscifactorías dicen que invertirán cientos de millones de dólares en los pueblos de la costa y que la inversión generará puestos de trabajo y que cada año la actividad económica en tu distrito generará miles de millones. ¿A quién respaldarías?

Trout silbó por lo bajo.

—¿Miles de millones? No tenía ni idea de que hubiese tanto dinero en juego.

—Solo hablo de una parte del negocio mundial. Hay piscifactorías por todo el mundo. Si últimamente has comido salmón, doradas o langostinos, lo más probable es que los hayan criado en Canadá, Tailandia o Colombia.

—Las piscifactorías deben de tener una capacidad de producción enorme si pueden abastecer pescado y mariscos en tal cantidad.

—Es increíble. En la Columbia Británica producen setenta millones de salmones mientras que las capturas suman cincuenta y cinco millones.

—¿Cómo pueden competir los pescadores contra algo así?

—No pueden. —Gamay se encogió de hombros—. Kurt está interesado en una compañía que se llama Oceanus. Veamos qué puedo encontrar.

Escribió el nombre de la multinacional en el buscador.

—Es curioso. Por lo general, el mayor problema con la red es el exceso de información. No hay prácticamente nada sobre Oceanus. Solo aparece un artículo de un párrafo donde se dice que Oceanus compró una planta procesadora de salmón en Canadá. Buscaré un poco más.

Le llevó otro cuarto de hora de búsqueda, y Paul, que estaba de nuevo absorto en la fosa de Java, oyó que finalmente exclamaba:

—¡Ajá!

—¿La has pillado?

—Acabo de encontrar un poco más de información referente a la compra en una página de una revista de negocios. Al parecer Oceanus es la propietaria de compañías en todo el mundo; producen más de doscientas cincuenta mil toneladas de pescado al año. La adquisición le permite acceder al mercado de nuestro país a través de una filial norteamericana. El vendedor calcula que Estados Unidos comprará una cuarta parte de su producción.

—¡Doscientas cincuenta mil toneladas! Más vale que guarde mi caña de pescar. No me importaría ver una de sus piscifactorías. ¿Dónde está la más cercana?

—La que acabo de mencionar está en Canadá. A mí también me gustaría verla.

—¿Qué nos detiene? Aquí nos estamos aburriendo como ostras mientras Kurt y Joe están de viaje. El mundo no reclama nuestro auxilio inmediato, y si lo necesita, siempre puede llamar a Superman.

—La piscifactoría está en Cabo Bretón, que no está precisamente a la vuelta de la esquina de las orillas del Potomac.

—¿Cuándo aprenderás a confiar en el ingenio de un yanqui? —dijo Paul, y fingió un suspiro.

Mientras Gamay lo observaba con una expresión risueña, Paul cogió el teléfono y marcó un número. Después de una breve conversación, colgó con una sonrisa de triunfo en su rostro juvenil.

—Hablaba con un colega del departamento de transporte de la NUMA. Uno de nuestros aviones sale para Boston dentro de unas horas. Hay dos plazas disponibles. Quizá puedas convencer al piloto para que haga una escala en Cabo Breton.

—Vale la pena intentarlo —respondió Gamay al tiempo que apagaba el ordenador.

—¿Qué pasa con el estudio del pejesapo?

Gamay contestó imitando el croar de un sapo.

—¿Qué pasa con la fosa de Java?

—Lleva allí millones de años. Creo que puede esperar unos pocos días más.

Apagó el ordenador. Contentos por huir de aquel aburrimiento, echaron una carrera hasta la puerta.

10

La bruma matinal se había disipado, y las islas Feroe disfrutaban de uno de los escasos momentos de sol que ponía de relieve el esplendor del paisaje. Los campos parecían estar cubiertos con un tapete verde como el de una mesa de billar. No había ni un solo árbol en el terreno abrupto, salpicado de casas con techos de paja y algún que otro campanario, y cruzado por senderos y muretes de piedra.

Austin condujo el Volvo del profesor por una sinuosa carretera de la costa que le permitía admirar el perfil de las lejanas montañas situadas tierra adentro. Las bien perfiladas cumbres surgían del helado mar azul como enormes aletas petrificadas. Las bandadas de pájaros volaban cerca de los impresionantes acantilados donde el mar había esculpido la intrincada línea costera.

Faltaba poco para el mediodía cuando Austin salió de uno de los túneles y se encontró con un pueblo que parecía salido de un cuento, situado en la ladera de una colina en el borde de un fiordo. El trazado de la sinuosa carretera bajaba en zigzag desde una altura de varios centenares de metros en un recorrido de pocos kilómetros. Las ruedas del Volvo rozaban el borde exterior de la carretera en las curvas muy cerradas; en ninguna de ellas había vallas de protección. Austin dio gracias para sus adentros cuando llegó a la parte llana donde la carretera se extendía entre la playa y las casas pintadas de vivos colores que se alzaban en la ladera como si fueran espectadores en un anfiteatro.

Una mujer plantaba flores en el jardín de una pequeña iglesia con la techumbre de paja y un campanario rectangular que sobrepasaba la altura del techo solo en un par de metros. Austin echó una ojeada a su libro de frases en feroés y se apeó del coche.

—*Orsaka. Hvar er Gunnar Jepsen?* (Por favor, ¿dónde puedo encontrar a Gunnar Jepsen?)

Dejó el rastrillo y se acercó. Austin vio que era una atractiva mujer de unos cincuenta y tantos años. Sus cabellos canosos estaban recogidos en un moño, y tenía la tez bronceada y los pómulos enrojecidos por el sol. Sus ojos eran grises como el mar. Una amplia sonrisa destacó en su rostro delgado mientras le señalaba un camino lateral que llevaba hacia las afueras del pueblo.

—*Gott taak* —dijo Austin. (Muchas gracias.)

—*Eingiskt?*

—No, soy norteamericano.

—No vemos a muchos norteamericanos en Skaalshavn —comentó la mujer, que hablaba inglés con un claro acento escandinavo—. Bienvenido.

—Espero no ser el último.

—Gunnar vive en lo alto de la colina. No tiene más que seguir aquel camino. —Volvió a sonreír—. Espero que disfrute de la visita.

Austin volvió a darle las gracias, subió al coche y condujo por el camino de grava a lo largo de medio kilómetro. El camino acababa delante de una gran casa de madera oscura con techo de paja. Había una camioneta aparcada en la entrada. A unos cien metros de la casa principal había otra idéntica pero más pequeña. Subió los escalones de la galería y llamó a la puerta.

El hombre que abrió la puerta era de mediana estatura y un tanto entrado en carnes. Tenía la cara redonda y los pocos cabellos que le quedaban eran de un color rubio rojizo.

—*Ja* —dijo con una amable sonrisa.

—¿Señor Jepsen? Me llamo Kurt Austin. Soy amigo del profesor Jorgensen.

—Señor Austin. Adelante. —Estrechó la mano de Austin como un vendedor de coches usados que saluda a un posible cliente. Luego acompañó a Austin a una sala de estar amueblada al estilo rústico—. El doctor Jorgensen me llamó por teléfono para avisarme de su llegada. Es un viaje muy largo desde Torshavn. ¿Le apetece una copa?

—Ahora no, gracias. Quizá más tarde.

—¿Ha venido aquí para disfrutar de la pesca?

—Me han dicho que en las Feroe pescan hasta donde no hay agua.

—No hay que exagerar —replicó Jepsen en tono risueño—, pero casi.

—He estado ocupado con unos trabajos de salvamento submarino en Torshavn y me dije que dedicar un par de días a la pesca sería una agradable manera de descansar.

—¿Salvamento submarino? ¿Austin? —Juró en feroés—. Tendría que haberlo adivinado. Usted es el norteamericano que rescató a los marineros daneses. Lo vi en la televisión. ¡Milagroso! Espere a que la gente del pueblo sepa que mi invitado es famoso.

—Confiaba en disfrutar de una estancia tranquila.

—Por supuesto, pero será imposible mantener su visita en secreto a la gente del pueblo.

—He conocido a una mujer delante de la iglesia. Me ha parecido una persona muy agradable.

—Seguramente es la viuda del pastor. Es la encargada de la estafeta y la principal cotilla. A estas alturas todos deben ya de saber que está usted aquí.

—¿La casa del profesor es aquella de allá abajo?

—Sí. —Jepsen cogió un manojo de llaves colgado de un clavo en la pared—. Venga, se la enseñaré. —Austin recogió el macuto del coche. Mientras bajaban por el sendero, el hombre preguntó—: ¿Es usted muy amigo del doctor Jorgensen?

—Le conocí hace algunos años. Su reputación como ictiólogo es conocida en todo el mundo.

—Sí, lo sé. Me sentí muy honrado al tenerlo aquí. Y ahora usted.

Se detuvieron delante de la casa. Desde la galería se disfrutaba de una preciosa vista de la bahía donde estaba amarrada una flota de embarcaciones pesqueras de toda clase.

—¿Es usted pescador, señor Jepsen?

—En un lugar pequeño como este, te ganas la vida haciendo multitud de cosas. Alquilo esta casa. No tengo muchos gastos.

Subieron a la galería y entraron. La vivienda consistía en una gran habitación con una cama, una mesa y un par de sillas, con la cocina integrada y el baño aparte. Se veía todo muy sencillo pero cómodo y acogedor.

—Tiene todo lo necesario para pescar en el armario. Avíseme si necesita los servicios de un guía para ir a pescar o a recorrer la zona. Mis antepasados eran vikingos, y no hay nadie que conozca este lugar mejor que yo.

—Gracias por la oferta, pero he tenido demasiada compañía en estas últimas semanas. Me gustaría tener algún tiempo para mí solo. El profesor me comentó algo sobre una embarcación que iba incluida en el alquiler.

—Es la tercera desde el final del muelle. Las llaves están puestas.

—Gracias por su ayuda. Ahora, si me lo permite, arreglaré mis cosas y luego bajaré al pueblo para estirar un poco las piernas.

Jepsen le repitió que le avisara si necesitaba cualquier cosa.

—Abríguese —le recomendó mientras salía—. Aquí el tiempo cambia en un abrir y cerrar de ojos.

Austin siguió el consejo. Se puso un anorak encima del suéter y salió a la galería. La ladera bajaba suavemente hasta el mar. Desde allí arriba, disfrutaba de una amplia vista de la bahía, del muelle de los pescadores y de las embarcaciones. Fue hasta el Volvo y se dirigió al pueblo.

Hizo la primera parada en el bullicioso muelle de los pescadores, donde las barcas descargaban las capturas bajo una nube de aves marinas. Encontró la embarcación amarrada en el lugar que le había indicado Jepsen. Era una sólida barca de madera con motor interior de poco más de seis metros de eslora; la proa y la popa estaban curvadas como en las naves vikingas. Le echó una ojeada al motor, que parecía nuevo y bien cuidado. La llave estaba puesta en el contacto. Austin lo puso en marcha y escuchó el ruido durante unos minutos. Satisfecho de su buen funcionamiento, lo apagó y volvió a su coche. En el camino, se encontró con la viuda del pastor.

—Hola, americano —le saludó ella con una sonrisa amistosa—. ¿Encontró a Gunnar?

—Sí, gracias.

La mujer llevaba un pescado envuelto en una hoja de periódico.

—He venido a buscar mi cena. Mi nombre es Pia Knutsen.

Se estrecharon las manos. El apretón de Pia fue cálido y firme.

—Es un placer conocerla. Me llamo Kurt Austin. He estado disfrutando del paisaje. Skaalshavn es un hermoso pueblo. Me preguntaba cuál es el significado de su nombre en inglés.

—Está usted hablando con la historiadora extraoficial del pueblo. Skaalshavn significa bahía de la Calavera.

Austin miró hacia el mar.

—¿La bahía tiene forma de calavera?

—Oh, no. Es algo que viene de muy antiguo. Los vikingos encontraron calaveras cuando fundaron el pueblo.

—¿Había gente aquí antes de los vikingos?

—Monjes irlandeses, quizá, o incluso anteriores. Las cuevas se encuentran al otro lado del cabo en lo que era el puerto de la vieja estación ballenera. Se quedó pequeña a medida que aumentaba la actividad pesquera, así que los pescadores se trasladaron aquí.

—Me gustaría hacer una excursión. ¿Puede recomendarme alguna ruta que me permita tener una buena vista del pueblo y de los alrededores?

—Desde los acantilados donde anidan los pájaros se puede ver hasta muy lejos. Siga aquel sendero detrás del pueblo —Pia se lo señaló—. Atravesará unos páramos donde hay algunos saltos de agua muy hermosos y arroyos que desembocan en un gran lago. El sendero sube una cuesta muy empinada más allá de las ruinas de la vieja granja, y arriba se encontrará con los acantilados. No se acerque mucho al borde, sobre todo si hay niebla, a menos que disponga de alas. Los acantilados tienen casi quinientos metros de altura. Guíese por los hitos en el camino de regreso y manténgalos siempre a la izquierda. El sendero es empinado y baja bruscamente. No camine muy cerca del borde que da al mar, porque algunas veces las olas saltan por encima de las rocas y lo pueden arrastrar.

—Tendré cuidado.

—Una cosa más. Abríguese bien. Aquí el tiempo cambia en un abrir y cerrar de ojos.

—Gunnar me ha hecho la misma recomendación. Por lo que se ve es un gran conocedor de la zona. ¿Nació aquí?

—A Gunnar le gustaría que la gente creyera que es descendiente directo de Erik el Rojo. —Frunció la nariz—. Es de Copenhague. Vino a vivir aquí hará cosa de dos años.

—¿Lo conoce bien?

—Oh, sí —respondió la mujer, que puso sus bellos ojos en blanco—. Gunnar intentó meterme en su cama, pero no estoy tan desesperada como para eso.

Pia era una mujer guapa, y a Austin no le sorprendió el intento de Jepsen; pero no había ido hasta allí para interesarse por las historias de amor locales.

—Me comentaron que por aquí hay una piscifactoría.

—Sí, la verá desde los acantilados. Unos edificios muy feos de hormigón y metal. La bahía está llena de jaulas. Crían los peces y los exportan. A los pescadores locales no les gusta. No se pesca prácticamente nada en la vieja bahía. No hay nadie del pueblo que trabaje allí. Ni siquiera Gunnar.

—¿Trabajaba en la piscifactoría?

—Al principio. En algo relacionado con la construcción. Invirtió el dinero en la compra de las casas y ahora vive de renta.

—¿Reciben muchos visitantes? —Austin miraba un magnífico yate azul que entraba en la bahía.

—Ornitólogos y pescadores. —Ella también miró el yate—. Como los hombres de aquel hermoso yate. Me han dicho que es propiedad de un millonario español. Dicen que ha venido hasta aquí desde España para disfrutar de la pesca.

Austin volvió a centrarse en Pia.

—Habla muy bien el inglés.

—Lo aprendemos en la escuela junto con el danés. Mi marido y yo pasamos algún tiempo en Inglaterra cuando nos casamos. No tengo muchas oportunidades para practicarlo. —Le acercó el pescado a la nariz—. ¿Quiere venir a cenar a mi casa? Podré practicar mi inglés.

—¿No será mucha molestia?

—No, no. Venga cuando acabe con su paseo. Mi casa está detrás de la iglesia.

Se despidieron y Austin fue en coche hasta el comienzo del sendero. La senda de grava subía gradualmente a través de los páramos cubiertos de flores silvestres y pasaba junto a un pequeño lago, casi perfectamente redondo, que parecía hecho de cristal. A poco más de un kilómetro y medio del lago, encontró las ruinas de una vieja granja y un cementerio abandonado.

El sendero se hizo más empinado y menos visible. Tal como le había aconsejado Pia, siguió los hitos de piedra que jalonaban el camino. Vio rebaños de ovejas tan lejanos que parecían hormigas. En el horizonte destacaban las montañas donde se encontraban las cascadas.

Llegó a los acantilados, donde centenares de aves marinas flotaban en el aire sostenidas por las corrientes térmicas. Los peñascos se elevaban en las aguas de la bahía, con sus cumbres planas envueltas por la niebla. Austin mordisqueó una tableta de chocolate mientras pensaba que las Feroe eran probablemente el lugar más extraño del planeta.

Continuó su camino hasta llegar a lo alto de una cresta desde donde tenía una visión panorámica de la abrupta costa. Una lengua de tierra separaba Skaalshavn de una bahía más pequeña. A todo lo largo de la costa del viejo fondeadero había docenas de edificios que formaban una cuadrícula. Estaba absorto en la contemplación del paisaje cuando sintió una gota de lluvia en la mejilla. Unos nubarrones muy negros llegaban desde la montaña y ocultaban el sol. Abandonó la cresta. Incluso con los zigzags para facilitar la marcha, la bajada era muy dura dada la fuerte inclinación de la pendiente, y tuvo que moverse lentamente hasta que el terreno comenzó a nivelarse. Le faltaba muy poco para llegar al llano cuando se descargó el aguacero. Continuó caminando en dirección a las luces del pueblo, y no tardó mucho en llegar a su coche.

Pia echó una mirada a la figura empapada que había llamado a su puerta y sacudió la cabeza.

—Tiene el aspecto de haber sido arrastrado por las olas. —Cogió a Austin de la manga y le dijo que fuera al baño y se desnudara. Austin, calado hasta los huesos, no protestó. Mientras se desnudaba, la viuda entreabrió la puerta y le pasó una toalla y ropa seca.

—Estaba segura de que las prendas de mi marido le irían bien —manifestó Pia con un gesto de aprobación cuando Austin salió del baño vestido con camisa y pantalón—. Era un hombre alto como usted.

Pia se ocupó de poner la mesa y Austin puso sus prendas a secar junto a una estufa de leña; se quedó allí, para disfrutar del calor, hasta que ella le dijo que la cena estaba lista.

El bacalao fresco asado se deshacía en la boca. Acompañaron el pescado con un vino blanco casero. De postre tomaron pudín de pasas. Mientras cenaban, Pia le habló de su vida en las Feroe, y Austin le contó algunas cosas de su trabajo en la NUMA. La mujer se mostró fascinada con los relatos de sus viajes a lugares exóticos.

—Me olvidé preguntarle. ¿Disfrutó del paseo, a pesar de la lluvia? —dijo Pia cuando retiraba los platos.

—Subí hasta lo alto de los acantilados. La vista es impresionante. Vi la piscifactoría que me mencionó. ¿Permiten las visitas?

—Oh, no —respondió Pia, con una enfática sacudida de cabeza—. No permiten la entrada a nadie. Como le dije antes, ninguno de los hombres del pueblo trabaja allí. Hay una carretera que bordea la costa que utilizaban durante la construcción, pero ahora está cerrada con una valla. Todo llega y se lo llevan por mar. Por aquí comentan que es como si fuera otra ciudad.

—Parece interesante. Es una pena que nadie pueda entrar.

Pia le llenó la copa y lo miró con una expresión astuta.

—Podría entrar en un santiamén si quisiera hacerlo, por la Puerta de la Sirena.

Austin sacudió la cabeza, dudando de haberla entendido.

—¿La Puerta de la Sirena?

—Así era como llamaba mi padre a la entrada natural en el acantilado del viejo fondeadero. Solía llevarme algunas veces en su barca hasta allí. Nunca me llevó al interior. Era peligroso debido a las corrientes y las rocas. Algunos marineros se ahogaron cuando intentaron entrar, así que los pescadores se mantienen alejados. Dicen que está embrujada por las almas de los muertos. Se oyen sus lamentos, pero no es más que el ruido del viento que sopla a través de las cuevas.

—Por lo que parece su padre no tenía miedo de los fantasmas.

—No tenía miedo de nada.

—¿Qué tienen que ver las cuevas con la piscifactoría?

—Es el camino de entrada. Las cuevas están unidas entre sí y hay una salida al fondeadero. Mi padre decía que había pinturas en las paredes. Espere un momento, se lo enseñaré.

Se acercó a la librería y cogió un viejo álbum de fotos de familia. Entre las páginas había una hoja de papel, que desplegó y extendió sobre la mesa. Estaba llena de bosquejos de bisontes y ciervos. A Austin le parecieron más interesantes los dibujos de unas embarcaciones muy estilizadas de remos y velas.

—Son unos dibujos muy antiguos —opinó Austin, aunque no sabía a qué época pertenecían—. ¿Su padre se los enseñó a alguien más?

—A nadie que no fuera de la familia. Quería mantener en secreto la existencia de las cuevas porque temía que los visitantes acabaran estropeándolas.

—Entonces, ¿no se puede acceder a las cuevas por tierra?

—Había una entrada, pero quedó inutilizable por un desprendimiento. Mi padre dijo que no costaría mucho retirar las piedras. Quería traer a algunos científicos de la universidad para que se hicieran las cosas bien. Sin embargo, no llegó a hacerlo porque murió en una tormenta.

—Lo siento.

La viuda del pastor sonrió.

—Como le digo, no le tenía miedo a nada. En cualquier caso, después de su muerte, mi madre nos llevó a vivir con unos parientes. Regresé aquí con mi marido. Estaba demasiado ocupada criando a mis hijos para pensar en las cuevas. Entonces la compañía pesquera compró la tierra y la vieja estación ballenera, y cerraron el lugar a cal y canto.

—¿Tiene más dibujos?

—Mi padre comenzó a dibujar un plano de las cuevas, pero no sé qué ocurrió con el dibujo. Solía comentar que las personas que hicieron las pinturas eran muy listas. Utilizaban los dibujos de los peces y los pájaros como señales. Mientras siga el pez correcto es imposible perderse. Algunas de las cuevas conducen a lugares sin salida.

Hablaron durante horas. Finalmente Austin miró su reloj y dijo que debía irse. Pia no le dejó marchar hasta arrancarle la promesa de que iría a cenar al día siguiente. Condujo por la carretera desierta en la penumbra característica de las noches en las latitudes boreales.

Había una luz encendida en la casa principal, pero no vio

a Jepsen, y se dijo que ya estaría durmiendo. Había dejado de llover. Salió a la galería y estuvo allí unos minutos, contemplando el pueblo y la bahía. Luego volvió a entrar y se preparó para irse a la cama. Aunque el pueblo parecía un lugar idílico, no conseguía librarse de la sensación que Skaalshavn era un lugar lleno de oscuros secretos. Antes de acostarse, se aseguró de que la puerta y las ventanas estuviesen cerradas.

11

Paul Trout condujo el Humvee por el intenso tráfico de Washington como un jugador que corre para conseguir un *touchdown* en la Super Bowl. Aunque él y Gamay salían muy a menudo con el Hümmer para realizar excursiones a campo traviesa por los bosques de Virginia, nada de lo que pudieran encontrarse en los parajes más agrestes podía compararse con el desafío de conducir por las calles de la capital de la nación. Sin embargo, avanzaban a buen ritmo, porque Gamay avisaba de los huecos disponibles y Paul giraba el volante sin mirar. Su capacidad para trabajar en equipo como una máquina bien ajustada había sido un factor fundamental en sus innumerables misiones para la NUMA y un tributo a la visión del almirante Sandecker cuando había decidido contratarlos a los dos.

Paul giró por una de las angostas calles de Georgetown y aparcó el Humvee en el garaje detrás de su casa. Sin perder ni un segundo, se apearon del vehículo y corrieron al interior de la casa. Unos minutos más tarde, montaron en un taxi con las bolsas de viaje que habían preparado en un santiamén. El jet privado de la NUMA los esperaba en el aeropuerto con los motores en marcha. La piloto, que llevaba a un grupo de científicos a Boston, conocía a los Trout de otros trabajos con el equipo de misiones especiales. Había recibido el visto bueno de la NUMA para prolongar el trayecto y había presentado un nuevo plan de vuelo.

Después de dejar a los científicos en el aeropuerto Logan, el avión continuó su viaje a lo largo de la costa atlántica. El Cessna Citation, que volaba a una velocidad de crucero de ochocientos kilómetros por hora, dejó a los Trout en Halifax, Nueva Escocia, a tiempo para la cena. Pasaron la noche en un hotel cercano al aeropuerto y a primera hora de la mañana siguiente cogieron un vuelo de Air Canada a Cabo Bretón. En el aeropuerto Sidney alquilaron un coche para cubrir el trayecto hasta la piscifactoría de Oceanus, que estaba mucho más al norte por la escarpada costa. Gamay había comprado una guía en el aeropuerto. El autor de la sección que describía esa parte de la costa seguramente se había desesperado ante su falta de atractivos, dado que había incluido la piscifactoría como lugar de interés turístico.

Después de no ver ninguna señal de civilización durante muchos kilómetros, llegaron a un lugar que era una combinación de tienda, cafetería y gasolinera. Paul dejó a un lado el mapa.

—Un lugar encantador —comentó—, pero aún nos quedan unos cuantos kilómetros para llegar al centro de la ciudad.

—Tenemos que parar a poner gasolina —respondió Gamay mostrando con un dedo el indicador de combustible—. Mientras tú te encargas de llenar el depósito, veré si puedo cotillear un poco con los lugareños.

Con la guía bajo el brazo, pasó por encima de un sarnoso perro labrador negro, que más que dormido parecía haber caído muerto frente al local, y abrió la puerta. Olió un agradable olor a tabaco de pipa, beicon y café. La tienda, que ocupaba la mitad del local, estaba abarrotada con toda clase de productos, desde cecina de ciervo a cajas de munición. La cafetería ocupaba la otra mitad.

Una docena de hombres y mujeres ocupaban las mesas redondas de formica y metal. Todas las miradas se centraron en Gamay. Con su metro sesenta y cinco de estatura y sesenta y cinco kilos de peso, la figura esbelta de caderas estrechas y el cabello pelirrojo de Gamay hubiesen llamado la atención incluso en una fiesta en la playa de Malibú. Las miradas siguieron cada uno de sus movimientos mientras ella cogía la jarra de café y llenaba dos vasos de plástico.

Gamay se acercó al mostrador; la joven regordeta que atendía la caja la saludó con una amable sonrisa.

—¿Está de paso? —preguntó, como si le costara imaginar que algún viajero quisiera quedarse en la ciudad más tiempo del que tardaba en llenar una taza de café.

—Mi marido y yo estamos haciendo una excursión por la costa —respondió Gamay.

—No la culpo por no quedarse —dijo la mujer en tono de resignación—. Por aquí no hay mucho que ver.

A pesar de su aspecto llamativo, Gamay, que había nacido en el Medio Oeste, se comportaba con tanta naturalidad que resultaba difícil resistirse.

—A nosotros nos parece un lugar muy bonito —comentó con una sonrisa encantadora—. Nos quedaríamos más tiempo si pudiéramos. —Abrió la guía en la página que tenía señalada—. Aquí dice que hay un puerto pesquero muy pintoresco y una piscifactoría que es digna de ver.

—¿Eso dice? —preguntó la cajera, incrédula.

Los clientes no se habían perdido ni una palabra de la conversación. Una mujer muy delgada con el pelo canoso rió como una gallina.

—La pesca ya no es lo que era. Vendieron la piscifactoría. Una de esas grandes compañías compró la empresa. Despidieron a todos los trabajadores de por aquí. Nadie sabe qué hacen. La gente que trabaja allí no viene nunca a la ciudad. Algunas veces vemos a los esquimales que pasan con sus grandes camionetas negras.

Gamay echó una ojeada a la guía para ver si había pasado algo por alto.

—¿Ha dicho esquimales? No creía que estuviésemos tan al norte.

Su pregunta provocó una animada discusión. Algunos afirmaban que los esquimales vigilaban las instalaciones.

Otros decían que los hombres que conducían las camionetas eran indios o quizá mongoles. Gamay se preguntó si no había entrado por error en el psiquiátrico de la ciudad, una idea que se vio reforzada cuando la cajera murmuró algo sobre los «alienígenas».

—¿Alienígenas?

La cajera la miró con los ojos como platos detrás de los gruesos cristales de las gafas.

—Es como aquella base secreta de ovnis en Estados Unidos. El Área cincuenta y uno, como la que aparece en *Expediente X*.

—Yo vi un ovni cuando estaba cazando cerca de la vieja factoría —manifestó un hombre que parecía centenario—. Una cosa brillante muy grande y toda iluminada.

—Demonios, Joe —dijo la mujer delgada—. A veces vas tan borracho que eres capaz de ver hasta elefantes de color rosa.

—Sí —admitió el hombre con una sonrisa desdentada—. También los he visto.

Las carcajadas resonaron por todo el local. Gamay sonrió dulcemente cuando volvió a dirigirse a la cajera.

—Nos encantaría poder contar a nuestros amigos que vimos una base de ovnis. ¿Está muy lejos de aquí?

—A unos treinta kilómetros. —La joven le explicó cómo llegar a la piscifactoría. Gamay le dio las gracias, dejó un billete de diez dólares en el bote de las propinas, cogió los dos vasos de café y salió del local.

Paul la esperaba apoyado en el coche, con los brazos cruzados sobre el pecho. Cogió el café que ella le ofrecía.

—¿Has tenido suerte?

Gamay miró el local antes de responder.

—No lo sé. Me parece que me he metido en una escena de *Twin Peaks*. En estos minutos, me he enterado de que en esta parte del mundo viven esquimales que conducen grandes camionetas negras, hay una base de ovnis y elefantes de color rosa circulando por ahí.

—Eso lo explica todo —dijo Paul que intentó mantener una expresión seria—. Mientras tú estabas en el café, unas criaturas de color ciruela pasaron a todo galope.

—Después de lo que me han contado, no me sorprende —afirmó Gamay, y se sentó al volante.

—¿Crees que los lugareños solo querían divertirse a nuestra costa? —preguntó Paul mientras ocupaba el asiento del acompañante.

—Te lo diré cuando encontremos esas cosas redondas plateadas cerca del Área cincuenta y uno. —Se echó a reír al ver la expresión de extrañeza en el rostro de su marido—. Te lo explicaré de camino.

Pasaron de largo el desvío que llevaba al centro de la ciudad y el puerto, y entraron en un bosque de pinos. Incluso con las detalladas indicaciones de la cajera, que le había señalado todos los tocones y piedras en varios kilómetros, estuvieron a punto de no ver el desvío. No había ningún cartel indicador. Solo unas marcas de neumáticos, que denotaban un uso reciente, diferenciaban ese camino de cualquiera de las pistas del servicio forestal que se adentraban en el espeso bosque.

Se detuvieron a poco menos de un kilómetro de la carretera principal. La cajera había aconsejado a Gamay que aparcara en un claro marcado por un gran peñasco y después continuara a pie. A las pocas personas que se habían acercado en coche hasta la entrada las habían hecho dar media vuelta con muy malos modales. Los esquimales o lo que fuesen probablemente tenían cámaras de vigilancia.

Gamay y Paul dejaron el coche y caminaron por el bosque en paralelo al camino durante unos doscientos metros, hasta que vieron el reflejo del sol en una alambrada muy alta. Un cable negro que coronaba la cerca indicaba que el alambre de espino estaba electrificado. No había ninguna cámara de vigilancia a la vista, aunque era posible que estuviesen disimuladas.

—¿Qué hacemos? —preguntó Gamay.

—Podemos pescar o preparar el cebo —contestó Paul.

—Nunca me ha gustado preparar el cebo.

—A mí tampoco. Vayamos a pescar.

Paul salió de entre los árboles para atravesar el espacio despejado que había hasta la alambrada. Mirando atentamente vio un alambre muy delgado extendido a la altura de los tobillos. Señaló el suelo. Una alarma. Arrancó una rama seca de un árbol cercano, la arrojó sobre el alambre y luego corrió hacia el bosque. Gamay y él se echaron boca abajo sobre la alfombra de agujas de pino.

No tardaron en oír el sonido de un motor, y una camioneta negra se detuvo al otro lado de la cerca. Se abrió la puerta y una pareja de samoyedos blancos grandes como leones saltaron del vehículo para correr hacia la cerca. Un guardia de rostro chato y tez morena vestido con un uniforme negro seguía a los perros. Empuñaba un fusil de asalto.

Mientras los perros iban y venían a lo largo de la alambrada, el guardia observó el bosque con una expresión de desconfianza. Vio la rama caída sobre el alambre. En un lenguaje incomprensible, murmuró algo por radio, y luego caminó hacia el coche. Los perros parecían haber captado el olor de los Trout porque gruñían con la mirada fija en el lugar donde se ocultaba la pareja. El guardia los llamó a gritos, y los perros volvieron a la camioneta. Luego se marchó.

—No está nada mal —comentó Paul, después de mirar su reloj—. Noventa segundos.

—Quizá sea el momento de salir de aquí —dijo Gamay—. Enviarán a alguien a retirar la rama.

Los Trout emprendieron el camino de regreso al coche a buen paso. Unos minutos más tarde circulaban por la carretera principal.

—¿A ti te pareció que el guardia era un esquimal? —preguntó Gamay, intrigada.

—Sí, tenía pinta de serlo. Claro que nunca vi a muchos esquimales en Cabo Cod.

—¿Qué puede estar haciendo un esquimal tan al sur? ¿Baratijas para los turistas?

—Lo único que ese tipo y sus cachorros podían ofrecer era un rápido viaje a la morgue. Vayamos a ver qué pasa en la gran ciudad.

Gamay asintió, y unos pocos minutos después tomaban el desvío que llevaba a la ciudad. A simple vista no tenía ningún atractivo, por lo que era lógico que solo mereciera una nota a pie de página en la guía de viaje. Las casas estaban protegidas contra las inclemencias del tiempo con placas asfálticas de color verde mate y marrón apagado, y los techos aparecían cubiertos con placas de aluminio ondulado para permitir que la nieve se deslizara por ellas. Había muy pocas personas o coches en la calle. Algunas de las tiendas en el minúsculo centro comercial tenían carteles en las persianas metálicas donde se anunciaba que estaban cerradas hasta próximo aviso; en general, la ciudad mostraba un aspecto de abandono. El puerto era pintoresco, tal como explicaba la guía, pero no había ni un solo barco, cosa que contribuía a la desolación del paisaje.

El muelle de pescadores estaba desierto excepto por una bandada de gaviotas dormidas. Gamay vio el cartel luminoso de un bar restaurante en un pequeño edificio cuadrado que miraba al puerto. Paul le dijo que fuera a buscar mesa y pidiera pescado con patatas fritas mientras él daba una vuelta para ver si encontraba a alguien que pudiera darle información sobre la piscifactoría de Oceanus.

Gamay entró en el restaurante y vio que el local estaba vacío; solo había un hombre fornido, que era el encargado, y un solitario cliente. Escogió una de las mesas con vista a la bahía. El encargado se acercó para tomar el pedido. El hombre le mostró la misma cordialidad que las personas en la tienda de la carretera. Se disculpó por no poder servirle pescado con patatas fritas, pero le dijo que el sándwich tostado de jamón y queso estaba bien. Gamay aceptó la recomendación y pidió dos sándwiches y una Molson. Le gustaba la cerveza canadiense porque era más fuerte que la norteamericana.

Estaba bebiendo su cerveza mientras miraba el techo con

manchas de moscas, la red rota y la desconchada boya que decoraban la pared, cuando el hombre sentado en la barra se levantó del taburete. Aparentemente, que una atractiva mujer bebiera sola en un bar a mediodía se interpretaba como una invitación. Se acercó con la botella de cerveza en la mano mientras recorría con la mirada la cabellera pelirroja y el cuerpo atlético de la joven. Como no podía ver el anillo de casada porque ella tenía la mano izquierda apoyada en la rodilla, pensó que estaba disponible.

—Buenos días —dijo con una sonrisa amable—. ¿Puedo sentarme?

Gamay no se molestó al ver que la abordaba directamente. Se movía bien entre los hombres porque era capaz de pensar como ellos. Al ver su figura alta y esbelta y la cabellera que le llegaba hasta los hombros, resultaba difícil creer que Gamay había sido uno más en sus juegos con un grupo de chicos, y que había construido casas en los árboles y jugado al béisbol con ellos en las calles de Racine. También era una tiradora experta, gracias a su padre, un gran aficionado al tiro al plato.

—Adelante —respondió Gamay despreocupadamente, y le señaló una silla.

—Me llamo Mike Neal —se presentó el hombre. Neal rondaba los cuarenta. Vestía prendas de trabajo y calzaba unas botas de goma negra. Con un perfil muy marcado, la piel bronceada y los cabellos negros, Neal no era mal parecido pero tenía en su contra una cierta debilidad alrededor de la boca y la nariz enrojecida de aquellos que beben más de la cuenta—. Tiene acento norteamericano.

—Soy norteamericana. —Le ofreció la mano y se presentó.

—Bonito nombre —comentó Neal, impresionado por la firmeza del apretón de mano de Gamay. Como la cajera de la tienda, le preguntó—: ¿Está de paso?

—Siempre he querido conocer las provincias marítimas. ¿Es usted pescador?

—Sí. —Señaló a través de la ventana y, con gran orgullo,

añadió—: Aquella belleza que está en el astillero es mía. El *Tiffany*. Le puse el nombre de mi ex novia. Rompimos el año pasado, pero trae mala suerte cambiar el nombre de un barco.

—¿Hoy se ha tomado un día de descanso?

—No exactamente. El taller tuvo que hacer algunas reparaciones en el motor. No me entregarán el *Tiffany* hasta que les pague. Temen que me largue sin pagar.

—¿Lo haría?

—Ya les dejé a deber unos cuantos dólares en otra ocasión —respondió Mike con una sonrisa burlona.

—A mí me parece que son poco inteligentes. Si le entregan el barco, podría salir a pescar y obtener el dinero para pagarles.

La sonrisa de Neal se esfumó en el acto.

—Podría si hubiese algo que pescar.

—Alguien en la tienda de la carretera comentó que hay poca pesca.

—¿Poca? ¡No hay! El resto de la flota se ha trasladado más al norte. Algunos de los muchachos vienen entre viaje y viaje a ver a la familia.

—¿Cuánto tiempo llevan así?

—Unos seis meses.

—¿Alguien conoce la causa del problema?

El pescador se encogió de hombros.

—Cuando hablamos con las autoridades pesqueras, dijeron que los peces seguramente se habían trasladado a otras zonas donde hay más comida. Ni siquiera enviaron a un experto como les habíamos pedido. Creo que no quieren mojarse. Los biólogos marinos seguramente están muy ocupados con sus ordenadores mientras el culo se les hace cada vez más gordo.

—¿Usted está de acuerdo con lo que dijeron sobre la marcha de los peces?

—Para ser una turista —dijo Mike y sonrió—, hace muchas preguntas.

—Cuando no hago turismo, soy bióloga marina.

Neal se sonrojó.

—Lo siento. No hablaba de su culo gordo. Oh, maldita sea.

Gamay se echó a reír.

—Sé exactamente lo que quería decir sobre los biólogos que nunca se mueven de sus despachos. Creo que los pescadores tienen un mayor conocimiento práctico del mar. Claro que tampoco hay que despreciar el conocimiento científico. Quizá pueda ayudarle a descubrir por qué no hay peces.

Una sombra pasó por las facciones de Neal.

—Yo no he dicho que no haya peces. Claro que los hay.

—Entonces, ¿cuál es el problema?

—No se parecen a ninguno de los peces que he visto en todos los años que llevo pescando.

—No lo entiendo.

Neal se encogió de hombros. Aparentemente este era un tema que no le entusiasmaba.

—He estudiado peces por todo el mundo, dentro y fuera del agua —explicó Gamay—. No creo que haya mucho que pueda sorprenderme.

—Le apuesto lo que quiera a que esto sí.

Gamay le tendió la mano.

—Hecho, apostemos. ¿A cuánto asciende la factura de la reparación?

—Setecientos cincuenta dólares canadienses.

—Se los pagaré si me enseña de qué está hablando. Le invito a una cerveza para cerrar la apuesta.

Neal la miró boquiabierto.

—¿Habla en serio?

—Absolutamente. Escuche, Mike, no hay barreras en el mar. Los peces van ahí donde les place. Quizá haya algo dañino en estas aguas que podría afectar también a los pescadores norteamericanos.

—De acuerdo —aceptó él, y le estrechó la mano—. ¿Cuándo quiere ir?

—¿Qué le parece hoy?

Neal esbozó una sonrisa pícara. No era difícil imaginar el

motivo de su felicidad. Una mujer hermosa y amable estaba dispuesta a pagar la factura del astillero y a salir sola en su barca, donde él podría mostrarle todos sus encantos. En aquel momento, Paul Trout entró en el bar y se acercó a la mesa.

—Siento haber tardado. No hay prácticamente nadie en el puerto.

—Este es Mike Neal —dijo Gamay—. Mike, le presento a mi marido.

Neal miró al hombre que medía casi dos metros diez, y se esfumaron sus fantasías de conquistar a Gamay. Pero era un hombre práctico y un trato era un trato.

—Encantado de conocerlo. —Se dieron la mano.

—Mike ha aceptado llevarnos en su barco para mostrarnos unos peces muy raros.

—Podemos salir dentro de una hora —anunció Mike—. Coman tranquilos. Los espero en el barco. —Se levantó y caminó hacia la salida.

—¿Tenemos que llevar algo? —preguntó Paul.

—No —respondió Neal. Se detuvo y añadió—: ¿Quizá un fusil para elefantes?

Se echó a reír al ver la expresión de desconcierto de la pareja. Aún oían las carcajadas cuando ya había salido del local.

12

El viejo Eric, con su pipa de boquilla larga, los dientes como una cerca rota y el rostro curtido por los elementos, parecía un personaje sacado de las páginas de *Capitanes intrépidos*. Pia había dicho que el pescador jubilado hablaba inglés y que conocía las aguas de la zona mejor que los peces. Ahora que era demasiado viejo para salir a pescar, hacía pequeñas faenas en el muelle. A pesar de su expresión arisca, se mostró muy amable cuando Austin le mencionó a Pia.

Austin había llegado temprano al muelle, en busca de consejo sobre el tiempo y el estado de la mar. Un manto azul rosado proveniente de los tubos de escape de la flota pesquera de Skaalshavn flotaba en el aire húmedo. Los marineros, vestidos con trajes de agua y botas, iban de aquí para allá sin hacer caso de la llovizna, muy ocupados en cargar los cubos de cebo y las cestas donde tenían cuidadosamente enrollados los sedales que utilizarían para la jornada de pesca. Austin comentó al viejo pescador que saldría a pescar con la embarcación del profesor Jorgensen.

El viejo Eric observó los nubarrones y frunció los labios mientras pensaba.

—No tardará mucho en cesar la lluvia y en desaparecer la niebla. —Señaló uno de los altos pilares de roca que guardaban la entrada de la bahía—. Navegue a estribor de aquel peñasco. Encontrará buena pesca a poco más de una milla. El viento se levanta a partir del mediodía, pero la barca del profesor es muy marinera. Yo debería saberlo —añadió con una amplia sonrisa—. La construí yo. Le llevará de regreso a casa de una sola pieza.

—¿Qué tal es la pesca por el otro lado?

El marinero frunció la nariz como si hubiese olido algo muy desagradable.

—Cerca de la piscifactoría es un asco. Además, cuando regrese tendrá las olas por la popa y se empapará.

Austin agradeció a Eric los consejos, cargó la mochila y el equipo de pesca, comprobó el nivel de combustible y ventiló la sentina. El motor arrancó a la primera y Austin lo dejó funcionar al ralentí mientras retiraba las amarras y apartaba la barca del muelle. Luego enfiló la proa hacia la formación rocosa que parecía una chimenea de casi setenta metros de altura en la entrada de la bahía. Pasó a babor de la impresionante columna en lugar de hacerlo por estribor como le había dicho Eric. Rogó para sus adentros que el viejo lobo de mar no le hubiese visto.

La barca empezó a navegar a velocidad de crucero a la altura de los impresionantes acantilados donde miles de aves marinas volaban como confetis arrastrados por el viento. El motor ronroneaba como un gatito mimoso. Solo había una ligera marejadilla y la embarcación avanzaba sin cabecear. De vez en cuando un poco de espuma saltaba por encima de la proa. Austin se mantenía seco y caliente con el traje de agua amarillo y las botas que había encontrado guardadas en la barca.

El paisaje cambió y los acantilados dieron paso a empinadas laderas cubiertas de una vegetación rala que bajaban bruscamente hasta el agua en el último tramo, cuando estaba cerca del viejo fondeadero. No vio ningún otro barco. Los pescadores faenaban en la otra dirección, donde las aguas eran más productivas. Solo cuando rodeó una pequeña lengua de tierra descubrió que no estaba solo.

El yate azul con bandera española que había visto entrar

en el puerto el día anterior estaba ahora fondeado en la caleta a media milla de la costa. El barco tenía casi setenta metros de eslora. Las líneas y el perfil bajo indicaban que la embarcación se había diseñado para que fuera veloz pero cómoda. En la popa aparecía el nombre: *Navarra*. Las cubiertas estaban desiertas. Nadie salió a saludar, como es costumbre cuando se encuentran dos embarcaciones, sobre todo en una zona remota como esa. Austin intuyó que, mientras pasaba junto al yate en dirección a tierra, lo vigilaban desde detrás de los cristales oscuros del puente. Los rayos de sol que se colaban entre las nubes se reflejaban en los distantes techos metálicos que había visto el día anterior desde los acantilados.

Un punto ascendió de una zona cercana a las construcciones. Aumentó rápidamente de tamaño; resultó ser un helicóptero negro sin ninguna señal de identificación. El aparato bajó hasta quedar a muy pocos metros de la superficie, se acercó a la embarcación como un abejorro furioso, dio un par de vueltas a su alrededor y luego se situó a un par de centenares de metros a proa. Austin vio que estaba armado con misiles; también estaban llegando refuerzos. Una lancha iba hacia él a toda velocidad, a juzgar por las nubes de espuma que su casco levantaba. Tardó muy poco en acercarse. Era una de esas lanchas que llaman planeadoras, dotadas con motores fuera borda de gran potencia, que eran las favoritas de los contrabandistas de drogas en los cayos de Florida.

La lancha disminuyó la velocidad y pasó junto a la embarcación de Austin lo bastante cerca como para que Austin viera perfectamente a los tres tripulantes. Eran bajos, fornidos, con los rostros redondos y la tez morena. Los tres tenían los cabellos negros peinados con un flequillo que casi les tapaba los ojos rasgados. Uno de los tripulantes se ocupaba del timón, mientras los otros observaban a Austin con un interés poco tranquilizador y los fusiles preparados.

El timonel puso el motor al ralentí y dejó que la lancha se detuviera. Luego cogió un megáfono eléctrico. Gritó algo que sonó a feroés. Austin respondió con una sonrisa boba y levantó las manos en el gesto universal de ignorancia. El hombre probó de nuevo en danés, y luego en inglés.

—¡Propiedad privada! ¡Salga de aquí!

Austin mantuvo la sonrisa tonta. Levantó el bichero y señaló el fondeadero. Los hombres de la lancha le apuntaron con sus fusiles. Austin agitó el bichero para comunicarles que había comprendido el mensaje. Dejó el bichero en la percha, saludó a los guardias con un gesto y viró en redondo para salir de la zona prohibida.

Un minuto más tarde, cuando miró por encima del hombro, vio que la planeadora regresaba a la costa a toda máquina. El helicóptero hizo una última pasada y también volvió a su base. Austin pasó de nuevo junto al yate azul. Esta vez tampoco vio a nadie en las cubiertas. Continuó navegando a lo largo de la costa hasta llegar a un promontorio que parecía el pico de un loro. Al cabo de unos minutos, avistó la Puerta de la Sirena al pie de un acantilado. Tenía una simetría sorprendente para ser una entrada natural. La abertura medía poco más de seis metros de altura y un poco menos de ancho. Semejaba la entrada de una ratonera en la altísima pared de roca marrón y negra.

A pesar de su romántico nombre, la Puerta de la Sirena no parecía muy acogedora. El mar estaba relativamente en calma, pero el oleaje castigaba las rocas con forma de colmillos a cada lado y delante de la entrada. Las nubes de espuma saltaban muy alto. El agua se encrespaba amenazadoramente delante de la entrada por el efecto de la contracorriente, como una gigantesca lavadora. Por encima del estruendo del mar, Austin oyó que de la abertura salía algo muy parecido a un lamento. Se le erizaron los pelos de la nuca. Se dijo que cualquiera atribuiría el lúgubre aullido a los gemidos de las almas en pena de los marineros ahogados. Desafortunadamente, no vio ni una sola sirena.

Detuvo la embarcación a una distancia prudencial de la entrada. Cualquier intento de entrar sería como pretender enhebrar una aguja entre los empujones de una multitud.

Miró su reloj y luego se comió tranquilamente el pan y el queso que Pia le había preparado. Estaba acabando su desayuno cuando intuyó un cambio en el mar. Era como si Neptuno hubiese agitado su tridente. Si bien el mar a su alrededor continuaba agitado, las olas ya no se lanzaban contra la abertura como una andanada de la artillería. Pia le había dicho que la entrada solo era navegable cuando disminuía la corriente.

Aseguró todos los objetos sueltos en la embarcación, se puso el chaleco salvavidas, separó las piernas para no perder el equilibrio, dio gas al motor y guió la barca hacia la embocadura. Incluso con menos corriente, el agua formaba remolinos en la abertura. Apretó los labios y rogó que el recuerdo infantil de Pia de las palabras de su padre fueran acertadas. Cuando estuvo a tan solo unos pocos metros de las amenazadoras rocas, aceleró el motor y apuntó ligeramente a estribor, tal como le había indicado la viuda, aunque aquello significaba acercarse peligrosamente a los escollos. Cuando la embarcación se deslizó a través de la entrada como una anguila casi rozó las rocas.

Viró rápidamente a babor en cuanto entró en la cueva abovedada y puso rumbo a una angosta grieta en las rocas que formaba un canal un palmo más ancho que la embarcación. Las bordas golpearon contra las rocas cubiertas de musgo mientras seguía el sinuoso trazado del canal que lo llevó a una laguna redonda del tamaño de una piscina pequeña. La superficie del agua estaba cubierta de algas, y el olor del mar resultaba casi asfixiante en aquel reducido espacio.

Llevó la barca hasta la orilla y la amarró a un roca. Se quitó el chaleco salvavidas y el traje de agua, y subió un corto tramo de escalones naturales que lo llevaron a una abertura que tenía la forma del ojo de una cerradura invertida. Una fuerte racha de viento salobre lo sacudió como una hoja. Este viento era el que, al pasar por la grieta como el soplo de un trompetista, producía el sonido que imitaba el fúnebre lamento de los marineros muertos.

Encendió la linterna y caminó por un túnel que desembocaba en una cueva más grande que a continuación se ramificaba en otras tres más pequeñas. Había un pez pintado en las rocas junto a cada entrada. De acuerdo con las indicaciones de Pia, entró en la caverna señalada con un besugo. No tardó en encontrarse en un laberinto de cuevas y túneles. Sin los burdos indicadores, se hubiera perdido irremisiblemente. Después de caminar durante algunos minutos, entró en una cueva con el techo muy alto y las paredes decoradas con pinturas rupestres. Identificó los bisontes y ciervos de los dibujos hechos por el padre de Pia. Los colores ocres y rojos brillaban con fuerza.

Las pinturas representaban una escena de caza en la que había antílopes, caballos salvajes e incluso un peludo mamut. Los cazadores, vestidos con unas faldas cortas, atacaban a sus presas con venablos y arcos y flechas. El mural ofrecía escenas de la vida cotidiana. Había representaciones de personas vestidas con largas capas, estilizadas embarcaciones a vela y casas de dos y tres pisos de una extraña arquitectura. Los dibujos de los mamuts indicaban que las pinturas rupestres se remontaban al neolítico, pero indudablemente los autores habían reflejado una civilización muy avanzada.

Austin siguió el dibujo del besugo a lo largo de una serie de pequeñas cuevas y en casi todas encontró restos de antiquísimas hogueras. Sin embargo, le preocupaban más las pruebas de una presencia humana más actual. Oyó un murmullo de voces que venían de más adelante. Avanzó lentamente con la espalda pegada a la pared y asomó la cabeza por un saliente. Vio una cueva del tamaño de una nave industrial. Tenía todo el aspecto de ser un espacio natural ampliado con el uso de explosivos y martillos neumáticos. Los potentes focos instalados en el techo alumbraban centenares de cajas de plástico apiladas en palés.

Desde las sombras, Austin observó a una docena de hombres vestidos con monos negros que descargaban las cajas de una carretilla elevadora y las colocaban en una cinta transportadora. Los trabajadores eran de poca estatura y de piel oscura, como los hombres que había visto en la planeadora. Tenían los cabellos lacios de color negro azabache, los pómulos altos y los ojos rasgados. Estaban acabando el trabajo, y al cabo de un rato, la mitad de ellos se marcharon y los demás acabaron de descargar las cajas. A una palabra del hombre que estaba al mando, también ellos abandonaron la cueva.

Austin salió de su escondite para acercarse a las cajas. Las etiquetas escritas en distintos idiomas indicaban que el contenido era comida para peces. Pasó junto a un portalón que seguramente comunicaba con un muelle y que se utilizaba para entrar las cajas en el almacén, y se dirigió hacia la puerta por donde habían salido los trabajadores.

Comunicaba con una sala donde había un gran tanque central al que estaban conectadas docenas de tuberías y bombas. En la parte superior del tanque había varios tubos. Austin llegó a la conclusión de que el alimento se introducía en el tanque a través de los tubos, donde se mezclaba y luego eran transportado a las jaulas de la piscifactoría a través de la red de tuberías.

Cogió una palanqueta de un cuarto de herramientas vecino que estaba al lado. Sopesó la barra de metal y se dijo que contra las armas automáticas sería tan efectiva como una pluma, pero de todas maneras se la sujetó a la cintura, Luego siguió el recorrido de las tuberías desde el tanque. Estas se prolongaban a lo largo de un pasillo y acababan atravesando una pared donde había una puerta. Austin la entreabrió, y una ráfaga de aire helado le azotó el rostro. Escuchó. Al no oír ningún sonido, salió al exterior. Agradeció encontrarse al aire libre después de soportar el olor a moho de las cuevas.

Las tuberías continuaban al otro lado de la pared por un ancho camino de gravilla que separaba dos hileras de edificaciones levantadas en paralelo. Unas tuberías de menor diámetro salían de las principales para conectarlas con las edificaciones de una sola planta construidas con bloques de cemento y techos de planchas de acero onduladas. El aire olía mucho a pescado, y se oía el zumbido de las máquinas por todas partes.

Austin se acercó a la construcción más cercana y descubrió que la puerta de acero no estaba cerrada con llave. Oceanus probablemente no esperaba que los intrusos consiguieran eludir a las lanchas y el helicóptero. El interior estaba en penumbra, alumbrado solo por unas bombillas de poca potencia. El zumbido que había oído provenía de los motores eléctricos de las bombas que hacían circular el agua por las hileras de grandes recipientes de plástico azul. Estaban alineados a cada lado de un pasillo central que se extendía de una punta a la otra del edificio. Había tuberías de alimentación, de agua, válvulas, bombas y conexiones eléctricas en todos los tanques. Austin subió la escalera metálica de uno de los tanques. La luz de la linterna espantó a los miles de crías de peces que nadaban en el interior.

Bajó la escalerilla, salió del edificio y recorrió sistemáticamente todos los demás. Las estructuras eran idénticas excepto por la diferencia en el tamaño y los peces que albergaban. Identificó entre otros a crías de salmón, bacalao y merluza. En un edificio más pequeño encontró un ordenador y una serie de paneles. Observó las luces que parpadeaban y los indicadores digitales y comprendió por qué hasta ahora solo había visto al pequeño grupo de trabajadores. El funcionamiento y el control de la piscifactoría estaba informatizado.

Cuando salió de la sala, oyó ruido de pisadas. Consiguió ocultarse entre dos edificios antes de que aparecieran dos guardias. Los hombres llevaban las armas en bandolera, y bromeaban, ajenos a la presencia de un intruso.

En cuanto los guardias se alejaron, Austin se dirigió hacia el puerto. Un muelle con capacidad suficiente para el amarre de barcos de gran calado se extendía agua adentro. Identificó la planeadora que le había interceptado. No vio señales del helicóptero. La parte superior de centenares de jaulas de peces asomaban a lo largo de la costa. Había diversos botes cuyos tripulantes se encargaban de controlar las jaulas. Unos cuantos guardias holgazaneaban en el muelle; se entretenían mirando el trabajo de los demás.

Austin miró su reloj. Tendría que marcharse inmediatamente si quería llegar a la Puerta de la Sirena antes de que cambiara la marea. Dio la vuelta al complejo y llegó a un edificio similar a los otros, solo que este estaba aislado. Había varios carteles de advertencia en las paredes. Pasó junto a la puerta principal y encontró otra en el otro lado. A diferencia de las puertas de los criaderos, esta estaba cerrada.

Utilizó la palanqueta para forzar la cerradura y abrió la puerta. En el interior mal iluminado, vio que los tanques doblaban en tamaño a los que había visto antes, y había menos de la mitad. Algo en aquel lugar le inquietaba, pero no acababa de descubrir qué era. Por primera vez desde que había comenzado la investigación, notó que se le ponía la carne de gallina.

No estaba solo en el recinto. Un guardia solitario caminaba alrededor de los tanques. Calculó el tiempo que el guardia empleaba en dar la vuelta, esperó a que llegara al otro extremo, dejó la palanqueta en el suelo, subió la escalerilla del tanque más cercano y miró por encima del borde.

El olor a pescado era más fuerte que el olor de los tanques más pequeños en los otros edificios. Se asomó un poco más y oyó el leve sonido del agua en movimiento. Había algo en el tanque. Alumbró para ver qué era y el agua explotó. Vio un relámpago blanco y una boca abierta con unos dientes muy afilados. Austin se apartó con un movimiento instintivo. Algo húmedo y baboso rozó su cabeza. Perdió el equilibrio y cayó de la escalerilla. Manoteó con desesperación y consiguió sujetarse a una manguera de plástico, pero la manguera se rompió, y Austin se estrelló contra el suelo. Un chorro de agua salió de la manguera rota. Se levantó de un salto; maldijo al ver que se había encendido una luz roja en la parte superior del tanque. La rotura de la manguera había disparado una alarma.

El guardia había oído el estrépito y en ese momento corría hacia donde estaba Austin, que se ocultó precipitadamente entre dos tanques y a punto estuvo de tropezar con una pila de tubos. El hombre pasó por delante de Austin y se detuvo al ver la manguera rota. Austin cogió uno de los tubos y se acercó al guardia sigilosamente. El hombre intuyó la presencia de un atacante. Comenzó a volverse al tiempo que cogía el fusil que llevaba en bandolera, pero antes de que pudiera defenderse Austin le golpeó en la cabeza con el tubo y el hombre cayó al suelo fulminado.

Eliminada la amenaza más inmediata, la primera reacción de Austin fue dar media vuelta y echar a correr. Sin embargo, pensó que primero necesitaba distraer la atención. Utilizando el tubo como un martillo, destrozó metódicamente las mangueras. Se encendieron las luces rojas de alarma y el agua que escapaba de las mangueras rotas formó un torrente.

Austin se dirigió hacia la puerta. El ruido del agua tapaba todos los demás sonidos, y no pudo oír los pasos de un segundo guardia que se acercaba a la carrera. Se encontraron en una intersección entre dos filas de tanques y estuvieron a punto de chocar como dos payasos en un número de circo. El lado cómico de la situación se acentuó cuando ambos resbalaron y acabaron en el suelo. Pero a Austin no le hizo ninguna gracia ver que el hombre se levantaba de un salto y empuñaba el arma que llevaba en la pistolera.

El hombre de la NUMA descargó un golpe con el tubo contra la mano del guardia al tiempo que se levantaba; la pistola voló por los aires. En el rostro del hombre apareció una expresión de asombro ante la rapidez de Austin. Metió la mano debajo de la casaca de su uniforme negro y sacó un cuchillo de hoja larga hecho de un material blanco. Dio un paso atrás mientras adoptaba una postura defensiva. En ese momento Austin pudo observar a su oponente.

Era aproximadamente unos veinte centímetros más bajo que Austin. La cabeza parecía encajada en los musculosos hombros que avisaban de la fuerza de su cuerpo fornido. Como los otros guardias, tenía el rostro redondo y chato y los ojos rasgados eran negros como la obsidiana. Tenía tatuajes en los pómulos, la nariz chata y los labios carnosos. Sonreía, pero la suya no era una sonrisa alegre sino cruel.

Austin no estaba de humor para participar en un concurso de sonrisas. El tiempo corría en su contra. En cualquier momento podían aparecer más guardias. No podía escapar. Tenía que acabar con aquel obstáculo y rogar que no hubiera más. Empuñó con fuerza el trozo de tubo. Su mirada debió de revelar sus intenciones, porque el hombre lo atacó sin previo aviso. A pesar de su corpulencia se movía con la celeridad de un escorpión. Austin sintió un dolor agudo en el lado izquierdo de las costillas. Había estado sosteniendo el tubo como si fuese una cachiporra, y el cuchillo se había colado por debajo de su brazo. Notó algo húmedo donde la hoja le había atravesado el suéter y la camisa.

El hombre sonrió y se dispuso a atacar de nuevo con el cuchillo manchado de sangre. Amagó por la izquierda. Austin reaccionó en un acto reflejo y descargó un golpe con el tubo como si fuese un bate de béisbol. Cuando el tubo de metal golpeó contra la nariz del guardia y destrozó los huesos y los cartílagos se oyó un ruido como el de un melón aplastado. La sangre brotó a raudales. ¡Austin no podía creerlo! Después de recibir un golpe capaz de tumbar a un toro, el hombre continuaba de pie. Pero un segundo más tarde se le velaron los ojos, el cuchillo cayó de su mano y se desplomó de bruces.

Austin reemprendió la carrera hacia la puerta, pero oyó gritos y se ocultó detrás de uno de los tanques. Algunos guardias entraron precipitadamente y se dirigieron hacia los tanques que tenían encendidas las luces de alarma. Austin asomó la cabeza y oyó unas voces nerviosas provenientes del puerto. Salió al exterior, corrió alrededor del edificio y regresó a la parte central del complejo. Como los guardias estaban muy ocupados reparando los daños que había provocado, nadie le salió al paso mientras corría hacia el almacén donde guardaban el alimento para los peces.

Respiró más tranquilo al ver que el almacén estaba desierto. Pronto desaparecería por el laberinto de las cuevas. Mantenía una mano apretada contra la herida, pero no era suficiente para contener la hemorragia. Para colmo, iba dejando un reguero de sangre. A lo lejos sonó una sirena. En el momento en que pasaba junto a la carretilla elevadora se dijo que se lo estaba poniendo demasiado fácil a sus perseguidores.

Se sentó en el sillín de la carretilla, puso en marcha el motor, apuntó a una de las pilas de cajas y pisó el acelerador a fondo. El vehículo chocó contra la pila con la fuerza suficiente para tumbarla. Las cajas cayeron sobre la cinta transportadora y taponaron la salida. Derribó otro par de pilas delante de la puerta y el portalón. Como toque final, trabó la palanca que ponía en marcha la cinta transportadora.

Al cabo de un momento, corría a través de las cuevas. Se detuvo al llegar a la caverna donde estaban las pinturas rupestres y escuchó con atención. Por encima de sus jadeos, se oían con claridad los gritos de sus perseguidores. Su inquietud aumentó cuando oyó ladridos de perros. Habían cruzado la burda barricada. Continuó avanzando con la única luz de la linterna. Con las prisas, se confundió con uno de los indicadores y perdió unos preciosos segundos buscando el camino correcto. Los gritos y los ladridos sonaban mucho más cercanos y podía ver el fantasmagórico resplandor de las linternas de los guardias. El eco creaba la impresión de que lo perseguía un ejército.

Se oyó el tableteo de una ametralladora. Austin se lanzó cuerpo a tierra, y las balas se estrellaron contra las paredes. Intentó no hacer caso del terrible dolor de la herida y se levantó. Otra descarga barrió el pasadizo, pero para entonces él ya había pasado una curva que lo protegía. Unos segundos más tarde, cruzó el último pasadizo, bajó los escalones y subió a la embarcación.

Cuando intentó poner en marcha el motor, la hélice se atascó. Metió la mano derecha en el agua helada, quitó las algas enganchadas en las palas de la hélice y probó de nuevo. Esta vez, el motor arrancó sin problema. Apartó la embarcación de la orilla y puso rumbo al canal que lo llevaría a la Puerta de la Sirena, en el mismo momento en que dos figuras vestidas de negro bajaban hasta el borde de la laguna. Los rayos de luz de las linternas lo alumbraron, pero también iluminaron la entrada del canal.

Austin enfiló hacia la grieta. Entró en el canal y los golpes contra las rocas arrancaron astillas de las bordas. Vio la luz grisácea a proa, y entonces la embarcación salió a la Puerta de la Sirena. Giró a tope la rueda del timón. La barca viró violentamente a estribor encarándose hacia la salida, pero había cambiado la corriente y volvía a haber remolinos. La embarcación se deslizó lateralmente por la cresta de una ola y pareció estar condenada a estrellarse contra las rocas de la pared a babor; se salvó en el último momento porque, al retirarse las olas lo devolvieron hacia la entrada del canal.

Aceleró al máximo intentando mantener el control. La embarcación planeó como si resbalara sobre pieles de plátano. Una vez más tuvo que ejecutar una brusca virada para evitar unos escollos que hubiesen partido la barca en dos. La hélice golpeó contra las piedras del fondo. Consiguió apartarse, pero entonces las olas volvieron a sacudirlo como si fuese un corcho. La embarcación perdió velocidad y la marea la empujó hacia el interior de la cueva. Austin calculó la fuerza de la corriente y llevado por la desesperación se dirigió hacia una V que señalaba una zona de aguas más tranquilas.

Mientras la embarcación avanzaba hacia la salida, Austin vio que tenía compañía. Sus perseguidores habían avanzado por las cornisas que bordeaban el canal. Ahora le esperaban en las rocas a unos pocos metros del paso por el que debía cruzar.

Uno de los hombres apuntó con el fusil a Austin, que era un blanco fácil, pero su compañero le obligó a bajar el arma. Cogió una granada de mano que llevaba en el cinturón, la lanzó varias veces al aire como un lanzador de béisbol que se prepara y cuando Austin estaba a punto de pasar, quitó la anilla sin soltar la palanca. Austin miró la granada y después el rostro implacable del hombre que lo había apuñalado. Tenía la nariz destrozada y las mejillas cubiertas de sangre seca.

Sin duda el dolor debía de ser terrible, pero cuando lanzó la granada hacia la embarcación apareció una sonrisa en su rostro. Luego él y su compañero se ocultaron entre las rocas y se taparon los oídos.

La granada golpeó contra las tablas del fondo y rodó casi hasta los pies de Austin, que intentó aprovechar hasta la última gota de potencia del motor. La barca planeó con la proa levantada, y la granada rodó por el fondo hasta la popa.

La embarcación atravesó el arco y salió a mar abierto. Ahora le tocaba decidir entre el fuego y las brasas. Austin decidió instintivamente: desechó la idea de volar por los aires hecho pedazos; prefería morir congelado al cabo de unos minutos. Saltó de la embarcación.

Se hundió en el agua helada y, un segundo más tarde, oyó la sorda explosión de la granada seguida por la de los tanques de combustible. Permaneció sumergido todo el tiempo que pudo; al salir, una lluvia de astillas cayó sobre su cabeza. No quedaba ni rastro de la embarcación, y tuvo que volver a sumergirse para escapar del combustible en llamas que se extendía por la superficie. Cuando volvió a salir, notó el entumecimiento del frío, pero el instinto de supervivencia le dio fuerzas. Comenzó a nadar hacia la costa. Sin embargo, al cabo de unas brazadas se le agarrotaron las articulaciones.

Por encima de las crestas de las olas, vio la imagen borrosa de una lancha que se acercaba: los perseguidores venían dispuestos a rematar la faena. Algo que pretendía ser una carcajada escapó de sus labios. Cuando llegaran, él no sería más que un cuerpo congelado.

13

Unos segundos antes de que se hundiera, el viaje de Austin hacia la muerte se interrumpió bruscamente. Una mano asomó por la borda de la lancha y lo sujetó por los cabellos. Los dientes le castañeteaban a una velocidad de vértigo, y tenía la sensación de que en cualquier momento le arrancarían el cuero cabelludo. Después otras manos lo sujetaron por las axilas y el cuello, y lo sacaron del agua.

Las piernas le colgaban todavía por encima de la borda cuando la lancha, con un tremendo rugido de sus motores de propulsión a chorro, se puso en marcha, con la proa alzada. Sorprendido, Austin vio que la lancha se acercaba al yate azul. Apenas consiguió mantenerse consciente mientras lo subían a cubierta y lo trasladaban a lo que debía de ser la enfermería, donde le quitaron las ropas empapadas, lo envolvieron en toallas calientes y un hombre de expresión ceñuda le prestó atención médica. Después lo metieron en una sauna. El intenso calor hizo su efecto y al cabo de unos minutos pudo mover los dedos de las manos y los pies. Más tarde, fue sometido a una segunda revisión y le dieron un chándal de lana azul para que se vistiera. Aparentemente, sobreviviría.

Su vuelta a la vida fue supervisada atentamente por dos hombres que parecían luchadores profesionales y hablaban entre ellos en castellano. Los mismos hombres lo escoltaron hasta una lujosa cabina. Lo instalaron en un cómodo sillón reclinable, lo abrigaron con una manta y le dejaron solo para que descansara.

Austin durmió profundamente. Cuando despertó, vio que tenía una visita. Un hombre de ojos oscuros, sentado en un sillón, lo observaba atentamente como si fuese un espécimen de laboratorio.

El hombre sonrió en cuanto vio que Austin abría los ojos.

—Bien. Está despierto —dijo. Su voz era profunda y sonora, y hablaba inglés sin apenas acento.

El desconocido cogió una botella que estaba en una mesa de centro y le sirvió una copa. Austin sujetó la copa con mano temblorosa, removió la bebida de color verde amarillento en la copa balón, olió los vapores y tomó un buen trago. Casi al instante notó que un agradable calor se extendía por todo su cuerpo. Austin echó una ojeada a la botella.

—Tiene un sabor demasiado bueno para ser anticongelante, pero el efecto es el mismo —comentó.

Su anfitrión se echó a reír y bebió un trago directamente de la botella.

—El Izarra verde es una bebida fantástica —afirmó. Se secó los labios con el dorso de la mano—. Por lo general se sirve en copas que no son más grandes que su pulgar. Pero me pareció que en su caso se imponía una medida más generosa. ¿Qué tal está su herida?

Austin se tocó las costillas. Notó la rigidez del vendaje debajo del chándal, pero no sintió ningún dolor, incluso cuando lo presionó con los dedos. Recordó el destello blanco del cuchillo de marfil al cortarle la carne.

—¿Era grave?

—Un centímetro más y ahora estaríamos celebrando un entierro marino. —La deprimente información fue acompañada de una sonrisa.

—Pues no me molesta.

—Nuestro médico es un experto curando heridas. Se la congeló antes de coserla.

Austin miró en derredor. Empezaba a recordar.

—¿Médico? Este es el yate azul, ¿no es así?

—Así es. Me llamo Baltasar Aguírrez. Este es mi barco.

Con el pecho como un tonel y las manos muy grandes, Aguírrez parecía más un rudo contramaestre que el propietario de un yate que probablemente valía millones de dólares. Tenía la frente ancha y las cejas gruesas y oscuras, la nariz prominente, una boca de labios carnosos que se curvaban hacia arriba en una sonrisa natural, y una barbilla que era como un saliente de granito. Sus ojos tenían el color de las aceitunas negras. Vestía un chándal idéntico al de Austin. Una boina negra echada un poco hacia atrás cubría su abundante cabellera canosa.

—Encantado de conocerlo, señor Aguírrez. Me llamo Kurt Austin. Muchas gracias por su hospitalidad.

Aguírrez le dio un apretón de manos que casi le destrozó los huesos.

—No se merecen, señor Austin. Nos encanta atender a nuestros visitantes. —En sus ojos negros apareció una mirada divertida—. Claro que la mayoría de ellos suele subir a bordo de una manera un tanto más convencional. ¿Me permite servirle otra copa?

Austin declinó la invitación. Quería mantener la cabeza despejada.

—Quizá después de comer. ¿Tiene hambre?

Austin no probaba bocado desde el pan y el queso del desayuno, así que estaba hambriento.

—Sí. No me importaría comerme un bocadillo.

—Sería muy mal anfitrión si no pudiese ofrecerle algo mejor que un bocadillo. Si se siente con fuerzas, me gustaría invitarlo a que compartiera la mesa conmigo en el salón.

Austin se levantó en el acto, aunque todavía le temblaban un poco las piernas.

—Estoy bien.

—Me alegro —dijo Aguírrez—. Le daré unos minutos. Venga cuando esté preparado. —Se levantó y salió de la cabina. Austin sacudió la cabeza mientras miraba la puerta. Le costaba trabajo concentrarse. La pérdida de sangre lo había debilitado. Fue al baño para mirarse en el espejo. Tenía el aspecto de un fantasma. Se dijo que era algo natural después de que lo apuñalaran, le dispararan y lo hicieran volar por los aires. Se lavó la cara con agua fría y después con agua caliente. Había una máquina de afeitar eléctrica y la utilizó. Cuando salió del baño, vio que tenía compañía.

Los dos tripulantes que lo habían escoltado antes lo estaban esperando. Uno de ellos abrió la puerta y le enseñó el camino mientras el otro ocupaba la retaguardia. Austin aprovechó el paseo para comprobar cómo se encontraba; notó que las piernas eran cada vez más firmes. Llegaron a la sala en la cubierta principal, y uno de los hombres lo invitó a entrar con un gesto. Luego los dos escoltas se retiraron.

Austin entró en la sala y en su rostro se reflejó una expresión de sorpresa. Había estado en docenas de yates y la decoración siempre era muy parecida. Muebles modernos, cromados y cuero eran lo habitual. Pero el salón del *Navarra* reproducía el interior de una casa rural del sur de Europa.

Las paredes estaban estucadas, vigas de madera oscura sostenían el techo, y el suelo era de azulejos rojos. Un reconfortante fuego ardía en una gran chimenea de piedra y sobre la repisa había una pintura de unos hombres que participaban en un juego llamado *jai alai*. Se acercó luego a una naturaleza muerta; estaba buscando la firma del autor cuando una voz profunda preguntó:

—¿Le interesa el arte, señor Austin?

Aguírrez se le había acercado por detrás sin hacer ningún ruido.

—Colecciono pistolas de duelo, algo que en mi opinión es una forma de arte.

—¡Sin duda alguna! El arte letal también es arte. Compré este Cézanne para mi pequeña colección el año pasado. Los otros cuadros los adquirí en las subastas o de coleccionistas particulares.

Austin pasó ante los Gauguin, Manet, Monet y un Degas. La «pequeña colección» superaba con creces a las que se podían encontrar en muchos museos. Se acercó a otra de las paredes, que estaba cubierta de fotografías enmarcadas.

—¿Estas también son originales?

—Algunas de mis propiedades —contestó Aguírrez. Se encogió de hombros—. Astilleros, acerías y cosas por el estilo. —Su voz sonó como la de un camarero harto de repetir el menú del día—. Pero ya está bien de hablar de negocios. —Cogió a Austin por el brazo—. La cena está preparada.

Abrió una puerta corredera y lo hizo pasar a un elegante comedor. En el centro había una mesa de caoba ovalada para doce comensales. Aguírrez se quitó la boina y, con un rápido movimiento de muñeca y mucha puntería, la arrojó a una silla al otro lado de la habitación. Con un gesto grandilocuente señaló las sillas en los extremos de la mesa. En cuanto se sentaron, apareció un camarero como por arte de magia y les sirvió el vino.

—Creo que apreciará este vino de Rioja —afirmó Aguírrez. Levantó la copa—. Por el arte —brindó.

—Por el dueño y la tripulación del *Navarra*.

—Es usted muy amable —manifestó Aguírrez, muy complacido—. Ah, fantástico —añadió con una expresión de placer—. Veo que nuestro banquete está a punto de comenzar.

No les sirvieron entrantes, sino que pasaron directamente al plato fuerte: un consistente estofado de alubias, pimientos y costillas de cerdo con un acompañamiento de col hervida. Austin felicitó al cocinero y preguntó el nombre del plato.

—Son alubias de Tolosa —respondió Aguírrez, que comía con evidente placer—. Los vascos les dispensamos una adoración casi religiosa.

—Vascos. Por supuesto. Navarra es una provincia vasca. De ahí el cuadro del *jai alai* y la boina negra.

—¡Estoy impresionado, señor Austin! Parece saber muchas cosas de mi gente.

—Cualquier aficionado al mar sabe que los vascos fueron los mayores exploradores, marinos y constructores de naves en el mundo.

Aguírrez le dedicó un aplauso.

—Bravo. —Le sirvió otra copa de vino y se inclinó sobre la mesa—. Dígame, ¿cuál es su interés en el mar? —La sonrisa no desapareció, pero observó a su invitado con una mirada penetrante.

Austin no pudo menos que admirar la sutileza de Aguírrez para cambiar de tema. Decidió que hasta que no conociera mejor a su anfitrión y se enterara de los motivos para que el yate azul rondara en las aguas próximas a la piscifactoría de Oceanus, haría lo posible por no mostrar sus cartas.

—Soy un especialista en salvamentos marinos. He estado trabajando en un proyecto en las Feroe. Vine a Skaalshavn para disfrutar de la pesca.

Aguírrez se echó a reír a mandíbula batiente.

—Perdone mis modales —dijo con lágrimas en los ojos—. Pero fueron mis hombres quienes lo pescaron a usted.

En el rostro de Austin apareció una sonrisa avergonzada.

—El chapuzón no entraba en mis planes.

El propietario del yate lo miró con una expresión grave.

—Por lo que vimos, se produjo una explosión en su barca.

—La ventilación en el compartimiento del motor era insuficiente, y se acumularon los vapores de la gasolina. Ocurre algunas veces con los motores interiores.

—No deja de ser curioso —señaló Aguírrez—. Hasta donde yo sé, las explosiones de ese tipo suelen ocurrir cuando la embarcación lleva tiempo amarrada. Sin duda, alguna esquirla debió de producirle esa herida.

—Sin duda —replicó Austin con cara de póquer a sabiendas de que el médico había visto que no había quemaduras en la piel y que la herida era demasiado limpia para que la hubiera provocado una esquirla. No sabía cuál era el propósito del interrogatorio, pero siguió el juego a Aguírrez—. Fue una suerte que ustedes estuvieran cerca.

—Presenciamos su anterior encuentro con la planeadora y le vimos bordear la costa —explicó Aguírrez en tono grave—. Más tarde, cuando rodeamos el cabo ya había desaparecido. No pasó mucho tiempo antes de que usted saliera de la cueva como un hombre bala. —Dio una palmada—. ¡Bum! Su embarcación voló en mil pedazos y usted acabó en el agua.

—Es un buen resumen —comentó Austin, con una débil sonrisa.

Aguírrez le ofreció un puro que Austin no aceptó; después encendió el suyo, que olía como el humo de un vertedero.

—Dígame, amigo mío —preguntó Aguírrez mientras soltaba el humo por la nariz—, ¿consiguió entrar en las cuevas?

—¿Cuevas? —Austin fingió no entender.

—Por amor de Dios, hombre, por eso estoy aquí, para encontrar las cuevas. Sin duda se habrá preguntado qué está haciendo mi yate en estas aguas abandonadas de la mano de Dios.

—Reconozco que me lo preguntaba.

—Entonces permítame que se lo explique. He tenido mucha fortuna en mis negocios.

—Es algo evidente. Lo felicito.

—Muchas gracias. Mi riqueza me da los medios y el tiempo necesarios para hacer lo que quiera. Algunos hombres prefieren gastar sus fortunas en mujeres hermosas. Yo me aficioné a la arqueología.

—Pasatiempos muy ambiciosos en ambos casos.

—Todavía disfruto con la compañía de mujeres hermosas, sobre todo si son inteligentes. Pero para mí, el pasado es más que un mero pasatiempo. —Por un momento dio la impresión de que fuera a saltar de la silla—. Es mi pasión. Como dijo antes, los vascos fueron grandes marinos. Fueron los primeros en pescar bacalao y cazar ballenas en las costas de Norteamérica décadas antes de que apareciera Colón. Un antepasado, Diego Aguírrez, se benefició con ese trabajo.

—Se sentiría orgulloso de ver cómo su descendiente aprovechó su legado.

—Es usted muy amable, señor Austin. Era un hombre dotado de un coraje extraordinario y tenía principios; dos cosas que le crearon problemas con la Inquisición española. Provocó las iras de uno de los más despiadados inquisidores.

—¿Lo ejecutaron?

—También era un hombre con muchos recursos. —Aguírrez sonrió—. Diego se encargó de llevar a su esposa e hijos a un lugar seguro. Soy descendiente directo de su hijo mayor. La tradición familiar dice que escapó en una de sus naves, pero su destino continúa siendo un misterio.

—El mar esta plagado de enigmas sin resolver.

—A pesar de todo —prosiguió Aguírrez—, dejó unas pistas muy claras que nos hablan de su propósito de alejarse todo lo posible de las garras de la Inquisición. La ruta tradicional de los vascos para ir al continente americano incluía una escala en las Feroe. Así que comencé a investigar ese vínculo. ¿Conoce el origen del nombre Skaalshavn?

—Me han dicho que significa bahía de la Calavera.

Aguírrez sonrió. Abandonó la mesa un momento para sacar una caja de madera de un armario. Levantó la tapa y extrajo una calavera. La acunó en la mano como Hamlet cuando mira a Yorick.

—Este cráneo procede de una de esas cuevas. La hice examinar por un grupo de expertos. Todos coincidieron en que tiene las características propias de los vascos. —Le lanzó el cráneo a Austin como si fuera una pelota, quizá con la intención de sorprenderlo.

Austin la cogió al vuelo y la hizo girar en la mano como un geógrafo que busca algo en un globo terráqueo.

—Quizá sea de su antepasado Diego. —Le devolvió la calavera.

—Lo mismo me pregunté yo, y pedí que se hicieran pruebas de ADN. Lamento decir que este caballero y yo no estamos emparentados. —Aguírrez guardó la calavera en la caja y volvió a sentarse a la mesa—. Esta es la segunda visita que hago a estas aguas. La primera vez, esperaba que se pudiera acceder a las cuevas por tierra. Me llevé una desilusión cuando me enteré de que la bahía y la zona de las cuevas habían sido compradas para instalar una piscifactoría. Encontré a un hombre que había trabajado en las tareas de demolición cuando instalaron la piscifactoría. Me informó que, cuando los propietarios ordenaron las voladuras para construir los almacenes, habían llegado a las cuevas. Intenté convencer a los propietarios para que me permitieran realizar exploraciones arqueológicas, pero se negaron. Apelé a todos los medios a mi alcance, pero, incluso con mis relaciones, no conseguí que Oceanus cediera. Así que he vuelto para echar otra ojeada.

—Es usted muy persistente.

—Se ha convertido en una obsesión. Por eso me interesa conocer los detalles de su aventura. Sospechaba que el arco natural era una entrada a las cuevas, pero las aguas eran demasiado peligrosas para nuestras lanchas. Al parecer, usted encontró el camino de entrada.

—Un golpe de suerte —señaló Austin escuetamente.

—Creo que fue algo más que suerte —comentó Aguírrez en tono divertido—. Por favor, dígame qué vio. Lo sobornaré con un poco más de vino.

Dio una palmada. El camarero trajo otra botella y llenó las copas.

—No es necesario que me soborne. Considérelo una pequeña retribución a su hospitalidad y a su excelente comida. —Bebió un sorbo y disfrutó con el suspenso—. Tiene usted razón, hay una entrada a las cuevas a través del arco. Los lugareños la llaman la Puerta de la Sirena. Las cuevas ocupan una gran extensión. Solo vi una parte.

Austin le explicó con detalles las pinturas rupestres, aunque no mencionó para nada la incursión en la piscifactoría. Aguírrez estaba pendiente de cada una de sus palabras.

—Se han encontrado pinturas paleolíticas similares que datan de doce mil años atrás en las paredes de las cuevas del país vasco —comentó en un momento de la conversación—. Los otros dibujos indican que una civilización avanzada debió de utilizar las cavernas.

—Esa fue la impresión que saqué. Se cree que las Feroe estaban deshabitadas antes de que los monjes irlandeses y los vikingos se instalaran aquí. Pero podría ser que los historiadores estuviesen equivocados.

—No me sorprendería. Los eruditos no tienen ni idea del origen de mi pueblo. Nuestra lengua no tiene ninguna relación con las demás de Europa y Asia. Los vascos son el grupo humano con el mayor porcentaje de sangre del tipo RH negativo en todo el mundo, cosa que ha llevado a algunos a sostener que descendemos directamente del hombre de Cro-Magnon. —Golpeó ligeramente la mesa con el puño—. Daría lo que fuera por entrar en esas cuevas.

—Ya ha visto la recepción que me dispensaron.

—Es como si hubiese revuelto un avispero. Mientras usted dormía, se acercaron unas lanchas y solicitaron permiso para subir a bordo. Nos negamos, por supuesto.

—La lancha que vi llevaba a un par de hombres con armas automáticas.

Aguírrez hizo un gesto hacia la pared donde estaban las obras de arte.

—En cuanto vieron que mis hombres los superaban en armamento y número, se marcharon rápidamente.

—Tienen un helicóptero. Está armado con misiles.

—Ah, sí, eso —dijo Aguírrez, como si estuviese hablando de un molesto moscón—. Ordené a mis hombres que les mostraran nuestros lanzamisiles tierra-aire, y el helicóptero dejó de molestarnos.

Misiles y armas automáticas. El *Navarra* iba armado como un buque de guerra.

—Los hombres ricos pueden ser un objetivo de los secuestradores —comentó Aguírrez como si le hubiese leído el pensamiento—. El *Navarra* es una presa muy tentadora para los piratas, así que me he asegurado de que tenga unas buenas garras. Tengo a bordo una tripulación absolutamente leal y muy bien armada.

—¿Por qué cree que Oceanus se muestra tan recelosa de cualquiera que se interese por sus actividades? Estamos hablando de una piscifactoría, no de minas de diamantes,

—Me he hecho la misma pregunta más de una vez —respondió Aguírrez. Se encogió de hombros.

Uno de los hombres que había cuidado a Austin entró en el comedor. Le entregó a Aguírrez una bolsa de plástico y le susurró algo al oído. El vasco asintió.

—Muchas gracias por sus explicaciones sobre su visita a las cuevas, señor Austin —manifestó—. ¿Hay algo más que pueda hacer por usted?

—No me importaría que me llevaran al pueblo.

—Hecho. Mi hombre me ha informado que estamos entrando en el puerto y que atracaremos dentro de unos minutos. —Le entregó la bolsa de plástico—. Sus prendas y efectos personales ya están secos.

Acompañaron a Austin a su camarote para que se cambiara. En la bolsa encontró la cartera, que contenía su tarjeta de identificación de la NUMA. Aguírrez era un zorro. Había sabido desde el primer momento que la historia de Austin de que trabajaba en salvamentos marinos era una mentira, y sin embargo no había dicho ni una palabra. En el interior de la bolsa había una tarjeta con el nombre de su anfitrión y un número de teléfono. Austin guardó la tarjeta en la cartera.

Aguírrez le esperaba en cubierta para despedirlo.

—Le agradezco la hospitalidad —dijo Austin. Le estrechó la mano—. Espero que no considere una descortesía que me marche inmediatamente después de comer.

—En absoluto —respondió Aguírrez con una sonrisa enigmática—. No me sorprendería si nuestros caminos vuelven a cruzarse.

—Cosas más extrañas se han visto —comentó Austin alegremente.

Un par de minutos más tarde, Austin viajaba en una lancha a través de la bahía.

14

A setecientos metros de altura por encima de la bahía de Skaal-shavn, el helicóptero Bell 206 Jet Ranger que había estado siguiendo al yate a lo largo de la costa se detuvo en el aire y enfocó la cámara Wescam de alta resolución en la lancha que se dirigía al muelle. El piloto miró el monitor de vídeo donde aparecía la imagen del único pasajero de la lancha en el momento de desembarcar.

El piloto tenía el rostro redondo y chato con los pómulos altos y marcados con unos tatuajes de rayas verticales. El flequillo de pelo negro azabache le caía sobre la frente, una característica por la que, a primera vista, parecía un nativo de la tundra. Sin embargo las facciones que normalmente se asocian con los esquimales estaban distorsionadas. En lugar de una agradable sonrisa, la expresión era malvada. Los ojos, en vez de resplandecer con un inocente buen humor, eran duros como el diamante negro. La piel rojiza aparecía picada de viruela, como si una infección interior hubiese brotado por los poros. El improvisado vendaje en la nariz aplastada del hombre acentuaba su aspecto grotesco.

—Tenemos el objetivo a la vista —anunció con voz nasal. Hablaba en un lenguaje tan antiguo como la aurora boreal.

La señal electrónica de la cámara, que estaba metida en una esfera de plástico debajo de la cabina, se convertía en microondas y se transmitía instantáneamente al otro lado del mundo, a una habitación en penumbra donde unos ojos gris claro observaban la imagen tomada desde el helicóptero.

—Lo veo con toda claridad —comentó el hombre de los ojos gris claro. Su voz aterciopelada era baja y educada, pero amenazadora como una serpiente de cascabel—. ¿Quién es esta persona que ha violado con tanta facilidad nuestros sistemas de seguridad?

—Se llama Kurt Austin.

—El mismo Austin que rescató a los marineros daneses de la fragata hundida.

—Sí, gran Toonook. Es un ingeniero naval que trabaja para la NUMA.

—¿Está seguro? Un simple ingeniero no tendría la osadía o los recursos para entrar en nuestras instalaciones. ¿Qué motivos podría tener la NUMA para interesarse en nuestras actividades?

—No lo sé, pero nuestro agente ha verificado su identidad.

—¿También pertenece a la NUMA el yate que lo recogió del agua y apartó a sus hombres?

—Por lo que sabemos es un yate privado con bandera española. Estamos comprobando, a través de nuestra gente en Madrid, quién es el propietario.

—Ocúpese de que se haga deprisa. ¿Cuál es el último informe de los daños en las instalaciones?

—Un guardia muerto. Conseguimos reparar las tuberías dañadas y salvar a los mejores ejemplares.

—El guardia se lo tiene merecido por haberse dejado sorprender. Quiero que trasladen los ejemplares a Canadá inmediatamente. Nuestros experimentos son demasiado importantes para que corran peligro.

—Sí, gran Toonook.

—Cualquier idiota puede comprender lo sucedido. El señor Austin relacionó a Oceanus con la colisión que provocamos.

—Eso es imposible…

—Tiene la prueba delante de sus narices, Umealiq. No discuta conmigo. ¡Ocúpese de resolver la situación!

El piloto apretó con fuerza la palanca de control, dispuesto a lanzar al helicóptero como un águila sobre su presa. Con una mirada de crueldad siguió en la pantalla a la figura que caminaba desde el muelle al coche aparcado. En cuestión de segundos, podía lanzar los misiles o disparar las ametralladoras que acabarían para siempre con la vida del molesto individuo. En su rostro apareció una sonrisa malvada.

—¿Debemos matar a Austin ahora que lo tenemos a tiro?

—¿Detecto un deseo de vengar el daño causado a su preciosa nariz? —preguntó la voz en tono burlón. Sin esperar la respuesta, añadió—: Lo mataré por los problemas que me ha causado. De haber dejado que murieran los marineros daneses, las críticas de todo el mundo se habrían dirigido contra los ecologistas y ahora Oceanus no llamaría la atención de los medios.

—Lo haré ahora...

—¡No! ¡No sea impaciente! Cuando lo eliminemos habrá que hacerlo con la mayor discreción posible.

—Vive en una casa aislada. Es el lugar perfecto. Podríamos lanzar el cadáver por el acantilado.

—Entonces hágalo. Pero debe parecer un accidente. No podemos permitir que Austin transmita sus hallazgos al resto del mundo. Nuestros planes están en un momento crítico.

—Regresaré a la base y organizaré a los hombres. Me encargaré de que Austin tenga una muerte lenta, que experimente el miedo y el dolor mientras la vida escapa de su cuerpo, que...

—No. Mande que lo haga otro. Tengo otros planes para usted. Debe marchar a Canadá cuanto antes para asegurarse de que los ejemplares llegan en perfecto estado; luego irá a Washington y eliminará a aquel senador que se opone a nuestros proyectos. Está todo preparado para darle protección a usted y a su equipo.

El piloto miró con ira el monitor y tocó la carne destrozada de su nariz.

—Como usted ordene —respondió muy a su pesar.

Movió la palanca y el helicóptero se alejó velozmente en dirección al viejo fondeadero.

Ignorando lo cerca que había estado de una muerte violenta, Austin se sentó al volante del Volvo del profesor Jorgensen y pensó en sus siguientes movimientos. Era consciente del aislamiento de su casa. Contempló las acogedoras luces del pueblo y sin vacilar cogió el macuto y bajó del coche. Entró en aldea sin cruzarse con nadie y fue hasta la casa de detrás de la iglesia.

Cuando abrió la puerta, Pia sonrió complacida y lo invitó a pasar. Los incidentes del día sin duda se reflejaban con toda claridad en su rostro porque en cuanto entró, la sonrisa de la viuda se esfumó en el acto.

—¿Se encuentra bien? —le preguntó, preocupada.

—No es nada que no se pueda curar con una copa de *akavit*.

Con una risa que sonó como un cloqueo, Pia le llevó a la cocina, le hizo sentarse a la mesa, le sirvió una copa de *akavit*, y lo miró mientras bebía.

—¿Qué tal fue la pesca? ¿Picaron?

—No, pero fui a visitar a las sirenas.

Pia rió a carcajadas, aplaudió y luego le sirvió otra copa.

—¡Lo sabía! —exclamó con entusiasmo—. ¿Las cuevas son tan maravillosas como decía mi padre?

Escuchó como una niña mientras Austin le describía cómo había entrado por la Puerta de la Sirena con la marea baja y su recorrido por el laberinto. Le dijo que se hubiera quedado más tiempo de no haber sido porque lo habían perseguido unos hombres armados. Pia maldijo vehementemente en feroés.

—No puede volver a su casa esta noche. Gunnar dice que ya no trabaja para esa gente, pero no acabo de creérmelo.

—Eso mismo pienso yo. He dejado el coche en el muelle. Quizá debería marcharme.

—¡Dios, no! Podría salirse de la carretera y acabar en el mar. No, esta noche se quedará aquí y se marchará a primera hora de la mañana.

—¿Está segura de que quiere que un caballero pase la noche aquí? La gente hablará —dijo Austin con una amplia sonrisa.

La viuda le devolvió la sonrisa; sus ojos resplandecían como los de una niña traviesa.

—Eso espero.

Austin se despertó minutos antes del alba y se levantó del sofá. Pia se levantó en cuanto lo oyó caminar por la casa y le preparó el desayuno. Hizo una enorme tortilla de patatas acompañada de salmón ahumado y pastas. Luego le preparó un almuerzo de embutidos, queso y manzanas y le dijo adiós, no sin antes arrancarle la promesa de que volvería.

El pueblo comenzaba a despertar cuando se dirigió hacia el muelle en medio de la bruma. Un par de pescadores que se dirigían al trabajo en sus camionetas lo saludaron cuando abría la puerta del coche. Mientras respondía al saludo se le cayeron las llaves de la mano; cuando se agachó para recogerlas, olió algo que parecía un producto químico, y oyó un suave goteo. Se puso de rodillas para mirar los bajos del coche; ahí el olor era más fuerte. Vio que el líquido de frenos goteaba de los tubos; los habían cortado limpiamente. Austin maldijo por lo bajo y luego se acercó al muelle para preguntar dónde podía encontrar a un buen mecánico. El capitán del puerto le dijo que él mismo lo llamaría; al cabo de un rato se presentó un hombre alto y delgado. Después de comprobar la avería, el mecánico le entregó a Austin un trozo de tubo mientras le comentaba:

—Por lo visto hay alguien que no le tiene mucho cariño.

—¿No hay ninguna posibilidad de que sea una avería normal?

El taciturno feroés señaló hacia un punto donde la carretera trazaba una curva en el borde del acantilado, y sacudió la cabeza.

—Estoy seguro de que hubiese volado como un pájaro en aquella curva. No tardaré mucho en repararlo.

El mecánico reparó los frenos en cuestión de minutos. Cuando Austin fue a pagarle, rechazó el dinero.

—Invita la casa. Usted es amigo de Pia.

—Las personas que hicieron esto quizá sepan que estuve en casa de Pia. Me pregunto si no sería conveniente avisar a la policía.

—No tenemos policías en el pueblo. No se preocupe, nosotros la protegeremos.

Austin volvió a darle las gracias, y minutos más tarde abandonaba el pueblo. Mientras echaba un último vistazo por el espejo retrovisor, repasó los acontecimientos que habían tenido lugar durante su corta estancia en Skaalshavn. Se marchaba con más preguntas que respuestas. Míralo por el lado bueno, se dijo a sí mismo con una sonrisa. Había hecho algunos nuevos amigos.

15

Paul Trout pisó la cubierta del pesquero de Neal y observó la embarcación con ojo de experto. Lo que vio no pudo menos que sorprenderlo. Neal era un vago encantador y un borrachín, pero también era un pescador que se tomaba muy en serio su trabajo y el cuidado de su barco. Las señales de una esmerada atención se apreciaban por todas partes. No se veía ni un solo desconchado en la pintura de la madera. La cubierta estaba limpia de manchas de grasa y aceite. No había a la vista ni una sola huella de óxido. La cabina estaba equipada con los más modernos equipos electrónicos para la pesca y la navegación.

Cuando Paul lo felicitó por el perfecto estado del barco el pescador se sonrojó de orgullo como un padre al que le dicen que su hijo recién nacido es su viva imagen. Al cabo de un rato ya estaban intercambiando historias marineras. Gamay aprovechó un momento en el que Neal no podía oírles para comentarle a su marido:

—Por lo que se ve, tú y Mike os lleváis de maravilla. A este paso no tardaréis en intercambiar recetas.

—Es un tipo interesante. Mira este barco. Está impecable.

—Me alegra saberlo. La NUMA es ahora propietaria de una parte del *Tiffany*.

El pago para sacar al barco del astillero se había acercado más a los mil dólares que a los setecientos cincuenta del principio. Después de llenar los tanques de combustible, que también pagó Gamay, Neal puso rumbo a mar abierto.

—La zona de pesca no está lejos —gritó Neal por encima del estrépito del motor—. Unas siete millas. Diez brazas. El fondo es suave como el culo de un bebé. Ideal para la pesca de arrastre. No tardaremos en llegar.

Al cabo de un rato, Neal comprobó la posición en el GPS, puso el motor al ralentí y bajó la red: una malla cónica, de unos cincuenta metros, diseñada para ser arrastrada por el fondo marino. El barco realizó dos pasadas y recogió montones de algas, pero ni un solo pez.

—Esto es muy extraño —opinó Paul, mientras miraba la bolsa al extremo de la red donde iban a parar los peces—. A veces la captura es mínima, pero es muy poco habitual no pescar nada. Ni siquiera morralla. La red está absolutamente vacía.

Una sonrisa apareció fugazmente en el rostro de Neal.

—Puede que incluso llegue a preferir verla vacía.

Bajaron la red una vez más, repitieron la operación de arrastre y la subieron lentamente. Utilizaban una percha para subir la bolsa de la red a la cubierta y descargar las capturas. Esta vez había algo que se sacudía furiosamente en la malla. Se veían los destellos de las escamas entre las cuerdas de la red, mientras un pescado de gran tamaño luchaba ferozmente por librarse. Neal les gritó una advertencia cuando se dispuso a descargar el contenido de la red en la cubierta.

—¡Apártense, amigos, hemos cogido uno vivo!

El pescado chocó contra la cubierta con un golpe sordo. Liberado de la red, sus movimientos se volvieron todavía más furiosos: resbalaba por la cubierta mientras arqueaba y sacudía su largo cuerpo, miraba furiosamente con sus grandes ojos redondos y daba mordiscos al aire. La criatura chocó contra el lateral de la boca de la bodega, una caja de hierro en medio de la cubierta. Lejos de aturdirlo, el impacto pareció enardecerlo. Las convulsiones fueron más violentas, y se deslizó por la cubierta.

—¡Cuidado! —gritó Neal, que se apartó rápidamente de las feroces mandíbulas. Acercó el mango de un bichero a la cabeza del pescado. Con la velocidad de una centella, el pez partió el mango de un mordisco.

Paul observaba, fascinado, desde lo alto de una pila de redes que lo protegía. Gamay se había hecho con una cámara de vídeo y filmaba hasta el último detalle.

—¡Es el salmón más grande que he visto en toda mi vida! —afirmó Paul. El pescado medía un metro y medio de longitud.

—Esto es una locura —señaló Gamay, que seguía con la cámara los saltos del pescado—. Los salmones no se comportan de este modo cuando los pescan. Tienen unos dientes débiles que se romperían si intentaran algo así.

—Dígaselo a este maldito pez —replicó Neal, que le mostró la punta astillada del mango del bichero. Lo arrojó a un lado y cogió una horquilla, ensartó al salmón por detrás de las agallas y lo apretó contra la cubierta. El pescado continuó resistiéndose. Neal sacó una cachiporra y le pegó en la cabeza. Permaneció atontado durante unos instantes; después volvió a lanzar mordiscos, aunque con menos violencia.

—Algunas veces tienes que darles varias veces antes de que se tranquilicen —explicó el pescador.

Con mucha precaución, consiguió enlazarle la cola. Luego pasó el otro extremo del cabo por una polea, retiró la horquilla, levantó el salmón y lo situó encima de la boca de la bodega, sin acercarse a las mandíbulas. En cuanto lo tuvo en la posición adecuada, cogió un cuchillo y cortó el cabo. El pez cayó a la bodega y de inmediato arremetió contra los costados.

—Es el pez más raro que he visto —comentó Paul, asombrado—. Se comporta más como una barracuda que como un salmón.

—Se parece a un salmón, pero no estoy segura de qué es. Las escamas blancas son muy curiosas. Es casi albino. —Gamay apagó la cámara y miró en la penumbra de la bodega—. Es demasiado grande y agresivo para ser un pez normal. Tiene todo el aspecto de ser una mutación. —Miró a Neal—. ¿Cuándo comenzaron a pescarlos?

Neal se quitó la colilla del puro de la boca y escupió por encima de la borda.

—Los primeros barcos comenzaron a encontrarlos en las redes hará cosa de seis meses. Los muchachos los bautizaron con el nombre de «pez diablo». Abrían unos agujeros tremendos en las redes, pero como eran grandes empezamos a cortarlos y a enviarlos al mercado. La carne no debía de ser mala, porque nadie murió. Al cabo de poco tiempo eso era todo lo que pescábamos. Los peces pequeños desaparecieron sin más. —Señaló la bodega con el puro—. Esa es la razón.

—¿Llamaron a las autoridades pesqueras y les comunicaron qué estaban pescando?

—Claro que sí. Llamamos al departamento de pesca. No enviaron a nadie.

—¿Por qué no?

—Dijeron que iban cortos de personal. También hay que mirarlo desde su punto de vista. Usted es bióloga marina. ¿Saldría de su laboratorio si alguien llamara para decirle que un pez diablo se está comiendo sus capturas?

—Yo sí. Estaría aquí en un periquete.

—Pues entonces usted no es como los demás. Querían que les enviáramos uno de estos ejemplares para echarle un vistazo.

—¿Por qué no lo hicieron?

—Íbamos a hacerlo, pero después de lo que le pasó a Charlie Marstons, los pescadores se asustaron. Prefirieron ir a faenar a otros caladeros.

—¿Quién es Charlie Marstons? —preguntó Paul.

—Charlie era un veterano. Pescó en estas aguas durante años, incluso cuando tenía dificultades para moverse debido a unos problemas con una pierna. Era un viejo tozudo, y le gustaba salir solo. Lo encontraron, o lo que quedaba de él, a un par de millas al este de aquí. Al parecer, pescó unos cuantos de esos monstruos, se acercó demasiado y quizá le falló la pierna. Apenas si quedó algo para el entierro.

—¿Me está diciendo que lo mataron los peces?

—No hay otra explicación. Fue entonces cuando los muchachos comenzaron a marcharse. Me hubiese ido con ellos de haber tenido mi barco. Es curioso —añadió con una sonrisa— que sea precisamente uno de estos asesinos lo que me permitirá salir de aquí.

Gamay ya estaba pensando en el futuro.

—Quiero llevármelo al laboratorio para analizarlo.

—Por mí encantado —afirmó Neal—. Lo meteremos en una cajón en cuanto no haya peligro.

Giró el timón y el *Tiffany* emprendió el viaje de regreso. Cuando amarraron en el muelle, el pescado estaba prácticamente muerto, pero así y todo aún intentaba dar algún que otro mordisco; decidieron dejarlo en la bodega. Neal les recomendó una pensión donde podían pasar la noche. Gamay le dio otros cien dólares de propina, y quedaron de acuerdo en encontrarse a la mañana siguiente.

Una amable pareja de mediana edad les dio una cálida bienvenida en la pensión, una casa de estilo victoriano casi en las afueras de la ciudad. Por el entusiasmo del recibimiento, Paul y Gamay dedujeron que la pensión no recibía muchos huéspedes. La habitación era barata y limpia, y la pareja les preparó una buena cena. Durmieron profundamente, y a la mañana siguiente, después de tomar un formidable desayuno, salieron en busca de Neal para recoger el pez.

El muelle estaba desierto. Pero lo más preocupante era que no había rastro ni de Neal ni del *Tiffany*. Preguntaron en el astillero, pero nadie lo había visto desde el día anterior, cuando habían pagado las reparaciones. Algunos hombres haraganeaban cerca del muelle porque no tenían nada mejor que hacer. Nadie había visto a Neal aquella mañana. El camarero que habían conocido el día anterior se cruzó con ellos cuando iba a abrir el bar restaurante. Le preguntaron si sabía dónde podía estar Neal.

—Lo más probable es que aún no le haya pasado la borrachera —respondió el hombre—. Anoche apareció con cien dólares. Se los gastó casi todos en copas para él y sus amigos. Cuando se marchó estaba como una cuba. No era la primera vez, así que no me preocupé. Neal se mueve mejor borracho que muchos que están sobrios. Se marchó sobre las once y ya no volví a verlo. Vive en el barco.

—¿Tiene alguna idea de por qué el *Tiffany* no está aquí? —preguntó Paul.

El camarero echó una ojeada al puerto y maldijo por lo bajo.

—Maldito idiota, no estaba en condiciones de salir con el barco.

—¿Alguna de las personas que estuvieron anoche en el bar podría saber dónde está?

—No, estaban todavía más borrachos. El único que no bebió fue Fred Grogan, y se marchó antes que Neal.

El oído analítico de Trout estaba atento a cualquier incoherencia.

—¿Quién es Grogan? —preguntó.

—Alguien a quien usted no querría conocer —respondió el camarero con desprecio—. Vive en el bosque cerca de la piscifactoría. Es el único de por aquí al que los nuevos dueños no echaron cuando la compraron. Es algo que llama la atención, porque Fred es un tipo siniestro. Apenas se relaciona con la gente. Algunas veces viene a la ciudad, al volante de uno de esos enormes todoterreno negros que tienen en la piscifactoría.

El hombre hizo una pausa y miró al horizonte. Se llevó una mano a la frente para protegerse los ojos del sol. Una pequeña embarcación había entrado en la bahía y se dirigía hacia el muelle a gran velocidad.

—Ese que llega en Fitzy. Es el farero. Al parecer tiene mucha prisa.

La embarcación con motor fuera borda viró en el último momento para acercarse al muelle, y el hombre de barba blanca que la pilotaba lanzó un cabo a tierra. Parecía muy nervioso e incluso antes de desembarcar comenzó a hablar de forma incoherente.

—Cálmate, Fitzy —le pidió el camarero—. No te entiendo.

El farero hizo una pausa para recuperar la calma.

—Anoche, muy tarde, oí una explosión tremenda. Las ventanas temblaron. Creí que había sido un reactor que volaba muy bajo. Esta mañana salí a echar una ojeada. Había trozos de madera por todas partes. Mira esto. —Apartó una lona, recogió un trozo de madera astillada y la sostuvo por encima de la cabeza. Las letras *Tif* se veían con toda claridad.

El camarero apretó los labios. Entró en el bar y llamó a la policía. Mientras esperaba a que llegaran los agentes, hizo algunas llamadas más. Comenzaron a llegar las camionetas, y se organizó una flota de búsqueda. Con la embarcación de Fitzy en cabeza, la flotilla ya había zarpado cuando se presentó el jefe de policía. Habló con el camarero y escuchó su relato. En ese momento ya regresaban algunas de las embarcaciones. Traían más restos del barco, pero no habían encontrado ni rastro de Neal.

El jefe de policía llamó al servicio de guardacostas, que prometió enviar un helicóptero, pero la opinión general era que Neal, borracho perdido, había salido a dar una vuelta y probablemente había destrozado el barco contra los escollos del cabo. Los Trout no hicieron comentario alguno, pero mientras regresaban a la pensión, su conversación se centró en otras posibilidades más siniestras.

—Creo que a Mike Neal lo asesinaron —afirmó Gamay sin rodeos.

—Pues a mí me parece que no he sido el único que ha visto las quemaduras en los trozos de madera. Creo que incendiaron el barco o sencillamente lo volaron. Es posible que vanagloriarse de su captura le costara la vida.

—¿Así de sencillo? —preguntó Gamay con una expresión de cólera—. ¿Mataron a Neal por un salmón?

—Quizá.

La joven sacudió la cabeza en un gesto de protesta.

—Pobre hombre. Tengo la impresión de que en cierto modo somos responsables…

—Los únicos responsables son los tipos que lo asesinaron —la interrumpió Paul.

—Estoy segura de que Oceanus está metida en esto hasta el cuello.

—Si estás en lo cierto, es posible que ahora vengan a por nosotros.

—Entonces propongo que recojamos nuestras cosas y nos larguemos de aquí cuanto antes.

Paul aparcó el coche delante de la pensión. Entraron, recogieron sus cosas y pagaron la cuenta. Los propietarios no disimularon su tristeza al verles marchar, y los acompañaron hasta el coche. Mientras la pareja continuaba lamentándose de que se fueran, Gamay tiró de la manga a su marido para que fuera a sentarse al volante. Después subió al coche.

—Lamento estropear la despedida —dijo—, pero mientras hablábamos he visto pasar un Tahoe negro.

—Al parecer los lobos se reúnen —comentó Paul. Enfiló por el camino que los llevaría de regreso a la carretera principal y miró por el espejo retrovisor—. No veo a nadie detrás.

Exceptuando algún que otro coche, no había mucho tráfico, y en cuanto salieron de la ciudad, tuvieron la carretera para ellos solos. Esta serpenteaba a través del bosque, y subía gradualmente. A un lado estaba el bosque y al otro un abismo que bajaba hasta el mar.

Habían recorrido poco más de tres kilómetros cuando Gamay se volvió para mirar la carretera a través de la ventanilla trasera.

—Vaya —exclamó.

Paul miró por el espejo retrovisor. Los seguía un Tahoe negro.

—Debían de estar esperándonos en un algún camino lateral.

—Vale, pues ahora demuéstrales lo que eres capaz de hacer —dijo Gamay, al tiempo que se ajustaba el cinturón.

Paul miró a su esposa con una expresión de incredulidad.

—¿Eres consciente de que vamos en un coche familiar con un motor de seis cilindros que probablemente corre la mitad que ese monstruo negro que nos persigue?

—Maldita sea, Paul, no seas tan tiquismiquis. Eres un loco del volante. Pisa el acelerador a fondo.

Paul puso los ojos en blanco.

—A mandar, señora.

Apretó el acelerador. El velocímetro marcó los ciento treinta por hora, pero el Tahoe continuó recortando la distancia. Paul consiguió llegar a los ciento cuarenta, velocidad que el todoterreno seguía sin esfuerzo.

Entraron en una zona de curvas donde la carretera seguía el contorno de la costa. El coche de alquiler no era un vehículo deportivo, pero tomaba las curvas mucho mejor que el enorme todoterreno que se balanceaba peligrosamente a medida que las curvas eran cada vez más cerradas. Paul tenía que utilizar una y otra vez los frenos para no salirse de la carretera.

El Tahoe, mucho menos preparado para seguir un trazado sinuoso, comenzó a distanciarse. Paul no se dejó llevar por el entusiasmo. Mantuvo la mirada fija en la carretera, con el volante bien sujeto, y en ningún momento rebasó la velocidad para no salir disparado en las curvas. Sabía que el menor fallo —la presencia de un poco de arena, una piedra— significaría la muerte.

Gamay no perdía de vista a los perseguidores y comentaba el desarrollo de la persecución. Los neumáticos chirriaban en cada curva. Paul controlaba el coche con gran pericia. Ahora la velocidad era entre noventa y cien kilómetros, y se acercaban a una larga pendiente; entonces vio algo increíble.

Delante de ellos, un Tahoe negro acaba de entrar en la carretera desde detrás de un enorme peñasco. Por un instante, creyó que el todoterreno que los perseguía había tomado un atajo. Entonces oyó que Gamay gritaba:

—Son dos. Están intentando encajonarnos.

El vehículo que tenían delante disminuyó la velocidad para cerrarles el paso y el otro los alcanzó rápidamente. Paul intentó adelantar, pero cada vez que asomaba el morro para pasarse al otro carril, el Tahoe se lo impedía. Una y otra vez tuvo que pisar el freno para no chocar. Fue en una de estas maniobras cuando el vehículo perseguidor los embistió por detrás y destrozó el maletero.

Paul luchó con el volante para evitar que al derrapar el coche girara sobre sí mismo. El Tahoe lo embistió de nuevo. El olor a gasolina del depósito perforado llenó el coche. El conductor del todoterreno lo intentó una tercera vez, pero ahora Gamay estaba atenta a la maniobra y gritó:

—¡A la derecha!

Paul giró totalmente a la derecha y el Tahoe solo rozó el guardabarros. Gamay miró al todoterreno, que se había retrasado.

—Han reducido la velocidad.

—Algo estarán tramando.

—Pues entonces más nos vale hacer algo, y pronto. La agencia se preguntará por qué su coche ha quedado hecho un acordeón. Maldita sea, ahí viene. ¡Izquierda!

Paul obedeció la indicación. El coche pasó al otro carril, y entonces vio algo que le erizó los cabellos. Delante tenía una curva cerrada a la derecha. Los todoterreno los mantendrían encajonados hasta el último momento. El de delante le ocultaría la curva. Luego disminuiría la velocidad para tomar la curva, y el otro los embestiría por detrás para despeñarlos, como un taco que golpea la bola de billar.

Gritó a Gamay que se sujetara y agarró más fuerte el volante con sus manos sudorosas. Intentó borrar cualquier pensamiento de su mente y confiar solo en el instinto, mientras vigilaba a su perseguidor por el espejo retrovisor. Tendría una sola oportunidad.

El vehículo a la zaga comenzó a acelerar. Paul ejecutó la maniobra. Cuando el todoterreno estaba a punto de embestirlo, giró el volante a la derecha.

Metió el coche en el arcén de tierra y condujo por el terreno inclinado como un bólido de carreras en el peralte de la pista. El vehículo arrasó los arbustos. Las ramas golpearon contra el parabrisas.

Vio un relámpago negro cuando el Tahoe lo adelantó como una exhalación por la izquierda. Luego se oyó el chirrido de los frenos seguido por el ruido del choque. Uno de los todoterreno acababa de estrellarse contra el otro, y los parachoques se engancharon. El vehículo de delante intentó frenar para tomar la curva, pero el peso del otro impidió la maniobra. Los dos vehículos, convertidos en una trampa mortal, volaron por encima del borde del precipicio como proyectiles lanzados por una honda y fueron a estrellarse en el fondo.

Paul aún no se consideraba a salvo. El arcén seguía el contorno de la carretera, y ahora se curvaba mientras el coche continuaba en una trayectoria recta. Perdió el control cuando el vehículo se despegó del suelo. La fuerza centrífuga lo mantuvo aplastado contra la puerta del conductor. El coche volvió a tomar contacto con el pavimento en un ángulo que destrozó las ruedas. Intentó mirar a Gamay, pero habían comenzado a desplegarse los airbag y todo lo que vio fue el globo de plástico blanco.

Luego se hizo la oscuridad.

16

—Celebro verle de nuevo en Torshavn, señor Austin —dijo el amable recepcionista del hotel Hania—. Espero que haya disfrutado con su excursión por la costa. ¿Qué tal la pesca?

—Muy bien, gracias. Encontré algunos peces muy curiosos.

El recepcionista le entregó un sobre junto con la llave de la habitación.

—Lo trajeron a primera hora.

Austin abrió el sobre y leyó la nota escrita en una hoja de papel con el membrete de un hotel: «Estoy en Copenhague. Me alojo en el Palace. ¿La invitación a cenar sigue en pie? Therri».

Austin sonrió al recordar los bellísimos ojos de Therri y su voz melodiosa. Tendría que jugar a la lotería. Quizá los vientos de la buena fortuna le eran favorables. Escribió la respuesta en una hoja de la papelería del hotel: «¿Esta noche en el Tívoli?». Dobló la hoja, se la dio al recepcionista y le pidió que la enviara.

—¿Podría reservarme una habitación para esta noche en el hotel Palace?

—Por supuesto, señor Austin. Ahora mismo le prepararé la factura.

Austin subió a su habitación. Se afeitó y se duchó. Mientras se estaba secando sonó el teléfono. El recepcionista le informó que le había reservado la habitación en el Palace y que se había tomado la libertad de cancelar la otra reserva en el hotel del aeropuerto. Austin hizo la maleta y llamó al profesor Jorgensen. El profesor estaba en clase, así que le dejó un mensaje en el que le decía que iría a visitarlo durante la tarde si era posible. Añadió que ya iba de camino a Copenhague y que Jorgensen podría dejarle un mensaje en la recepción del Palace.

Dio una generosa propina al recepcionista y embarcó en el helicóptero que cubría el trayecto entre Torshavn y el aeropuerto Vagar. Allí cogió el vuelo de Atlantic Airways a la capital danesa. Un taxi lo llevó hasta la Radhuspladen, la plaza principal de la ciudad. De camino hacia el majestuoso hotel que daba a la plaza, pasó por delante de la estatua de Hans Christian Andersen y de la fuente con el surtidor con forma de dragón. En la recepción le entregaron dos mensajes. Uno era de Therri: «¡El Tívoli es perfecto! Nos vemos a las seis». El otro era del profesor Jorgensen. Le comunicaba que estaría en su despacho toda la tarde.

Austin dejó la maleta en su habitación y llamó al profesor para decirle que iba para allá. Cuando salió del hotel, se le ocurrió que los vaqueros y un jersey de cuello alto no eran las prendas más adecuadas para una velada con una mujer hermosa. Entró en la primera sastrería que encontró y, con la ayuda de un vendedor experto, escogió rápidamente lo que necesitaba. Una buena propina al vendedor y al sastre aseguró que tuviera las prendas para las cinco.

El campus de la Universidad de Copenhague estaba cerca de la plaza. El laboratorio de biología marina formaba parte del instituto zoológico. El edificio de dos plantas se levantaba en medio de un gran parque. En el despacho del profesor solo había espacio para una mesa con el ordenador, dos sillas, y una estantería del todo insuficiente. Gráficos y cartas marinas cubrían las paredes, y había carpetas y libros apilados por todas partes.

—Tendrá que perdonar el desorden —se disculpó Jorgensen—. Mi despacho principal está en el campus Helsingor.

Utilizo este armario cuando doy clases aquí. —Retiró una pila de papeles de una silla para que Austin pudiera sentarse. Sin saber muy bien qué hacer con los papeles, los acabó amontonando en precario equilibrio sobre otra pila que había en la mesa—. Es un placer volver a verle, Austin —añadió con su amplia sonrisa dentuda—. Me alegra que haya podido venir a nuestra hermosa ciudad.

—Siempre es un placer visitar Copenhague. Desgraciadamente, mañana vuelo de regreso a Estados Unidos, así que solo pasaré la noche aquí.

—Mejor eso que nada —lo consoló Jorgensen. Se sentó a duras penas en su silla rodeada de pilas de carpetas—. Dígame, ¿ha vuelto a saber algo más de aquella encantadora mujer, la abogada con la que estuvo tomando un café en Torshavn?

—¿Therri Weld? Precisamente esta noche ceno con ella.

—¡Los hay que tienen suerte! Estoy seguro de que será una compañía mucho más agradable que la mía. —El profesor rió—. ¿Qué? ¿Disfrutó de su estancia en Skaalshavn?

—Disfrutar no es la palabra más adecuada. Skaalshavn es un lugar sorprendente. Gracias por dejarme usar su casa y su embarcación.

—Ha sido un placer. Es un lugar increíble, ¿verdad?

—Ahora que hablamos de Skaalshavn, ¿cuáles han sido los resultados de sus análisis?

El profesor buscó entre las montañas de papeles que tapaban la mesa. Milagrosamente, encontró la carpeta que buscaba. Se quitó las gafas y se las volvió a poner.

—No sé si conoce cuál es mi especialidad: los efectos de la hipoxia. Estudio cómo la falta de oxígeno y las variaciones de la temperatura afectan a los peces. No pretendo ser un experto en todas las materias, así que he consultado mis hallazgos con diversos colegas especializados en los virus bacterianos. Hemos analizado docenas de muestras de agua y de peces obtenidas en diversos puntos cercanos a la piscifactoría de Oceanus en busca de anomalías. Nos preguntábamos si había algún parásito. No encontramos nada.

—¿Qué hay de su teoría original de que podría haber residuos químicos en el agua?

—No, todo lo contrario. La gente de Oceanus no exageraba cuando dijo que su sistema de filtrado era inmejorable. El agua es absolutamente pura. Las otras piscifactorías que he investigado siempre vierten algún tipo de residuo. En resumen, no encontré nada que pudiera afectar a la población ictícola de Skaalshavn.

—Entonces la pregunta es obvia: ¿qué está acabando con los peces?

Jorgensen se levantó las gafas a la altura de la frente.

—Podría haber otras razones que no hemos investigado. Depredadores, degradación del entorno, una interrupción en la cadena alimentaria.

—¿Ha descartado del todo cualquier vinculación con la piscifactoría?

—No. Por eso iré de nuevo a Skaalshavn a hacer más pruebas.

—Eso podría ser un problema —afirmó Austin. Le ofreció al profesor un rápido resumen de sus investigaciones en la piscifactoría, la huida y el rescate—. Le indemnizaré por la pérdida de la embarcación.

—La barca es lo que menos me preocupa. Podrían haberlo matado. —Jorgensen estaba asombrado—. Me encontré con las lanchas de vigilancia cuando tomaba las muestras. No era muy agradable verlas rondar, pero nunca me amenazaron y mucho menos intentaron atacarme.

—Quizá no les gustó mi cara. Desde luego, a mí no me gustaron las suyas.

—No sé si se ha dado cuenta de que no soy precisamente un galán de cine —comentó el profesor—. Pero nadie intentó matarme.

—Es posible que supieran que sus pruebas darían un resultado negativo. En ese caso, no tenían ningún motivo para asustarle. ¿Habló de su trabajo con Gunnar?

—Sí, siempre estaba allí cuando regresaba, y parecía muy

interesado en mi trabajo. —Una luz brilló en los ojos del científico—. ¡Ya entiendo! ¿Cree que es un espía de Oceanus?

—No lo sé a ciencia cierta, pero me dijeron que trabajó para Oceanus durante la construcción de la piscifactoría. Por supuesto es posible que continuara al servicio de la compañía después de que terminaran los trabajos de construcción.

Jorgensen frunció el entrecejo.

—¿Le ha comunicado este incidente a la policía?

—Todavía no. Tenga en cuenta que entré sin autorización en una propiedad privada.

—¡No es normal que intenten matar a alguien solo por ser curioso!

—Quizá fue una reacción exagerada. Sin embargo, no creo que la policía de las Feroe pueda hacer gran cosa. Oceanus negará el incidente. Por la forma como reaccionaron a una visita inocente creo que tienen algo que esconder. Me gustaría averiguarlo discretamente, y en ese caso la policía no sería de mucha ayuda.

—Como usted quiera. No sé nada de intrigas. Lo mío es la ciencia. —En su rostro apareció una expresión pensativa—. Aquella criatura que le asustó en el tanque, ¿cree que podría tratarse de un tiburón?

—Solo sé que era grande, voraz y blanco como un fantasma.

—Un pez fantasma. Es interesante. Digno de estudio. Mientras tanto, me prepararé para mi viaje a las Feroe.

—¿Está seguro de que quiere ir? Podría ser peligroso después de mi visita.

—Esta vez voy en un barco de exploraciones marinas. Además de que iré acompañado, tendré acceso a toda clase de equipos. Me encantaría llevar conmigo a un arqueólogo para que visite las cuevas.

—No creo que sea una buena idea, pero hay alguien en el pueblo que quizá pueda ayudarlo. Su padre visitó las cuevas, y ella me explicó cómo entrar. Se llama Pia.

—¿La viuda del pastor?

—Sí, ¿la conoce? Es toda una mujer.

—Ya lo creo —exclamó Jorgensen; el rubor que apareció en sus mejillas revelaba que ahí había una historia—. Nos encontramos unas cuantas veces en el pueblo. Era imposible evitarla. ¿No puede cambiar sus planes y acompañarme a Skaalshavn?

—Gracias por la invitación pero me es imposible. Tengo que volver a mi trabajo en la NUMA. Joe se quedará para acabar las pruebas del *Sea Lamprey*. Por favor, manténgame informado de sus hallazgos.

—Claro que sí. —Jorgensen apoyó la barbilla en una mano, y una mirada abstraída apareció en sus ojos—. Mi formación científica hace que no crea en los presagios. Me han enseñado a no sacar conclusiones hasta no tener todos los hechos que las respalden. Pero aquí hay algo que me asusta, Kurt. Lo siento en los huesos. Algo contra natura.

—Si le sirve de consuelo, tengo la misma sensación. Es algo que va más allá de unos tipos armados corriendo por ahí. —Se inclinó hacia delante y miró al profesor a los ojos—. Quiero que me prometa algo.

—Por supuesto, amigo mío. Lo que usted diga.

—Tenga cuidado, profesor —dijo Austin en un tono que reflejaba claramente su preocupación—. Tenga mucho cuidado.

17

El presentimiento no desapareció ni siquiera cuando Austin salió del edificio donde estaba el despacho de Jorgensen y se encontró en el parque donde brillaba el sol. Varias veces durante el viaje en taxi de regreso al hotel, miró a través de la ventanilla trasera. Finalmente se relajó y disfrutó del viaje. Aunque lo acechara algún peligro, nunca lo descubriría entre tantos coches.

Austin pasó por la sastrería para recoger la ropa. Llevó las cajas a la habitación del hotel y llamó a Therri. Eran las cinco y media.

—Tengo una habitación en el piso debajo del tuyo. Creo que te estoy oyendo cantar de alegría por cenar conmigo.

—Entonces seguramente también debes de oír cómo bailo.

—Es asombroso cómo mi encanto afecta a las mujeres —comentó Austin—. Me reuniré contigo en el vestíbulo. Podríamos fingir que somos unos ex amantes que se encuentran el uno al otro por azar.

—Eres un tipo sorprendentemente romántico.

—Me han llamado cosas peores. Me conocerás por el clavel rojo en la solapa.

Cuando se abrieron las puertas del ascensor, Therri salió como si el vestíbulo fuera un escenario e inmediatamente atrajo las miradas de todos los hombres presentes, incluida la de Austin. Fue incapaz de apartar la mirada mientras ella cruzaba el vestíbulo. Los cabellos castaños de Therri caían sobre los finos tirantes de su vestido de encaje blanco, largo hasta los tobillos, que resaltaba la cintura de avispa y los muslos.

Su cálida sonrisa demostraba que daba su total aprobación al atuendo de su compañero. Observó la chaqueta recta de color gris claro y ligeramente entallada que resaltaba los hombros de Austin como una casaca militar. La camisa azul y la corbata de seda blanca contrastaban con el bronceado de su piel, con los ojos color coral y los cabellos casi blancos. Llevaba un clavel rojo en la solapa.

La mujer le tendió la mano y Austin se la besó.

—Qué encantadora sorpresa —dijo Therri con un acento inglés muy distinguido—. No nos habíamos visto desde…

—Biarritz. ¿O fue Casablanca?

Therri se llevó una mano a la frente.

—Cielos, ¿cómo saberlo? Los lugares se confunden con el paso del tiempo, ¿no es cierto?

—Siempre nos quedará Marrakech —le susurró Austin al oído.

Salieron del hotel cogidos del brazo como si se conocieran desde hacía años. Cruzaron la bulliciosa plaza en dirección al Tívoli, el famoso parque de atracciones del siglo XIX. El parque resplandecía con las luces de neón multicolores y estaba a rebosar de un público que asistía a las representaciones de teatro y danza y a los conciertos de música sinfónica. Se detuvieron durante unos minutos a presenciar la actuación de un grupo de bailes folclóricos. Therri propuso cenar en la terraza de uno de los restaurantes, y se sentaron a una mesa con vistas a la noria gigante. Austin cogió la carta.

—Dado que tú has escogido el restaurante, yo elegiré los platos, si no tienes inconveniente.

—Ninguno en absoluto. He estado subsistiendo a base de bocadillos de *smorrebrod*.

Cuando se acercó el camarero, Austin encargó un primer plato de gambas, y de segundo pidió *flaekesteg*, cerdo asado con chicharrones y col, para él, y *morbradbof*, lomo de cerdo con salsa de champiñones, para Therri. Para beber, escogió cerveza Carlsberg en lugar de vino.

—Has pedido con mucha seguridad —comentó Therri, admirada.

—He hecho trampa. Comí en este mismo restaurante la última vez que vine a Copenhague por motivos de trabajo.

—No me importa.

Brindaron y degustaron la cerveza. Sirvieron las gambas. Therri cerró los ojos con una expresión de placer después del primer bocado.

—Esto es una auténtica delicia.

—El secreto cuando se prepara el marisco y el pescado es no permitir que el rebozado enmascare su sutil sabor. Estas gambas las preparan con zumo de lima y pimienta fresca.

—Una cosa más por la que darte las gracias.

—Tu buen humor parece deberse a algo más que la comida. Deduzco que tu entrevista con Becker fue un éxito.

—Tu amigo el señor Becker se mostró encantador. Creo que se le agotaron los elogios cuando habló de ti y se mostró muy impresionado con las fotos que tomaste del *Sea Sentinel*. Ante mi insistencia, decidieron enviar a un equipo de buzos y comprobaron que había sido objeto de un sabotaje tal como habías dicho. Llegamos a un acuerdo. Aceptaron retirar los cargos contra Marcus.

—Enhorabuena. ¿Sin ninguna exigencia?

—Todas las que quieras y más. Marcus y cualquiera que esté vinculado a la organización, incluida una servidora, tendrá que abandonar Dinamarca en un plazo de cuarenta y ocho horas. Tenemos reservados los pasajes en el vuelo del Concorde de mañana.

—¿El Concorde? La organización no repara en gastos cuando se trata de viajar, ¿verdad?

La muchacha se encogió de hombros.

—A las personas que aportan millones no parece importarles, siempre y cuando se protejan los océanos.

—Les contaré ese cuento a los contables de la NUMA que

vigilan hasta el último centavo que se gasta en viajes. Tú estarás comiendo en Kinkaid's mientras yo ceno un muslo de pollo de plástico a doce mil metros de altura. Dime, ¿qué otras condiciones impuso Becker?

—Nada de conferencias de prensa en territorio danés. No habrá ningún intento de reflotar al *Sea Sentinel*. Si en alguna ocasión se nos ocurre visitar de nuevo Dinamarca solo podrá ser como inmigrantes clandestinos. Una vez más, muchas gracias por tu ayuda.

—Todo tiene un precio. Dime todo lo que sepas de Oceanus.

—Por supuesto, con mucho gusto. Tal como te dije la última vez, Oceanus es una empresa multinacional pesquera y de transporte. Tiene flotas pesqueras y de carga en todo el mundo.

—Eso se aplica a una docena de empresas. —Austin sonrió—. ¿Por qué tengo la sensación de que me ocultas algo?

Therri lo miró, sorprendida.

—¿Tan obvio resulta?

—Solo para alguien que está acostumbrado a tratar con personas que creen que les bastará decir una parte de la verdad para librarse del compromiso.

—Me lo tengo merecido. —Therri frunció el entrecejo—. Es una vieja costumbre de los abogados. Nos gusta guardar un as en la manga. Los Centinelas del Mar tienen una deuda contigo, ¿qué quieres saber?

—¿Quién es el propietario de la compañía?

—Nosotros nos hicimos la misma pregunta. Nos encontramos con una maraña de empresas fantasmas, pero siempre aparecía un nombre: Toonook.

—Ese nombre me recuerda una película que vi cuando era un niño. Un viejo documental llamado *Nanook of the North*. ¿Es un esquimal?

—Eso creo. No hemos podido confirmarlo, pero encontramos algunas pruebas que apuntan hacia esa dirección. Nos costó Dios y ayuda. Averiguamos que es ciudadano canadiense, y que es un experto en ocultar su rostro. Esto es todo lo que te puedo decir, y es la verdad.

Austin asintió mientras pensaba en los guardias de piel oscura que le habían disparado.

—Volvamos a Oceanus. ¿Cuál fue el motivo que la puso en el objetivo de los centinelas?

—Fue una de las pocas empresas que no hicieron caso de nuestro boicot a las Feroe. Sabemos que las piscifactorías es un tema del medio ambiente, pero fueron los intentos de la compañía por ocultar sus actividades lo que despertó el interés de Marcus. Cuando se enteró de que había una piscifactoría en las Feroe, pensó que podría montar un poco de revuelo si aparecía por allí.

—Hay dos barcos en el fondo del mar que prueban que tenía razón.

—Déjame que te haga una pregunta. —Therri lo miró a los ojos—. ¿Qué sabes de Oceanus que no me has dicho?

—Me parece justo. Mientras tú negociabas con el señor Becker, hice una visita a la piscifactoría de Oceanus en las Feroe.

—¿Descubriste algo?

Una punzada le recordó a Austin la herida en el pecho.

—Me enteré de que no les agrada que las personas metan las narices en sus asuntos. Te recomiendo a ti y a tus amigos que os mantengáis bien lejos de esa gente.

—¿Ahora quién responde con evasivas?

Austin solo sonrió. Por mucho que quisiera confiar en Therri, no sabía hasta dónde llegaba su lealtad hacia los centinelas y su líder.

—Con lo dicho basta y sobra para que no te metas en problemas.

—Debes saber que darme poca información solo sirve para despertar aún más mi curiosidad.

—Pues entonces no olvides que la curiosidad mató al gato. No quiero verte acabar de la misma manera.

—Gracias por la advertencia. —La joven le dedicó una de sus irresistibles sonrisas.

—No se merecen. Quizá podamos continuar esta conversación cuando estemos en Washington.

—Conozco una infinidad de vestíbulos de hoteles ideales para un encuentro casual. Podemos prometer que no hablaremos de trabajo.

—Pues comencemos ahora. —Austin llamó al camarero y pidió dos copas de licor de cerezas Peter Heering.

—¿De qué te gustaría hablar? —preguntó Therri.

—Háblame de los centinelas.

—Eso se podría interpretar como trabajo.

—De acuerdo, te haré una pregunta personal. ¿Cómo es que estás metida en la organización?

—El destino. —Therri sonrió—. Antes de convertirme en amante de las ballenas, era amante de los árboles. Mi futuro quedó trazado desde el nacimiento. Mis padres me pusieron Thoreau en honor a Henry David.

—Me preguntaba de dónde venía Therri.

—Creo que fue una suerte que no me pusieran Henry. Mi padre era un defensor del medio ambiente antes de que existiera tal cosa. Mi madre pertenecía a una vieja familia yanqui que se había hecho rica con la trata de esclavos y el ron. Cuando me licencié en derecho por Harvard, se esperaba que entrara en los negocios de la familia. Ahora es mi turno. ¿Cómo fuiste a dar a la NUMA?

Austin le ofreció la versión abreviada de su carrera.

—Hay un hueco en la historia de tu vida —señaló Therri.

—Estás demasiado alerta. Trabajé para la CIA durante dicho período. Mi grupo se separó cuando acabó la guerra fría. No puedo decirte nada más.

—Está bien. Un toque de misterio aumenta tu atractivo.

Austin se sintió como pez en el agua. Therri acababa de llevar la conversación a un terreno un poco más íntimo, y él se disponía a seguir por ahí cuando se dio cuenta de que ella miraba por encima de su hombro. Se volvió y vio que Marcus Ryan iba hacia ellos.

—¡Therri! —exclamó Ryan, con su sonrisa de galán de cine—. ¡Qué agradable sorpresa!

—Hola, Marcus. Sin duda recuerdas a Kurt Austin de la audiencia, en Torshavn.

—¡Por supuesto! El señor Austin fue el único testigo que hizo una declaración objetiva en todo aquel fiasco.

—¿Por qué no te sientas? No te importa, ¿verdad, Kurt?

A Kurt le importaba, y mucho. El encuentro le olía a algo preparado, pero sentía curiosidad por saber la razón. Le indicó una silla a Ryan y le estrechó la mano. El apretón fue firme.

—Solo me quedaré un momento. No pretendo estropearles la cena, pero me alegra tener la oportunidad de darle las gracias al señor Austin por ayudar a los Centinelas del Mar.

—Se equivoca. No ayudé a la organización. Fue un favor personal a la señorita Weld. Ella fue quien me convenció para que inspeccionara el barco.

—No conozco a muchas personas capaces de resistirse a sus dotes de persuasión y merece gran parte del mérito. Sin embargo, prestó usted un gran servicio a las criaturas marinas.

—Ahórreme la propaganda, señor Ryan. Le entregué a Therri las pruebas del sabotaje porque era lo correcto, no porque crea en su causa.

—Entonces sabe que no tuve ninguna responsabilidad en la colisión.

—Sé que usted organizó todo aquel revuelo con la idea de que pasara algo y usted pudiera aparecer en la televisión.

—Hay ocasiones en las que es necesario recurrir a medidas extremas. Por lo que sé de la NUMA, su organización no vacila en recurrir a métodos poco ortodoxos para conseguir sus fines.

—Hay una gran diferencia. Todos y cada uno de nosotros, incluido el almirante Sandecker, estamos dispuestos a asumir la responsabilidad por nuestras acciones. No nos ocultamos detrás de carteles de bebés foca.

El rostro de Ryan adquirió un color remolacha.

—Siempre he estado dispuesto a aceptar las consecuencias de mis acciones.

—Claro, siempre y cuando sepa que puede librarse.

Ryan sonrió a pesar del enojo.

—Es usted un hombre difícil, señor Austin.

—Procuro serlo.

Apareció el camarero con la cena.

—Bien, no los entretendré más. Ha sido divertido hablar con usted, señor Austin. Te llamaré más tarde, Therri.

Marcus se despidió con un gesto y desapareció entre la multitud.

—Tu amigo tiene una elevada opinión de sí mismo —comentó Austin—. Creía que el mar ya tenía un dios. Neptuno o Poseidón, según el idioma que prefieras.

Esperaba que Therri saliera en defensa de Ryan, pero la muchacha se echó a reír.

—Felicidades, Kurt. Es agradable saber que Marcus no es el único capaz de irritar a los demás.

—Es algo natural en mí. Tendrías que decírselo la próxima vez que organices un encuentro casual.

Therri miró la noria gigante para eludir la mirada de Austin, y luego jugó con el tenedor antes de responder.

—¿Tan transparente ha sido?

—Más y hubiera sido invisible.

La abogada exhaló un sonoro suspiro.

—Me disculpo por el burdo intento de engañarte. No te lo merecías. Marcus quería verte para darte las gracias. Su intención era sincera. No esperaba que se convirtiera en una pelea de gallos. Por favor, acepta mis disculpas.

—Solo si aceptas tomar una copa en el bar del Palace después de que demos un largo paseo.

—Me lo pones muy difícil.

Austin le dedicó su sonrisa más pícara.

—Como dijo tu amigo el señor Ryan, soy un hombre difícil.

18

Copenhague parecía estar celebrando una gran fiesta, pero el bullicio solo era el de una noche cualquiera en una de las ciudades europeas más animadas. Se oía la música de docenas de bares. Los parques y las plazas a lo largo del paseo Stroget estaban llenos de gente y de artistas callejeros. El ambiente festivo era divertido, pero resultaba difícil mantener una conversación. Austin propuso que se desviaran por una discreta calle de elegantes comercios que a aquellas horas estaban cerrados y emprendieron el camino de regreso al hotel.

La calle desierta estaba a oscuras salvo por la iluminación de algunos escaparates y la suave luz de unas farolas de gas. Austin estaba escuchando una anécdota de Becker que le contaba Therri, cuando advirtió un movimiento delante y vio dos figuras que salían de las sombras y entraban en el círculo de luz de una de las farolas.

Sabía por experiencia que los daneses eran poco bullangueros y muy corteses, y Copenhague una ciudad donde casi no había delincuencia. No se preocupó cuando los dos hombres ocuparon toda la acera. Quizá habían abusado del *akavit*. Cogió a Therri del brazo y se preparó para rodear a la pareja. Comprendió que la situación comenzaba a ser peligrosa cuando los hombres esgrimieron unas largas porras que habían mantenido ocultas.

Oyó unas pisadas y miró por encima del hombro. Otros

dos hombres, también armados con porras, se les acercaban por detrás. Therri se había dado cuenta de la amenaza aunque no la comprendía y ahora estaba muda. Estratégicamente, los hombres comenzaron a rodearlos.

Austin miró en derredor en busca de un arma. Decidió que algo era mejor que nada y cogió la tapa de un cubo de basura. Se alegró al ver que la tapa estaba hecha de una gruesa plancha de aluminio. Se situó delante de Therri y utilizó la tapa como el escudo de un soldado medieval para parar el golpe del atacante más cercano. El hombre levantó la porra de nuevo, pero Austin pasó en un instante de la defensa al ataque y estrelló la pesada tapa contra el rostro del asaltante. El hombre soltó un alarido, y se le doblaron las rodillas. Austin levantó la tapa con las dos manos y la descargó contra la cabeza del hombre; se oyó un sonido similar al de un *gong*. Le dolieron las manos con la vibración del impacto, pero el atacante estaba mucho peor. Se desplomó como si lo hubiera alcanzado un rayo.

Un segundo atacante se acercó rápidamente. Austin intentó golpearlo en el rostro con la tapa, pero el hombre se anticipó al movimiento. Dio un paso atrás para ponerse fuera de su alcance, y apartó la tapa con un golpe de porra. Austin intentaba no recibir ningún golpe en el lado izquierdo donde tenía la herida. El desconocido aprovechó que estaba desprotegido y le dio un tremendo golpe en la cabeza. Austin vio las estrellas. Al mismo tiempo, oyó el grito de Therri. Uno de los hombres de la segunda pareja la sujetaba mientras el otro le tiraba de los cabellos para echarle la cabeza hacia atrás y dejar al descubierto la garganta. Un golpe fuerte en la tráquea sería mortal.

Austin intentó ir en su ayuda. El atacante se cruzó en su camino y descargó un golpe con la porra que sujetaba con las dos manos como si fuese una espada. El hombre de la NUMA consiguió desviar el golpe, pero la tapa voló por los aires, y él perdió el equilibrio. Con una rodilla en tierra, levantó los brazos para protegerse la cabeza. Vio unos rostros redondos y chatos, los ojos brillantes, las porras en alto, y se preparó para soportar una lluvia de porrazos. Sin embargo, oyó golpes, gruñidos y a hombres que gritaban en dos idiomas distintos: uno era incomprensible, el otro era castellano. Los atacantes que los habían rodeado se esfumaron como por arte de magia.

Se levantó con un esfuerzo y vio las figuras que se alejaban a la carrera. Las porras cayeron al suelo. Las sombras se movían en todas las direcciones, y a él le recordó la escena de la película *Ghost* donde los agentes de la muerte se llevan a las almas de los condenados al infierno. Luego las sombras desaparecieron. Therri y él se quedaron solos, excepto por el hombre tendido en el suelo. Al parecer los amigos del atacante lo habían abandonado.

—¿Estás bien? —Austin cogió a Therri del brazo.

—Sí, pero como podrás ver tiemblo como un flan. ¿Y tú?

Austin se tocó con cuidado la cabeza.

—Tengo la sensación de que una bandada de cotorras vuela dentro de mi cabeza, pero por lo demás estoy bien. Podría haber sido peor.

—Lo sé. —Therri se estremeció—. Doy gracias de que esos hombres nos salvaran.

—¿Qué hombres? Estaba un tanto ocupado haciendo de Ivanhoe.

—No sé de dónde salieron. Creo que eran dos. Se lanzaron sobre los atacantes y consiguieron que huyeran.

Austin apartó la tapa de un puntapié.

—Diablos, creía que los había aterrorizado con mi superescudo. —Se limpió el pantalón sucio y rasgado—. Maldita sea, estas son las primeras prendas nuevas que me he comprado en años.

Therri se echó a reír.

—Es increíble. Acabas de salvarte por los pelos de que te aplasten la cabeza, y te preocupas por tu vestuario.

Therri lo abrazó con todas sus fuerzas. Austin no protestó a pesar del dolor en la herida. Estaba pensando que le gustaba su perfume, cuando notó que se ponía rígida y se apartaba al tiempo que miraba por encima de su hombro con una expresión de terror.

—¡Kurt, cuidado!

Austin se volvió. El atacante que había estado tendido en la acera se levantaba penosamente. El hombre los miró durante unos segundos con los ojos turbios. Austin apretó los puños y avanzó dispuesto a romperle la cara, pero se detuvo al ver que un pequeño punto rojo brillante aparecía en la frente del desconocido.

—¡Al suelo! —le gritó a Therri. Cuando ella vaciló, la echó sobre la acera sin miramientos y la cubrió con su cuerpo.

El hombre dio un par de pasos hacia ellos, luego se detuvo como si hubiese chocado contra una pared invisible, cayó de rodillas y después de bruces sobre la acera. Austin oyó unos pasos y vio una figura que escapaba a la carrera. Ayudó a Therri a levantarse y se disculpó por haberla echado al suelo.

—¿Qué ha pasado? —preguntó Therri, desconcertada.

—Alguien ha disparado contra nuestro amigo. Vi el punto rojo de una mira láser.

—¿Qué razón podía haber para hacerlo?

—Quizá su empresa tiene una política de despidos muy dura.

—También podría ser que no quisieran que se fuera de la lengua —comentó Therri mientras miraba el cadáver.

—En cualquier caso, este no parece un lugar muy seguro.

Austin cogió a Therri del brazo y se alejaron de la escena del crimen. Se mantuvo en guardia ante la posibilidad de que reaparecieran los atacantes y no se relajó hasta que vio las luces del hotel Palace. El bar del hotel, donde se oían voces alegres y un pianista que interpretaba canciones de Cole Porter, les pareció otro mundo. Austin y Therri se sentaron en un reservado y pidieron dos whiskies dobles. Therri bebió un buen trago antes de echar una ojeada a la concurrencia.

—¿Es real todo lo que ha sucedido en la calle?

—Desde luego no ha sido una representación de *West Side*

Story, si es a eso a lo que te refieres. ¿Puedes decirme qué recuerdas?

—Todo ha ocurrido muy deprisa. Dos de aquellos tipos con porras me han sujetado. —Frunció el entrecejo—. Mira lo que los muy cabrones le han hecho a mi peinado. —La rabia comenzaba a reemplazar al miedo—. ¿Quiénes eran esos cretinos?

—El ataque estaba bien coordinado. Sabían que estábamos en Copenhague y seguramente esta noche nos han estado vigilando para tendernos una emboscada. ¿Quién crees que puede estar detrás?

—¿Oceanus? —dijo la joven sin vacilar.

Austin asintió con una expresión seria.

—Tal como pude comprobar en las Feroe, Oceanus dispone de los matones, la predisposición a la violencia y la organización necesarias. ¿Qué ha pasado después?

—Me han soltado sin más. Así de sencillo. Luego han echado a correr y los otros hombres los han perseguido. —Sacudió la cabeza—. Lamento no poder dar las gracias a nuestros buenos samaritanos. ¿Crees que deberíamos denunciar los hechos a la policía?

—En cualquier otro caso, diría que sí. Pero no sé si servirá de algo. Quizá lo consideren un simple intento de atraco. A la vista del estado de tus relaciones con las autoridades danesas, corres el riesgo de que te retengan aquí más de lo que esperabas.

—Tienes razón. —Therri se acabó la copa—. Será mejor que me vaya a dormir. Mi vuelo sale a primera hora de la mañana.

Austin acompañó a Therri hasta la puerta de su habitación.

—¿Recuperada del todo? —le preguntó.

—Sí, estoy bien. Gracias por la apasionante velada. Desde luego sabes cómo hacer que una chica no se aburra.

—Esto no ha sido nada. Espera a nuestra próxima cita.

Therri sonrió y le dio un rápido beso en los labios.

—No veo la hora.

Austin estaba impresionado por la rápida recuperación de Therri. Estaba claro que no era una delicada florecilla.

—Llámame si necesitas cualquier cosa.

La joven asintió. Austin le deseó buenas noches y se alejó para ir hacia los ascensores. Therri esperó hasta que le vio entrar en el ascensor. Luego quitó la llave de la cerradura y fue a llamar a la puerta de otra habitación. Marcus Ryan abrió la puerta. Su sonrisa desapareció al ver la tensión en el rostro de su visitante.

—¿Te encuentras bien? —preguntó con evidente preocupación—. Estás muy pálida.

—Nada que no se arregle con un poco de maquillaje. —Pasó a su lado y fue a tumbarse en el sofá—. Prepárame una taza de té bien cargado, y después siéntate porque tengo mucho que contarte.

Ryan preparó el té y luego ella le relató el ataque y la milagrosa aparición de sus salvadores.

—Austin tiene razón —dijo Marcus cuando Therri acabó—. Esto es cosa de Oceanus. Estoy seguro.

—Yo también. Lo que no sé es quiénes eran nuestros salvadores.

—¿Austin no sabía quiénes eran?

—Dijo que no.

—¿Crees que decía la verdad?

—Es posible que sospeche quiénes son, pero preferí no insistir. Me parece que Kurt no es una persona acostumbrada a mentir.

—Vaya, vaya, veo que mi implacable consejera legal tiene su corazoncito después de todo. Te gusta, ¿verdad? —dijo Ryan con una sonrisa zorruna.

—No lo niego. Es distinto.

—Debes admitir que yo también lo soy.

—Efectivamente. —Therri sonrió—. Por eso mismo somos colegas y no amantes.

Ryan exhaló un suspiro con un gesto melodramático.

—Estoy condenado a ser dama de honor, nunca la novia.

—Serías una novia horrible. Además, ya has tenido tu oportunidad. Como recordarás, no me gustó interpretar un papel secundario.

—No te culpo. Soy algo así como un monje guerrero cuando se trata de los centinelas.

—¡Y un cuerno! ¡No me vengas con el cuento del monje! Sé muy bien que tienes una novia en cada puerto.

—Vamos, Therri, hasta los monjes tienen derecho a salir del monasterio y echar una cana al aire de vez en cuando. Será mejor que hablemos de tu enigmática relación con Austin. ¿Crees que lo has hechizado hasta el punto de hacerle comer en la palma de tu mano?

—Por lo que he visto, Kurt no es de los que comen en la palma de la mano de nadie. —Entornó los párpados—. ¿Se puede saber qué se cuece en esa olla de grillos que llamas cerebro?

—Solo una cosa. Me gustaría tener a la NUMA de nuestra parte. Necesitaremos un respaldo fuerte si tenemos que enfrentarnos a Oceanus.

—¿Qué pasará si no conseguimos que la NUMA nos ayude?

Marcus se encogió de hombros.

—Entonces tendremos que ir a por ellos nosotros solos.

—No somos lo bastante fuertes —opinó Therri. Sacudió la cabeza—. No nos estamos enfrentando a una banda callejera. Son demasiado poderosos. Ya has visto la facilidad con la que sabotearon nuestro barco. Si alguien como Kurt Austin está nervioso, deberíamos prestar mucha atención. No podemos arriesgar más vidas..

—No subestimes a los centinelas, Therri. La fuerza bruta no lo es todo. También el conocimiento es fuerza.

—No me vengas con acertijos, Marcus.

—Quizá tengamos una carta ganadora. Ayer recibí una llamada de Josh Green. Ha tropezado con algo grande relacionado con las actividades de Oceanus en Canadá.

—¿De qué se trata?

—Josh no estaba muy seguro. Se enteró a través de Ben Nighthawk.

—¿El estudiante en prácticas?

—Como sabes, Nighthawk es un indio canadiense. Ha estado recibiendo unas cartas muy extrañas de su familia. Una empresa ha comprado una gran extensión de tierra cerca de su pueblo. A petición de Ben, Josh averiguó de qué empresa se trataba. Resulta que la tierra la compró una de las empresas fantasma de Oceanus.

El entusiasmo hizo que Therri olvidara sus temores.

—Esta podría ser la pista que estábamos buscando.

—Así es. Lo mismo pensé yo. Le dije a Josh que fuera a investigarlo.

—¿Lo has enviado allí solo?

—Iba camino de Canadá para reunirse con Ben cuando me llamó. Nighthawk conoce el terreno. No te preocupes. Tendrán cuidado.

Therri se mordió el labio inferior mientras recordaba el salvaje ataque en una tranquila calle de Copenhague. Respetaba a Ryan por un sinfín de razones, pero algunas veces su celo por conseguir sus propósitos le impedía pensar con claridad.

—Eso espero —murmuró, asustada.

19

Los gigantescos árboles se elevaban como las columnas de un templo de la Antigüedad. Las ramas entrelazadas impedían el paso de los rayos de sol y creaban una penumbra artificial en el suelo del bosque, donde una destartalada camioneta se balanceaba y se sacudía, como un barquichuelo en medio de una tempestad, a medida que pasaba por encima de las enormes raíces y las piedras.

Joshua Green ocupaba el asiento del copiloto. Con una mano se protegía la cabeza para aminorar los impactos contra el techo de la cabina y con la otra intentaba sujetarse lo mejor posible. Green era el experto legal en temas medioambientales de los Centinelas del Mar. De rostro afilado y cabellos rubios, las grandes gafas redondas y la nariz ganchuda le daban todo el aspecto de un búho esquelético. Había soportado sin quejarse la dureza de la marcha pero un violento choque que casi le hizo atravesar el techo agotó su paciencia.

—Me siento como un grano de maíz en una máquina de hacer palomitas —le dijo al conductor—. ¿Cuánto tiempo más tendré que aguantar esta tortura?

—Unos cinco minutos; después caminaremos —respondió Ben Nighthawk—. No le culpo por estar harto de esta paliza. Lamento que tengamos que viajar en esta camioneta. Es lo mejor que consiguió mi primo.

Green asintió resignado. Volvió su atención al espeso bosque que los rodeaba. Antes de entrar en la organización ecologista, había formado parte de un grupo de operaciones del SWAT. Le habían pegado, disparado, y había pasado cortos pero inolvidables períodos en cárceles que no eran mejores que las mazmorras medievales. Se había hecho famoso por su sorprendente aplomo en combate, y su aspecto de profesor disimulaba un interior duro como el acero. Pero la oscuridad antinatural del entorno le inquietaba más que cualquier persona o cosa que hubiera encontrado en el mar.

—El camino no me preocupa. Es este maldito bosque —afirmó con la mirada puesta en los árboles—. ¡Es siniestro! Es mediodía, brilla el sol, y aquí está oscuro como la boca de lobo. Parece sacado de una novela de Tolkien. No me sorprendería si nos atacara algún orco. Por cierto, me parece que acabo de ver a uno.

—Los bosques suelen ser siniestros si no estás habituado a ellos —replicó Nighthawk, divertido. Miraba a través del parabrisas, pero en su rostro moreno no se reflejaba inquietud alguna, sino una expresión de reverencia—. Es diferente cuando creces por aquí. El bosque y la oscuridad son tus amigos porque te ofrecen protección. —Hizo una pausa y añadió—: La mayoría de las veces.

Al cabo de unos minutos, Nighthawk detuvo la camioneta y se apearon. Inmediatamente se vieron rodeados por una nube de moscas pequeñas. El fuerte olor de los pinos resultaba casi sofocante, pero para Nighthawk era un delicioso perfume. Disfrutaba de las vistas y los olores con una expresión beatífica. Los hombres cargaron las mochilas donde llevaban las cámaras fotográficas, rollos de películas, herramientas de supervivencia, agua y comida. Sin necesidad de utilizar la brújula, Nighthawk señaló el camino.

—Es por aquí —dijo, con la misma confianza como si estuviese siguiendo una línea de puntos en el suelo.

Avanzaron en silencio por la gruesa capa de agujas de pino acumuladas durante décadas entre los árboles. El aire era cálido y opresivo, y no tardaron mucho en tener las camisas empapadas de sudor. Excepto por los helechos y los montículos de musgo, en el suelo no se veían matorrales. Avanzaron a buen ritmo; no había arbustos ni matojos que los retrasaran. Mientras caminaba detrás de su compañero, Green se preguntaba qué jugarreta del destino lo había llevado desde la comodidad de su despacho con aire acondicionado a aquella selva umbría.

Además de los trabajos que realizaba para los centinelas, Green era profesor adjunto en la Universidad de Georgetown en Washington, donde había conocido a Ben Nighthawk, que asistía a sus clases. El joven indio estudiaba gracias a una beca. Quería aprovechar sus estudios para proteger los bosques del norte, que se veían amenazados por el desarrollo industrial y urbanístico. Green había valorado la inteligencia y el entusiasmo de Ben y le había invitado a trabajar con él en los despachos de los centinelas.

El delgado Green y el fornido indio se llevaban pocos años de diferencia, y muy pronto se hicieron buenos amigos. Nighthawk apreciaba mucho la amistad de Green porque solo iba a su casa muy de cuando en cuando. Su familia vivía a orillas de un gran lago en una región remota y casi inaccesible del este canadiense. Un hidroavión propiedad de la comunidad indígena hacía un viaje a la semana hasta la ciudad más cercana para transportar víveres, medicinas y el correo.

La madre de Nighthawk le había informado de una gran construcción que se estaba llevando a cabo en la zona. Alguien que se estaba construyendo un pabellón de caza, pensó el joven con resignación. Era la clase de proyectos que estaba dispuesto a combatir en cuanto acabara los estudios. Luego, la semana anterior, su madre le envió una carta donde mencionaba algunas cosas extrañas y le pedía que fuera lo antes posible.

Green le dijo que se tomara todo el tiempo necesario. A los pocos días de su partida, Nighthawk llamó al despacho. Parecía desesperado.

—Necesito su ayuda —suplicó.

—Por supuesto —replicó Green, convencido de que su amigo se había quedado sin dinero—. ¿Cuánto necesitas?

—No se trata de dinero. ¡Estoy preocupado por mi familia!

Nighthawk le contó que había ido a la ciudad cercana a su pueblo y allí le habían dicho que hacía dos semanas que no venía el hidroavión. Lo atribuían a algún problema mecánico y creían que alguien aparecería a pie en busca de los recambios.

Le pidió prestada una camioneta a un pariente que vivía en la ciudad y emprendió enseguida el viaje a través del bosque. Se encontró la carretera cortada. Los hombres con cara de pocos amigos que montaban guardia le informaron que la zona era propiedad privada. Cuando les explicó que quería ir a su pueblo, los guardias lo amenazaron con sus armas y le advirtieron que no volviera.

—No lo entiendo —dijo Green—. ¿Tu familia no vive en la reserva?

—Allí no queda más que un puñado de nuestra gente. La tierra es propiedad de una multinacional papelera. Digamos que éramos «okupas», pero la compañía nos toleraba. Incluso contrataban a la tribu para que apareciera en los anuncios como una prueba de lo buena que era la empresa. Vendieron las tierras, y los nuevos propietarios tienen en marcha un gran proyecto en el otro lado del lago.

—La tierra es suya; pueden hacer lo que quieran.

—Lo sé. Sin embargo, eso no explica qué le pasó a mi gente.

—Bien visto. ¿Has acudido a las autoridades?

—Fue lo primero que hice. Hablé con la policía provincial. Me dijeron que los había llamado un abogado para comunicarles que habían desahuciado a los habitantes del pueblo.

—¿Adónde fueron?

—La policía le hizo la misma pregunta. El abogado respondió que seguramente se habían instalado en alguna otra propiedad. Tiene que comprenderlo, consideran a mi gente algo anacrónico. La policía dice que no puede hacer nada. Necesito ayuda.

Mientras hablaban, Green consultó la agenda.

—Mañana por la mañana iré hasta allí en nuestro avión.
—La organización tenía alquilado un reactor privado.

—¿Está seguro?

—¿Por qué no? Con Marcus liado en Dinamarca, yo estoy al mando, y con toda sinceridad, tener que lidiar con los problemas burocráticos me está volviendo loco. Dime dónde estás.

Fiel a su palabra, Green había volado a Quebec a la mañana siguiente. Una avioneta lo llevó hasta la ciudad desde donde lo había llamado Ben. El joven lo estaba esperando en el pequeño aeródromo, con la camioneta cargada con todo lo necesario, y se pusieron en marcha. Habían viajado durante horas por carreteras secundarias y habían pasado la noche al raso.

Al mirar el mapa a la luz de una linterna, Green vio que el bosque cubría un área inmensa, salpicada de lagos. La familia de Ben vivía de la tierra, la caza y la pesca, y ganaban dinero con las tasas que cobraban a los pescadores y cazadores locales.

Green había propuesto alquilar un hidroavión que los llevara hasta allí, pero Nighthawk le recordó que los guardias habían dicho que estaban dispuestos a disparar contra los intrusos. La carretera que vigilaban no era la única vía de acceso al pueblo, añadió el joven. A la mañana siguiente, viajaron unas cuantas horas más, sin cruzarse con ningún otro vehículo, hasta que llegaron a una senda que se perdía en las profundidades del bosque.

Después de dejar la camioneta, caminaron más o menos una hora, como sombras entre los enormes árboles, hasta que Nighthawk se detuvo y levantó una mano. Permaneció inmóvil, con los ojos entrecerrados y solo movió la cabeza adelante y atrás como una antena de radar que busca un objetivo que se acerca. Parecía haber olvidado los sentidos de la vista y el oído para valerse de un rastreador interior.

Green lo observaba, fascinado, mientras pensaba: «Puedes

sacar a un indio del bosque, pero no puedes sacar el bosque del indio». Por fin, Nighthawk se relajó. Metió la mano en la mochila para coger la cantimplora y se la ofreció a su compañero.

—Detesto ser pesado —dijo Green, después de beber un poco de agua tibia—, pero ¿tenemos que caminar mucho más?

Nighthawk señaló hacia los árboles que tenían delante.

—A unos noventa metros en aquella dirección hay un sendero que nos llevará hasta el lago.

—¿Cómo lo sabes?

Ben se tocó la nariz.

—No es ningún misterio. Me guío por el olor del agua. Inténtalo.

Después de olisquear el aire un par de veces, Green descubrió sorprendido que podía oler la vegetación podrida y el pescado entre la fragancia de los pinos. Nighthawk bebió un par de sorbos y guardó la cantimplora en la mochila.

—A partir de aquí tendremos que movernos con mucho cuidado —dijo en voz baja—. Nos comunicaremos por señas.

Green levantó el pulgar para asentir, y reemprendieron la marcha. Casi de inmediato, se apreció un cambio en el paisaje. A medida que el suelo que pisaban era más arenoso los árboles eran más bajos y delgados. Apareció la maleza, y tuvieron que abrirse camino entre zarzales de afiladas espinas que les desgarraban las ropas.

La luz del sol llegaba hasta ellos ahora que había más claros entre los árboles. Luego, como si hubiesen apartado una cortina, vieron el reflejo del agua. A un señal del joven indio, se arrodillaron y avanzaron a gatas hacia el lago.

Después de un momento, Nighthawk se levantó para caminar hasta la orilla. Green le pisaba los talones. Había un viejo hidroavión Cessna amarrado a un muelle destartalado. El muchacho observó el exterior del aparato sin apreciar nada anormal. Luego levantó la tapa del motor y se quedó de una pieza.

—¡Josh, mira esto!

El abogado echó una ojeada.

—Por lo visto, alguien la emprendió a hachazos contra él.

Las tuberías y las conexiones habían sido cortadas limpiamente. El bloque estaba rajado en una docena de lugares; lo habían golpeado con algo muy pesado.

—Aquí está la razón por la que no lo pudieron utilizar para salir de aquí —dijo Nighthawk. Señaló un sendero muy trillado que se alejaba del muelle—. Aquel sendero conduce hasta el pueblo.

En cuestión de minutos llegaron al borde de un claro. Nighthawk levantó una mano. Luego se sentó en cuclillas y espió entre los arbustos con sus ojos de águila.

—Aquí no hay nadie —anunció.

—¿Estás seguro?

—Desgraciadamente así es —afirmó Nighthawk. Entró en el claro con toda tranquilidad, seguido por Green que aún desconfiaba.

El pueblo estaba formado por poco más de una docena de casas de troncos, casi todas con galerías. Estaban repartidas a ambos lados de una faja de tierra apisonada que imitaba la calle mayor de una ciudad rural. En una de las casas había incluso el cartel de una tienda de comestibles. Green esperaba ver a alguien salir del local en cualquier momento, pero la tienda y las demás casas estaban silenciosas como tumbas.

—Esta es mi casa, donde viven mis padres y mi hermana —dijo el joven cuando llegaron a uno de los edificios más grandes. Subió a la galería y entró. No tardó en volver. Sacudió la cabeza—. No hay nadie. Todo está en orden. Es como si hubiesen salido un momento.

—He mirado en otro par de casas —le informó Green—. No han tocado nada. ¿Cuántas personas viven aquí?

—Unas cuarenta más o menos.

—¿Adónde pueden haber ido?

Nighthawk caminó hasta la orilla del lago que estaba a unos pocos metros. Se detuvo y escuchó el suave chapoteo del agua. Después de unos momentos, señaló hacia la orilla opuesta.

—¿Quizá allí?

—¿Cómo puedes estar seguro? —preguntó Green mientras miraba al otro lado del lago.

—Mi madre me dijo en una de las cartas que allí ocurría algo extraño. Tenemos que ir a comprobarlo.

—¿Qué clase de cosas extrañas?

—Mencionó que venían helicópteros muy grandes y que descargaban material día y noche. Cuando los hombres del pueblo fueron a investigar, los guardias los echaron. Un día, aparecieron unos tipos armados y echaron una ojeada. No le hicieron daño a nadie, pero estaba segura de que volverían.

—¿No sería mejor informar a las autoridades? Podrían enviar a alguien en un avión.

—No creo que tengamos tiempo. Su última carta es de hace más de dos semanas. Además, noto el peligro y la muerte en el aire.

Green se estremeció. Estaba en el medio de la nada, y la única persona que podía sacarlo de allí deliraba como un hechicero de una película de serie B. El muchacho advirtió la inquietud de su amigo y sonrió.

—No temas, no me estoy volviendo loco. Llamar a la policía no es una mala idea, pero me sentiría más tranquilo si primero vamos a comprobarlo nosotros. Vamos. —Se dirigieron de nuevo a una loma que habían subido antes. Llegaron a un saliente rocoso. Nighthawk apartó las ramas que tapaban una abertura. Sobre unos caballetes había una canoa de corteza de abedul. Nighthawk acarició la brillante superficie.

—Yo la construí. Está hecha con los materiales y las técnicas tradicionales.

—Es hermosa —dijo Green—. Sacada directamente de *El último mohicano*.

—Es mejor. He recorrido todo el lago con ella.

Cargaron con la canoa hasta la orilla, comieron un poco de cecina y aprovecharon para descansar mientras esperaban que se pusiera el sol.

En cuanto comenzó a oscurecer, cargaron las mochilas en la canoa, la empujaron al agua y comenzaron a remar. Ya era de noche cuando se acercaron a la costa. Tuvieron que detenerse cuando la canoa chocó contra algo sólido en el agua.

Nighthawk metió la mano en el agua, convencido de que habían chocado contra una roca.

—Parece una jaula de metal. Como una trampa. —Observó la superficie del agua con su aguda mirada—. Las hay por todas partes. Huelo a pescado. Esto tiene que ser un vivero.

Encontraron una brecha en aquella barricada flotante y enfilaron hacia tierra. Algo se movía en las jaulas metálicas, como si quisiera probar que Nighthawk había acertado al decir que eran viveros. Por fin llegaron al extremo de un muelle flotante alumbrado por las luces que habían visto desde el agua. Amarradas a los pantalanes había algunas motos de agua y lanchas. También había un catamarán muy grande. Una cinta transportadora lo atravesaba longitudinalmente; Nighthawk aseguró que se utilizaba en la cría de peces.

—Tengo una idea —dijo Green. En un par de minutos quitó las llaves de contacto de las motos de agua y las lanchas y las arrojó al lago. Después amarraron la canoa entre las otras embarcaciones, la taparon con una lona y subieron al muelle.

En el extremo por donde se unía a la costa, el muelle se prolongaba en un camino pavimentado que conducía tierra adentro. Nighthawk y Green decidieron seguir por el bosque. Después de caminar durante unos minutos encontraron una ancha pista de tierra, como si un enorme *bulldozer* se hubiera abierto paso a través del bosque. La siguieron y llegaron a un aparcamiento donde había varias hileras de camiones y maquinaria pesada detrás de un gran cobertizo. Se escondieron detrás de la construcción y espiaron por una de las esquinas; vieron que se encontraban en el borde de un claro abierto en el bosque. Las palas mecánicas allanaban el suelo, y las máquinas pavimentadoras echaban una capa de asfalto, que unos trabajadores provistos de palas se encargaban de alisar y dejar preparada para las apisonadoras.

—¿Qué hacemos ahora, profesor? —preguntó Nighthawk.

—¿Cuánto falta para el amanecer?

—Unas cinco horas para las primeras luces. Sería prudente estar al otro lado del lago antes del alba.

Green se sentó con la espalda apoyada en un árbol.

—Veamos qué pasa hasta que llegue la hora. Yo haré la primera guardia. —Ben lo relevó poco después de la medianoche. Green se tumbó en el suelo y cerró los ojos. El claro estaba casi desierto; solo había un puñado de hombres armados. Nighthawk parpadeó varias veces al tiempo que tocaba a Green en un hombro.

—Eh, Josh...

Green se sentó en el acto y miró hacia el claro.

—¿Qué demonios...?

Más allá del claro, donde antes solo había bosque, acababa de aparecer una gigantesca estructura con forma de cúpula cuya superficie moteada resplandecía con un tinte blanco azulado. Era como si hubiese aparecido por arte de magia.

—¿Qué es eso? —susurró Ben—. ¿De dónde ha salido?

—¡Que me aspen si lo sé! —replicó Green.

—Quizá sea un hotel.

—No. Es demasiado funcional. ¿Tú te alojarías en un lugar así?

—Me crié en una cabaña de troncos. Para mí cualquier lugar más grande es un hotel.

—No quiero criticar tu tierra natal, pero ¿te imaginas a los pescadores y cazadores viniendo aquí? Esa cosa es más propia de Las Vegas.

—Estamos cerca del Polo Norte. Parece más bien un iglú gigante.

Green admitió que la cúpula tenía el mismo aspecto que las viviendas esquimales que había visto en las fotos del *National Geographic*, solo que en lugar de bloques de hielo, parecía estar construida con un material plástico translúcido. En la base de la cúpula había unas puertas propias de un hangar que se abrían al claro donde estaban construyendo lo que aparentemente era una plaza.

Mientras miraban, vieron señales de más actividad. La zona se llenó de gente rápidamente. Los operarios volvieron al lugar, junto con más hombres armados que parecían observar atentamente el cielo nocturno. Poco después, se oyó el sonido de unos motores en las alturas. Luego un objeto gigantesco apareció en el cielo y ocultó las estrellas.

—Mire la cúpula —dijo Nighthawk.

Un corte vertical acaba de aparecer en la parte más alta de la estructura. El corte se amplió y se convirtió en una cuña; a continuación la parte superior se fue plegando como un abanico hasta quedar completamente abierta. La luz del interior de la cúpula alumbró la superficie plateada del gigantesco objeto con forma de puro que se movía lentamente para situarse en la vertical de la cúpula.

—Ambos nos equivocamos —añadió Nighthawk—. Nuestro hotel de Las Vegas es un hangar de dirigibles.

Green no dejaba de observar el perfil de la enorme aeronave.

—¿Alguna vez has visto alguno de los viejos noticiarios donde aparecía el *Hindenburg*, aquel enorme dirigible alemán que se incendió en los años treinta?

—¿Qué puede estar haciendo aquí semejante trasto?

—Creo que lo sabremos muy pronto —respondió Green.

El dirigible descendió hasta posarse dentro de la estructura; inmediatamente después, las secciones de la cúpula se movieron para volver a la posición original. Al cabo de unos minutos, se abrieron las puertas que daban a la plaza y un grupo de hombres salió del edificio. Vestían uniformes negros, y todos eran de tez morena. Rodeaban a un hombre cabezón y corpulento.

El hombre caminó hasta el límite de la plaza para inspeccionar las obras. Nighthawk no había prestado especial atención a los trabajadores. Ahora vio que, a diferencia de los hombres uniformados, esas personas vestían vaqueros y camisas de trabajo, y que los vigilaban guardias armados.

—¡Maldita sea! —exclamó.

—¿Qué pasa? —preguntó Green.

—Aquellos hombres son de mi pueblo. Son mi hermano y mi padre. Pero no veo a mi madre ni a ninguna de las otras mujeres.

El jefe continuó con la inspección alrededor de la plaza. Los hombres que vigilaban a los trabajadores lo observaban. Uno de los trabajadores aprovechó la distracción para acercarse al bosque. Luego dejó caer la pala y emprendió la huida. Su manera de correr —cojeaba ligeramente— hizo que Nighthawk lo reconociera.

—Aquel es mi primo. Lo sé por su manera de correr. Se hirió en un pie cuando éramos unos niños.

Uno de los guardias miró por encima del hombro y vio al hombre que huía. Levantó el arma dispuesto a disparar, pero la bajó al oír la orden del hombre cabezón. Se acercó a una pila de herramientas y cogió un pico. Lo sopesó con las dos manos, levantó los brazos, los echó hacia atrás como un lanzador de jabalina y luego arrojó el pico con toda la fuerza de sus poderosos músculos.

El pico atravesó el aire como un relámpago metálico. El lanzamiento había sido hecho con tal destreza y precisión que acertó a la víctima entre los omóplatos. El hombre cayó al suelo, ensartado como una mariposa en la caja de un coleccionista. En aquel momento, el jefe ya le daba la espalda y no lo vio desplomarse.

Toda la escena —la fuga abortada y el asesinato del primo de Nighthawk— se había desarrollado en unos segundos. Nighthawk lo había presenciado todo sin moverse, pero en ese momento se lanzó hacia delante y, a pesar de los esfuerzos de Green para contenerlo, salió a campo abierto y corrió hacia el cadáver de su primo.

Green corrió detrás del joven indio y lo hizo caer lanzán-

dose sobre sus piernas como un jugador de rugby. El abogado se puso de pie enseguida y después levantó a Nighthawk,
bien sujeto por el cuello. Las luces de la plaza iluminaron a la
pareja. Nighthawk vio que los guardias los apuntaban con sus
armas, y sus instintos entraron en acción.

Él y Green corrieron hacia el bosque. Se oyeron unos
disparos y Green cayó al suelo. Nighthawk se detuvo para ir
en ayuda de su compañero, pero vio que la bala le había destrozado el cráneo. Nighthawk dio media vuelta y reanudó la
carrera, mientras las balas levantaban pequeños montones de
tierra a sus pies. Se adentró en el bosque bajo una lluvia
de ramas y hojas destrozadas por las ráfagas de las armas automáticas de los guardias que disparaban desde la plaza. Continuó la carrera hasta que llegó a la orilla del lago y pisó el
muelle flotante.

Vio las motos de agua y lamentó que Green no se hubiera quedado con una de las llaves de contacto. Nighthawk
desenfundó su cuchillo y cortó las amarras. Luego empujó las
embarcaciones para apartarlas del muelle todo lo posible.
Quitó la lona que tapaba la canoa, embarcó de un salto y
comenzó a remar furiosamente. Ya estaba lejos cuando vio los
fogonazos de los disparos en el muelle y oyó el tableteo de las
armas automáticas. Los guardias disparaban a ciegas y los
proyectiles levantaban salpicaduras de agua lejos de la embarcación.

La canoa continuó avanzado hasta situarse fuera del alcance de las balas. Nighthawk siguió remando con el mismo
ímpetu. En cuanto llegara a la orilla opuesta, se esfumaría en
la espesura. En el agua nunca se está en completa oscuridad,
porque el agua capta y amplía incluso la luz más débil. Pero
ahora el lago comenzaba a brillar como si el agua estuviese
contaminada por algún producto químico fosforescente. Solo
tardó un instante en comprender que la luz no surgía del agua
sino que era el reflejo de una fuente luminosa exterior.

A su espalda, un gran rayo de luz iluminaba el cielo. Se
estaba abriendo la cúpula. La aeronave se elevaba lentamen-

te. Ascendió algunos centenares de metros por encima de los árboles y a continuación puso rumbo hacia el lago. Alumbrado desde abajo, el enorme dirigible parecía un monstruo asesino de algún mito remoto. En lugar de moverse en línea recta, la aeronave viró para seguir el trazado de la costa. La luz de los potentes reflectores instalados en la barquilla comenzó a barrer la superficie del lago.

Después de una primera pasada, el dirigible viró para hacer la siguiente pasada paralela a la primera. No hacía una búsqueda al azar; los pilotos del dirigible seguían un movimiento similar al de una máquina cortacésped. Nighthawk no dejaba de remar con todas sus fuerzas, aunque solo era cuestión de minutos que los haces de luz de los reflectores que ahora iluminaban el lago alumbraran directamente la canoa.

La aeronave inició la tercera pasada; esta vez verían la pequeña embarcación. Una vez descubierta, la canoa sería un blanco perfecto. Nighthawk comprendió que solo le quedaba una alternativa. Empuñó el cuchillo y abrió un agujero en el fondo de la canoa. El agua helada le llegó rápidamente hasta la cintura. Ya tenía el agua al cuello cuando la mole apareció casi en la vertical. El ruido de los motores tapó cualquier otro sonido.

Nighthawk sumergió la cabeza y se agarró a la canoa para mantenerla debajo de la superficie. En el exterior, el agua resplandeció con la luz de los reflectores; luego volvió la oscuridad. El joven contuvo la respiración hasta que los pulmones amenazaban con estallar.

Cuando asomó la cabeza, el dirigible viraba de nuevo. Oyó un nuevo sonido mezclado con el de los motores. El ruido de las motos de agua. Debían de tener llaves de contacto de recambio. Nighthawk comenzó a nadar hacia la costa, pero no en dirección al pueblo.

Unos minutos más tarde, vio que las luces se movían a través del lago a gran velocidad en dirección al pueblo. Nighthawk continuó nadando hasta que notó el fango debajo de los pies. Se arrastró hasta la orilla, agotado por el esfuerzo, pero solo descansó el tiempo suficiente para escurrir la camisa.

Vio que las luces se acercaban por la playa en dirección a él.

Nighthawk dirigió una última mirada a través del lago hacia donde se encontraba su pueblo y desapareció en el bosque como un fantasma empapado.

20

Una amplia sonrisa iluminaba el bronceado rostro de Austin cuando el taxi entró en el largo camino privado que llevaba a su casa en Fairfax, Virginia. Pagó el importe del trayecto desde el aeropuerto Dulles y recorrió ágilmente la pasarela de la casa flotante de estilo victoriano, que formaba parte de una antigua finca sobre el río Potomac. Dejó las maletas en la entrada y echó una ojeada a su vivienda. Recordó una frase de Robert Louis Stevenson: «El marinero ha vuelto al hogar, al hogar desde el mar».

Al igual que su propietario, la casa estaba llena de contrastes. Era un hombre de acción cuya fortaleza física, coraje y rapidez convertían en una fuerza a tener en cuenta. No obstante también estaba dotado de una gran capacidad intelectual, y a menudo buscaba la inspiración en las obras de los grandes hombres de los siglos pasados. Su trabajo lo llevaba a menudo a utilizar los artilugios electrónicos más modernos, pero su respeto por el pasado quedaba patente en las pistolas de duelo colgadas sobre la chimenea. Formaban parte de una colección de más de doscientas piezas y que continuaba aumentando a pesar de las limitaciones que imponía cobrar un salario del gobierno.

La dicotomía de su personalidad se reflejaba también en el cómodo mobiliario de madera oscura de estilo colonial que contrastaba con el blanco de las paredes, como en alguna de las galerías de arte de Nueva York donde se exhiben las obras de los artistas contemporáneos. Las estanterías apenas podían soportar el peso de centenares de libros, entre los que había primeras ediciones de Joseph Conrad y Herman Melville, y volúmenes, muy desgastados por el uso, de las obras de los grandes filósofos. Aunque por un lado era capaz de dedicar muchas horas al estudio de los escritos de Platón y Kant, por otro su discoteca estaba formada principalmente por grabaciones del jazz más actual. No dejaba de ser curioso que hubiera pocas cosas que indicaran que pasaba la mayor parte de sus días de trabajo en o debajo de la superficie del mar; solo había unos pocos cuadros de veleros, una foto de su catamarán navegando a toda vela y una maqueta de su hidroplano de carreras en una urna de vidrio.

Austin había convertido la casa flotante en una acogedora residencia, y buena parte del trabajo lo había hecho él mismo. Sus misiones para la NUMA y antes para la CIA lo llevaban por todo el mundo. Pero cuando acababa el trabajo, siempre podía regresar a un puerto seguro, arriar las velas y echar el ancla. Para que la analogía náutica fuese completa, se dijo, solo le faltaba un vaso de ron.

Fue a la cocina y se sirvió una copa de ron negro y cerveza de jengibre jamaicana. Los cubitos de hielo tintinearon en la copa con un grato sonido mientras abría las puertas de par en par para que se disipara el olor a humedad. Salió a cubierta, donde aspiró profundamente el aire fresco del río y observó la lenta corriente en la luz crepuscular. Nada había cambiado. El río y el paisaje seguían hermosos y plácidos como siempre.

Se arrellanó en una tumbona de madera y contempló el cielo como si las estrellas pudieran decirle qué había detrás de los acontecimientos de aquellos últimos días. Las aventuras vividas en las islas Feroe y en Copenhague podrían haber sido fruto de su imaginación, si no fuera por el escozor en el pecho, donde se cicatrizaba la herida de la puñalada, y el chichón disimulado por la abundante cabellera donde había recibido el golpe de porra. Podía trazar una línea recta desde el sabotaje del barco de los Centinelas del Mar hasta el ataque en una tranquila calle de la capital danesa. Las fuerzas oscuras que habían inspirado el atentado contra la embarcación ecologista eran obviamente solo medios para llegar a un fin. Para decirlo de forma más clara, alguien quería quitarse de encima a los centinelas. Cuando él comenzó a husmear, se convirtió en un objetivo: primero en Skaalshavn y después en Copenhague.

La situación se podía plantear de una forma muy sencilla: si alguien se acercaba demasiado a una compañía llamada Oceanus, los resultados podían ser desastrosos. Sus pensamientos se centraron de nuevo en la piscifactoría en las islas Feroe y en aquello que había visto en el tanque y que le había dado un susto de muerte. Algo muy parecido a un miasma malévolo parecía flotar sobre las operaciones de Oceanus. ¿Qué había dicho Jorgensen? «Contra natura.» Después estaba el multimillonario vasco, Baltasar Aguírrez, y su quijotesca búsqueda. ¿De qué iba todo esto?

Austin repasó los acontecimientos de los últimos días hasta que empezaron a pesarle los párpados. Se acabó la bebida, subía la escalerilla hasta la torreta en el techo abuhardillado, y se fue a la cama. Durmió profundamente y se levantó como nuevo, gracias a un buen descanso y una estimulante taza de café Kona bien cargado. Llamó a un viejo amigo de la CIA para asegurarse de que estaría en el despacho, y luego llamó a su oficina en la NUMA para avisar que llegaría tarde.

A diferencia de su colega Dirk Pitt, que coleccionaba coches antiguos y disfrutaba conduciéndolos, Austin no tenía preferencias en lo referente al transporte por tierra. Al volante de un coche de la flota automovilística de la NUMA, sin ninguna característica especial aparte de que era de color turquesa, se dirigió a Langley, por una carretera que conocía muy bien desde que trabajó en la CIA, y aparcó el coche junto a otras docenas de vehículos del gobierno. La seguridad en el enorme grupo de edificios era mucho más estricta desde el atentado del once de septiembre.

Herman Pérez, que era la persona a la que había llamado previamente, le esperaba en la recepción. Pérez era un hombre menudo de piel morena y ojos oscuros que hacían juego con el color de sus cabellos. Herman le ayudó a cumplir los trámites de seguridad y a continuación llevó a Austin por un laberinto de corredores hasta una oficina donde no había ni un solo papel. Los únicos objetos sobre la mesa eran una pantalla de ordenador, un teléfono y una foto de una atractiva mujer con dos niños muy guapos.

—¡Kurt, es un placer verte! —dijo Pérez, invitándole a sentarse—. ¿Estás considerando la posibilidad de abandonar el barco de Sandecker para regresar a la Compañía? Nos encantaría tenerte de nuevo con nosotros. Las aventuras de capa y espada que te venían como anillo al dedo vuelven a considerarse respetables en Langley.

—Quizá el almirante Sandecker tenga algo que decir al respecto. Sin embargo debo admitir que todavía siento nostalgia cuando pienso en lo mucho que nos divertimos en nuestro último trabajo.

—Recuperar un misil secreto en la costa de Gibraltar. —En el rostro de Pérez apareció una sonrisa juvenil—. ¡Tío, aquello fue fantástico!

—Precisamente lo recordaba cuando venía hacia aquí. ¿Cuánto tiempo hace de aquello?

—Muchísimo. ¿Sabes una cosa, Kurt? Todavía oigo el taconeo de los bailaores de flamenco cada vez que bebo vino español —comentó Pérez con una expresión soñadora—. Nos divertimos como enanos, ¿verdad?

—Sí, aunque el mundo ha cambiado mucho desde entonces.

—¡No para ti! —Pérez soltó una carcajada—. Estoy enterado de tu extraordinaria operación de rescate en las islas Feroe—. No has cambiado ni un ápice, viejo zorro. Sigues siendo el mismo aventurero de siempre.

—En estos tiempos, por cada minuto de aventuras, tengo que dedicar una hora al papeleo en mi oficina.

—¡Te creo! A mí también me gustaría librarme del papeleo, aunque admito que, desde que soy padre, me he adaptado a mi horario de nueve a cinco. Dos hijos, ¿te lo puedes creer? Tampoco está tan mal el trabajo burocrático. Quizá te gustaría probarlo.

—No, gracias. Antes me dejaría tatuar los ojos.

—Vale. Bueno, no creo que hayas venido solo para charlar de los viejos tiempos. Dijiste que buscabas información sobre Baltasar Aguírrez. ¿Cuál es tu interés por ese personaje, si puede saberse?

—Claro que sí. Me crucé con Aguírrez en las islas Feroe. Me pareció un tipo fascinante. Sé que es un magnate naviero, pero sospecho que hay algo más de lo que se ve a simple vista.

—¿Lo conociste en persona?

—Estaba pescando. Yo también.

—Tendría que haberlo sabido —se quejó Pérez—. Los problemas nunca vienen solos.

—¿Por qué es un problema?

—¿Qué sabes del movimiento separatista vasco?

—Que hace tiempo que existe y que los terroristas vascos atentan contra edificios públicos y asesinan a personas inocentes.

—Un resumen muy preciso —afirmó el agente de la CIA—. Hace décadas que se habla de un estado vasco independiente a caballo entre España y Francia. El grupo separatista más radical, ETA, inició la lucha por un estado autónomo vasco en 1968. Cuando murió Franco en 1975, el nuevo gobierno español dio a los vascos más poder político, pero ETA quiere todo el pastel. Han matado a más de ochocientas personas desde que iniciaron la lucha armada. Cualquiera que no esté de su parte es un enemigo.

—Una historia que desafortunadamente se repite en todo el mundo.

—La rama política del movimiento separatista es Batasuna. Algunos la han comparado con el Sinn Fein, el rostro público del IRA. El gobierno español se decantó por la vía policial después de que se cometieran más asesinatos y encontraran un gran arsenal de armas y explosivos. La autonomía no funcionaba, así que prohibieron las actividades de Batasuna y comenzaron a actuar con mano dura para acabar con todo el movimiento separatista.

—¿Dónde encaja Aguírrez en este cuadro sangriento?

—Tu instinto acertó en eso de que hay algo más de lo que se ve a primera vista. Es una de las personas que más dinero ha aportado a Batasuna. El gobierno lo acusa de haber financiado el terrorismo.

—Pues a mí me causó una buena impresión. No me pareció en absoluto un terrorista —señaló Austin al recordar las atenciones del millonario y que le había salvado la vida.

—Claro, y José Stalin se parecía al abuelo de alguien.

Austin recordó la tripulación del yate y el armamento pesado que llevaba la embarcación.

—Entonces, ¿las acusaciones son ciertas?

—Aguírrez no niega haber apoyado a Batasuna, pero dice que era un partido legal cuando le dio el dinero. El gobierno sospecha que aún continúa aportando dinero al movimiento. No tiene pruebas, y Aguírrez es alguien demasiado importante para acusarlo sin pruebas concluyentes.

—¿Cuál es tu impresión personal sobre ese tipo?

—En todos los años que estuve destinado en España, no lo conocí. Por eso me sorprendió que tú le conocieras. Creo que es un moderado y le gustaría llegar a una solución pacífica, pero que los asesinatos de ETA perjudican su causa. Tiene miedo de que la represión reavive el conflicto y mueran más personas inocentes. Quizá tenga razón.

—Por lo visto está haciendo malabarismos en la cuerda floja.

—Hay quienes dicen que la presión le ha hecho perder la chaveta. Ahora habla de lograr el apoyo de la opinión pública europea a la causa de la nación vasca. ¿Te dio alguna pista de lo que se trae entre manos? —Pérez entrecerró los párpados—. No creo que la conversación se centrara únicamente en la pesca.

—Me pareció una persona muy orgullosa de sus raíces vascas; su yate se llama *Navarra*. No dijo ni una sola palabra relacionada con la política. Hablamos sobre todo de arqueología. Es un arqueólogo aficionado con un gran interés en sus propios antepasados.

—Haces que parezca un candidato al título de profesor chiflado. Permíteme que te dé un consejo, amigo mío. A la policía española le encantaría meterlo entre rejas. No tienen ninguna prueba que lo vincule con los actos terroristas, pero cuando la tengan, no querrás cruzarte en su camino.

—Lo tendré en cuenta. Gracias por la información.

—Caray, Kurt, es lo menos que puedo hacer por un viejo camarada.

Antes de que Pérez tuviera la oportunidad de despertar nuevos recuerdos, Austin miró su reloj.

—Tengo que marcharme. Gracias por atenderme.

—No se merecen. A ver si quedamos para comer un día de estos. Aquí te echamos de menos. A los jefes todavía les duele que Sandecker se te llevara a la NUMA.

—Quizá algún día trabajemos en una operación conjunta —dijo Austin mientras se levantaba.

—Me encantaría —declaró Pérez con una sonrisa.

El tráfico era más fluido, y al cabo de unos minutos Austin vio el reflejo del sol en la fachada de cristal verde del edificio de treinta y dos pisos de la NUMA, a orillas del Potomac. En cuanto entró en su oficina no pudo evitar emitir un gemido. Su eficiente secretaria había apilado las notas de las llamadas en el centro de la mesa. Además, tendría que ocuparse de la avalancha de correos electrónicos antes de poder redactar el informe sobre Oceanus.

¡Ah, la emocionante vida del aventurero! Echó una ojeada al correo electrónico, borró todos los que no eran importantes y luego revisó las llamadas. Habían un mensaje de Paul y Gamay. Habían ido a Canadá para investigar las actividades de Oceanus. Zavala le había dejado un mensaje en el contestador. Le avisaba que estaría de regreso esa noche porque tenía una cita con una belleza. Algunas cosas nunca cambian, se dijo Austin con resignación. Todas las bellezas de Washington perseguían a su apuesto y encantador compañero. Sacudió la cabeza y comenzó a teclear. Estaba a punto de acabar el primer borrador del informe cuando sonó el teléfono.

—Buenas tardes, señor Austin. Me alegra encontrarte en tu oficina.

Austin sonrió al oír la voz de Therri.

—Ya echo de menos el mar. Espero que hayas tenido un viaje agradable en el Concorde.

—Sí, pero no sé para qué me he dado tanta prisa. Ahora me enfrento a una montaña de papeles y asuntos pendientes. Pero no llamo para quejarme. Quiero verte.

—Ahora mismo. Quizá un paseo. Unos cócteles, una cena, y después, ¿quién sabe?

—Tendremos que dejar el «¿quién sabe?» para mejor ocasión. Es una cuestión de trabajo. Marcus quiere hablar contigo.

—Tu amigo me desagrada cada vez más. Tiene la mala costumbre de entremeterse en lo que podría ser el romance del siglo.

—Esto es importante, Kurt.

—De acuerdo. Me reuniré con él, con una condición. Que tú y yo nos veamos esta noche.

—Trato hecho.

La abogada le comunicó el lugar y la hora de la reunión. Más allá del deseo de complacer a Therri, había aceptado hablar con Ryan porque había llegado a un punto muerto y quizá podría enterarse de algo nuevo. Colgó el teléfono, se reclinó en la silla y entrelazó los dedos detrás de la nuca. No le costó pensar en Oceanus. Cuando levantaba los brazos le dolía el pecho, y el dolor le ayudaba a recordar.

Se preguntó si los Trout habrían descubierto algo. No habían llamado de nuevo después del primer mensaje. Intentó hablar con ellos por el móvil pero no contestaron. No le preocupó. Paul y Gamay sabían cuidar muy bien de ellos mismos.

Después llamó a Rudi Gunn, el subdirector de la NUMA, y quedaron para comer. La famosa capacidad de análisis de Rudi podría ayudarle a desenmarañar el misterio que rodeaba a la corporación.

Seguramente cuando leyera el informe, Gunn se centraría en Aguírrez, le interesaría saber si existía algún vínculo entre el terrorismo vasco y la violencia de Oceanus. Aguírrez había mencionado a su antepasado, Diego. Austin pensó en la obsesión del vasco por su antepasado y se dijo que quizá el millonario había encontrado algo interesante. Por propia experiencia, Austin sabía que el pasado es siempre la llave del presente. Necesitaba la colaboración de alguien que lo guiara en un viaje quinientos años atrás. Pensó de inmediato en una persona. Cogió el teléfono y marcó un número.

21

El famoso historiador naval y gastrónomo, Saint Julien Perlmutter, se enfrentaba a un delicioso dilema. Estaba sentado,
a la sombra, en la terraza de una villa toscana construida hacía tres siglos desde donde se disfrutaba de una impresionante
vista panorámica de los viñedos. A lo lejos, la silueta del
Duomo destacaba sobre el perfil de Florencia. La gran mesa
de roble que tenía delante apenas soportaba el peso de los
numerosos platos de la mejor cocina italiana: desde unas sal-
chichas caseras a unos filetes a la florentina de dos dedos de
grueso. Era tal la variedad de comidas, y tantos los colores y
aromas, que le estaba costando un triunfo decidir por dónde
empezar.

—Venga, hombre, decide de una vez —murmuró mientras
se acariciaba la barba canosa—. No tiene sentido morirse de
hambre entre tanta abundancia.

Era poco probable que Perlmutter, con sus ciento cincuenta kilos de peso, muriera de hambre. Desde que había
llegado a Italia diez días atrás, no había hecho más que comer;
había recorrido toda la bota italiana en un viaje de promoción
de una revista de gastronomía italo-americama. Había visitado
bodegas, *trattorías* y casas de ahumados, posado para fotografías en cuevas donde curaban jamones y ofrecido conferencias
sobre la historia de la gastronomía desde los tiempos de los
etruscos. Había disfrutado de suculentos banquetes en todos

los lugares donde se había detenido. La sobrecarga sensorial lo había llevado al presente dilema.

Sonó el móvil que llevaba en el bolsillo. Agradeció la distracción y se apresuró a atender la llamada.

—Diga el motivo de su llamada de la manera más concisa posible.

—Eres un hombre difícil de encontrar, Saint Julien.

Los ojos azul claro del gastrónomo brillaron de alegría al oír la voz de su viejo amigo Kurt Austin.

—Todo lo contrario, hombre. Soy como Hansel y Gretel. No tienes más que seguir las migas, y me encontrarás mordisqueando la casa de pan.

—Era mucho más sencillo recurrir a tu ama de llaves. Me dijo que estabas en Italia. ¿Qué tal va el viaje?

Perlmutter palmeó su abultada barriga.

—Muy gratificante. Espero que todo esté en orden en el distrito de Columbia.

—Por lo que veo todo es paz y tranquilidad. Llegué anoche de Copenhague.

—Ah, la ciudad de Hans Christian Andersen y la Sirenita. Recuerdo cuando estuve allí hace unos años. Había un restaurante en el que...

Austin se apresuró a interrumpirle antes de tener que escuchar una detallada descripción de cada plato.

—Me encantaría oírlo, pero ahora mismo te necesito por tus conocimientos históricos.

—Siempre estoy dispuesto a hablar de comida o historia. Pregunta. —Perlmutter era uno de los expertos a los que la NUMA consultaba con frecuencia.

—¿Alguna vez has leído algo sobre un marino vasco llamado Diego Aguírrez? Vivió allá por el siglo xv o xvi.

El historiador buscó en su memoria enciclopédica.

—Ah, sí, algo relacionado con *El cantar de Roldán*, el poema épico francés.

—¿*El cantar de Roldán*? Creo que me lo mencionaron en la clase de francés en el bachillerato.

—Entonces conoces la leyenda. Roldán era sobrino del emperador Carlomagno. Venció a los sarracenos en Roncesvalles con la ayuda de su espada mágica, *Durandarte*. Cuando agonizaba, Roldán golpeó la espada contra una roca para que no cayera en manos del enemigo, pero no se rompió. Hizo sonar el cuerno para pedir ayuda. Carlomagno, al oír la llamada, acudió con sus ejércitos, pero ya era demasiado tarde. Roldán había muerto. Con el paso de los siglos, Roldán se convirtió en un héroe vasco, un símbolo del espíritu de su pueblo.

—¿Cómo pasamos de Roldán a Aguírrez?

—Recuerdo una mención de la familia Aguírrez en una obra del siglo XVIII sobre los viajes precolombinos al continente americano. Decía que Aguírrez había hecho muchos viajes para pescar en aguas de Norteamérica décadas antes del viaje de Colón. Desgraciadamente, provocó las iras de la Inquisición española. Había diversos informes no confirmados donde se decía que le habían confiado la custodia de las reliquias de Roldán.

—Por lo que dices, la historia de Roldán no era solo una leyenda. La espada y el cuerno existieron de verdad.

—Eso al menos creía la Inquisición. Temían que las reliquias las utilizaran para provocar la rebelión de los vascos.

—¿Qué pasó con Aguírrez y las reliquias?

—Desaparecieron. No recuerdo ningún registro de un naufragio. ¿Puedo preguntar cuál es la causa de tu interés por este tema?

—He conocido a un descendiente de Diego Aguírrez. Está realizando el mismo viaje que hizo su antepasado, aunque en ningún momento mencionó las reliquias.

—No me sorprende. Los separatistas vascos continúan poniendo bombas en España. Dios sabe qué pasaría si consiguieran hacerse con unos símbolos tan valiosos.

—¿Recuerdas algo más de Aguírrez?

—Ahora mismo no me viene nada más a la memoria. Buscaré en mis libros cuando regrese a casa. —Perlmutter poseía una de las mejores bibliotecas sobre temas marinos de todo el mundo—. Estaré de regreso en Georgetown dentro de unos días, después de una visita a Milán.

—Me has prestado una gran ayuda como siempre. Volveremos a hablar. *Buon appetito.*

—*Grazie.* —Perlmutter apagó el teléfono. Volvió su atención hacia la mesa. Se disponía a probar un plato de corazones de alcachofas a la vinagreta cuando apareció su anfitrión, que era el propietario de la villa y los viñedos, con la botella de vino que había ido a buscar.

En el rostro del hombre apareció una expresión de asombro.

—No ha probado la comida. ¿No se siente bien?

—Oh, no, signor Nocci. He tenido que atender una consulta telefónica sobre un tema histórico.

El italiano de cabellos canosos asintió.

—Quizá un bocado de *chingali* le ayudará a refrescar la memoria. El jabalí lo preparamos con una salsa de trufas recogidas en el bosque de la finca.

—Magnífica elección, amigo mío.

Solucionado el dilema, Perlmutter atacó la comida con gran placer. Nocci contuvo cortésmente la curiosidad mientras su invitado comía a cuatro carrillos, pero en cuanto el historiador se limpió los labios y dejó la servilleta le preguntó:

—Soy un gran aficionado a la historia. Es imposible no serlo cuando vives rodeado de los restos de innumerables civilizaciones. Quizá pueda ayudarle con la pregunta.

Perlmutter se sirvió otra copa de Chianti de 1997 y le resumió la conversación que había mantenido con Austin. El italiano le escuchó con atención.

—No sé nada del navegante vasco, pero su relato me trae a la memoria algo que encontré mientras investigaba otro tema en la biblioteca laurentina.

—Visité la biblioteca hace muchos años. Me fascinaron los manuscritos.

—Tiene más de diez mil originales —señaló Nocci—.

Como usted sabe, la biblioteca la fundó la familia Médici para guardar su valiosísima colección de documentos. Llevo años escribiendo una obra sobre Lorenzo el Magnífico que espero publicar algún día, aunque dudo mucho que alguien la lea.

—Puede estar seguro de que la leeré —afirmó el historiador en tono grandilocuente.

—En ese caso mi trabajo habrá valido la pena. La cuestión es que uno de los riesgos de investigar es la tentación de apartarse del tema principal, y mientras estaba en la biblioteca, me desvié por un camino que me condujo al papa León X, un Médici. A la muerte del rey Fernando en 1516, su sucesor, Carlos V, que a la sazón tenía diecisiete años, se vio presionado para que restringiera el poder de la Inquisición. En la gran tradición humanista de la familia Médici, León estaba a favor de poner coto a los inquisidores. Pero los consejeros de Carlos convencieron al joven rey de que la Inquisición era esencial para el mantenimiento de su reinado, y las persecuciones continuaron durante otros trescientos años.

—Un triste capítulo de la historia del hombre. Reconforta saber que Aguírrez tuvo la valentía de oponerse, pero las fuerzas oscuras siempre han sido muy fuertes.

—Y ninguna más oscura que un español llamado Martínez. Envió una carta al rey solicitándole que apoyara a la Inquisición y aumentara sus poderes. Hasta donde he podido averiguar, la carta fue enviada a León para que la comentara y llegó a la biblioteca junto con otros documentos del Papa. —Nocci sacudió la cabeza—. Es el delirio de un loco fanático. Martínez odiaba a los vascos, los quería borrar de la faz de la tierra. Recuerdo que había una mención de Roldán, cosa que me pareció algo extraño en aquel contexto.

—¿Cuál era la referencia?

Nocci exhaló un sonoro suspiro y se tocó la cabeza con el dedo índice.

—No la recuerdo. Una de las consecuencias de hacerse viejo.

—Quizá la recuerde si toma otra copa de vino.

—Confío más en el vino que en mi memoria —respondió Nocci con una sonrisa—. La subdirectora de la biblioteca es amiga mía. Por favor, descanse mientras la llamo. —Regresó al cabo de unos pocos minutos—. Me ha dicho que estará encantada de enseñarnos la carta cuando vayamos a la biblioteca.

Perlmutter apartó su corpachón de la mesa y se levantó.

—Creo que un poco de ejercicio no me vendría nada mal.

El viaje a Florencia duró menos de quince minutos. Nocci solía conducir un Fiat, pero por consideración hacia su visitante, había alquilado un Mercedes que permitía al historiador viajar con mucha más comodidad. Aparcaron en la zona próxima a los puestos de artículos de cuero y objetos de recuerdo que abundaban en la piazza San Lorenzo y entraron por una puerta a la izquierda de la vieja capilla de la familia Médici.

El bullicio de la plaza se perdió cuando atravesaron el claustro y subieron las escaleras de Miguel Ángel para ir a la sala de lectura. El fuerte esqueleto que soportaba la voluminosa figura de Perlmutter le permitía más agilidad de lo que parecía permitir la ley de la gravedad. No obstante, resoplaba por el esfuerzo de subir la escalera y asintió agradecido cuando Nocci le dijo que iría a buscar a su amiga. El gastrónomo paseó junto a las hileras de bancos de respaldo recto, iluminado por la luz que se filtraba a través de las vidrieras y respiraba complacido el aire cargado con el olor de las cosas antiguas.

Nocci regresó poco después acompañado por una elegante mujer de mediana edad. Era Mara Maggi, la subdirectora. Tenía los cabellos rubio rojizo y unas facciones típicamente florentinas como las que se veían en las pinturas de Botticelli.

—Muchas gracias por recibirnos con tan poca anticipación, signora Maggi —dijo Perlmutter mientras le estrechaba la mano.

La mujer le correspondió con una amplia sonrisa.

—Es un placer abrir nuestra colección a una persona de

tanta fama. Por favor, acompáñeme. La carta que desea ver está en mi oficina.

Los llevó a una habitación con una ventana que daba al jardín del claustro y acomodó a Perlmutter en una pequeña antesala donde había una mesa y un par de sillas. En una caja forrada de terciopelo había varias páginas de pergamino. Dejó a los dos hombres solos después de decirles que la llamaran si necesitaban ayuda.

Nocci cogió con mucho cuidado una de las páginas de la caja y la sostuvo por los bordes.

—Mi castellano es pasable. Si me lo permite…

Perlmutter asintió y Nocci comenzó a leer. Mientras escuchaba, Perlmutter llegó a la conclusión de que muy pocas veces había oído un texto que destilara tanta inquina y tanto odio sanguinario. La diatriba era una letanía de acusaciones contra los vascos: brujería y satanismo entre otras. Incluso se criticaba la singularidad de su idioma. No había ninguna duda de que Martínez era un loco. Pero detrás de sus delirios había un mensaje político muy claro para el joven rey: restringir el poder de la Inquisición disminuiría el poder de la Corona.

—Ah —exclamó Nocci mientras se acomodaba las gafas—, aquí está el pasaje que le había mencionado. Martínez escribió:

> Pero es su tendencia a la rebelión lo que más temo. Veneran unas reliquias. Tienen la Espada, y el Cuerno, a los que atribuyen grandes poderes. Les dan el poder para rebelarse, algo que amenazará la autoridad de la Iglesia y de vuestro reino, mi señor.
>
> Hay uno entre ellos, un hombre llamado Aguírrez, que está en el corazón de esta sedición. He jurado perseguirlo hasta el fin del mundo, para reclamar estas reliquias. Señor, si a nuestra Sagrada Misión no se le permite continuar con su trabajo hasta que la herejía sea erradicada de la tierra, me temo que la llamada del cuerno de Roldán reunirá a nuestros enemigos para la batalla y que su Espada destrozará todo aquello que más queremos.

—Interesante —comentó Perlmutter. Frunció el entrecejo—. En primer lugar, parece afirmar que las reliquias son reales, y en segundo, que el tal Aguírrez las tiene en su poder. Esto desde luego respalda el relato legendario de la caída de Roldán.

La signora Maggi asomó la cabeza por la puerta y preguntó si necesitaban algo. Nocci le dio las gracias y añadió:

—Este es un documento fascinante. ¿Tienen más documentos escritos por Martínez?

—Lo siento mucho, pero ahora mismo no lo recuerdo.

—Por lo que se desprende de sus escritos, Martínez era un hombre con un orgullo descomunal —declaró Perlmutter—. Me sorprendería que no hubiese llevado un registro de sus actividades diarias. Sería maravilloso si existiera algo así y nos pudiéramos hacer con él. Quizá en los archivos de Sevilla.

La bibliotecaria lo escuchaba a medias. Estaba leyendo una hoja que había sacado de la caja.

—Esta es una lista de todos los manuscritos que hay aquí. Al parecer, un colega mío retiró uno de los documentos y lo envió a los archivos estatales de Venecia.

—¿A qué documento se refiere? —preguntó el historiador.

—Lleva el título de «Exoneración de un hombre de mar» y lo escribió un inglés, el capitán Richard Blackthorne. Deberían haberlo devuelto, pero hay más de noventa kilómetros de estanterías con documentos que abarcan mil años de historia, así que algunas veces hay cosas que, por mucho cuidado que tengas, acaban por perderse.

—Me encantaría leer el relato de Blackthorne —afirmó Perlmutter—. Mañana tengo que estar en Milán, pero quizá pueda hacer una escapada hasta Venecia.

—Puede que no sea necesario —dijo la mujer. Se llevó la hoja a su oficina; oyeron cómo tecleaba en el ordenador. Regresó al cabo de unos momentos—. Me he comunicado con los archivos estatales de Venecia para pedir que busquen el documento. Nos enviarán una copia por internet.

—¡Fantástico! —exclamó Perlmutter—. Muchísimas gracias.

La signora Maggi se despidió del historiador con un beso en la mejilla. Nocci y Perlmutter emprendieron el viaje de regreso a la villa. Cansado por las actividades del día, Perlmutter se echó una siesta y se despertó a tiempo para la cena. Cenaron en la terraza. Esta vez el gastrónomo no tuvo dudas y disfrutó con los platos de pasta y ternera. Remató la cena con una ensalada de espinacas y fruta. Luego contemplaron la puesta de sol mientras bebían una copa de *limoncello*.

Sonó el teléfono y Nocci se levantó para ir a atender la llamada. Perlmutter permaneció sentado en la penumbra; el olor de la tierra y las viñas que transportaba la brisa era un auténtico placer para los sentidos. Nocci salió a la terraza para llamar a Perlmutter y juntos se dirigieron al despacho del dueño de la casa donde había lo último en equipos de comunicación.

—Incluso una empresa pequeña como la mía necesita contar con los equipos más modernos si quiere sobrevivir en el mercado internacional —comentó Nocci al ver la expresión de sorpresa de su invitado—. Era la signora Maggi —añadió mientras se sentaba frente a la pantalla—. Se disculpa por la demora, pero el documento que buscamos se encontraba en el museo histórico naval. Aquí lo tiene. —Se levantó para cederle el asiento.

La sólida silla de madera crujió cuando Perlmutter se sentó. Leyó el título del documento, donde el autor decía que el diario era «un relato de un mercenario al servicio de la Inquisición española contra su voluntad».

El historiador se inclinó hacia la pantalla y comenzó a leer las palabras que habían sido escritas hacía quinientos años.

22

El camión cargado con cajas de cerveza salió de la curva cerrada, y el conductor pisó el freno a fondo para no embestir el coche destrozado que había en medio de la carretera. El vehículo se apoyaba en un lado y parecía haber caído desde una considerable altura. Los restos de otros dos vehículos incendiados aún humeaban al fondo del precipicio que bordeaba la carretera. El conductor se apeó del camión y miró a través de una de las ventanillas. Se quedó boquiabierto al comprobar que los ocupantes continuaban con vida.

Pidió ayuda por radio. El equipo de rescate tuvo que cortar la plancha para sacar a los Trout, y después se llevaron a la pareja a un hospital pequeño pero muy bien equipado. Paul se había fracturado una muñeca, Gamay tenía una conmoción cerebral, y ambos estaban cubiertos de morados y rasguños. Pasaron la noche en observación, y a la mañana siguiente, después de una nueva revisión, les dieron el alta. Se encontraban en el mostrador de la recepción cuando aparecieron dos hombres mal vestidos que se identificaron como policías provinciales y pidieron hablar con ellos.

Se sentaron en una sala de visitas, y dijeron a los Trout que les narraran cómo se había producido el accidente. El policía al mando se llamaba MacFarlane. Según el clásico procedimiento del poli bueno y el poli malo, él era el amable, mientras que su compañero, un hombre llamado Duffy, era el agresivo que intentaba encontrar cualquier fallo en la declaración.

Después de responder a una pregunta malintencionada, Gamay, que no tenía ni un pelo de tímida, miró a Duffy y le obsequió con una sonrisa.

—Puede que me equivoque, inspector, pero parece como si nos estuviese acusando de algo.

MacFarlane fue quien se encargó de darle una respuesta.

—No es eso, señora, pero mírelo desde nuestro punto de vista. Usted y su marido aparecen en la ciudad como caídos del cielo. En menos de veinticuatro horas, un pescador a quien vieron con ustedes desaparece junto con su embarcación y luego mueren cuatro hombres en un extraño accidente.

—Una plaga letal —apuntó Duffy.

—Le hemos dicho todo lo que sabíamos —afirmó Paul—. Vinimos aquí de vacaciones, y salimos de excursión con un pescador llamado Mike Neal, al que conocimos en un restaurante en el muelle. Puede preguntárselo al camarero. El señor Neal buscaba trabajo y se ofreció a llevarnos de excursión.

—Una excursión muy cara —afirmó Duffy en tono burlón—. En el astillero dicen que ustedes pagaron la factura de Neal, que era de casi mil dólares.

—Ambos somos científicos marinos. Cuando nos enteramos de los problemas que tenían los pescadores por la pobreza de las capturas, le pedimos al señor Neal que nos llevara para hacer algunas investigaciones.

—¿Qué pasó después?

—Pasamos la noche en una pensión. A la mañana siguiente, nos enteramos de que el señor Neal y su barco habían desaparecido. Continuábamos nuestro viaje, cuando nos vimos atrapados entre dos pésimos conductores con dos coches muy grandes.

—Por lo que usted dice —manifestó Duffy, sin disimular en lo más mínimo su escepticismo—, parece como si esas personas hubiesen intentado echarlos de la carretera.

—Eso parece.

—Pues eso es lo que no acabamos de entender —añadió

Duffy. Se rascó la barbilla—. ¿Por qué querrían matar a una pareja de turistas?

—Tendrá que preguntárselo a ellos —respondió Paul.

El rostro rubicundo de Duffy adquirió un color casi morado. Abrió la boca dispuesto a responder de forma airada. MacFarlane levantó una mano para silenciar a su compañero.

—Estas personas no están en condiciones de responder a nuestras preguntas —señaló con una débil sonrisa—. Pero verán, esto nos presenta otro problema. La señora entró en una tienda y preguntó por una piscifactoría. Los cuatro caballeros que murieron en el accidente eran empleados de la piscifactoría.

—Soy bióloga marina —le informó Gamay—. Es lógico que tenga interés por los peces. No pretendo decirle cómo hacer su trabajo —añadió en un tono que indicaba todo lo contrario—, pero quizá tendrían que hablar con alguien de la empresa.

—Eso también es realmente curioso —dijo Duffy—. La piscifactoría está cerrada.

Gamay disimuló la sorpresa lo mejor que pudo y se preparó para las siguientes preguntas, pero entonces sonó el móvil de MacFarlane, y les salvó del interrogatorio. El policía salió al vestíbulo para que no oyeran la conversación. Volvió al cabo de unos minutos.

—Gracias por atendernos —dijo a la pareja—. Pueden irse.

—No pretendo discutir con usted, pero ¿podría decirnos qué está pasando? —preguntó Paul—. Hace solo un momento éramos los enemigos públicos número uno y dos.

La expresión ceñuda en el rostro de MacFarlane fue reemplazada por una amable sonrisa.

—Me acaban de llamar de la jefatura. Hicimos algunas averiguaciones cuando vimos sus tarjetas de identidad. Recibieron una llamada de Washington. Al parecer son ustedes dos personas muy importantes de la NUMA. Prepararemos un par de declaraciones y se las haremos llegar por si quieren añadir algo y las firman. ¿Podemos llevarlos a alguna parte? —El policía parecía mucho más tranquilo ahora que se había solucionado una situación difícil.

—Una agencia de coches de alquiler sería un buen comienzo —contestó Gamay.

—Y un bar sería un buen final —añadió Paul.

En el trayecto a la agencia de coches de alquiler, Duffy dejó de ser el poli malo y les recomendó un bar donde la cerveza y la comida eran buenas y baratas. Los policías, que acababan su turno, insistieron en acompañarlos. Después de la segunda jarra de cerveza se volvieron muy comunicativos. Habían recorrido el camino hecho por los Trout. Habían ido a la pensión y al bar para hablar con el camarero y los clientes. Mike Neal continuaba desaparecido, y no había noticias del paradero del tal Grogan. La piscifactoría de Oceanus no tenía teléfono. Seguían intentando comunicarse con la oficina internacional de la compañía, pero hasta ahora no habían tenido suerte.

Gamay pidió otro par de jarras de cerveza después de que se marcharan los policías. Sopló la capa de espuma y, en tono acusador, dijo a su marido:

—Esta es la última vez que salgo a pasear contigo.

—Al menos tú no te has roto ningún hueso. Tengo que tomar la cerveza con la mano izquierda. ¿Cómo me haré el nudo de las pajaritas?

—Pues te compras unas cuantas con el nudo hecho, y asunto solucionado. ¿Has visto el morado debajo de mi ojo? Es lo que, cuando yo era una cría, llamábamos un ojo a la funerala.

Paul se inclinó por encima de la mesa para besar la mejilla de su esposa.

—En ti, resulta exótico.

—Eso es mejor que nada —manifestó Gamay, con una sonrisa de indulgencia—. ¿Qué hacemos ahora? No podemos regresar a Washington solo con unos cuantos morados y la factura de la reparación de un barco inexistente.

Paul bebió un par de sorbos de cerveza mientras pensaba.

—¿Cómo se llamaba el científico que mencionó Mike Neal?

—Throckmorton. Neal dijo que trabajaba en la Universidad McGill.

—¡Montreal! ¿Qué te parece si nos damos una vuelta por allí y lo vemos, ya que estamos cerca?

—¡Una brillante idea! Disfruta de tu cerveza, zurdo. Llamaré a Kurt para comunicarle nuestros planes.

Gamay se fue con el móvil a un lugar relativamente tranquilo del bar y llamó a la NUMA. Austin había salido, así que le dejó un mensaje en el que le decía que se iban a Quebec tras el rastro de Oceanus y que se mantendrían en contacto. Después le pidió a la secretaria de Austin que le buscara un número de teléfono para hablar con Throckmorton y viera si podía conseguirles pasajes para un vuelo a Montreal. No habían transcurrido ni diez minutos cuando la secretaria la llamó para facilitarle un número de teléfono y decirle que tenían reservados pasajes en un vuelo que salía a mediodía.

Gamay llamó a Throckmorton. Le explicó que era una bióloga marina de la NUMA y le pidió si podía concederle una cita para hablar de su trabajo. El científico le respondió que estaría encantado de recibirlos, y que fueran a verle después de la última clase. El avión de Air Canada aterrizó en el aeropuerto Dorval a media tarde. Dejaron las maletas en el hotel Queen Elizabeth y cogieron un taxi para ir al campus de la Universidad McGill, un conjunto de edificios antiguos junto con otros más modernos edificados al pie de Mont Royal.

El profesor Throckmorton estaba acabando su clase cuando llegaron, y salió del aula rodeado por un grupo de estudiantes. Throckmorton vio la cabellera roja de Gamay y al larguirucho Paul. Se despidió de los estudiantes y se acercó a la pareja.

—¿Los doctores Trout? —dijo, mientras les daba la mano.

—Gracias por recibirnos —respondió Gamay.

—No se merecen —replicó cordialmente—. Es un honor

conocer a unos colegas de la NUMA. Me halaga que les interese mi trabajo.

—Estamos de visita en Canadá —explicó Paul—, y cuando Gamay se enteró de sus investigaciones, insistió en que viniéramos a verle.

—Espero no haber sido motivo de una discusión conyugal. —Movió las pobladas cejas como si fueran escarabajos asustados.

—En absoluto —le tranquilizó Gamay—. Montreal es una de nuestras ciudades preferidas.

—Bien, ahora que eso está aclarado, qué les parece si vamos a mi laboratorio y les enseño lo que tengo en el mostrador.

—¿No es eso lo que dicen en *La tienda de los horrores*? —preguntó Gamay.

—¡Correcto! A algunos de mis colegas les ha dado por decir que soy el científico loco Frank N. Furter.

Throckmorton era bajo, regordete más que obeso, y la redondez de su cuerpo se repetía en su rostro y en las gafas. No obstante, cuando los llevó al laboratorio, caminaba con la agilidad de un atleta.

Hizo pasar a los Trout a una habitación muy bien iluminada y los invitó a sentarse a una de las mesas. En todas había pantallas de ordenador. Se podían ver varios acuarios en un extremo del laboratorio, y el olor a pescado flotaba en el ambiente. El profesor les sirvió té helado y se sentó con sus invitados.

—¿Cómo se han enterado de mis trabajos? —preguntó, después de beber un buen trago de té—. ¿En alguna revista científica?

Los Trout se miraron el uno al otro.

—En honor a la verdad —respondió Gamay—, no sabemos cuál es su trabajo.

Al ver la expresión de sorpresa de Throckmorton, Paul se apresuró a intervenir.

—Obtuvimos su nombre de un pescador llamado Mike

Neal. Nos dijo que le había llamado en nombre de los hombres de su flota. Los peces habían desaparecido, y creyeron que podía tener alguna relación con una extraña variedad de pez que él y los demás pescadores de la ciudad encontraban en sus redes.

—Ah, sí, el señor Neal. Llamó directamente a mi oficina, pero no llegué a hablar con él. Me encontraba fuera del país cuando llamó, y cuando regresé tenía tantas cosas que hacer que no tuve ocasión de devolverle la llamada. Me pareció algo muy curioso. Mencionó algo referente a un «pez diablo». Quizá lo llame hoy mismo.

—Espero que le hagan descuento en las tarifas de las llamadas a larga distancia —comentó Paul—. Neal está muerto.

—No le entiendo.

—Murió a consecuencia de una explosión en su barco —dijo Gamay—. La policía no ha determinado la causa de la explosión.

Una expresión de estupor pasó fugazmente por el rostro del científico.

—Pobre hombre. —Hizo una pausa y después añadió—: Espero no parecer insensible ante la desgracia ajena, pero supongo que ahora nunca sabré nada más del extraño pez diablo.

—Será un placer informarle de todo lo que sabemos —afirmó Gamay.

Throckmorton escuchó atentamente mientras Gamay y Paul le relataban con pelos y señales el viaje con Neal. A medida que se enteraba de un nuevo detalle, la alegría fue desapareciendo del rostro sonrosado del profesor. Miró a la pareja con una expresión solemne.

—¿Están absolutamente seguros de todo lo que me han dicho? ¿No tienen ninguna duda respecto al tamaño del pez y al extraño color blanco, o a su agresividad?

—Véalo usted mismo. —Paul le ofreció la cinta de vídeo grabada en el barco de Neal.

Después de ver la cinta, Throckmorton se levantó de su silla, con la misma expresión grave, y se paseó por el laboratorio con las manos detrás de la espalda. No dejaba de repetir en voz muy baja:

—Esto no puede ser nada bueno, es una desgracia.

Gamay tenía una manera encantadora de ir al grano.

—Por favor, díganos qué está pasando, profesor.

El científico interrumpió el paseo y se sentó de nuevo.

—Como bióloga marina, usted debe de estar al corriente de los trabajos con peces transgénicos. El primero lo desarrollaron prácticamente a un paso de su casa, en el Instituto de Biotecnología de la Universidad de Maryland.

—Leí algunos artículos, pero no puedo decir que sea una experta en la materia. Por lo que entendí, se introducen los genes en las huevas para acelerar el crecimiento.

—Así es. Los genes se toman de otras especies, incluso de insectos y humanos.

—¿Humanos?

—Yo no utilizo genes humanos en mis experimentos. Estoy de acuerdo con los chinos, que están muy avanzados en estas técnicas, que consideran inmoral el uso de genes humanos.

—¿Cómo se utilizan los genes?

—Se utilizan para elevar los niveles de las hormonas del crecimiento y estimular el apetito del pez. He estado desarrollando peces transgénicos con el laboratorio del Departamento Federal de Pesca. Los salmones que crían los alimentan veinte veces al día. La alimentación continua es esencial. Estos supersalmones crecen ocho veces más rápido y son cuarenta veces más grandes de lo que es normal en el primer año. Saltan a la vista los beneficios para el piscicultor. Puede llevar al mercado un pez más grande en un tiempo menor.

—Así se asegura una ganancia mayor.

—Desde luego. Los que intentan llevar pescado transgénico al mercado lo llaman la «revolución azul». Admiten que aumentarán sus ganancias, pero dicen que también hay una razón altruista. Los peces transgénicos serán una fuente de comida abundante y barata para las naciones más pobres del mundo.

—Creo que he oído los mismos motivos para justificar los cereales transgénicos —señaló Gamay.

—No les falta razón. Los peces modificados genéticamente fueron un paso lógico en la búsqueda de alimentos transgénicos. Si puedes modificar el maíz, ¿por qué no hacer lo mismo con otros organismos vivos más desarrollados? En cualquier caso, es probable que esto resulte mucho más conflictivo. Ya han comenzado las protestas. Los que se oponen dicen que el pescado transgénico es un peligro para los mares, acabará con los peces naturales y arruinará a los pescadores artesanales. Llaman a estas creaciones biotecnológicas «Frankenfish».

—Un nombre pegadizo —afirmó Paul, que había seguido la conversación con gran interés—. No creo que consigan vender muchos de esos pescados.

—¿Cuál es su posición en este tema? —preguntó Gamay.

—A la vista de que soy el creador de algunos de estos peces, tengo una responsabilidad especial. Quiero disponer de más estudios antes de que comencemos a criar estas criaturas en las piscifactorías. La presión para comercializar lo que estamos haciendo me preocupa. Hay que hacer una valoración muy profunda de los riesgos antes de poner en marcha lo que podría ser un desastre.

—Parece usted muy preocupado —opinó Gamay.

—Me preocupa todo lo que no sé. Las cosas se están descontrolando. Hay docenas de empresas comerciales que presionan por sacar sus propios productos al mercado. Se han investigado más de dos docenas de especies además del salmón. Las posibilidades son enormes, aunque algunas de las piscifactorías se están apartando de los productos transgénicos debido a la controversia. Pero las grandes empresas se están moviendo. Hay docenas de patentes para cambios genéticos en Canadá y Estados Unidos.

—Será un monstruo económico y científico muy difícil de parar una vez que se ponga en marcha.

—Me siento como el rey Canuto intentando callar al

océano. —La frustración se hizo patente en su voz—. Hay miles de millones de dólares en juego, así que la presión es enorme. Por eso el gobierno canadiense financia la investigación transgénica. Su opinión es que si no nos ponemos en cabeza, otros lo harán. Queremos estar preparados cuando reviente el dique.

—Si hay tanta presión y dinero de por medio, ¿qué retrasa la aparición de los peces transgénicos en los mercados?

—La pesadilla de las relaciones públicas. Les pondré un ejemplo. Una compañía neozelandesa llamada King Salmon estaba criando peces transgénicos, pero se filtró la noticia de que había peces con dos cabezas y cubiertos de excrecencias, y la prensa consiguió convertirlo en un escándalo público. La empresa tuvo que cancelar los experimentos y destruirlo todo, porque al público le preocupaba que estos Frankenfish pudieran escapar y reproducirse con los peces normales.

—¿Y eso es posible? —preguntó Gamay.

—No si el piscicultivo está controlado, pero estoy seguro de que los peces transgénicos conseguirían escapar si los criaran en jaulas colocadas en aguas abiertas. Son agresivos y tienen hambre. Lo mismo que un condenado que ansía la libertad, acabarán por encontrar un camino. Los laboratorios del gobierno en Vancouver están vigilados como si fueran Fort Knox. Tenemos alarmas electrónicas, guardias y tanques reforzados para evitar que los peces se escapen. No creo que una compañía privada se tome todas estas molestias.

—Hemos tenido invasiones de especies foráneas en las aguas de Estados Unidos que pueden ser peligrosas —declaró Gamay—. Han encontrado la anguila de los pantanos asiática en algunos estados; es una criatura voraz que puede moverse por tierra. La carpa asiática se ha instalado en el río Mississippi, y existe el riesgo de que llegue al lago Michigan. Crecen hasta tener un metro veinte de longitud, y se dice que saltan del agua y tumban a los tripulantes de las lanchas, pero el problema grave es que se tragan el plancton como una aspiradora. También está el pez león, que es todo un encanto.

Tiene espinas capaces de envenenar a un humano, y compite por la comida con las especies nativas.

—Tiene toda la razón, pero la situación con los peces transgénicos es todavía más complicada que competir por la comida. Algunos de mis colegas están más preocupados por las consecuencias de lo que llaman el «gen troyano». Recuerdan la historia del caballo de Troya, ¿verdad?

—El caballo de madera en el que se ocultaron los soldados griegos —dijo Paul—. Los troyanos creyeron que era un regalo y permitieron que entraran en la ciudad; aquello fue el final de Troya.

—Una analogía muy apropiada en nuestro caso —afirmó Throckmorton.

Apoyó un dedo en la cubierta de un grueso informe que tenía sobre la mesa.

—Este informe fue publicado por English Nature, el grupo asesor del gobierno británico en temas de conservación del medio ambiente. Contiene las conclusiones de dos estudios. Como resultado de la investigación, English Nature se opone a que se liberen los peces transgénicos a menos que sean estériles, y un comité de la cámara de los lores se inclina por la prohibición absoluta de los peces transgénicos. El primer estudio fue realizado por la Universidad de Purdue; en él los investigadores demostraron que los machos transgénicos tienen una capacidad reproductora cuatro veces mayor. Los peces más grandes son los que prefieren las hembras para el apareamiento.

—¿Quién dijo que el tamaño no importa? —apuntó Paul con su habitual sentido del humor.

—Resulta que es muy importante para los peces. Los investigadores estudiaron el medaka japonés. Las crías transgénicas eran un veinte por ciento más grandes que sus hermanas. Estos grandes machos fueron los responsables del ochenta por ciento de los apareamientos frente a un veinte por ciento de los machos pequeños.

Gamay frunció el entrecejo al oír estas valoraciones.

—Acabaría siendo un desastre para los peces normales.

—Más que un desastre. Sería una catástrofe en toda regla. Con un único pez transgénico entre cien mil, los peces transgénicos representarían el cincuenta por ciento de la población en un plazo de dieciséis generaciones.

—Cosa que no es mucho en los peces —opinó Gamay.

—Ese plazo se puede reducir todavía más —manifestó Throckmorton—. Los cálculos indican que si se introducen sesenta peces transgénicos en una población de sesenta mil, solo se tardarían cuarenta generaciones en acabar con los peces normales.

—Mencionó usted un segundo estudio.

El profesor se frotó las manos.

—Oh, sí, y las cosas son todavía peores. Los científicos de las universidades de California y Alabama utilizaron los mismos genes del salmón en ejemplares de siluros. Encontraron que estos peces transgénicos tenían más capacidad para eludir a los depredadores que los peces normales.

—En dos palabras, usted cree que si uno de estos superpeces consigue entrar en el entorno natural sería capaz de reproducirse y sobrevivir a las especies normales y acabaría con ellas.

—Así es.

Paul sacudió la cabeza con incredulidad.

—A la vista de todo esto —dijo—, ¿por qué cualquier gobierno o empresa estaría dispuesto a seguir adelante con algo que parece pura dinamita genética?

—Entiendo lo que dice, pero en manos de un profesional, la dinamita puede ser muy útil. —Throckmorton se levantó—. Vengan, el banco de trabajo del doctor Frankenstein está allí.

Los llevó al otro extremo del laboratorio. Los peces que nadaban en los tanques iban desde un par de centímetros a medio metro de longitud. Se detuvo delante de uno de los tanques más grandes. Un pez de escamas plateadas con una raya negra en la espina dorsal nadaba lentamente de un extremo al otro del tanque.

—¿Qué les parece nuestro último monstruo modificado genéticamente?

Gamay se inclinó hasta casi tocar el cristal con la nariz.

—Se parece a cualquier otro salmón bien alimentado que encontrarías en el Atlántico. Quizá un poco más gordo de lo normal.

—Las apariencias engañan. ¿Qué edad cree que tiene este bonito ejemplar?

—Diría que ronda el año.

—La verdad es que hace solo unas semanas no era más que un huevo.

—Imposible.

—Estaría de acuerdo con usted si no hubiese sido yo la comadrona. Lo que tiene ante sus ojos es una máquina de comer. Hemos conseguido acelerar su metabolismo. Si soltáramos a esta criatura en el mar, no tardaría en dejar sin alimento a los peces normales. Su minúsculo cerebro transmite un único mensaje continuamente: «¡Dadme de comer! ¡Estoy hambriento!». Observen.

Throckmorton abrió un recipiente refrigerado, sacó un cubo de cebo y arrojó un puñado al interior del tanque. El salmón se lanzó sobre el cebo, y devoró la comida en un periquete. Después acabó con las pequeñas partículas que flotaban.

—Se podría decir que prácticamente me he criado a bordo de un pesquero —comentó Paul con los ojos muy abiertos por el asombro—. He visto a los tiburones lanzarse sobre el bacalao en los anzuelos y a los bancos de atunes perseguir a los peces más pequeños hasta la playa, pero nunca he visto nada parecido a esto. ¿Está seguro de que no ha puesto genes de piraña en su pequeño monstruo?

—Nada de eso, aunque sí hemos introducido algunas modificaciones físicas. Los salmones tienen la dentadura débil, quebradiza, así que a este le hemos dado unos dientes muy resistentes y afilados para que coma más rápido.

—Asombroso —manifestó Gamay, muy impresionada por la demostración.

—Este pez solo ha sido objeto de unas pequeñas modificaciones. Hemos criado algunos auténticos monstruos. Los destruimos inmediatamente para que no hubiera ninguna posibilidad de que se escaparan al medio natural. Hemos descubierto que podemos controlar el tamaño, pero comencé a preocuparme cuando vi lo agresivas que eran nuestras creaciones, a pesar de su apariencia normal.

—El pez que atrapamos era muy agresivo y de un tamaño totalmente anormal —declaró Gamay.

La preocupación apareció de nuevo en el rostro de Throckmorton.

—Solo puedo sacar una conclusión. Su pez diablo era una mutación creada en algún laboratorio. Alguien está realizando experimentos que se le han escapado de las manos. En lugar de destruir a los mutantes, los han dejado salir a la naturaleza. Es una pena que se perdiera aquel pescado. Solo espero que al menos fuera estéril.

—¿Qué pasaría si un pez modificado genéticamente como aquel que vimos comenzara a reproducirse?

—Un pez transgénico es una especie foránea. Es como si trajéramos una forma de vida exótica de Marte y la introdujéramos en nuestro entorno natural. Los perjuicios medioambientales y económicos serían incalculables. Podrían acabar con las flotas pesqueras, y hacer que miles de personas se enfrentaran a una penuria económica similar a la sufrida por el señor Neal y los otros pescadores. Alteraría completamente el equilibrio natural en toda la zona costera del país, donde se encuentran los caladeros más productivos. No tengo ni idea de cuáles podrían ser las consecuencias a largo plazo.

—Permítame que haga de abogada del diablo —dijo Gamay después de una breve pausa—. Digamos que los superpeces consiguen reemplazar a la población natural. Las flotas pesqueras se convertirían en depredadores que mantendrían controlada la población dentro de unos límites razonables. Por lo tanto, se continuaría faenando y habría pescado a la venta. Solo que serían más grandes y con más carne.

—Y más agresivos —puntualizó Paul.

—Hay demasiadas incógnitas como para correr el riesgo —replicó el científico—. En Noruega, los salmones híbridos consiguieron escapar y se aparearon sin problemas con los peces normales, pero no fueron capaces de sobrevivir mucho en el medio natural. Por consiguiente, podría darse el caso de que los superpeces, después de acabar con todas las demás especies, acabaran desapareciendo.

—Mi querido Throckmorton, ¿está intentando aterrorizar a estas personas con sus visiones apocalípticas? —preguntó una voz sarcástica.

Un hombre vestido con una bata blanca había entrado silenciosamente en el laboratorio y los observaba con una sonrisa divertida.

—¡Frederick! —exclamó el profesor, muy contento. Miró a los Trout—. Les presento a mi estimado colega, el doctor Barker. Frederick, estos son los doctores Trout de la NUMA. —Con voz un poco más baja pero audible, añadió—: A mí me llaman Frankenstein, pero él es el doctor Strangelove.

Los científicos celebraron con risas el comentario. Barker se acercó para estrechar las manos de los visitantes. Rondaba los cincuenta, tenía un físico imponente, la cabeza afeitada y unas gafas de sol que impedían verle los ojos. Su tez era algo descolorida.

—Es un gran placer conocer a alguien de la NUMA. Por favor, no permitan que Throckmorton los asuste. Si le escuchan no volverán a comer salmón nunca más. ¿Qué les ha traído a McGill?

—Estamos de vacaciones y nos enteramos de los trabajos del doctor Throckmorton —respondió Gamay—. Soy bióloga marina y me pareció que podría haber algo interesante para la NUMA.

—¡Vacaciones de trabajo! Bien, permítanme que me defienda de tantas difamaciones. Soy un gran partidario de los peces transgénicos, cosa que me hace sospechoso a los ojos de mi amigo.

—El doctor es algo más que un partidario. Está relacionado con algunas de las compañías biotecnológicas que presionan por sacar a estas criaturas al mercado.

—Hace que parezca una conspiración siniestra, Throckmorton. Mi amigo ha olvidado decirles que trabajo con el conocimiento y el apoyo financiero del gobierno canadiense.

—Al doctor Barker le encantaría criar un salmón de diseño, para que los consumidores pudieran gozar de un sabor distinto cada día de la semana.

—No es una mala idea, Throckmorton. ¿Le importaría si la uso?

—Solo si acepta la total responsabilidad por la creación del monstruo.

—El profesor se preocupa demasiado. —Barker señaló el tanque—. Ese magnífico ejemplar es una prueba de que no es necesario crear peces transgénicos de un tamaño descomunal. Además, como él mismo ha dicho, los híbridos tienen mucha menos capacidad para sobrevivir en el entorno natural. También es muy sencillo el proceso de esterilizarlos para que no se reproduzcan.

—Sí, pero las técnicas de esterilización no son cien por cien seguras. Quizá no se lo tome tan a la ligera cuando oiga las noticias que me han traído los colegas.

Throckmorton le pidió a los Trout que relataran la historia y pasaran el vídeo de nuevo. Cuando acabaron, preguntó:

—¿Cuál es ahora su opinión, Frederick?

—Mucho me temo que tengo una parte de culpa —manifestó Barker. Sacudió la cabeza—. Recibí el mensaje de Neal cuando llamó. Pero no respondí a la llamada.

—¿Cuál es su opinión? —insistió el profesor.

La sonrisa de Barker se había esfumado.

—Diría que es imposible, de no tener el testimonio presencial de dos observadores cualificados y una grabación en vídeo. Esto tiene todo el aspecto de ser un experimento transgénico fallido.

—¿Quién podría ser tan irresponsable como para permitir que un pez de esas características escapara al medio natural? Al parecer, hay más, si hemos de creer a los pescadores. Tendríamos que enviar a alguien allí cuanto antes.

—Estoy de acuerdo. Es evidente que el pez diablo está compitiendo por la comida con las otras especies naturales. Pero que sea capaz de transmitir sus genes es otra historia.

—Eso es precisamente lo que me ha preocupado desde el principio, hay tantos factores que desconocemos… —manifestó Throckmorton.

Barker consultó su reloj.

—Un factor que sí sé es la hora de mi próxima clase, que comienza dentro de unos minutos. —Se despidió de Paul y Gamay con un cordial apretón de manos—. Lamento tener que salir corriendo. Ha sido un placer conocerlos.

—Su colega es fascinante —comentó Gamay—. Se parece más a un luchador profesional que a un científico.

—Oh, sí, Frederick es un caso especial. Las alumnas lo adoran. Va por la ciudad montado en una moto, cosa que a ellas les parece maravilloso.

—¿Tiene algún problema en los ojos?

—Veo que se ha fijado usted en las gafas de sol. Frederick padece albinismo. Como habrán visto por su palidez, evita el sol, y sus ojos son muy sensibles a la luz. Pero eso no ha sido un obstáculo para sus logros. Todo lo que he dicho sobre su extraordinaria capacidad científica es cierto, aunque, a diferencia de mí, ha puesto sus conocimientos al servicio de la empresa privada. Probablemente acabará haciéndose millonario. En cualquier caso, ambos les damos las gracias por la alerta. Ahora mismo comenzaré a reunir un grupo de trabajo para que vaya a la zona.

—Le hemos robado mucho tiempo —se disculpó Gamay.

—En absoluto. Ha sido un placer recibirlos. Espero que volvamos a encontrarnos.

Throckmorton preguntó si podía hacer una copia del vídeo. Unos minutos más tarde, Paul y Gamay iban en taxi de regreso al hotel.

—Una tarde interesante —señaló Paul.

—Más de lo que crees. Mientras Throckmorton y yo copiábamos el vídeo, le pregunté cuál era la empresa que había contratado a Barker. Me pareció que no estaría mal tener otra pista. Dijo que la compañía se llamaba Aurora.

—Un nombre poético. —Paul bostezó—. ¿Dio más detalles?

Gamay sonrió como si fuera a revelar un misterio.

—Dijo que Aurora era una filial de una empresa mucho más grande.

—No me digas que es…

—Oceanus.

Paul reflexionó durante unos momentos.

—Intenté mirar todo esto como si estuviese creando un gráfico en el ordenador, pero el problema se parece más al juego de unir los puntos para que aparezca una figura. Barker es un punto, los tipos que intentaron echarnos de la carretera es otro. Si unimos los dos, podremos comenzar el dibujo. Por lo tanto, nuestro siguiente paso está muy claro.

—¿Cuál es según tú? —replicó Gamay sin disimular su escepticismo.

—Tenemos que encontrar más puntos —respondió Paul con una sonrisa ladina.

23

El lugar que Ryan había propuesto para la cita estaba a solo unos minutos en coche desde las oficinas centrales de la NUMA. Austin condujo por George Washington Parkway hasta que llegó al cartel que decía THEODORE ROOSEVELT ISLAND. Aparcó el coche, cruzó el puente para peatones que atravesaba la angosta vía de agua llamada Little River y continuó por el sendero hasta el Roosevelt Memorial, una gran plaza rodeada de bancos. Ryan estaba de espaldas a la estatua del presidente, atento a la aparición de Austin. Le hizo una seña en cuanto lo vio.

—Gracias por venir, Kurt —dijo, y se volvió para mirar la estatua. Theodore Roosevelt estaba representado con las piernas muy separadas y un puño en alto—. El viejo Teddy me metió en toda esta locura —comentó—. Puso miles de hectáreas bajo protección federal, salvó a las especies de aves en peligro de extinción de las manos de los comerciantes de plumas y convirtió el Gran Cañón en un parque nacional. No le asustaba forzar la interpretación de las leyes cuando creía que obraba en favor del bien público. Cada vez que tengo dudas sobre lo que hago, pienso en este tipo enfrentándose a los capitostes.

Austin no pudo evitar la sensación de que Ryan intentaba impresionarlo.

—Resulta difícil creer que alguna vez tenga dudas sobre algo, Marcus.

—Claro que las tengo. Sobre todo cuando pienso en la tarea que he asumido: proteger los mares del mundo y a los seres que viven en ellos.

—Si mis conocimientos de mitología no me fallan, el puesto de dios del mar está ocupado desde hace unos miles de años.

Ryan lo miró con la expresión de un niño sorprendido en una falta.

—Sí, es probable que en algunas ocasiones hable como si fuera un ser divino. Pero la mitología también nos dice que los dioses tenían la costumbre de designarse a ellos mismos para el cargo.

—Lo tendré presente si alguna vez me echan de mi trabajo en la NUMA. Therri dijo que quería hablar conmigo de un asunto importante.

—Sí. —Ryan miró por encima del hombro de Austin—. Por cierto, ahí viene.

Therri cruzaba la plaza en compañía de un joven al que Austin no le puso más de veinte años. Tenía la tez rojiza, las facciones anchas y los pómulos altos.

—Me alegra volver a verte, Kurt —dijo la muchacha, y le tendió la mano. Sus modales eran muy profesionales en presencia de los otros dos hombres, pero sus ojos dijeron a Kurt que no había olvidado el beso de buenas noches en Copenhague; al menos eso era lo que él esperaba—. Te presento a Ben Nighthawk. Es uno de nuestros documentalistas.

Ryan propuso que se apartaran del monumento. Cuando estuvo seguro de que ninguno de los turistas podía oírlo empezó a hablar sin perder tiempo.

—Ben ha descubierto una información muy importante sobre Oceanus.

A un gesto de Ryan, el joven indio comenzó a relatar su historia.

—Soy de un pequeño pueblo en el norte de Canadá. Es un lugar remoto, a orillas de un gran lago, y por lo general muy tranquilo. Hace unos meses, mi madre me escribió una carta donde decía que alguien había comprado una gran extensión de terreno al otro lado del lago. Creía que se trataba de una gran empresa. Cuando acabe la universidad quiero dedicarme a la protección de los bosques canadienses y a luchar contra la urbanización descontrolada, así que sentí una gran curiosidad cuando mencionó que estaban construyendo día y noche junto al lago. Los helicópteros y los hidroaviones realizaban viajes las veinticuatro horas. Pedí a mi madre que me mantuviera informado, y en la última carta que recibí, hace más de dos semanas, parecía muy preocupada.

—¿Cuál era la causa?

—No me lo dijo, solo que estaba relacionado con lo que estaban haciendo al otro lado del lago. Así que decidí darme una vuelta y cuando llegué al pueblo mi familia no estaba.

—¿Me está diciendo que desapareció?

—En el pueblo no quedaba nadie —respondió Nighthawk.

—Canadá es un país muy grande, Ben. ¿Dónde está su pueblo?

El muchacho miró a Ryan.

—Todo en su momento, Kurt. Cuéntale al señor Austin lo que ocurrió después, Ben.

—Busqué a mi familia —dijo Nighthawk—. Descubrí que los tenían prisioneros al otro lado del lago. Vi a los hombres de mi pueblo que trabajaban desbrozando el terreno alrededor de un gran edificio. Los vigilaban unos guardias armados.

—¿Sabe quiénes eran?

—No los había visto antes. Vestían uniformes negros. —Miró a Ryan en busca de apoyo, y añadió—: Parece una locura, pero cuando llegamos allí…

—¿Llegamos?

—Josh Green, mi segundo, acompañó a Ben —explicó Ryan—. No tengas miedo de decirle al señor Austin todo lo que viste, no importa que parezca una locura.

Nighthawk se encogió de hombros.

—De acuerdo. Cuando llegamos allí, solo vimos el bosque

y el lugar que despejaban. De repente, un enorme edificio apareció de la nada. —Hizo una pausa, atento a la reacción de Austin.

Kurt no pareció en absoluto asombrado y continuó mirando al muchacho.

—Continúe —dijo con el rostro impasible.

—En lugar de árboles, nos encontramos mirando una cúpula gigantesca. Josh y yo pensamos que se parecía a un iglú, solo que cien veces más grande. Mientras mirábamos, la parte superior de aquella cosa se abrió, así. —El joven imitó con las manos el movimiento de una concha que se abre—. Resultó ser un hangar para un dirigible.

—¿Algo parecido al dirigible *Goodyear*? —preguntó Austin.

Nighthawk hizo una mueca mientras pensaba.

—No. Más grande y más largo. Se parecía más a un cohete espacial. Incluso llevaba un nombre en la aleta: *Nietzsche*.

—¿Como el filósofo alemán?

—Eso creo —contestó Ben—. Vimos cómo aterrizaba en el hangar, y la cúpula se cerró de nuevo, y entonces unos tipos salieron por la puerta. Mi primo formaba parte del grupo de trabajadores, intentó escapar, y uno de aquellos cabrones lo mató. —La emoción lo obligó a callar.

Ryan apoyó una mano en el hombro de Nighthawk.

—Ya está bien por ahora, Ben.

—Me gustaría ayudarles —manifestó Austin—. Pero necesito más detalles.

—Se los daremos con mucho gusto —dijo Ryan—, aunque la información tiene un precio.

—Ahora mismo voy un poco corto de calderilla, Marcus —replicó Austin.

—No queremos dinero. Queremos que los centinelas y la NUMA trabajen juntos para acabar con Oceanus. Nosotros compartimos la información, y ustedes nos incluyen en cualquier misión que organicen.

Austin le dedicó su mejor sonrisa.

—Pues entonces será mejor que llame a la marina, Ryan. La NUMA es una organización científica que recoge información. No es una organización militar.

—Vamos, Kurt, no se haga el tonto —declaró Ryan con una sonrisa socarrona—. Hemos investigado su trabajo en la NUMA. El grupo de tareas especiales que dirige ha realizado algunas misiones de mucho riesgo. Usted no acabó con los malos golpeándolos en la cabeza con un tratado científico.

—Me halaga, Marcus. Pero no está en mis manos autorizar una misión conjunta. Tengo que acatar las órdenes de mis superiores.

Ryan interpretó la respuesta como un sí.

—Estaba seguro de que acabaría aceptando —manifestó muy complacido—. Muchas gracias.

—Ahórrese las gracias. No tengo ninguna intención de acudir a mis superiores.

—¿Por qué no?

—La NUMA estaría arriesgando su reputación si aceptara colaborar con una organización marginal como la suya. Por otro lado, usted conseguiría el apoyo del público para los centinelas al legitimarlos a través de su vinculación con la NUMA. Lo siento. Todas las ventajas serían para usted, y la NUMA no obtendría nada a cambio.

Ryan se arregló los cabellos agitados por el viento.

—No se lo hemos dicho todo, Kurt. Yo también tengo un interés especial en todo esto. El primo de Ben no fue la única víctima. Mataron a Josh Green.

—Fue culpa mía —explicó Ben—. Corrí a campo abierto, y él intentó detenerme. Le dispararon.

—Hiciste lo que hubiera hecho cualquiera en tu lugar —dijo Ryan—. Josh era un valiente.

—Acaban de mencionar dos asesinatos —intervino Austin—. ¿Lo han denunciado a la policía?

—No. Queremos ocuparnos de este asunto nosotros mismos. Hay algo más que quizá le haga cambiar de opinión. Hemos averiguado quién es el nuevo propietario de la tierra alrededor del lago de Ben. Es una compañía fantasma creada por Oceanus.

—¿Está usted seguro?

—Absolutamente. ¿Ahora está con nosotros?

Austin sacudió la cabeza.

—Antes de que cargue las pistolas y se lance a la pelea, permítame recordarle a quién se enfrenta. Oceanus tiene dinero, relaciones en todo el mundo, y como ha visto, no les asusta el asesinato a sangre fría. Acabarán con usted y con cualquiera de sus centinelas como quien aplasta a una cucaracha. Siento mucho que mataran al primo de Ben y a su amigo, pero eso solo confirma mis palabras. Conseguirá que su gente corra el peligro de acabar muerta. —Dirigió una mirada a Therri.

—Mi gente está dispuesta a correr cualquier riesgo en defensa del medio ambiente —afirmó Ryan—. Por lo que parece, a la NUMA le trae sin cuidado.

—Un momento, Marcus —intervino Therri. Había visto irritación en el rostro de Austin—. Kurt tiene razón. Quizá podríamos llegar a un acuerdo. Los centinelas podrían colaborar con la NUMA en la sombra.

—Ha hablado la abogada —dijo Austin.

Therri no esperaba el comentario sarcástico de Austin.

—¿Qué has querido decir con eso? —replicó en un tono helado.

—Creo que no estamos hablando de las ballenas, las focas y los amigos muertos, sino del orgullo de tu amigo aquí presente. —Miró a Ryan—. Todavía está furioso por la pérdida del *Sea Sentinel*. Era la niña de sus ojos. Estaba dispuesto a interpretar el papel de mártir delante de las cámaras de televisión, pero los daneses le ganaron la mano cuando retiraron los cargos y los echaron del país sin hacer ningún revuelo.

—Eso no es verdad —manifestó Therri—. Marcus es...

Ryan la hizo callar con un gesto.

—No malgastes saliva. Es obvio que Kurt es un amigo solo cuando le conviene.

—Eso es mejor que nada —dijo Austin. Señaló la estatua de Roosevelt—. Quizá tendría que leer de nuevo lo que pone la placa. Él nunca pidió a nadie que arriesgara el cuello por él. Lamento la muerte de tu primo, Ben, y que mataran a Josh Green. Ha sido un placer volver a verte, Therri.

Austin estaba harto de la soberbia de Ryan. Le había interesado el relato de Nighthawk, pero le había indignado que Ryan le cerrara la puerta a una posible pista. Ya se alejaba por el sendero cuando oyó unas pisadas. Therri lo había seguido desde el monumento. Cuando llegó a su lado, lo sujetó ligeramente por el brazo.

—Kurt, por favor, piénsalo. Marcus necesita tu ayuda.

—Eso ya lo veo. Pero no puedo aceptar sus condiciones.

—Podemos llegar a un acuerdo —suplicó la muchacha.

—Si tú y Ben queréis la ayuda de la NUMA, tendréis que dejar a Ryan a un lado.

—No puedo hacerlo —replicó ella, y lo miró con toda la fuerza de sus bellos ojos.

—Yo creo que sí —afirmó Austin sosteniéndole la mirada.

—Maldita sea, Kurt —exclamó Therri, furiosa—. Eres un cabrón y un tozudo.

Austin se echó a reír.

—¿Debo suponer que no querrás cenar conmigo?

El enfado ensombreció el rostro de Therri. Se volvió sin decir nada más y se alejó por el sendero. Austin la observó hasta que desapareció en un recodo. Sacudió la cabeza. Los sacrificios que tengo que hacer por la NUMA, pensó. Caminó hacia el aparcamiento; no había avanzado más que unos pasos cuando una figura salió del bosque. Era Ben Nighthawk.

—Tuve que inventarme una excusa para escaparme —dijo el muchacho con voz entrecortada—. Le dije a Marcus que tenía que ir al lavabo. Necesito hablar con usted. No le culpo por no querer engancharse al carro de los centinelas. Marcus ha dejado que todo ese asunto de la publicidad se le suba a la cabeza. Se cree que es Wyatt Earp. Pero yo vi cómo aquellos tipos mataban a mi primo y a Josh. Intenté explicarle a qué se enfrenta, y no quiso escucharme. Si los centinelas intervienen, matarán a toda mi familia.

—Dígame dónde están y haré todo lo que pueda.

—Es difícil de explicar. Tendré que dibujarle un mapa. Maldita sea…

Ryan caminaba hacia ellos, con una expresión furiosa en el rostro.

—Llámeme —dijo Austin.

Ben asintió y fue al encuentro de Ryan. Se liaron en lo que parecía una agria discusión. Luego Ryan apoyó un brazo en los hombros de Ben y se alejaron en dirección al monumento. El jefe de los centinelas volvió la cabeza para mirar, furioso, a Kurt, que se encogió de hombros y se alejó en busca de su coche.

Veinte minutos más tarde, Austin entró en el museo aeroespacial en Independence Avenue. Subió en ascensor al tercer piso, y se dirigió a la biblioteca, donde se encontró a un hombre de mediana edad vestido con un traje castaño muy arrugado que acababa de salir de su despacho.

—¡Vaya, vaya, nada menos que Kurt Austin en persona! —exclamó.

—Me preguntaba si me cruzaría contigo, Mac.

—Es casi inevitable. Prácticamente vivo entre estas cuatro paredes. ¿Cómo está el orgullo de la NUMA?

—Muy bien. ¿Cómo está la réplica smithsoniana de Saint Julien Perlmutter?

MacDougal casi se ahogó de la risa al oír la pregunta. Alto, delgado, con los cabellos rubios y una nariz ganchuda que destacaba en su rostro afilado, era la antítesis de la oronda figura de Perlmutter. Pero lo que le faltaba en corpulencia lo suplía con un conocimiento enciclopédico de la historia de la aeronáutica equivalente a los conocimientos de Perlmutter en todo lo referente a la historia naval.

—Saint Julien tiene mucho más peso que yo entre los historiadores —respondió con una chispa de picardía en sus ojos grises—. ¿Qué te trae a la enrarecida atmósfera de los archivos?

—Intento averiguar algo sobre una vieja aeronave. Esperaba encontrar algo en la biblioteca.

—No es necesario que recurras a los archivos. Voy a una reunión, pero podemos hablar por el camino.

—¿Alguna vez has leído algo referente a una aeronave llamada *Nietzsche*?

—Por supuesto. Solo hubo una aeronave con ese nombre, la que se perdió en una expedición secreta al Polo Norte en 1935.

—Entonces, ¿la conoces?

—Circularon rumores de que los alemanes habían enviado una aeronave al Polo Norte en una misión secreta. Si tenía éxito, acobardaría a los aliados y pondría por las nubes la grandeza de la cultura alemana en la guerra de propaganda. Los alemanes lo negaron, pero no fueron capaces de dar una explicación convincente de la desaparición de dos de sus principales pioneros de la aeronáutica: Heinrich Braun y Herman Lutz. Entonces estalló la guerra, y todos se olvidaron de aquella historia.

—¿Ahí acabó todo?

—No. Después de la guerra, encontraron unos documentos que confirmaban que el vuelo se había realizado, con una aeronave similar al *Graf Zeppelin*. Al parecer se recibió un mensaje por radio cuando la aeronave se acercaba al Polo. Habían descubierto algo interesante en la capa de hielo.

—¿No dijeron qué era?

—No. Hay quienes afirman que fue una invención. Quizá algo que Josef Goebbels se había sacado de la manga.

—Pero tú crees que pudo ser cierto.

—Es muy posible. Desde luego contaban con la tecnología necesaria.

—¿Qué le pudo pasar a la aeronave?

—Hay diversas posibilidades. Un fallo en los motores. Una tormenta. El hielo. Un error humano. El *Graf Zeppelin* era una aeronave que funcionaba muy bien, pero estamos hablando de una operación en condiciones extremas. Otras aeronaves tuvieron el mismo trágico final. Pudo haberse estrellado en el campo de hielo, y luego ser arrastrada a centenares de kilómetros en algún iceberg y acabar en el fondo del mar cuando el hielo se derritió. —En el rostro de MacDougal apareció una expresión de alegría—. ¡No me lo digas! ¿Has encontrado sus restos en el fondo del mar?

—Lamento decir que no es así. Alguien lo mencionó y me dejé llevar por mi curiosidad científica.

—Sé muy bien a qué te refieres. —Se detuvo delante de una puerta—. Aquí está mi reunión. Vuelve cuando quieras y continuaremos hablando del tema.

—Lo haré. Gracias por la ayuda.

Austin agradeció que Mac no le hiciera preguntas. No le gustaba mostrarse evasivo con los amigos. MacDougal ya se disponía a abrir la puerta cuando dijo:

—No deja de ser una curiosa coincidencia que estemos hablando del Ártico. Esta noche hay una recepción con motivo de la apertura de una exposición sobre la cultura y el arte esquimal. «Pobladores del norte helado», o algo así. Carreras de trineos y cosas por el estilo.

—¿Carreras de trineos en Washington?

—Yo pregunté lo mismo, pero por lo visto así es. ¿Por qué no vienes y lo ves en persona?

—Quizá lo haga.

Cuando se dirigía a la salida, Austin pasó por el mostrador de información y recogió un folleto de la exposición; efectivamente se llamaba «Pobladores del norte helado». La fiesta de apertura era exclusivamente por invitación. Echó una ojeada al texto y se detuvo al ver el nombre del patrocinador: Oceanus.

Se guardó el folleto en el bolsillo y regresó a su oficina. Hizo unas cuantas llamadas hasta que se hizo con una invitación y, después de trabajar un poco más en el informe para Gunn, se fue a su casa a cambiarse. Al pasar por delante de las estanterías de su sala de estar y biblioteca, fue rozando los dedos por los lomos de los libros. Le pareció que las voces de Aristóteles, Dante y Locke le hablaban.

La fascinación por los grandes filósofos se remontaba a su época de estudiante y a la influencia de un profesor. Posteriormente, leer filosofía se convirtió en una forma de evadirse de su trabajo y le ayudó a comprender las facetas más oscuras del alma humana. En sus misiones, Austin había matado y herido a unos cuantos hombres. Su sentido del deber, la justicia y el instinto de supervivencia le habían protegido de las dudas que podían paralizarle peligrosamente. Pero Austin no era un hombre insensible, y la filosofía le proporcionaba una guía moral para juzgar sus acciones.

Cogió uno de los libros, conectó el equipo de música para escuchar una pieza interpretada por John Coltrane, salió a cubierta y se sentó en la tumbona. No tardó en encontrar la cita en la que había estado pensando desde que MacDougal le había hablado de un dirigible llamado *Nietzsche*.

> Aquel que lucha contra los monstruos debe tener muy en cuenta que en el proceso no se convierta él también en un monstruo. Cuando se mira al fondo de un abismo, no se debe olvidar que el abismo también te mira.

Contempló el espacio durante unos momentos mientras se preguntaba si había mirado al abismo, o lo que era más importante, si el abismo le había devuelto la mirada. Luego cerró el libro, lo dejó de nuevo en la estantería y fue a cambiarse para la fiesta.

24

Una enorme pancarta con las palabras POBLADORES DEL NOR-
TE HELADO colgaba de un extremo a otro de la entrada del
Museo Nacional de Historia Natural. En el fondo, para que
no hubiera ninguna duda del tema de la exposición, había
figuras vestidas con abrigos de pieles montadas en trineos que
cruzaban el impresionante paisaje ártico frente a unos icebergs
grandes como montañas que acechaban en el horizonte.

Austin cruzó la columnata y entró en el gran vestíbulo oc-
togonal del museo. En el centro de aquel espacio de casi treinta
metros de ancho se encontraba una obra maestra de la taxider-
mia: un elefante africano que cruzaba una llanura imaginaria. El
animal de doce toneladas hacía que la bonita azafata que estaba debajo de su trompa alzada pareciera una pigmea.

—Buenas tardes —dijo la joven con una amable sonrisa al
tiempo que le ofrecía a Austin un programa. Vestía una imi-
tación del típico traje esquimal—. Bienvenido a la exposición
«Pobladores del norte helado». Por aquella puerta se accede
a la sala principal. En el cine Imax se proyecta una película
sobre la cultura esquimal cada veinte minutos. Las competi-
ciones de trineo y arpón tendrán lugar dentro de quince minutos. ¡Será emocionante!

Austin le dio las gracias y siguió a los invitados a la sala
principal. Las vitrinas estaban llenas de obras de arte esquimal: tallas en marfil, herramientas para la caza y la pesca, trajes

y botas de piel que mantenían secos y calientes a sus usuarios en las temperaturas árticas, trineos de madera, kayacs y balleneras. De fondo, sonaba un canto melancólico acompañado por un tambor.

La animada concurrencia estaba formada por la habitual combinación de políticos, burócratas y periodistas de la capital del país. A pesar de su importancia en el mundo, Washington seguía siendo una ciudad pequeña, y Austin reconoció a muchos de los presentes. Estaba hablando con un historiador del Museo Naval que era un entusiasta de la navegación en kayak, cuando oyó que decían su nombre. Vio a Angus MacDougal, del Museo Aeroespacial, que se abría paso entre la multitud. Cogió a Austin de un brazo.

—Acompáñame, Kurt, quiero presentarte a una persona.

Llevó a Austin hasta el lugar donde se encontraba un hombre de cabellos grises y con todo el aspecto de ser un caballero. Era Charles Gleason, el comisario de la exposición.

—Le he comentado a Chuck que estabas interesado en los esquimales —dijo MacDougal.

—En realidad, prefieren que los llamen «inuit», que significa «personas» —puntualizó Gleason—. Esquimal es el nombre que les dieron los indios. Significa «comedores de carne cruda». El nombre que se dan ellos mismos es «Nakooruk», que significa «buenos». —Sonrió—. Perdón por la conferencia. Fui profesor durante muchos años, y el pedagogo que llevo dentro asoma a la primera ocasión.

—No hay motivo para disculparse —respondió Austin—. Nunca desperdicio la oportunidad de aprender algo nuevo.

—Es muy amable de su parte. ¿Hay algo en particular que le interese de la exposición?

—Me gustaría saber algo más del patrocinador. —Leyó en la lista de los objetos que se exhibían en la vitrina que todos habían sido cedidos en préstamo por Oceanus, y decidió arriesgarse—. Me han dicho que el dueño de Oceanus es un hombre llamado Toonook.

—¿Toonook?

—Así es.

Gleason lo miró con cierta desconfianza.

—¿Habla en serio?

—Por supuesto. Me encantaría conocer a ese caballero.

Gleason respondió con una peculiar sonrisa y dejó escapar un sonido a medio camino entre una tos y un estornudo. Después, incapaz de contenerse, soltó una carcajada.

—Perdón, pero nunca se me ocurriría llamar Toonook a un caballero. Toonook es el nombre inuit para designar un espíritu maligno. Se le considera el creador y destructor de todas las cosas.

—¿Quiere decir que Toonook es un personaje mitológico?

—Efectivamente. Los inuit dicen que está en el mar, la tierra y el aire. Cada vez que se produce un ruido inesperado, como el hielo que cruje al pisarlo, es Toonook que está buscando una víctima. Cuando el viento aúlla como una manada de lobos hambrientos, es Toonook.

Austin estaba desconcertado. Therri le había dicho que el dueño de Oceanus se llamaba Toonook.

—Comprendo por qué mi pregunta le ha hecho reír —dijo Austin, avergonzado—. Sin duda malinterpreté el nombre.

—No hay malas interpretaciones en lo que se refiere a los inuit. Cuando viajan solos, están alerta y vigilantes ante la aparición de Toonook. Llevan un cuchillo de hueso y lo esgrimen para mantenerlo a raya.

Kurt miró por encima del hombro del director.

—¿Algo así como el mondadientes de aquella vitrina?

Gleason apoyó el dedo en el cristal delante de la hoja blanca con la empuñadura tallada.

—Es un objeto francamente curioso y muy poco habitual.

—¿En qué sentido?

—La mayoría de los cuchillos inuit son herramientas diseñadas para desollar. Este cuchillo fue hecho con un único propósito: matar a otros seres humanos.

—Es extraño —comentó Austin—. Siempre he oído decir que los esquimales son personas pacíficas y que tienen buen carácter.

—Es verdad. Viven en ambientes cerrados en un entorno de condiciones extremas donde cualquier roce puede generar violencia. Saben que la cooperación es vital para la supervivencia, así que han desarrollado toda una serie de costumbres y rituales para evitar la agresión.

—Pues ese cuchillo da miedo.

—Los inuit están sujetos a las mismas oscuras pasiones que el resto de la humanidad. Las personas que fabricaron este cuchillo pertenecían a una tribu que no seguía las costumbres de las demás. Creemos que llegaron de Siberia en tiempos prehistóricos y se asentaron en la zona norte de Quebec. Eran muy dados a las violaciones, al pillaje y a los sacrificios humanos; auténticos bárbaros. Las otras tribus se unieron y acabaron expulsándolos. Los llamaban «kiolya».

—No me suena.

—Es la palabra inuit para la aurora boreal; los pobladores del ártico la consideran una manifestación del mal. Nadie conoce el verdadero nombre de la tribu.

—¿Qué pasó con los kiolya?

—Se dispersaron por todo Canadá. Muchos de ellos acabaron en las ciudades, donde sus descendientes se dedicaron a actividades criminales. Asesinos de alquiler y extorsionadores. Algunos de ellos han conservado las viejas costumbres tribales, como los tatuajes verticales en los pómulos, hasta que descubrieron que eso permitía que la policía los identificara fácilmente.

—¿Puedo preguntarle cómo se organiza una exposición como esta?

—Puede hacerse de muy variadas maneras. En este caso, una empresa de relaciones públicas vinculada a Oceanus se puso en contacto con el museo para saber si nos interesaría montar una exposición. Dijeron que los patrocinadores tenían un gran interés en dar a conocer al público una amplia visión de la cultura inuit. Ellos se encargarían de organizarla y correrían con todos los gastos. Bueno, fue una oferta que no pudimos rechazar. Es una exposición fascinante, ¿no le parece?

Austin miró el cuchillo kiolya, que era idéntico al arma que le había producido la herida en el pecho en la piscifactoría en las islas Feroe. Recordó los tatuajes verticales en el rostro del hombre que había empuñado el cuchillo.

—Sí, fascinante —asintió.

—Ya que no he podido presentarle a Toonook, quizá quiera conocer al representante de Oceanus.

—¿Está aquí?

—Acabo de hablar con él en la sala de proyección. Acompáñeme.

El juego de luces en la sala de proyección simulaba la noche ártica. Los rayos láser reproducían en el techo una aurora boreal. Delante de un holograma que mostraba una cacería de focas había un hombre alto y atlético con la cabeza afeitada. Incluso en la sala casi a oscuras llevaba gafas de sol. Gleason se acercó al hombre.

—Doctor Barker, quiero presentarle a Kurt Austin. El señor Austin pertenece a la NUMA. Sin duda usted la habrá oído mencionar.

—Tendría que proceder de otro planeta para no conocer a la NUMA.

Se dieron la mano. Austin tuvo la sensación de que su mano apretaba un filete congelado.

—Espero que no le importe si comparto nuestra broma —le dijo Gleason—. El señor Austin creía que el dueño de Oceanus se llamaba Toonook.

—El señor Gleason me explicó que Toonook no era un hombre, sino un espíritu maligno —aclaró Austin.

Barker miró a Austin a través de las gafas de sol.

—Es algo más complicado. La cultura inuit considera que Toonook es lo maligno. Es la encarnación de la aurora boreal que ahora mismo vemos reproducida en el techo. Pero como otros pueblos a lo largo de la historia, los pobladores del norte adoraban aquello que más temían.

—Entonces, ¿Toonook es un dios?

—Algunas veces. Pero le aseguro que el dueño de Oceanus es muy humano.

—Si no se llama Toonook, ¿cuál es su verdadero nombre?

—Prefiere mantener su identidad en secreto. Si usted prefiere llamarle Toonook, puede hacerlo sin ningún problema. Sus competidores lo han llamado cosas peores. No le interesa aparecer ante el público, y sus empleados debemos representarlo. En mi caso, trabajo para una compañía llamada Aurora, que es una filial de Oceanus.

—¿Qué trabajo hace para Aurora?

—Soy experto en genética.

Austin echó una ojeada a la sala de proyección.

—Esto se aparta mucho de la investigación genética.

—Me gusta salir del laboratorio. Propuse que Oceanus patrocinara esta exposición. Tengo un interés directo por el pueblo kiolya. Mi tatarabuelo era un capitán ballenero de Nueva Inglaterra. Vivió con la tribu e intentó detener la caza de las morsas que llevaría a su exterminación.

—El señor Gleason me ha dicho que las otras tribus esquimales expulsaron a los kiolya de su territorio porque eran ladrones y asesinos.

—Hicieron todo lo necesario para sobrevivir —replicó Barker.

—Me encantaría continuar con esta charla —intervino Gleason—, pero tendrán que disculparme. Veo que uno de mis ayudantes reclama mi atención. Por favor, señor Austin, llámeme cuando quiera. Será un placer.

Austin se despidió cortésmente del comisario de la exposición y luego se dirigió a Barker.

—Dígame, doctor Barker, ¿qué actividades realiza Oceanus para que necesite los servicios de un experto en genética?

La sonrisa forzada desapareció en el acto.

—Venga, Austin. Estamos solos, ya no es necesario continuar con la farsa. Sabe muy bien cuáles son las actividades de Oceanus. Entró en nuestras instalaciones en las Feroe, causó muchos daños y mató a uno de mis hombres. No lo olvidaré.

—Vaya. Ahora sí que me deja de piedra. Es obvio que me confunde con otra persona.

—No lo creo. Los periódicos daneses se hartaron de publicar su fotografía. Es usted todo un héroe en Dinamarca gracias al rescate de los marineros después de la colisión.

—Una colisión provocada por su compañía —afirmó Austin, al comprender que era inútil fingir.

—Una colisión que hubiese sido perfecta, de no haberse entrometido. —La voz educada y suave había dado paso a un amenazador gruñido—. Bueno, todo aquello ya es agua pasada. Se ha interferido en mis asuntos por última vez.

—¿Sus asuntos? Creía que usted era un humilde empleado de Oceanus, doctor Barker, ¿o debo llamarlo Toonook?

Barker se quitó las gafas de sol y miró a Austin con sus ojos grises. Los colores de la aurora boreal se reflejaron en sus facciones cenicientas como si fuera una pantalla.

—Quién soy no tiene importancia. En cambio, qué soy tiene una importancia directa en su futuro. Soy el instrumento de su muerte. Vuélvase.

Austin miró por encima del hombro. Dos hombres morenos se habían situado entre él y la salida. Habían cerrado la puerta para evitar que entraran visitantes. Kurt se preguntó cuál sería la mejor vía de escape: empujar a Barker contra la pantalla o abrirse paso entre los dos matones. Ya había decidido que no le gustaba ninguna de las dos y buscaba una tercera, cuando llamaron a la puerta y MacDougal asomó la cabeza.

—Hola, Kurt. Estoy buscando a Charlie Gleason. Lamento interrumpirte.

—En absoluto —respondió Austin. MacDougal no era el séptimo de caballería, pero acababa de salvarlo.

Los matones miraron a Barker a la espera de órdenes. Barker se puso las gafas de sol, obsequió a Austin con una sonrisa glacial y dijo:

—Hasta la próxima.

Se dirigió hacia la puerta y los dos matones lo siguieron; un segundo más tarde, los tres habían desaparecido entre la multitud.

La reunión de Austin con MacDougal no duró mucho. Cuando volvieron a la sala principal, Mac vio a un senador que era patrocinador del Smithsonian y sin perder ni un segundo fue a su encuentro para solicitarle una nueva subvención. Austin continuó alternando con diversos conocidos hasta que anunciaron que estaban a punto de comenzar las carreras de trineos. Caminaba hacia el vestíbulo cuando vio una larga cabellera castaña que caía sobre unos hombros desnudos. Therri debió de intuir su mirada. Se volvió para mirar en su dirección. Luego sonrió.

—Kurt, qué agradable sorpresa. —Ella lo miró de pies a cabeza mientras se daban la mano—. Estás muy guapo con esmoquin.

Austin no esperaba aquella cordialidad después de la tensa despedida en Roosevelt Island.

—Gracias. Espero que no apeste demasiado a naftalina.

Ella le acomodó una de las solapas como si fuese su pareja de baile.

—La verdad es que hueles muy bien.

—Tú también. ¿Todos estos halagos significan que volvemos a ser amigos?

—No estaba enfadada contigo, solo decepcionada. —Hizo un mohín, pero sus ojos brillaban con picardía. Le resultaba difícil disimular su sensualidad.

—Bien, entonces dejemos las hostilidades y sigamos adelante.

—Me parece perfecto. —Therri echó una ojeada a la multitud—. No dejo de preguntarme qué te ha traído a esta exposición.

—Lo mismo que te ha traído a ti. Estoy seguro de que te has fijado en que todos los objetos de la exposición son propiedad de Oceanus.

—Esa es la razón principal por la que estamos aquí.

—Therri miró a un lado del vestíbulo, donde se encontraba Ben Nighthawk. Parecía muy incómodo con su esmoquin; no sabía qué hacer con las manos y balanceaba el peso de un pie al otro. La muchacha lo llamó—. Recuerdas a Ben, ¿no?

—Es un placer verle de nuevo. —Austin le estrechó la mano—. Bonito esmoquin.

—Gracias —respondió Ben con poco entusiasmo—. Es alquilado. —Echó un vistazo a los demás invitados—. Me siento fuera de mi elemento.

—No se preocupe —dijo Austin—. La mayoría de las personas que vienen a estas recepciones están aquí para comer y cotillear.

—Ben aceptó ser mi acompañante —señaló Therri—. Marcus opina que Ben podría recordar algo más si ve alguna cosa que le refresque la memoria.

—¿Ha dado resultado?

—Todavía no. ¿Tú has tenido más suerte? ¿Te has enterado de algo nuevo?

—Sí —contestó Austin con una sonrisa tensa—. He aprendido que tú no haces caso de las advertencias de peligro.

—Eso es otra historia —replicó Therri con el tono de alguien que intenta ser paciente con un chiquillo molesto. Austin vio su mirada de desafío y decidió que estaba malgastando su aliento al intentar hacerle cambiar de opinión.

—Voy a ver a la carrera de trineos —dijo—. ¿Quieres venir conmigo?

—Muchas gracias —respondió Therri. Enlazó su brazo al de Ben—. Precisamente nosotros también íbamos a verlas.

Una guía les indicó la salida. Habían detenido el tráfico en Madison Drive para permitir que los espectadores accedieran al National Mall. Hacía una noche preciosa. Iluminadas por los focos, las torretas de arenisca roja del Smithsonian Castle se veían con toda claridad al otro lado de los casi trescientos metros de césped. Por el lado del Potomac, el sencillo obelisco blanco del monumento a Washington destacaba contra el cielo nocturno.

Habían marcado con cintas de plástico amarillas un amplio sector de césped que estaba iluminado con baterías de lámparas portátiles. En el interior del recinto, habían colocado conos naranjas para marcar un rectángulo. Centenares de invitados con trajes de noche, y transeúntes atraídos por las luces y la multitud, rodeaban el perímetro. Había unos cuantos agentes forestales del Servicio de Parques Nacionales. Desde el otro lado de la pista de carreras, donde había varios camiones aparcados, llegaba un sonido parecido al de una perrera a la hora de comer. Luego, la voz de un hombre, que sonó a través de los altavoces, apagó el ruido de los ladridos.

—Bienvenidos a la exposición de pobladores del norte helado, damas y caballeros —dijo el presentador—. Están a punto de presenciar la parte más emocionante de la muestra: la carrera de trineos. Esto es más que una carrera. Los competidores, de dos diferentes comunidades inuit de Canadá, demostrarán las habilidades que son necesarias para sobrevivir en el Ártico. El cazador debe perseguir a su presa a toda velocidad y utilizar su arpón con una puntería infalible. Como ustedes saben, en Washington no abunda la nieve en esta época del año. —Hizo una pausa para permitir las risas—. Así que los participantes utilizarán ruedas en los trineos en lugar de patines. ¡Disfruten del espectáculo!

Las figuras que se movían junto a los camiones se dividieron en dos grupos. Cada uno empujaba un trineo hacia la entrada de la pista. Llevaron los trineos, uno azul brillante, el otro rojo fuego, hasta la línea de salida y los colocaron uno al lado del otro. Mientras tanto, los cuidadores que habían sacado a los perros de los camiones les pusieron los arneses y los engancharon a los trineos.

Nerviosos ante la perspectiva de la carrera, los huskies estaban cada vez más inquietos. La intensidad de los ladridos crecía por momentos a medida que los perros, impacientes por ponerse en movimiento, tiraban de los arneses. Los tiros de nueve perros, ocho en parejas y el líder en cabeza, se convertían en una máquina de gran potencia cuando actuaban

unidos. Incluso con los frenos puestos y los cuidadores suje-
tándolos, los trineos se movían hacia delante.

Dos hombres, obviamente los conductores, se separaron
de los demás y montaron en los trineos. Un segundo más tarde, sonó el disparo de salida. Los conductores gritaron una
orden, los perros hundieron las uñas en la hierba, y los trineos
salieron disparados como cohetes gemelos. Los perros comenzaron a correr con todas sus fuerzas. Poco seguros de las
condiciones del césped, los conductores aminoraron ligeramente la velocidad al llegar a la primera curva. Derraparon un
poco, pero los trineos salieron de la curva a la par; lo mismo
ocurrió en la segunda curva.

Los trineos volvieron a recuperar la máxima velocidad
mientras avanzaban hacia el lugar donde se encontraba Austin detrás de la cinta amarilla, junto a Therri y Ben. Los conductores animaban a los perros emitiendo unos sonidos que
sonaban como besos. Como la temperatura era cálida, los
conductores no vestían las parkas de piel con capucha, sino
unos ajustados pantalones de esquí metido en las botas. El
sudor brillaba en sus pechos desnudos.

Los trineos estaban hechos con tubos metálicos y eran
similares a los que se utilizaban para entrenar a los perros
cuando no había nieve que permitiera el deslizamiento de los
patines. Colocadas entre las cuatro ruedas de avión había unas
rejillas de acero de un metro ochenta de largo y uno de ancho.
Los trineos se guiaban con un pequeño volante colocado en
lo alto de un soporte vertical. Los conductores apoyaban los
pies en unas angostas extensiones instaladas en los lados de la
plataforma central, con los cuerpos echados sobre los volan-
tes para reducir la resistencia al viento y bajar el centro de
gravedad. Cuando los trineos pasaban como centellas delante de los espectadores, sus rostros no eran más que manchas.

Los competidores aún continuaban igualados cuando llegaron a la tercera curva. El rojo iba por la cuerda interior.
Dispuesto a salir con ventaja, el conductor intentó cortar la
curva. Pero el trineo se encontró con un hueco, y las ruedas

del lado opuesto se levantaron un palmo del suelo. El hombre compensó el desequilibrio con el peso del cuerpo y un toque de freno, y las ruedas volvieron a golpear contra el suelo. El conductor del trineo azul aprovechó el error de su rival para tomar ventaja. Podría haber seguido la trayectoria más abierta, pero encaró la curva con extraordinaria habilidad y consiguió adelantarse un cuarto de trineo en la recta.

La multitud gritaba entusiasmada, y enloqueció cuando el trineo aumentó su ventaja hasta medio trineo. Unos metros más y el trineo azul conseguiría ponerse delante del rojo y controlar la carrera porque podría cerrar el paso a su oponente. El conductor no dejaba de mirar por encima del hombro, atento a la primera oportunidad. La tuvo en la cuarta y última curva.

El trineo azul, que avanzaba por el exterior, llegó a la curva con la velocidad y el ángulo perfectos para adelantarse a su rival. Fue entonces cuando el trineo rojo se abrió bruscamente a la derecha, y la rueda delantera derecha golpeó contra la rueda trasera izquierda del que iba en cabeza. El trineo azul coleó a consecuencia del impacto, y el conductor tuvo que utilizar todos sus recursos para recuperar el control. Los perros intuyeron el coletazo y trataron de compensarlo tirando con más fuerza, pero la fuerza centrífuga que actuaba sobre el vehículo fue más fuerte.

El trineo azul se levantó sobre las dos ruedas y tumbó. El conductor voló por los aires, como un hombre bala en un espectáculo de circo. Cayó al suelo despatarrado y rodó sobre sí mismo varias veces hasta quedar inmóvil. Los perros continuaron corriendo con el trineo tumbado hasta que acabaron por detenerse. Entonces comenzaron a pelear entre ellos. Los cuidadores entraron apresuradamente en la pista para ocuparse de los perros, mientras otros atendían al conductor caído.

El conductor del trineo rojo continuó la marcha a toda velocidad, aunque ya había ganado la carrera, y no aminoró hasta cruzar la línea de meta. El trineo aún se movía cuando se apeó de un salto y cogió un arpón de un barril. En un solo movimiento levantó el arpón y, sin apuntar, disparó contra un blanco colocado junto a la pista. El arpón se clavó en el centro de la diana. Después empuñó la hachuela que llevaba sujeta al cinturón y también la lanzó contra el blanco. Otra diana.

El triunfador levantó los puños y soltó un escalofriante grito de victoria, luego dio una vuelta triunfal, con una amplia sonrisa que acentuó todavía más su expresión malvada. Su arrogante actitud disipó cualquier duda de que la colisión hubiese sido un accidente. Se oyó un solitario silbido; la multitud, atónita, se unió rápidamente a él, hasta convertirse en un furioso coro que mostraba su repulsa hacia las tácticas empleadas para conseguir la victoria. Disconformes con el resultado de la carrera, los invitados comenzaron a volver al museo.

El conductor hizo un gesto a los espectadores que se marchaban como si los retara. Su mirada recorrió la multitud —a la búsqueda de alguien tan valiente o tonto como para enfrentarse a él— y se detuvo al ver a Austin. Los ojos oscuros se convirtieron en dos rendijas. Austin se puso tenso. A unos pocos metros tenía al hombre que lo había apuñalado y después le había arrojado una granada de mano a la embarcación en la Puerta de la Sirena. Lo hubiera reconocido por el odio que brillaba en sus ojos de fiera incluso aunque no hubiera visto los tatuajes verticales en los pómulos y la nariz deformada por el golpe que le había asestado él mismo.

Los labios gruesos formaron silenciosamente una palabra: Austin.

Kurt se sorprendió al comprobar que el hombre conocía su nombre, pero lo disimuló. Con su tono más burlón dijo:

—Mucho tiempo sin verte, Nanook. Me debes la factura de la cirugía plástica que hice en tu preciosa jeta.

El conductor se acercó hasta que solo les separaban un par de palmos. Austin olió su fétido aliento.

—Me llamo Umealiq. Quiero oírte pronunciar mi nombre cuando me supliques que tenga piedad.

—No te reprocho que no estés conforme con el trabajo de la nariz —replicó Austin sin inmutarse—. Tampoco había mucho donde trabajar. Págame la embarcación que destrozaste y estaremos en paz.

—El único pago que recibirás es la muerte —afirmó el hombre.

Acercó la mano al cinturón y sus gruesos dedos comenzaron a sacar de la vaina el cuchillo de hueso. La mayoría de los espectadores ya se habían retirado, pero aún quedaban algunos grupos dispersos. Austin sabía que aquello no le garantizaba seguridad ya que el hombre no vacilaría en matarlo, incluso delante de docenas de testigos. Apretó el puño derecho, dispuesto a descargarlo contra el hueso roto, donde causaría el mayor daño y dolor posible.

Entonces, con el rabillo del ojo, vio un movimiento súbito. Ben Nighthawk se había lanzado sobre el conductor. El indio pesaba poco y la embestida distaba mucho de ser la necesaria para causar daño. El conductor gruñó, y su cuerpo fornido se sacudió ligeramente a consecuencia del impacto, pero mantuvo el equilibrio y tumbó al muchacho de un puñetazo.

La mano buscó de nuevo el cuchillo; el kiolya dio un paso adelante, aunque se detuvo al oír un alboroto. El conductor del trineo azul iba hacia él a través del Mall, acompañado por algunos de los cuidadores de perros. Tenía el rostro sucio de barro y sangre. Umealiq se volvió para enfrentarse a los recién llegados. Comenzaron a discutir furiosamente las tácticas de la carrera. Tras una rápida mirada de odio a Austin, el conductor del trineo rojo se abrió paso a empujones y caminó hacia donde estaban aparcados los camiones.

Therri estaba de rodillas en el suelo, atendiendo a Nighthawk. Austin se le acercó y vio que la única lesión del indio era el morado debajo del ojo donde había recibido el puñetazo. Mientras lo ayudaban a levantarse, el muchacho dijo furioso:

—Ese es el hombre que asesinó a mi primo.

—¿Estás seguro? —preguntó Therri.

Nighthawk asintió, atontado. Miró con los ojos nublados la figura que cruzaba el Mall e intentó lanzarse en su persecución. Austin adivinó su propósito y se apresuró a cerrarle el paso.

—Él y sus compañeros te matarán.

—No me importa.

—Este no es el mejor momento —afirmó Austin, en un tono que no admitía réplica.

Nighthawk se dio cuenta de que no conseguiría superar el obstáculo que tenía delante. Maldijo en su idioma nativo y, cabizbajo, emprendió el camino de regreso al museo.

—Gracias por detener a Ben —dijo Therri—. Tendríamos que decírselo a la policía.

—No es mala idea, aunque creo que están a punto de impedir que lo hagamos.

Un grupo de hombres venía hacia ellos desde el museo. En cabeza destacaba la alta figura del doctor Barker. Saludó a Austin como si se tratara de su amigo del alma.

—Es un placer verlo de nuevo, Austin. Tengo que irme, pero no quería hacerlo sin decirle adiós.

—Gracias, pero no voy a ninguna parte.

—Por supuesto que sí. Umealiq los está esperando a usted y a su amiga. Están ustedes a punto de saber por qué se llama como la lanza con punta de piedra que los inuit emplean para cazar focas.

Barker le señaló hacia el lugar donde Cara Cortada se encontraba, en medio de la pista. Luego, escoltado por dos guardaespaldas, se alejó hacia donde le esperaba una limusina. El resto de los hombres se quedaron atrás.

Otros se acercaron corriendo desde el lugar donde estaban aparcados los camiones. Austin estimó a ojo de buen cubero que serían unos veinte. El panorama no era muy alentador y lo fue todavía menos cuando un par de ellos se acercaron a las baterías de focos que iluminaban la pista y los apagaron.

El Mall se convirtió súbitamente en un enorme espacio solitario. La presencia policial más cercana era un agente que hacía detener los coches en Madison Drive para que los invitados pudieran volver al museo. Los restantes huéspedes ya se disponían a entrar en el edificio y los curiosos habían reanudado su camino. La mirada de Austin siguió las sombras que se movían por el césped para realizar la clásica maniobra envolvente.

Cogió a Therri por un brazo e intentó llevarla de regreso al museo, pero los hombres de Barker les cortaron el paso. Era una repetición de la escena de Copenhague, pero esta vez Austin no tenía una tapa de cubo de basura que le sirviera de escudo y arma. Vio a unos cuantos transeúntes, e incluso a un par de agentes del Servicio de Parques Nacionales, que cruzaban el Mall totalmente ajenos a lo que sucedía, pero decidió no pedir ayuda. Podía poner en peligro la vida de cualquiera que atendiera a su llamada.

Solo habían dejado una luz encendida. En el centro del círculo luminoso, como un actor iluminado en un escenario, estaba Umealiq. Mantenía la mano sobre la empuñadura del cuchillo. Sus hombres se acercaban a la pareja por los lados y por detrás. Austin no tenía otra alternativa. Tomó de la mano a Therri y comenzaron a caminar lentamente hacia lo que parecía una muerte segura.

25

A pesar de que la muerte se respiraba en el aire, Austin mantuvo una serenidad absoluta. Había desarrollado la capacidad de poner su mente en lo que se podía describir en términos automovilísticos como funcionar en «automático». Mientras las neuronas trabajaban a toda velocidad, una voz interior serenaba sus pensamientos y le permitía asimilar los detalles captados por los sentidos y preparar sus acciones.

Therri y él se enfrentaban a dos posibles destinos. A una señal de su jefe, los hombres que los rodeaban los harían pedazos con sus hachas. Lo más probable era que, tal como había prometido, Cara Cortada hiciera el trabajo, pensó Austin. Kurt estaba considerando una tercera alternativa, aunque no fuera evidente para sus escoltas. Miraba en derredor con una expresión de temor, para transmitir la imagen de que le consumía el miedo y el desconcierto, mientras que continuaba planeando una ruta de escape y calculaba las probabilidades de éxito.

Therri le apretó la mano con tanta fuerza que le dolieron los dedos.

—Kurt, ¿qué haremos? —preguntó sin que en su voz se apreciara más que un leve temblor.

La pregunta hizo que Austin se sintiera más tranquilo. Le decía que, lejos de renunciar a la esperanza, la muchacha también buscaba una manera de salir del apuro. Su tono decidido indicaba que no le faltaba ni un ápice de coraje. Le haría mucha falta, pensó Austin.

—Sigue caminando. Piensa que estamos dando un paseo por el parque.

Therri espió de reojo a los hombres que los rodeaban en silencio.

—¡Menudo paseo y menudo parque! No me divertía tanto desde nuestra cita en Copenhague.

La muestra de sentido del humor era una buena señal. Avanzaron unos metros más.

—Cuando te diga «vamos», haz lo mismo que yo.

—¿Has dicho «vamos»?

—Así es. No te separes de mí. Písame los talones si es necesario. Vaya adonde vaya, no te apartes.

Therri asintió, y continuaron caminando a paso de caracol. La pareja se había acercado lo suficiente a Cara Cortada como para ver los ojos negros que resplandecían como diamantes por debajo del flequillo. Los demás no parecían tener prisa, quizá con la intención de aterrorizarlos todavía más. Vestidos con los monos negros, aquellos hombres parecían los integrantes de un cortejo fúnebre. Austin solo los veía como peligrosos obstáculos a eliminar o a eludir. El foco real de su atención estaba a la izquierda. El trineo rojo estaba allí, sin vigilancia alguna. Los perros estaban sentados o tumbados en la hierba, con los ojos entrecerrados y las bocas abiertas en una sonrisa canina.

Austin respiró profundamente. Todo dependía de actuar en el momento preciso.

Se acercaban paso a paso al final de sus vidas.

Cara Cortada comenzó a prepararse. Apoyó la mano en la empuñadura del cuchillo de hueso que aún no había sacado de la vaina, y la sonrisa que acentuó la expresión cruel de su rostro recordó la de alguien que se relame ante un bocado exquisito. Dijo algo en un idioma incomprensible. Solo fueron unas pocas palabras, probablemente algún comentario presuntuoso, pero llamó la atención de sus hombres, que miraron hacia su jefe.

Austin apretó la mano de Therri.

—¿Preparada? —susurró.

Ella respondió con otro apretón.

—¡Vamos!

Austin dio un paso a la izquierda, con tanta violencia que casi arrastró a Therri, y se lanzó hacia un hueco que había en la línea que los rodeaba. Los hombres vieron el movimiento e intentaron cerrarles el paso como si fueran los defensas que corren para detener a un delantero que avanza con la pelota. Se lanzaron a cubrir el hueco. Austin cambió de dirección en el último momento. Soltó la mano de Therri, y con todo el peso de su cuerpo, golpeó con el hombro el pecho del hombre que tenía a la izquierda. Se oyó un sonido como el de un fuelle que suelta el aire y el hombre se dobló por la cintura.

El guardia de la derecha cargó con el hacha en alto. Austin aprovechó el impulso del primer choque y cuando se erguía lo golpeó con el otro hombro. El impacto levantó al matón por los aires. El hacha cayó al suelo.

Therri le pisaba los talones. Dieron media docena de pasos más y llegaron al trineo. Los perros levantaron las orejas al advertir que se aproximaban. Austin sujetó fuertemente el vehículo. No quería que los perros salieran disparados. Sin necesidad de que se lo dijera, Therri se echó sobre la plataforma de acero, se giró para quedar con los pies hacia delante y se cogió a la estructura. Austin quitó el freno.

—¡Arre! —ordenó con una voz clara que sonó como el chasquido de un látigo.

El conductor inuit seguramente utilizaba una orden en su idioma, pero los perros, por el tono de voz, entendieron lo que se pretendía de ellos. Los que conducen trineos no emplean la palabra «vamos» para que los perros se muevan. La palabra es demasiado suave. Austin era un hombre de mar, aunque no por eso había despreciado aprender las cosas que se hacen en tierra. Lamentablemente, la conducción de trineos no figuraba entre ellas. Lo había probado en algunas ocasiones como un entretenimiento cuando había ido a esquiar, y después de haber acabado enterrado en la nieve, había descubierto que no era tan sencillo como parecía. El conductor tenía que mantener el equilibrio en unos estribos que no eran más anchos que una cuchilla, mientras intentaba controlar a unos animales a los que tan solo separaban de sus antepasados lobos unas pocas generaciones. El pequeño tamaño de los perros era engañoso porque, cuando formaban equipo, se convertían en una máquina muy potente.

También sabía que el conductor debía imponer su autoridad si quería que los perros respondieran a sus órdenes. El tiro ya estaba en disposición de marcha casi antes de que gritara la orden. Austin estuvo a punto de soltar el volante cuando la cuerda que unía a los perros al trineo se tensó con una fuerza tremenda. Corrió unos pocos metros detrás del vehículo para ayudar al deslizamiento, luego se montó y dejó que los perros hicieran todo el trabajo. Los animales ladraban, contentos de poder demostrar lo que mejor sabían hacer: correr hasta agotarse.

Desde el instante en que había puesto la mano en el trineo, no habían transcurrido más que unos pocos segundos. Los hombres de Cara Cortada intentaron cruzarse en su camino. Los perros eran mucho más rápidos. Ladraban a todo pulmón mientras se alejaban de sus perseguidores. En cuanto se encontraron en terreno despejado, Austin intentó dirigirlos. Gritó «¡Jiii!» y «¡Jaaa!» para que los perros se desviaran a la derecha o la izquierda, y no ocultó su placer al comprobar que eran políglotas. En cuanto al volante que controlaba las ruedas, había que moverlo con suavidad, especialmente en las curvas. Si daba un volantazo, el trineo se desplazaba como la punta de un látigo, aunque el peso de dos personas hacía que las ruedas no se separaran del suelo.

Al llevar el doble de carga la velocidad se reducía. Austin no había considerado este problema; pensó que superarían fácilmente a un hombre corriendo, máxime si se trataba de alguien pesado como Cara Cortada y sus paticortos sicarios. Su confianza se esfumó cuando miró atrás. Umealiq lo perseguía montado en el otro trineo. Austin abandonó el césped para meterse en un sendero pavimentado. En el asfalto, el trineo ganó velocidad. Pero ahora tenía que compartir el sendero mientras esquivaba los obstáculos como un corredor de eslalon, y esto representaba un problema. Estuvo a punto de atropellar a una pareja; también rozó a un hombre que paseaba a un perro enano que ladró a Austin. Echó a una patinadora fuera del camino y la mujer le dirigió todos los insultos imaginables. Gritos de protesta e insultos siguieron al trineo mientras él animaba a los perros para que aumentaran la velocidad.

Intentó calcular cuánto más aguantarían los perros a ese ritmo, y decidió que no le quedaba mucho tiempo. Los perros de trineos están habituados a correr con nieve o frío, pensó, y con los gruesos mantos de pelo no tardarían en notar los efectos de una temperatura templada como la que había en ese momento. Miró en derredor para orientarse. Estaban cruzando el Mall, en dirección contraria al museo y hacia el castillo y la explanada del Smithsonian. Miró de nuevo por encima del hombro. Umealiq había acortado distancias, y solo era cuestión de tiempo que lo alcanzara.

—Tranquilos —ordenó a los perros, y pisó un poco el freno para reforzar la orden. Los animales obedecieron.

—¿Qué haces? —preguntó Therri.

—¡Bájate!

—¿Qué?

—Salta y corre hacia las luces y la gente que está en la explanada del Smithsonian. No puedo distanciarme contigo a bordo. Es a mí a quien quiere atrapar.

Therri dominó a duras penas su tendencia natural a protestar. Consciente del peligro, se dejó caer del trineo, se puso de pie y echó a correr. Austin gritó a los perros que corrieran. El equipo reanudó la carrera con un ímpetu tremendo. Giró el volante para pasar a otro camino a su derecha. Notaba el trineo mucho más liviano. Respondía mejor a los movimientos del volante, y se movía a mucha mayor velocidad que antes. Comprobó complacido que Cara Cortada continuaba persiguiéndolo. Therri estaba a salvo, pero al reducir la velocidad para que saltara le había dado la oportunidad a Umealiq de acortar distancias.

El sudor que le empapaba la frente se le metía en los ojos y le costaba ver. Se enjugó el sudor con la manga del esmoquin y miró por encima del hombro. Cara Cortada había reducido la diferencia a la mitad. Austin esquivó a otro transeúnte y miró al frente. Vio a lo lejos el obelisco blanco del monumento a Washington. Quizá encontraría a los guardias armados que vigilaban el lugar, pero nunca conseguiría llegar hasta allí. Los perros comenzaban a acusar el cansancio. Notó cómo poco a poco aminoraban el ritmo, y el trineo se comportaba como un coche que se está quedando sin gasolina. Los animó con aquel sonido parecido al de un besuqueo que había visto utilizar a los conductores durante la carrera.

Vio los coches que circulaban por la calle que tenía delante. Con un poco de suerte y si calculaba bien, podría utilizar el tráfico como una barrera entre él y sus perseguidores. El trineo salió del Mall y llegó a la acera. Austin vio una abertura entre dos vehículos y se lanzó sin más, con la intención de llegar al otro lado de la calle. Los perros vacilaron, pero él los incitó a seguir. El perro guía ya había pisado el pavimento cuando una de las omnipresentes limusinas que recorrían las calles de Washington apareció repentinamente y le cerró el paso.

Austin giró el volante al máximo. El guía, muy adelantado, ya se había desviado a la derecha con el resto del equipo y el trineo a la zaga. El vehículo se inclinó como un velero que navega muy ceñido al viento. Kurt compensó la inclinación, y el trineo volvió a moverse con las cuatro ruedas apoyadas en el suelo. Ahora avanzaban paralelos al bordillo. Umealiq, que había seguido una trayectoria en diagonal, guiaba su trineo por la acera, unos pocos metros más atrás.

Los dos trineos corrían por la acera como las cuadrigas en *Ben-Hur*. Los perros esquivaban a los peatones. Austin había acabado por dejarlos hacer porque era evidente que los animales podían guiar el trineo mucho mejor que él; solo se preocupó de sujetarse. Además tenía claro que ni de lejos podía compararse como conductor a su enemigo. Los trineos estaban el uno junto al otro, casi a punto de rozarse. Entonces Cara Cortada se situó a su altura y apuntó a Austin con una pistola.

El hombre de la NUMA tuvo la sensación de que alguien le había pintado una diana en la frente, aunque el disparo no era fácil. Umealiq sujetaba el volante con la mano izquierda y la pistola con la derecha. Sin las manos que aseguraran la estabilidad del volante, el trineo zigzagueaba de un lado a otro, y a Cara Cortada le costaba mantener la pistola nivelada. De todas maneras, lo probó.

El proyectil falló el blanco. Para Austin no fue un consuelo. Umealiq era capaz de seguir disparando hasta vaciar el cargador y, en ese caso, aunque no alcanzara a Austin, las balas perdidas podían herir o matar a una persona inocente. En una acción más instintiva que meditada, se apresuró a pisar el freno. El trineo del esquimal lo rebasó y Austin puso en práctica la misma sucia jugada que le había visto hacer a Umealiq en la carrera. Desvió el trineo a la derecha. La rueda delantera de ese lado golpeó la rueda trasera izquierda del otro vehículo, y Cara Cortada tuvo que ocuparse de recuperar el control del trineo.

La maniobra había sido muy arriesgada, pero se vio recompensada por el efecto deseado. Con una única mano sudorosa para sujetar el volante, Cara Cortada no pudo evitar el trompo. Las ruedas delanteras del trineo se cruzaron, la parte de atrás se desplazó violentamente y, dibujando un arco, el vehículo volcó. Umealiq voló por los aires mientras la pistola escapaba de su mano y se perdía en plena calle. El esquimal cayó pesadamente sobre la acera y rodó varias veces sobre sí mismo antes de detenerse. Los perros continuaron arrastrando el trineo volcado hasta que se dieron cuenta de que nadie les mandaba correr.

Austin no estaba en condiciones para celebrarlo. Su equipo llevaba al trineo en dirección a Constitution Avenue. Les gritó que se detuvieran y apretó el freno a fondo, pero fue inútil. Los perros se habían asustado con la detonación y con la conducción errática de Austin; comprendió que solo podía dejarse llevar. Los animales se lanzaron a la avenida sin mirar.

El trineo cruzó la acera, voló por encima del bordillo y cayó de plano en el pavimento con un golpe tan seco que a Austin le chasquearon las mandíbulas. Se oyó un tremendo chirrido cuando el conductor de un todoterreno grande como una casa pisó el freno y la parrilla cromada se detuvo a unos centímetros del trineo. Austin tuvo una visión fugaz de un rostro horrorizado detrás del volante y los ojos desorbitados del conductor mientras miraba a un hombre vestido con un esmoquin que cruzaba la avenida de más tráfico de toda la ciudad a bordo de un trineo.

Todo lo que podía hacer era sujetarse y procurar que el trineo no volcara. Solo oía los chirridos de las frenadas y topetazos en cadena. El aire olía a neumáticos quemados. Consiguió cruzar sano y salvo y los perros llegaron a la acera opuesta. El trineo se movía ahora a una velocidad que le permitiría saltar antes de que golpeara contra el bordillo. Los perros estaban agotados de correr en un ambiente tan cálido y no tenían ganas de continuar. Se dejaron caer sin más en la acera, con la lengua fuera y los ijares moviéndose como fuelles.

Austin echó una ojeada al caos que había provocado en Constitution Avenue. El tráfico se había detenido y los furiosos conductores bajaban de sus vehículos para intercambiar números de póliza y nombres para rellenar los partes de accidente. Cara Cortada estaba en la acera opuesta con el rostro ensangrentado. Desenvainó el cuchillo de hueso. Lo mantuvo apretado contra el pecho mientras se acercaba al bordillo, pero entonces, al escuchar el aullido de las sirenas se detuvo. En ese momento apareció uno de los camiones que Kurt había visto aparcados en un extremo de la improvisada pista de carreras. El vehículo frenó violentamente y el esquimal quedó oculto de la vista durante unos segundos. Cuando el camión arrancó, Umealiq había desaparecido.

Austin se acercó a los perros y los palmeó afectuosamente uno tras otro.

—Tendremos que repetirlo en otra ocasión, pero no muy pronto.

Se limpió las rodillas y los codos del esmoquin, a sabiendas de que así a pesar de todo tendría el aspecto de alguien que se ha pasado todo el fin de semana de juerga. Se encogió de hombros en un gesto de resignación y emprendió el camino de regreso al museo. Therri esperaba junto a la entrada del edificio de cuatro plantas que daba a Constitution Avenue. La expresión de angustia que había en su rostro se esfumó cuando vio que Austin se acercaba. Corrió a su encuentro y le echó los brazos al cuello.

—Gracias a Dios que estás entero —dijo al tiempo que lo abrazaba con todas sus fuerzas—. ¿Qué ha pasado con aquel tipo horrible?

—Se encontró con el endemoniado tráfico de esta ciudad y decidió dejarlo para mejor ocasión. Lamento haber tenido que echarte del trineo.

—No pasa nada. No es la primera vez que se libran de mí, aunque esta es la primera que me echan de un trineo en marcha.

Therri le explicó que después de que la echara del trineo, había encontrado un coche de policía aparcado cerca del castillo. Había explicado a los agentes que estaban a punto de asesinar a un amigo suyo en el Mall, y aunque los policías la habían mirado como si estuviese loca, habían ido a investigar. Después había vuelto al museo para buscar a Ben, pero no lo había encontrado. Cuando intentaba decidir qué hacer oyó las sirenas, así que se había acercado a la avenida y había sido entonces cuando había visto a Austin. Compartieron un taxi para ir a buscar los coches y se despidieron con un largo beso y la promesa de llamarse al día siguiente.

Un coche de la NUMA de color turquesa estaba aparcado en el camino de entrada cuando Austin llegó a su casa; la puerta estaba abierta. Entró y lo primero que oyó fue «Take Five» interpretado por el cuarteto de Dave Brubeck. Sentado en su sillón de cuero negro preferido y con una copa en la mano estaba Rudi Gunn, el subdirector de la NUMA. Gunn era un hombre nervudo, con los hombros y las caderas estrechas. Era un genio de la logística, graduado en Annapolis y ex comandante de la marina.

—Espero que no te importe que haya entrado en tu casa —dijo Gunn.

—En absoluto. Por eso mismo te di la combinación de la cerradura.

Gunn señaló la copa que tenía en la mano.

—Te queda poco whisky de malta —comentó con una sonrisa pícara.

—Tendré que decírselo a mi mayordomo. —Austin vio el libro que Gunn tenía sobre el regazo—. No sabía que te gustaba Nietzsche.

—Lo encontré en la mesa de centro. Es bastante denso.

—Más de lo que te puedas imaginar —respondió Austin. Se acercó al bar y se preparó una copa.

Gunn dejó el libro a un lado y cogió una carpeta que estaba sobre la mesa.

—Gracias por hacerme llegar el informe. Me pareció mucho más interesante que la obra del señor Nietzsche.

—Ya me lo figuraba. —Austin se sentó en el sofá.

Gunn levantó las gafas de montura negra hasta dejarlas sobre sus cabellos y hojeó el informe.

—En ocasiones como esta, soy consciente de que llevo una vida tremendamente aburrida —afirmó—. Creo que te has equivocado de profesión. Tendrías que dedicarte a escribir guiones para videojuegos.

Austin bebió un buen trago de su bebida: le encantaba la mezcla de ron negro con cerveza de jengibre jamaicana.

—No. Todo este asunto es descabellado.

—Lamento no estar de acuerdo, amigo. ¿Qué tiene de descabellado que una misteriosa corporación se dedique a hundir barcos por control remoto, que haya una cueva con unas fantásticas pinturas rupestres en las islas Feroe, y que una criatura sacada de *Tiburón* te haya hecho caer de culo? —Se echó a reír a mandíbula batiente—. Eso es algo que me hubiera encantado presenciar.

—Ya no existe eso que antes se llamaba respeto —se lamentó Austin.

Gunn recuperó la seriedad, y pasó unas cuantas páginas más.

—La lista es interminable. Matones esquimales que cazan a seres humanos en lugar de focas. Ah, sí, una abogada que forma parte de una organización ecologista radical. —Miró a Austin—. Espero que tenga las piernas largas y delgadas.

Austin recordó la figura de Therri.

—Yo diría que no más largas de lo normal, pero muy bien torneadas.

—Bueno, tampoco se puede tener todo. —Gunn dejó la carpeta sobre los muslos y miró a Austin de pies a cabeza. Se fijó en los zapatos sucios, el agujero en el pantalón a la altura de la rodilla y la pajarita torcida—. ¿El gorila de la entrada del museo te echó de la recepción? Se te ve un poco desarreglado.

—La recepción no estuvo mal. Pero descubrí que han echado Washington a los perros.

—Eso no es una novedad. Espero que el esmoquin no fuera alquilado.

—Peor —contestó Austin—. Es mío. Quizá la NUMA acepte comprarme uno nuevo.

—Hablaré de ello con el almirante Sandecker.

Austin preparó otras dos copas y después le relató su encuentro con Marcus Ryan y los otros acontecimientos de la noche.

Gunn lo escuchó sin decir palabra y luego señaló el informe.

—¿Tienes alguna idea de cómo encaja tu aventura en trineo con todo esta historia de locos?

—Se me han ocurrido muchas cosas, pero nada coherente. Te resumiré lo que sé en una única frase. Las personas que mandan en Oceanus tratan de forma despiadada a cualquiera que se meta en su camino.

—A la vista de lo que me has explicado esa es también mi conclusión. —Gunn hizo una pausa. Frunció el entrecejo. Tenía la capacidad de pensar con la misma frialdad y claridad que un ordenador. Procesaba la información separando el grano de la paja—. ¿Qué hay de ese tipo vasco, Aguírrez?

—Un tipo interesante. Es el comodín en esta partida. Hablé con un amigo en la CIA. No está claro que Aguírrez sea un aliado de los separatistas vascos. Perlmutter está investigando sus antecedentes familiares. Todo lo que sé hasta ahora es que puede ser un terrorista vasco o un arqueólogo aficionado. Elige.

—Podría ser nuestro sabueso en este asunto. Es una pena que no puedas ponerte en contacto con él.

Austin dejó la copa, sacó la cartera del bolsillo y buscó la tarjeta que le había dado Aguírrez cuando se marchaba del yate. Le dio la tarjeta a Gunn, que vio el número de teléfono escrito al dorso.

—Podríamos probar, ¿no? —dijo mientras le devolvía la tarjeta.

Kurt cogió el teléfono y marcó el número. Estaba cansado después de la aventura de la noche, y no se hacía muchas ilusiones. Así que se sorprendió cuando oyó la voz de bajo que atendió la llamada.

—Qué agradable sorpresa, señor Austin. Tenía la sensación de que no tardaríamos mucho en volver a hablar.

—Espero no interrumpir nada importante.

—En absoluto.

—¿Todavía está usted en las islas Feroe?

—Estoy en Washington por asuntos de negocios.

—¿En Washington?

—Así es. La pesca en las Feroe no estuvo a la altura de mis expectativas. ¿Qué puedo hacer por usted, señor Austin?

—Quería darle las gracias por haberme sacado de un apuro en Copenhague.

Aguírrez no intentó negar que sus hombres habían puesto

en fuga a los matones armados con porras que habían atacado a Austin y Therri. Sencillamente se echó a reír y luego respondió:

—Tiene usted la particular habilidad de meterse en situaciones difíciles, amigo mío.

—La mayoría de mis problemas tienen que ver con una empresa llamada Oceanus. Esperaba que pudiéramos hablar de nuevo sobre ese asunto. De paso podría ponerme al día del resultado de sus investigaciones arqueológicas.

—Será un placer —afirmó Aguírrez—. Por la mañana estaré ocupado con algunas reuniones, pero podríamos quedar para mañana por la tarde.

Acordaron la hora, y Austin apuntó la dirección que le dio Aguírrez. Le estaba haciendo a Gunn un resumen de la breve conversación, cuando sonó el teléfono. Era Zavala, que acababa de regresar de Europa. Joe había solucionado los problemas técnicos del *Sea Lamprey* y luego, cuando el *Beebe* fue invitado a unirse al buque danés *Thor* para participar en un proyecto de investigación científica en las Feroe, abandonó el barco.

—Solo quería avisarte que he vuelto a casa. He abrazado a mi Corvette y ahora me dispongo a salir a tomar una copa con una joven guapísima —dijo Zavala—. ¿Alguna novedad desde la última vez que nos vimos?

—Lo de siempre. Esta noche, un esquimal majara me ha perseguido con su trineo por todo el Mall dispuesto a asesinarme. Aparte de eso, todo en calma.

Hubo un largo silencio al otro extremo de la línea. Luego Zavala preguntó:

—No se trata de una broma, ¿verdad?

—No. Rudi está aquí. Si vienes te contaré toda la sórdida historia.

Zavala vivía en una casa pequeña en Arlington, Virginia, que en otro tiempos había sido una biblioteca de barrio.

—Llamaré para cancelar la cita. Estaré en tu casa dentro de unos minutos.

—Una cosa más. ¿Todavía tienes la botella de tequila que íbamos a tomarnos en las Feroe?

—Por supuesto. La tengo en el macuto.

—Creo que harías bien en traerla.

26

A la mañana siguiente, Austin se detuvo en el Museo de Historia Natural de camino hacia el cuartel general de la NUMA. Gleason estaba en la sala de exposiciones cuando entró Austin, y no parecía precisamente alegre. Los invitados, la música y la comida de la recepción habían desaparecido, pero esa no era la causa principal de su preocupación. Las vitrinas estaban vacías. Ni siquiera quedaban las tarjetas con los nombres de los objetos que habían contenido.

Gleason estaba fuera de sí.

—Esto es terrible, absolutamente terrible —se lamentó.

—Parece como si hubierais hecho una venta de saldos.

—Todavía peor. Esto es un desastre total. Los patrocinadores han cancelado la exposición.

—¿Pueden hacerlo? —Austin comprendió que era una pregunta estúpida, incluso antes de acabar de decirlo.

Gleason agitó los brazos en una muestra de desesperación.

—Sí, de acuerdo con la letra pequeña en el acuerdo que insistieron que debíamos firmar. Tenían el permiso para cancelar la exposición en cualquier momento y solo darnos una pequeña indemnización.

—¿Por qué la han cancelado?

—Que me maten si lo sé. La empresa de relaciones públicas que organizó todo esto nos ha dicho que solo seguían órdenes.

—¿Qué explicación le ha dado el doctor Barker?

—He intentado ponerme en contacto con él, pero es como si se lo hubiese tragado la tierra.

Austin decidió decirle la verdadera razón de su visita.

—Ha estado usted en contacto con Oceanus más que los demás. ¿Qué sabe del doctor Barker?

—Me temo que muy poco. Sé más de su antepasado.

—¿El capitán ballenero que mencionó?

—Sí, Frederick Barker. Uno de los cuchillos kiolya que vio en la exposición es de su propiedad. Tiene más de cien años. Una cosa horrible, y afilada como una navaja. Se me revolvía el estómago con solo verlo.

—¿Dónde puedo encontrar información sobre el capitán Barker?

—Puede empezar en mi despacho. —Gleason miró con una expresión de dolor las vitrinas vacías—. Venga. Aquí ya no puedo hacer nada.

El despacho se encontraba en el ala de la administración. Gleason señaló una silla a Austin y luego cogió un viejo libro de la estantería. Se titulaba *Whaling Captains of New Bedford*. Buscó una página y se lo ofreció a Austin.

—Lo encontré en nuestra biblioteca cuando se comenzó a hablar de montar la exposición. Este es el capitán Barker. Los capitanes balleneros de Nueva Inglaterra eran tipos duros. Muchos llegaron a capitán cuando apenas eran veinteañeros. Motines, tempestades, nativos hostiles, eran el pan nuestro de cada día para ellos. La adversidad convirtió a algunos de aquellos hombres en ogros, y a otros en personas humanitarias.

Austin contempló la borrosa fotografía en blanco y negro. Barker iba vestido con un atuendo esquimal, y resulta difícil distinguir sus facciones. La capucha de la parka de piel le enmarcaba el rostro, y unas gafas de hueso con unas rendijas horizontales le tapaban los ojos. Una barba blanca cubría la barbilla.

—Unas gafas muy interesantes —dijo Austin.

—Son gafas de sol. Los inuit conocían muy bien el peligro de la ceguera provocada por el reflejo de la nieve. Sin duda eran muy importantes para Barker, cuyos ojos probablemente eran muy sensibles a la luz. Los Barker son albinos o tienden a serlo. Por eso dicen que pasó tantos inviernos en el ártico, para evitar la luz directa del sol.

Gleason le explicó que el barco de Barker, el *Orient*, había naufragado, y el capitán había sido el único superviviente.

—Los nativos le salvaron la vida, y pasó un invierno en un pueblo esquimal. Cuenta cómo la esposa del jefe le quitó las botas y le calentó los pies helados con el calor de sus pechos desnudos.

—Se me ocurren maneras menos agradables de calentarse los pies. ¿Dónde entra en escena la tribu kiolya?

—Fueron quienes lo salvaron.

—No parece encajar con lo que me explicó de sus sanguinarias costumbres. Lo lógico hubiese sido que mataran a un extraño.

—Eso hubiese sido lo normal, pero no olvide que Barker no se parecía en nada al típico cazador de ballenas. Con el pelo y la piel absolutamente blancas y los ojos rojizos, seguramente les pareció algún dios de la nieve.

—¿Quizá Toonook?

—Cualquier cosa es posible. Hay unas cuantas cosas que Barker no explicó con mucho detalle. La sociedad cuáquera de New Bedford no hubiese aprobado nunca que uno de sus miembros se hiciera pasar por un dios. La experiencia lo transformó.

—¿En qué sentido?

—Se convirtió en un ecologista acérrimo. Cuando regresó a su casa, hizo todo lo posible para que sus colegas balleneros dejaran de matar a las morsas. Los kiolya se metieron por la fuerza en las zonas de caza de estas como una banda callejera que se hace con la distribución de la droga en otro barrio. Incluso se llevaban a las mujeres y las herramientas de aquellos a los que sometían. Las tribus inuit estuvieron a punto de extinguirse por culpa de la hambruna, hasta que decidieron unirse y expulsaron a los kiolya. Barker había sido testigo de aquella guerra por la carne de morsa y quería ponerle fin. Tenía una deuda de gratitud con los kiolya y creyó que si salvaba a las morsas, quizá abandonarían su comportamiento salvaje.

—¿Tuvo razón?

—Desde mi punto de vista, Barker pecó de ingenuo. No creo que nada les hubiera hecho cambiar de conducta, excepto el empleo de la fuerza.

Austin pensó en la respuesta. Como estudiante de filosofía, era un firme partidario de la teoría de que el pasado es el presente. Los kiolya podían ser la clave para desenredar la enmarañada madeja que rodeaba a Oceanus.

—¿Dónde podría averiguar algo más sobre la tribu?

—Yo diría que podría encontrar mucha información en los archivos de la policía canadiense. No se sabe gran cosa de lo que sucedió desde su dispersión hasta el presente, pero encontré una historia disparatada que confirma lo que le he dicho sobre que lo tomaran por un dios. —Buscó en uno de los cajones de un archivador y sacó un sobre de plástico donde había un recorte de *The New York Times* de 1935. La noticia la habían enviado desde la bahía de Hudson. Austin tardó un minuto en leerla.

El Ártico acaba de añadir un nuevo misterio a la historia de las expediciones: un alemán medio loco llegó aquí desde la tundra helada y afirmó que era el único superviviente de una catástrofe aérea.

Las autoridades canadienses han dicho que al alemán, que se identificó como Gerhardt Heinz, lo había traído un grupo de esquimales desconocidos quienes al parecer lo habían rescatado. *The Times* encontró al señor Heinz en un hospital, donde falleció poco tiempo después. En una entrevista, el señor Heinz declaró:

«Realizaba un viaje secreto al Polo Norte para mayor gloria de la madre patria. Aterrizamos en el Polo, pero en el viaje de regreso, avistamos los restos de un barco atrapado en el hielo. El capitán insistió en aterrizar en el campo polar para investigar. Se trataba de una nave muy antigua, probablemente construida algunos siglos atrás. Rescatamos un cadáver congelado, que guardamos en la nevera de la aeronave, y varios objetos muy curiosos.

»Reanudamos el vuelo y al poco tiempo sufrimos una avería mecánica que nos obligó a aterrizar. Los supervivientes decidieron seguir el viaje a pie, pero yo me quedé para vigilar el dirigible. Estaba a punto de morir cuando me encontraron unos nativos que me salvaron la vida».

El señor Heinz manifestó que los nativos no hablaban su idioma, pero que logró saber que se llamaban a ellos mismos «kiolya». Dijo que lo tomaron por un dios, por haber bajado del cielo, y cuando él les pidió por señas que lo llevaran hasta el pueblo más cercano, lo hicieron.

Las autoridades alemanas que atendieron las llamadas de este periódico afirmaron no saber quién era el señor Heinz ni que tuvieran noticias de un viaje en dirigible al Polo Norte.

Austin pidió a Gleason una fotocopia de la noticia y le dio las gracias por el tiempo que le había dedicado y por la información.

—Lamento mucho que hayan retirado la exposición —dijo cuando salía.

—Gracias. —Gleason sacudió la cabeza—. Que decidieran llevársela sin más me tiene desconcertado. Por cierto, ¿se ha enterado ya del accidente del senador Graham? Otro desastre. Es uno de nuestros principales patrocinadores.

—Creo que vi a Graham anoche en la recepción.

—Así es. Mientras regresaba a su casa, en Virginia, un camión embistió su coche y lo sacó de la carretera. El senador se encuentra en estado crítico. El conductor del camión se dio a la fuga.

—Lamento saberlo.

—Maldita sea —exclamó Gleason—. Espero que no se cumpla aquello de que las desgracias ocurren de tres en tres.

—Puede que haya una explicación más sencilla de su racha de mala suerte —comentó Austin.

—¿Sí, cuál es?

Austin señaló el techo de la habitación y respondió con voz grave:

—Toonook.

27

Saint Julien Perlmutter entró en su caserón en Georgetown y observó complacido los centenares de libros, viejos y nuevos, que abarrotaban las estanterías y se extendían como un vasto río de palabras que fluía por todas las habitaciones.

Un ser humano cualquiera al verse enfrentado a esta aparente confusión hubiese huido asustado. Una sonrisa beatífica apareció en su rostro, mientras su mirada se detenía en una pila, y después pasaba a otra. Era capaz de recitar todos los títulos, incluso citar páginas enteras, de lo que se consideraba la colección sobre temas navales más completa del mundo.

Estaba hambriento después de soportar los rigores de un vuelo transatlántico. Encontrar espacio a bordo de un avión para acomodar su corpachón no era un problema; sencillamente reservaba dos asientos. Pero la oferta culinaria incluso de la primera clase era, opinaba Perlmutter, el equivalente a la sopa boba. Se dirigió hacia la cocina como un misil que se guía por las ondas de calor y se alegró al ver que su ama de llaves había seguido sus instrucciones al pie de la letra.

A pesar de que era temprano, se sentó a comer una paletilla de cordero asada al estilo provenzal con patatas al perfume de tomillo y acompañada con un vino de Burdeos que no estaba nada mal. Restauradas sus fuerzas, se estaba limpiando los labios y su magnífica barba gris con la servilleta cuando sonó el teléfono.

—¡Kurt! —exclamó, al reconocer la voz de su amigo—. ¿Cómo demonios has sabido que había vuelto?

—En la CNN informaron de que en Italia se habían quedado sin pasta. Deducí que emprenderías el regreso en el acto para disfrutar de una buena comida.

—No —replicó Perlmutter—. La verdad es que regresé porque echaba de menos que me telefoneen impertinentes mequetrefes que deberían aprender buenos modales.

—Pareces estar en plena forma, Saint Julien. Ha debido de ser un viaje muy agradable.

—Lo ha sido, y tengo la sensación de haberme comido toda la pasta de Italia. De todas formas es agradable estar en casa.

—Me preguntaba si habías encontrado algo referente a mi búsqueda histórica.

—Pensaba llamarte más tarde. Un material muy interesante. ¿Puedes venir a casa? Prepararé café, y te contaré qué he encontrado.

—Tardaré cinco minutos. Precisamente ahora estoy atravesando Georgetown.

Austin fue fiel a su palabra. Perlmutter sirvió dos tazones de café con leche. Apartó un montón de libros para dejar libre una silla para su amigo, y apartó otra para hacer espacio para sus amplias posaderas en un sofá.

El historiador probó el café antes de entrar en materia.

—Veamos, después de que me llamaras a Florencia hablé de tu interés por las reliquias de Roldán con mi anfitrión, el signor Nocci. Recordó una referencia histórica que había visto en una carta enviada a un papa Médici por un hombre llamado Martínez, que era un fanático partidario de la Inquisición española, sobre todo aplicada a los vascos. El señor Nocci me puso en contacto con una de las funcionarias de la biblioteca laurentina. Ella encontró un manuscrito de Martínez donde habla con un odio tremendo de Diego Aguírrez.

—El antepasado de Baltasar, el hombre que conocí en las Feroe. Buen trabajo.

—Eso es solo el principio —afirmó Perlmutter con una sonrisa—. Martínez afirma claramente que Aguírrez tenía la espada y el cuerno de Roldán y que lo perseguiría, y cito, «hasta los confines de la tierra», para recuperar dichos objetos.

Austin silbó por lo bajo.

—Eso confirma que las reliquias de Roldán eran reales y las sitúa en manos de la familia Aguírrez.

—Parece confirmar los rumores de que Diego tenía en su poder la espada y el cuerno. —Perlmutter le dio una carpeta—. Esta es una copia de un manuscrito de los archivos estatales de Venecia. Lo encontraron junto a la documentación histórica de las galeras en el Museo Naval.

Austin leyó el título en la primera página: «La exoneración de un hombre de mar». La fecha de publicación era el año 1520. El prólogo describía el trabajo como: «Un relato de Richard Blackthorne, mercenario involuntario al servicio de la Inquisición española, un humilde marino que siempre defendió el nombre de Su Majestad, donde demuestra que las infamias de las que se le acusó son falsas y que nunca se debe confiar en los sanguinarios españoles».

Kurt miró a su amigo.

Blackthorne es sin duda un maestro de las frases interminables, pero ¿qué tiene que ver él con Roldán y Aguírrez?

—Todo, muchacho, todo. —El historiador miró el fondo de su tazón—. Ya que estás de pie, ¿podrías servirme más café? Estoy un poco cansado después de los rigores del viaje. Sírvete otro tú también.

Austin estaba cómodamente sentado, pero se levantó de la silla y sirvió el café. Sabía que el cerebro de Perlmutter funcionaba mejor mientras comía o bebía.

Perlmutter bebió un sorbo y pasó la mano sobre el manuscrito como si lo estuviese leyendo con los dedos.

—Ya tendrás tiempo de leerlo a placer, pero te haré un rápido resumen. Al parecer, Blackthorne fue víctima de los rumores que le acusaban de haber servido voluntariamente a los odiados españoles, y quiso dejar las cosas claras.

—Eso es evidente en el prólogo.

—A Blackthorne le preocupaba que su nombre estuviera manchado. Era hijo de una respetable familia de comerciantes en Sussex. Se hizo a la mar muy joven y ascendió desde grumete a capitán de una nave mercante en el Mediterráneo. Fue capturado por los piratas de Berbería y fue galeote en una galera argelina. La galera naufragó, y a él lo rescataron los genoveses, quienes a su vez lo entregaron a los españoles.

—Recuérdame que nunca me deje rescatar por los genoveses.

—Blackthorne era lo que llamaríamos un clavo ardiendo. De acuerdo con el sistema de la Inquisición, cualquier inglés era un hereje al que se sometía a tortura y se quemaba en la hoguera. Si te pillaban con un ejemplar de la biblia del rey Jaime o cualquier libro de un autor clásico considerado hereje, literalmente te asaban.

Austin miró de nuevo la carpeta.

—Si Blackthorne no sobrevivió, entonces las memorias las escribió su fantasma.

—El capitán Blackthorne tenía siete vidas. Consiguió escapar de los españoles pero lo volvieron a capturar. Lo sacaron encadenado de la mazmorra para someterlo a juicio. El fiscal lo acusó de ser enemigo de la fe y pronunció «otras palabras oprobiosas», como explica en el texto. Fue condenado a muerte y ya se disponían a llevarlo a la hoguera, cuando intervino el destino encarnado nada menos que en el Brasero.

—¿No es ese el nombre de un restaurante mexicano en Falls Church?

—Le preguntas al hombre equivocado. Siempre he considerado que unir las palabras «mexicano» y «restaurante» es tan contradictorio como decir «inteligencia militar». El Brasero era el apodo que le habían puesto al susodicho Martínez por su celo en llevar a los herejes a la hoguera.

—No es la clase de persona que invitarías a una barbacoa.

—No, pero resultó ser el salvador de Blackthorne. El inglés impresionó a Martínez con sus recursos y su capacidad para hablar castellano, pero lo más importante eran sus conocimientos de las galeras de combate y los barcos de vela.

—Eso demuestra hasta dónde estaba dispuesto a llegar Martínez para atrapar a Aguírrez. No tuvo reparos en salvar a un condenado.

—Así es. Sabemos por sus escritos que consideraba a Aguírrez una persona muy peligrosa, ya que le habían confiado la custodia de las reliquias de Roldán y podía utilizarlas para levantar a sus compatriotas contra los españoles. Cuando Aguírrez se fugó en su carabela, Martínez lo persiguió. Blackthorne estaba al mando de la galera capitana de Martínez cuando alcanzaron a Aguírrez frente a la costa francesa en 1515. Aunque lo superaban en número, armamento y había una calma chicha, Aguírrez consiguió hundir a dos de las galeras y Martínez tuvo que retirarse.

—Cuanto más sé del tal Diego, más me gusta.

—Su estrategia fue brillante —prosiguió Perlmutter—. Pienso incluir este combate en una colección que estoy preparando sobre combates marítimos clásicos. Desafortunadamente, el Brasero sabía a través de un informador que Aguírrez siempre hacía una escala en las islas Feroe para descansar y aprovisionarse antes de cruzar el océano hacia Norteamérica.

Austin se inclinó hacia delante en la silla.

—Skaalshavn —murmuró.

—¿Lo conoces?

—Estuve en Skaalshavn hace unos días.

—No puedo decir que sepa gran cosa del lugar.

—No te culpo, es bastante remoto. Un pequeño pueblo pesquero muy pintoresco con una bahía al abrigo de los temporales. Hay algunas cuevas muy interesantes en la zona.

—¿Cuevas? —Los ojos azules del historiador reflejaron su entusiasmo.

—Un laberinto muy grande. Las he visto. Por las pinturas en las paredes, diría que tuvieron ocupantes desde los tiempos primitivos. Los vascos, o los monjes irlandeses, estuvieron allí hace siglos.

—Blackthorne menciona las cuevas en su relato. La verdad es que juegan un papel muy importante en toda la historia.

—¿En qué sentido?

—Aguírrez podía dejar atrás a sus perseguidores y escapar a América, donde el Brasero nunca lo hubiera encontrado. Los vascos eran los únicos marineros lo bastante intrépidos para cruzar el Atlántico en aquellos tiempos. Pero Diego sabía que el inquisidor iría a por su familia. También sabía que aunque ocultara las reliquias en tierras americanas, cuando regresara a Europa, el Brasero le estaría esperando.

—Quizá decidió plantarle cara por la razón más sencilla —apuntó Austin—. Quería vengarse del hombre que había arruinado su vida y robado su fortuna.

—Es posible. Martínez estaba dispuesto a acabar con el trabajo que había iniciado. Había cambiado la galera por una nave de guerra que doblaba el tamaño de la carabela de Diego. Tenía a Blackthorne al mando. La nave contaba con cañones que podían acabar con los vascos en un santiamén. Pero Diego estaba enterado de la presencia de un informador a bordo de la nave de Martínez gracias al encuentro anterior y muy prudentemente mantuvo la carabela lejos de las cuevas. Diego apostó a un puñado de sus hombres en la costa, donde estaban a la vista de su enemigo, y cuando Martínez envió sus botes, los vascos corrieron a ocultarse en las cuevas para atraer a sus perseguidores.

—Me huelo una trampa.

—Tienes mejor olfato que Martínez, aunque con toda justicia, probablemente él no pensaba en otra cosa que en lo mucho que se divertiría asando a Diego y a su tripulación.

—A mí me recuerda el último combate de Custer. Las cuevas forman un laberinto. El escenario ideal para una emboscada.

—Entonces estoy seguro de que no te sorprenderá saber qué ocurrió. Fue un ataque a dos bandas. La carabela cargó contra la nave de guerra y tuvo bastante con unos pocos cañonazos para acabar con la resistencia del puñado de hombres que estaban de guardia. Después se apoderaron de la nave. Mientras tanto, Diego puso en marcha la emboscada. Había llevado uno de los cañones de la carabela a la cueva y lo utilizó para rechazar el ataque. —Perlmutter agitó uno de sus puños regordetes como si estuviese reviviendo la batalla—. El Brasero era un buen espadachín, pero Aguírrez lo superaba. En lugar de matarlo al primer golpe, se divirtió un rato con Martínez antes de apagar para siempre el fuego del Brasero.

—¿Dónde estaba el señor Blackthorne mientras ocurría todo esto?

—Uno de los hombres de Martínez intentó disparar contra Diego. Blackthorne lo mató. Aguírrez mandó que trajeran a Blackthorne a su presencia. El inglés le relató su historia. Diego necesitaba a un capitán avezado para la nave de guerra, así que hicieron un trato. Blackthorne se haría cargo de la nave y se llevaría a los hombres de Diego con él. Algunas semanas más tarde, según su relato, Blackthorne fondeó en el Támesis con su botín.

—¿Qué pasó con las reliquias de Roldán?

—Blackthorne no las menciona. Pero según su relato, Diego pidió voluntarios para acompañarlo en la travesía y envió a los demás de vuelta a casa con Blackthorne. Diego ya no necesitaba a los artilleros, solo a los marineros más experimentados. Aunque el Brasero hubiera muerto, sabía que las reliquias no estarían seguras mientras existiera la Inquisición. Así que continuó su viaje hacia el oeste, y no se volvió a saber de él nunca más. Otro de los muchos misterios del mar que siguen sin aclarar.

—Quizá no —respondió Austin. Le dio a Perlmutter el recorte de prensa donde se hablaba del accidente del dirigible.

—Estos «extraños objetos» que menciona Heinz podrían ser las reliquias.

—Eso es lo que creo. Por lo tanto, debemos aceptar que están en manos de Oceanus.

—¿La empresa estaría dispuesta a devolverlos?

Austin recordó sus encuentros con los matones de Oceanus.

—No es probable —afirmó con pesar.

Perlmutter miró a su amigo por encima de las manos unidas.

—A mí me parece que en todo este asunto hay mucho más de lo que se ve a simple vista.

—Muchísimo más, y me encantará ofrecerte todos los detalles sangrientos y espeluznantes mientras nos tomamos otra taza de café. —Austin levantó el tazón—. Ya que estás de pie, ¿podrías servirme más café? Sírvete otro tú también.

28

Austin llegó tres minutos antes de la hora señalada para la cita con Aguírrez. Después de salir de la casa de Perlmutter, condujo por Embassy Row. Los dioses protectores de los conductores de Washington se mostraron propicios, y no le costó encontrar un hueco para aparcar. Caminó por Pennsylvania Avenue hasta llegar a uno de los viejos edificios reformados. Austin leyó la placa en la puerta y se preguntó si no se habría equivocado de dirección. Dados los problemas que la familia Aguírrez había tenido con las autoridades españolas a lo largo de los siglos, el último lugar en que hubiese esperado reunirse con Baltasar era la embajada de España.

Le dio su nombre al guardia de la entrada y lo pasaron a una recepcionista, que marcó un número en el intercomunicador y habló con alguien en castellano. Luego obsequió a Austin con una sonrisa y, con un encantador acento que evocaba paisajes de Castilla, dijo:

—El señor Aguírrez está ahora mismo con el señor embajador. Se reunirá con usted en unos momentos.

Aguírrez apareció al cabo de unos minutos. Había reemplazado el mono azul y la boina negra por un impecable traje gris que seguramente costaba una semana del salario de Austin. Pero ni el mejor sastre podía disimular las manos de campesino y su físico robusto. Hablaba con un hombre de cabellos blancos que caminaba a su lado, con las manos detrás de la espalda, y la cabeza gacha como si estuviese pensando mientras escuchaba atentamente las palabras del vasco. Aguírrez vio a Austin y le hizo un gesto. Los dos hombres dieron por acabada la conversación y se despidieron con un fuerte apretón de manos y una sonrisa. El millonario se acercó a Austin y apoyó un brazo sobre sus hombros.

—Señor Austin —exclamó alegremente—. Es un placer verlo de nuevo. Lamento no haberle podido presentar al embajador, pero llegaba tarde a una reunión. Acompáñeme.

Aguírrez llevó a Austin por un pasillo hasta una de las habitaciones de las viejas casas que formaban parte de la sede diplomática. Había una magnífica chimenea de mármol, muebles de madera oscura y una mullida alfombra. Pinturas al óleo con escenas campestres españolas adornaban las paredes.

Mientras se sentaban, Aguírrez debió de notar la expresión de extrañeza en el rostro de Austin, porque comentó:

—Parece usted intrigado, señor Austin.

Kurt no vio ningún motivo para andarse con rodeos.

—Me sorprende encontrarlo aquí. ¿Un hombre acusado de ser un terrorista vasco en la embajada española?

Aguírrez no pareció en absoluto molesto.

—Es obvio que ha investigado mis antecedentes, tal como esperaba, y por lo tanto sabe que las acusaciones eran infundadas.

—Veo que no lleva la boina negra.

El empresario soltó una sonora carcajada.

—En deferencia a mis anfitriones, he dejado la chapela, aunque la echo de menos. Me pareció que alguien en este edificio podría pensar que llevaba una bomba oculta en la boina, y su inquietud hubiese interferido en nuestro trabajo.

—¿Cuál es ese trabajo?

—Solucionar el problema vasco por la vía pacífica de una vez por todas.

—No es poco después de siglos de conflictos.

—Tengo plena confianza en que se podrá conseguir.

—¿Qué ha pasado con su búsqueda?

—El pasado y el presente son inseparables en este caso. Los separatistas vascos quieren una madre patria. El gobierno español ha probado con la autonomía, con pésimos resultados. Si encuentro las reliquias que busco, su descubrimiento podría poner en marcha una oleada de nacionalismo muy fuerte. Conozco a mi gente. Podría destrozar España.

—¿Así que de pronto se ha convertido usted en alguien muy importante para el gobierno español?

—He mantenido reuniones con altos funcionarios en Madrid quienes me han pedido que informe de la situación al Departamento de Estado y les garantice que no soy un terrorista. He aceptado confiarles la custodia de las reliquias cuando las encuentre.

—¿Qué le impediría echarse atrás?

El vasco frunció el entrecejo, y una expresión peligrosa asomó en sus oscuros ojos.

—Es una pregunta lógica que también formuló el gobierno español. Les respondí que honraré la memoria de mi antepasado, que fue elegido guardián de las reliquias. A cambio, el gobierno español acepta dar pasos graduales pero muy importantes en favor de una mayor autonomía vasca.

—¿Está utilizando las reliquias para presionarlos?

Aguírrez se encogió de hombros.

—Prefiero decir que es una solución que satisface los intereses de ambas partes.

—No está mal si tenemos en cuenta el hecho de que no tiene las reliquias.

—Una simple cuestión técnica —respondió Aguírrez. La sonrisa reapareció en su rostro—. He encontrado información sobre las rutas marítimas que llevaron a mi antepasado al Nuevo Mundo. Los vascos llegaron a las islas Feroe en el año 875. Después de hacer escala en las Feroe, Diego debió de poner rumbo a Terranova o a la península del Labrador. Hay muchas pruebas que apoyan esta teoría. Mi gente pescaba bacalao y cazaba ballenas en aguas de Norteamérica en la Edad Media.

—He leído que Cabot encontró a unos indios que utilizaban palabras de origen vasco.

—¡De eso no hay ninguna duda! —exclamó Aguírrez con el rostro encendido por el entusiasmo—. En el curso de mis investigaciones he descubierto que existen unas cuevas inexploradas cerca de Channel-Port aux Basques en Terranova. Regresaré a mi yate, que está en aquellas aguas, en cuanto acabe de atender mis asuntos en Washington, y estoy seguro de que pronto tendré la espada y el cuerno de Roldán en mis manos.

Austin hizo una pausa mientras pensaba en cómo darle la noticia de una manera amable, y luego decidió que no la había.

—Podría encontrarse con un problema.

Aguírrez miró a Austin con expresión alerta.

—¿A qué se refiere?

Austin le entregó un sobre con la copia del manuscrito de Blackthorne.

—Este documento indica que las reliquias pueden no estar donde usted cree. —Austin le relató la historia que le había contado Perlmutter. El rostro de Aguírrez se ensombreció.

—Conozco a Saint Julien Perlmutter de oídas. Sé que goza de una gran fama como historiador naval.

—No hay nadie que lo supere en conocimientos.

Aguírrez dio una palmada.

—Sabía que Diego no había muerto a manos del Brasero. Escapó con las reliquias.

—Todavía hay más —añadió Austin. Le entregó el recorte de prensa donde aparecía la entrevista con el superviviente del dirigible.

—No acabo de entenderlo —dijo el vasco después de leer el artículo.

—Oceanus es el propietario del dirigible que encontró la carabela de su antepasado atrapada en el hielo.

Aguírrez comprendió la relación inmediatamente.

—¿Cree que Oceanus tiene en su poder las reliquias sagradas?

—Parece lógico si sigue las pruebas.

—En su opinión, ¿cree que se podría abordar a Oceanus para tratar sobre este tema?

—No creo que se pueda tratar con Oceanus en ningún aspecto —manifestó con una sonrisa triste—. ¿Recuerda mi accidente con la barca? Debo confesarle una cosa: Un guardia de Oceanus voló mi embarcación con una granada de mano.

—Pues yo debo confesarle que nunca creí su historia de los humos.

—Ya que estamos de confesiones, quizá quiera decirme por qué sus hombres me siguieron en Copenhague.

—Un simple medida de precaución. Para ser sincero, no sabía nada de usted. Solo sabía por su tarjeta de identidad que trabajaba en la NUMA, pero no sabía por qué estaba investigando las instalaciones de Oceanus, y me dije que debía de ser una misión oficial. Despertó mi curiosidad, así que decidí mantenerlo vigilado. Usted no hizo ningún esfuerzo por ocultar sus movimientos. Dio la casualidad de que mis hombres estaban cerca cuando lo atacaron. Por cierto, ¿cómo está la joven que lo acompañaba?

—Está bien, gracias a la intervención de sus hombres.

—¿No está enfadado porque lo siguieran?

—En absoluto, pero no me gustaría que se convirtiera en una costumbre.

—Lo comprendo. —Aguírrez hizo una pausa—. ¿Me equivoco si digo que los hombres que los atacaron eran de Oceanus?

—Parece la conclusión lógica. Los atacantes se parecían mucho a los guardias que encontré en la piscifactoría de Oceanus en las islas Feroe.

—Oceanus ha intentado matarlo en dos ocasiones. Tenga cuidado, amigo mío, podrían intentarlo de nuevo.

—Ya lo han hecho.

Aguírrez no pidió detalles, y era obvio que le preocupaban otras cosas. Se levantó y paseó por la habitación con el manuscrito de Blackthorne en la mano.

—Las personas de la embajada no deben conocer la existencia de este documento. Sin las reliquias, el gobierno español perderá el interés por impulsar la autonomía vasca. Pero esto va más allá del tema político —manifestó, dolido—. Le he fallado a mi antepasado al no encontrar las reliquias.

—Todavía puede haber una manera de conseguirlas.

Aguírrez se detuvo para mirar fijamente a su interlocutor.

—¿A qué se refiere?

—Ambos estamos interesados en ajustarle las cuentas a Oceanus. Hablemos de ello ya que, como dijo antes, tenemos intereses comunes.

El millonario enarcó las gruesas cejas aunque su rostro permaneció impasible. Luego se acercó a un aparador y sacó dos copitas y una botella de un licor amarillo verdoso. Llenó las copitas y le dio una a Austin, que reconoció el aroma particular del Izarra.

Una hora más tarde, Austin se sentó al volante de su coche. Se preguntaba si más tarde se arrepentiría del trato que había hecho, pero confiaba en su instinto, que era lo único que tenía en aquellos momentos. Tenía la sensación de que Aguírrez era un tipo tortuoso pero de principios, y dado que compartían los mismos objetivos, hubiese sido una tontería no tenerlo de aliado.

Miró la pantalla del móvil y vio que tenía dos llamadas perdidas. La primera era de los Trout. Se alegró de tener noticias de ellos. Sabía, por haber trabajado con ellos en el equipo de misiones especiales, que Paul y Gamay eran muy capaces de cuidar de ellos mismos, pero habían ido a investigar las actividades de Oceanus sin saber lo peligroso que podría ser su cometido.

Gamay atendió la llamada. Ella y Paul habían regresado de Canadá hacía tan solo una horas. Después de dejar el equipaje en su casa, habían ido al cuartel general de la NUMA para reunirse con Zavala, quien iba a ponerles al corriente de los últimos acontecimientos.

—¿Conseguisteis entrar en las instalaciones de Oceanus? —preguntó Austin.

—No, pero nos cruzamos con algunos de sus hombres.

A Austin le pareció que el tono de Gamay ocultaba alguna cosa.

—Sé por propia experiencia que cuando chocas con Oceanus, te devuelven el golpe. ¿Tú y Paul estáis bien?

—Estamos bien. Yo tuve una leve conmoción cerebral y Paul se rompió una muñeca. Los cortes y los morados ya prácticamente ni se ven.

Austin se maldijo por lo bajo, furioso consigo mismo por haber puesto a sus compañeros en peligro.

—No me di cuenta de la situación en la que os iba a meter. Lo siento.

—No te preocupes. Tú solo nos pediste que intentáramos averiguar algo sobre Oceanus. Fue decisión nuestra volar a Canadá y meter las narices donde no nos querían. En cualquier caso, valió la pena hacer el viaje. De otra manera no nos hubiéramos enterado de la existencia del pez diablo.

El único pez diablo que Austin había escuchado mencionara era la manta.

—¿Estás segura de que estás recuperada de la conmoción?

—Nunca he tenido la mente más despejada, Kurt. En todos mis años de bióloga marina, nunca me había encontrado con nada parecido. Paul lo llama la «muerte blanca».

Austin se estremeció al recordar el ataque de la criatura en el tanque de cría de Oceanus.

—Me lo contarás todo cuando llegue. —Colgó y a continuación marcó el número de Gunn—. Hola, Rudi —dijo sin perder el tiempo en saludos—. Creo que es hora de que tengamos una entrevista con Sandecker.

29

La pantalla de televisión gigante instalada en la sala de conferencias parpadeó durante un par de segundos, y luego aparecieron las imágenes. Se vio un relámpago de escamas plateadas en una red, y después se oyó la voz de Mike Neal que gritaba: «¡Atentos, compañeros, hemos pescado uno vivo!». A continuación, apareció la imagen borrosa de un pez que golpeaba contra la cubierta y un primer plano de una boca con unos dientes enormes que partía en dos el mango de un bichero. A estas la siguieron otras donde aparecía el mismo pez en el momento en que le pegaban con un bate de béisbol. De fondo se oían las voces asombradas de los Trout.

Paul pulsó un botón del control remoto y congeló la imagen. Se encendieron las luces de la sala, y una voz clara y firme comentó:

—Por lo que se ve *Tiburón* tiene un formidable competidor.

El almirante James Sandecker, el director de la NUMA, estaba sentado a la mesa, con la cabeza envuelta en una nube de humo pardo rojizo del puro que tenía en la mano.

—Eso que acaba de ver en la pantalla es un pez de una especie única, almirante —dijo Gamay, que compartía la mesa con Austin, Zavala, Paul y Rudi Gunn—. El gran tiburón blanco ataca cuando tiene hambre o lo acosan. La criatura que estamos viendo se parece más a Mack el Navaja: es un mal bicho.

Sandecker dio una chupada al puro mientras miraba a sus subordinados.

—Ahora que habéis conseguido despertar mi curiosidad con lo que debe de ser la película de monstruos más corta que se ha hecho, por favor, decidme qué demonios está pasando y qué tiene que ver esa criatura con el yeso en la muñeca de Paul.

Gamay y Paul se turnaron para relatarle la historia de sus aventuras canadienses, desde la piscifactoría de Oceanus a su conversación de los genetistas en McGill.

—¿Has dicho Frederick Barker? —preguntó Austin.

—Sí —respondió Gamay—. ¿Le conoces?

—De pasada. Sus hombres intentaron matarme anoche.

Austin hizo un rápido resumen de su encuentro con Barker y la loca carrera de trineos por todo el Mall.

—Enhorabuena, Kurt. El atasco que provocaste aparece en la primera plana de *The Washington Post*. —Sandecker hizo una pausa con expresión pensativa—. A ver si he entendido bien todo este asunto. Vosotros creéis que Oceanus orquestó el hundimiento de dos barcos en aguas de las Feroe para desviar la atención de un proyecto secreto, dirigido por el tal Barker, relacionado con la cría de peces mutantes. —Señaló la pantalla—. Peces similares al que Paul y Gamay encontraron en Canadá. Además, hay unos tipos que pertenecen a una tribu esquimal de delincuentes que han intentado matarte en las Feroe, Copenhague y Washington.

—Parece increíble cuando lo dice otra persona —señaló Austin, que sacudió la cabeza.

—El barón de Munchausen no podría haberlo hecho mejor. Afortunadamente, Paul y Gamay han verificado la existencia de estos esquimales asesinos. —Sandecker miró a Gunn—. ¿Cuál es tu opinión sobre este fantástico relato, Rudi?

—Antes de responder, quiero preguntarle a Gamay qué pasaría si estos superpeces llegaran al mar y comenzaran a reproducirse.

—Según el doctor Throckmorton, el colega de Barker, si se reproducen hasta ser muy numerosos, podrían convertirse en una bomba de relojería biológica —respondió Gamay—. Podrían reemplazar a los bancos naturales de peces en cuestión de pocas generaciones.

—¿Qué hay de malo en eso? —apuntó Sandecker, en el papel de abogado del diablo—. Los pescadores capturarían menos peces pero muy grandes en lugar de muchos pequeños.

—Es verdad, pero no sabemos nada de los efectos a largo plazo. ¿Qué pasaría si estos mutantes tienen algo que los convierte en peligrosos para el consumo humano? ¿Qué sucedería si aparece otra variante no prevista? ¿Qué pasaría si las crías de los superpeces no pueden sobrevivir en el entorno natural? No tendríamos ni las especies naturales ni las mutantes. Todo el sistema oceánico se iría al traste. Los pescadores, los trabajadores de la industria conservera y los distribuidores irían al paro en todo el mundo. Podría ser un desastre para todos los pueblos que dependen exclusivamente de la proteína del pescado. También se verían afectados los países industrializados.

—Es una visión muy pesimista —opinó el almirante.

—Estoy siendo muy comedida en mi evaluación. Hay tantos factores desconocidos… Sabemos que hay más de veinticinco especies que están siendo sometidas a experimentos genéticos. Podría significar una tragedia de proporciones incalculables si van a parar al mar.

—Estamos suponiendo que el monstruo escapó de un laboratorio —dijo Rudi—. ¿Qué pasaría si introdujeran en el mar otros ejemplares deliberadamente?

Gamay miró a Gunn como si al subdirector de la NUMA le hubiesen salido cuernos.

—¿Por qué alguien se arriesgaría a extinguir a las especies naturales? Sería algo terrible.

—No para todos —afirmó Gunn, misteriosamente.

—¿A qué te refieres? —preguntó Sandecker.

—Los peces desaparecerían del mar, pero no de los criaderos de Oceanus. La empresa está obteniendo las patentes internacionales para sus peces modificados genéticamente. Las especies estarían guardadas en los bancos de ADN de Oceanus.

—Muy inteligente, Rudi —opinó Sandecker—. Oceanus tendría el monopolio mundial de una de las principales fuentes de proteínas.

—Un monopolio como ese valdría miles de millones de dólares —declaró Paul.

—Es algo que va más allá del dinero —señaló el almirante—. La proteína del pescado es el alimento principal para gran parte del mundo. La comida es poder.

—Eso explicaría la obsesión de Oceanus por cargarse a todos aquellos que se cruzan en su camino —dijo Austin—. Si se divulga la noticia de que se disponen a acabar con las especies naturales en los mares del mundo, la reacción pública en su contra sería abrumadora.

—Desde luego resulta creíble —manifestó Gunn—. Si montan piscifactorías de peces mutantes podrían sembrar las principales zonas de pesca en muy poco tiempo.

—No necesitan tantos peces —explicó Gamay—. Cada macho modificado genéticamente podría fecundar a docenas de hembras. De todas formas, debo señalar que no hay nada ilegal en echar peces al mar.

—Son los responsables del hundimiento de dos barcos y de varios asesinatos en su intento por mantener oculto su repugnante secreto —recordó Austin—. Tienen secuestrados a todos los habitantes de un pueblo indio. Que yo sepa, el asesinato y el secuestro siguen siendo ilegales.

—Dado que todavía no podemos probar que Oceanus sea el responsable directo de los asesinatos y otros delitos, debemos actuar con mucho cuidado —señaló Sandecker—. No podemos actuar por los canales normales. Oceanus podría valerse de una multitud de procedimientos legales para oponerse a nuestra actuación. El equipo de misiones especiales se creó para realizar operaciones que escapan del control oficial, así que es el más indicado para llevar a cabo nuestro plan.

—No sabía que tuviéramos un plan —intervino Zavala.

—A mí me parece obvio —contestó el almirante—. Acabaremos con Oceanus y sus siniestros planes como los piratas que son. Sé que no será fácil. Podemos poner en peligro las vidas de la familia de Nighthawk y los demás. Si aparecemos sin más en escena Oceanus podría acelerar sus planes.

—Hay otro factor a tener en cuenta —apuntó Austin—. Marcus Ryan está decidido a meter a su organización en este asunto. Podrían complicar nuestro plan y la situación de los prisioneros.

—Pues entonces está claro —anunció Sandecker—. Entramos en acción inmediatamente. Atacaremos el corazón de la empresa, las instalaciones que tienen en el bosque canadiense. Kurt, ¿el joven indio te dio alguna indicación del lugar donde está situado su pueblo?

—Ryan lo vigila de cerca. Ben parece haber desaparecido, pero daré con él.

—No podemos esperar a que lo encuentres. —La mirada de Sandecker se desvió hacia un hombre de aspecto zarrapastroso que había entrado discretamente en la sala durante la conversación y se había sentado en un rincón—. Hiram, ¿tienes algo para nosotros?

Hiram Yeager era el director del centro informático que ocupaba toda la décima planta del edificio de la NUMA. El centro procesaba la información recogida en todos los mares y océanos; no había otro igual en todo el mundo. El cerebro que lo dirigía vestía con lo que era su uniforme habitual: vaqueros y una chaqueta sobre una camiseta blanca inmaculada. Calzaba unos botas vaqueras que parecía haber encontrado en algún cementerio del oeste. Llevaba recogida la cabellera en una cola de caballo, y sus ojos grises miraban el mundo a través de unas gafas redondas.

—Rudi me pidió que con la ayuda de Max hiciera una lista de lugares donde se hubiera apreciado una súbita mortandad de peces, y los relacionara cuando fuera posible con las piscifactorías o fábricas de conservas cercanas.

—¿Quieres que trasladamos esta reunión al centro informático? —preguntó Sandecker.

En el rostro juvenil de Yeager apareció una expresión de entusiasmo.

—No se mueva. Está a punto de presenciar una demostración del Max portátil.

Sandecker hizo una mueca. Estaba impaciente por poner a sus hombres en marcha y no le interesaban los experimentos de Yeager, solo los resultados. Sin embargo, su respeto por el genio informático quedaba reflejado en su tolerancia hacia la vestimenta de Yeager, que no hacía el menor caso de las normas establecidas por la NUMA al respecto.

Yeager conectó el ordenador portátil a diversas salidas y a la pantalla. Encendió el portátil. Cualquiera que hubiese esperado una presentación normal no conocía a Hiram Yeager. En la pantalla apareció la imagen de una mujer. Tenía los ojos castaños, los cabellos de color caoba brillante y el torso desnudo hasta el comienzo de los pechos.

Resultaba difícil creer que la hermosa mujer en la pantalla fuera una imagen virtual, el resultado de un programa muy complejo. Yeager había grabado su voz y después la había modificado digitalmente para convertirla en femenina; había reproducido en el sistema el rostro de su esposa, una artista de fama. Max solía ser tan quisquillosa y petulante como ella.

Cuando Yeager trabajaba en el centro, se sentaba frente a una gran consola y Max aparecía en una imagen tridimensional en un monitor gigante.

—Con el portátil, no hace falta que venga al centro para hacer consultas. Está conectado al ordenador central, así que me puedo llevar a Max a cualquier parte. ¿No es así, Max?

Max respondía siempre a la primera pregunta con una sonrisa deslumbrante, pero el rostro en la pantalla mostraba una expresión agria. Yeager revisó las conexiones y probó de nuevo.

—¿Max? ¿Estás bien?

Los ojos miraron hacia la parte inferior de la pantalla.

—Me siento un poco… plana.

—Desde aquí se te ve bien —respondió Yeager.

—¿Bien?

—¡No, estás preciosa!

A Sandecker se le agotó la paciencia.

—Quizá quieras enviarle a la dama un ramo de rosas.

—A mí siempre me ha dado un resultado excelente —añadió Zavala.

El almirante lo fulminó con la mirada.

—Gracias por obsequiarnos con su gran experiencia, Joe. Estoy seguro de que podrá incluirlo en sus memorias. ¿Hiram, podríamos ocuparnos de lo que nos interesa?

—Hola, almirante Sandecker —dijo Max con una sonrisa.

—Hola, Max. Hiram tiene razón cuando dice que estás preciosa. Pero creo que deberíamos olvidarnos del portátil. Volveremos a las visitas al centro informático.

—Gracias por ser tan comprensivo, almirante. ¿Qué puedo hacer por usted?

—Por favor, muéstranos la información que pidió Hiram.

El rostro desapareció en el acto. En su lugar apareció un planisferio.

—Este mapa —explicó la voz de Max— muestra los lugares donde se ha producido una mortandad de peces cerca de piscifactorías. Puedo darle los detalles específicos de cada lugar.

—No es necesario por ahora. Por favor, muéstranos cuáles son las piscifactorías propiedad de Oceanus.

Desaparecieron algunos círculos, pero quedó un número considerable.

—Ahora ve a Canadá —pidió Sandecker.

La imagen se centró en Cabo Bretón.

—¡Diana! —exclamó Paul—. Allí es donde Gamay y yo tuvimos el incidente con Oceanus.

—Max, ¿podrías trazar una línea recta desde la piscifactoría de Oceanus hasta el lago más cercano en el norte de Canadá?

En el mapa apareció una línea que unía la piscifactoría de la costa con un lago en el interior, pero el lago era demasiado pequeño y estaba muy cerca de las zonas civilizadas. Después de algunos intentos, Max conectó la piscifactoría con el único lago grande y lo bastante remoto que encajaba con la descripción de Nighthawk.

—Podríamos sacar algunas fotos desde el satélite, pero el instinto me dice que ese es el lugar correcto —opinó Austin.

—Gracias, Max. Ya puedes cerrar —dijo Austin.

La pantalla quedó en blanco. Sandecker, complacido consigo mismo, miró a Zavala.

—Esa es la manera de tratar a una mujer. —Su rostro recuperó la expresión grave—. Creo que es hora de ponernos en marcha.

Zavala levantó la mano y carraspeó.

—Es una zona de difícil acceso. En el caso de que encontremos a esos hombres sin problemas, ¿nos los cargamos y ya está?

Sandecker lo miró como si le hubiese sorprendido la pregunta.

—Estoy abierto a cualquier propuesta.

—Tengo una. Llamemos a la policía montada.

—Estoy seguro de que podrás hacerlo sin su ayuda. —Sandecker le dedicó una sonrisa de cocodrilo—. Tienes carta blanca.

—De todas formas preferiría contar con los chaquetas rojas —replicó Zavala—. Si están ocupados, me conformo con un contingente de las fuerzas especiales.

—No culpo a Joe por ser precavido. —Austin intervino en apoyo de su amigo—. Los Trout y yo sabemos muy bien que Oceanus primero dispara y después pregunta.

—Tardaríamos demasiado en realizar todos los trámites burocráticos necesarios para conseguir la intervención de la policía o los militares canadienses. En cuanto a las fuerzas especiales, necesitaríamos una autorización presidencial para cruzar la frontera canadiense. No creo que podamos conseguirla.

—En ese caso, me gustaría hacer una propuesta —anunció Austin. Relató la conversación mantenida con Aguírrez.

Sandecker fumó su puro mientras escuchaba atentamente.

—A ver si lo he entendido bien. ¿Quieres utilizar a los hombres del vasco, que podría ser un terrorista, para realizar una misión de la NUMA en un país extranjero?

—Si no podemos contar con las fuerzas especiales ni con la policía montada él es lo único que tenemos.

—¿Se puede confiar en ese hombre? —preguntó el almirante.

—Se puede confiar en que hará lo que sea para encontrar sus reliquias. No puedo decir nada más, excepto recordar que me ha salvado la vida en dos ocasiones.

Sandecker se acarició su perfectamente recortada barba. La idea de utilizar al vasco resultaba muy atractiva para su lado aventurero, pero le preocupaba perder el control de la situación. Por otro lado, tenía absoluta confianza en Austin y su equipo.

—Haz lo que consideres más conveniente —respondió.

—Hay algo más. —Austin les habló de la inesperada clausura de la exposición y del accidente sufrido por el senador Graham.

—Conozco a Graham muy bien —exclamó Sandecker.

—¿Sabéis de qué se ha ocupado su comité de comercio en los últimos tiempos? —preguntó Gunn—. Quiere proponer una ley que cierre cualquier posibilidad de importar pescado transgénico a nuestro país.

—Menuda coincidencia, ¿verdad? —comentó Austin—. Máxime cuando el presunto accidente se produjo cuando regresaba de una fiesta organizada por Oceanus.

—¿Insinúas que la exhibición solo fue la tapadera de un asesinato?

—Encaja. Eliminado Graham, es posible que el proyecto de ley no se apruebe.

—Estoy de acuerdo. Hay muchos políticos que no le harían ascos a un soborno —manifestó Sandecker, que no tenía muy buena opinión del Congreso.

—Oceanus se ha librado de un obstáculo importante. Creo que están a punto de hacer su jugada.

Sandecker se levantó de la silla y miró a los reunidos con sus fríos ojos azules.

—Entonces ha llegado la hora de que hagamos la nuestra.

Austin volvió a su oficina y se encontró con un mensaje del capitán del *William Beebe*, el barco científico de la NUMA que continuaba en las islas Feroe para colaborar con la marina danesa en una serie de estudios. «Llame inmediatamente», decía el mensaje, y añadía un número de teléfono.

—Creí que le interesaría saberlo —dijo el capitán, cuando Austin lo llamó—. Ha ocurrido un accidente. No se sabe cómo ha ocurrido pero ha habido una explosión en un barco de exploración científica danés donde trabajaba un investigador llamado Jorgensen. Han muerto ocho personas, incluido el profesor.

Austin se había olvidado de los planes de Jorgensen de continuar sus investigaciones cerca de la piscifactoría de Oceanus. Ahora recordaba haberle advertido que estuviera en guardia.

—Gracias, capitán. ¿Alguna idea del origen de la explosión?

—La única superviviente ha mencionado algo de un helicóptero en la zona momentos antes de la explosión, pero no parece tener mucho sentido. Por cierto, es ella quien nos ha pedido que lo llamáramos. Al parecer se encontraba a bordo como invitada del profesor. Se llama Pia algo.

—Es amiga mía. ¿Cómo está?

—Un par de huesos rotos, algunas quemaduras. Los médicos dicen que saldrá adelante. Parece una mujer fuerte.

—Lo es. ¿Podría transmitirle un mensaje?

—Por supuesto.

—Dígale que iré a verla en cuanto le den el alta.

—Se lo diré.

Austin le dio las gracias y colgó. Miró al vacío, mientras movía las mandíbulas y sus ojos azul verdoso alcanzaban el grado máximo de dureza en la escala de Moh. Recordó la sonrisa caballuna de Jorgensen y la dulzura de Pia. Barker, Toonook, o como diablos se llamara, había cometido el mayor error de su vida. Al matar al profesor y herir a Pia, había convertido este asunto en algo personal.

30

El hidroavión volaba bajo y parecía un juguete entre la inmensidad del bosque canadiense. Therri Weld viajaba junto al piloto en el asiento del pasajero, desde donde disfrutaba de una magnífica vista de las prietas filas de pinos que con sus puntiagudas copas podían despanzurrar al avión en un santiamén.

La primera parte del vuelo había sido para Therri algo terrorífico. No la habían tranquilizado en absoluto el par de dados de la suerte que estaban colgados en la carlinga. Pero al ver que el vuelo se desarrollaba con normalidad, llegó a la conclusión de que el piloto, un gigante peludo que respondía al apodo de Bear, conocía su oficio.

—No vengo por aquí muy a menudo —gritó Bear para hacerse oír por encima del rugido del motor—. Es demasiado remoto para la mayoría de los «deportistas» que quieren cazar y pescar. Su idea de la vida campestre es una residencia con baño privado y calefacción. —El piloto señaló a través del parabrisas el monótono paisaje—. Nos acercamos al lago Looking Glass. En realidad son dos lagos unidos por un canal. Los lugareños los llaman los Gemelos, aunque uno es más grande que el otro. Amerizaremos en el más pequeño dentro de unos minutos.

—Lo único que veo son árboles y más árboles —comentó Ryan, que iba sentado detrás del piloto.

—Sí, árboles es lo que suele haber en esta parte del mundo —dijo Bear, con una sonrisa alegre. Miró a Therri para ver si le había gustado el chiste a costa de Ryan. La mujer sonrió, pero no estaba para bromas. Se hubiera sentido muchísimo más tranquila si Ben Nighthawk hubiese estado con ellos. No había respondido a las llamadas a su apartamento. Hubiese querido insistir, pero Marcus tenía mucha prisa en ponerse en marcha.

«Puedes quedarte si quieres —le había dicho Ryan—. Chuck y yo podemos ir solos, pero tenemos que darnos prisa porque el avión nos está esperando.» Therri apenas había tenido tiempo de hacer la maleta antes de que Ryan pasara a recogerla. Poco después ya subían al jet privado de la organización con Chuck Mercer, el antiguo primer oficial del *Sea Sentinel*. Con el barco hundido, Mercer estaba ansioso por entrar en acción.

Therri se hubiera sentido más optimista si no creyera que Ryan estaba organizando su estrategia sobre la marcha. Gracias a la información de Ben, Ryan sabía dónde ir. Ben le había dicho el nombre y la ubicación del lago. También había sido el muchacho quien le había proporcionado el nombre del piloto.

Bear había sido contrabandista de drogas y tenía fama de trabajar sin hacer preguntas, siempre que le pagaran adecuadamente. Ni siquiera había parpadeado cuando Marcus le contó una historia sobre filmar un documental sobre la cultura nativa y observar el pueblo de Ben sin ser descubierto.

El piloto solía ser discreto, pero se había vuelto descuidado al vivir en una comunidad donde todos conocían su pasado. Había dejado escapar unas palabras sobre el trabajo que iba a realizar para una organización ecologista mientras cargaba combustible en el hidroavión. No se dio cuenta de que unos oídos atentos lo escuchaban, o que unos ojos enemigos estaban vigilando mientras despegaba y se dirigía hacia el interior.

El lago apareció súbitamente. Therri contempló el brillo del agua iluminado por los rayos del sol poniente. Segundos más tarde, el hidroavión bajó bruscamente como si se hubiese parado el motor. Por unos momentos sintió pánico, pero luego el aparato interrumpió el picado y siguió una trayectoria ligeramente inclinada. Los flotadores rozaron la superficie del lago hasta que acabó posándose del todo.

Bear lo llevó hacia la orilla. Cuando el avión llegó cerca de una playa de unos pocos metros de ancho, salió de la cabina, bajó a uno de los flotadores y a continuación saltó al agua que lo cubrió hasta la cintura. Ató una cuerda al avión, sujetó el otro extremo por encima del hombro y lo arrastró hasta la orilla. Amarró la cuerda a un tocón antes de ayudar a los demás a descargar una caja grande y otras pequeñas. Abrieron la caja grande, y con una cápsula de CO_2, hincharon una lancha neumática de dos metros cuarenta de eslora. El piloto, con los brazos en jarra, miró con interés mientras Ryan probaba el funcionamiento de un motor eléctrico fueraborda.

—Regresaré mañana —dijo—. Tiene la radio si me necesita. Ande con ojo.

El avión fue hasta un extremo del lago, y en cuestión de segundos ya había despegado para volver por la misma ruta. Therri se acercó a Ryan y Mercer, que estaban abriendo las otras cajas. Mercer sacó un paquete de explosivos C-4 y revisó los detonadores.

—Como en los viejos tiempos —comentó con una sonrisa.

—¿Estás seguro de que podrás hacerlo, Chuck?

—Estás hablando con el tío que hundió un ballenero islandés casi sin ayuda.

—De eso hace ya unos cuantos años. Ahora somos más viejos.

—No hace falta tener mucha fuerza para pulsar un botón —respondió Mercer, y le mostró un detonador—. Se la tengo jurada a esos cabrones por lo que le hicieron a nuestro barco. —Mercer estaba todavía más furioso desde que había sabido que los barcos de Oceanus se reparaban en los mismos astilleros de las islas Shetland, donde probablemente habían saboteado el *Sea Sentinel*.

—No debemos olvidarnos de Josh —señaló Ryan.

—No he olvidado a Josh —intervino Therri—. Pero ¿estás seguro de que no hay otro medio?

—Desearía que lo hubiese —afirmó Ryan—. Pero aquí hay que jugar duro.

—No discuto la necesidad de hacer algo, me refiero a los medios. ¿Qué pasará con la familia de Ben? Estás arriesgando sus vidas.

—No podemos desviarnos de nuestro objetivo principal. Sabemos por nuestros contactos en el equipo del senador Graham que Oceanus continúa los experimentos con los peces transgénicos que interrumpieron en Nueva Zelanda. Tenemos que detener esta abominación antes de que sea tarde.

—¿Abominación? Me asustas, Marcus. Hablas como un profeta bíblico.

El rostro de Ryan enrojeció, pero controló su enfado.

—No tengo ninguna intención de convertir a la familia de Ben en un daño colateral. Oceanus estará demasiado ocupado con nuestros regalitos para hacer algo. En cualquier caso, llamaremos a las autoridades en cuanto hayamos acabado aquí.

—Bastarán unas ráfagas de un arma automática para matar a la gente de Ben. ¿Por qué no pedimos ayuda ahora?

—Porque necesitaríamos un tiempo que no tenemos. Habría que conseguir órdenes de registro y hacer una infinidad de trámites. Esas personas podrían estar muertas cuando llegue la policía montada a investigar. —Hizo una pausa—. Recuerda que intenté meter a la NUMA en esto, y Austin se negó.

Therri se mordió el labio inferior, disgustada. Su lealtad hacia Ryan era muy grande pero no ciega.

—No culpes a Kurt. De no haber sido por él, ahora estarías comiendo sardinas en una cárcel danesa.

Ryan le dedicó una amplia sonrisa.

—Tienes razón. No he sido justo. Todavía hay tiempo para llamar a Bear y pedirle que te saque de aquí.

—Ni lo sueñes, Ryan.

Mercer había acabado de preparar las mochilas. Se abrochó el cinto con la pistolera y le dio otro a Ryan. Therri rehusó llevar un arma. Cargaron los suministros en la lancha neumática, la apartaron de la orilla y pusieron en marcha el motor. Solo se oía un leve zumbido e impulsaba la embarcación a una velocidad más que aceptable. Navegaron ceñidos a la costa incluso después de haber cruzado el canal hasta el lago más grande.

Ryan utilizaba un mapa topográfico con las anotaciones hechas a partir de las informaciones de Ben. Detuvo la lancha en un punto determinado y enfocó con los prismáticos la orilla opuesta. Vio el muelle y varias lanchas, pero ninguna estructura que coincidiera con la descripción de Ben.

—Es curioso, no veo ninguna cúpula. Ben dijo que se levantaba por encima de los árboles,

—¿Qué haremos? —preguntó Therri.

—Iremos hasta el pueblo de Ben y esperaremos allí. Después cruzaremos el lago, dejaremos nuestras tarjetas de visita allí donde se vean mejor y fijaremos los relojes para última hora de la mañana, cuando ya estaremos muy lejos de aquí.

Reanudaron la navegación. El sol se ocultaba detrás de los árboles cuando vieron el claro y la docena de casas que formaban el pueblo de Ben. Reinaba un silencio siniestro; solo se oía el leve susurro de la brisa entre los árboles y el tranquilo chapoteo de las olas en la orilla. Se detuvieron a unos cuarenta metros de la costa para que Ryan, y después los demás, observaran el pueblo con los prismáticos. Al no ver nada en particular, llevaron la embarcación hasta la orilla y desembarcaron.

Ryan se mostró precavido. Insistió en comprobar que las casas y la tienda estuvieran vacías. El pueblo estaba desierto, tal como había dicho Ben. Se sentaron a comer. Cuando acabaron ya era noche cerrada; la superficie del lago mostraba un leve resplandor y en la orilla opuesta se veían unos puntos de luz. Hicieron guardia por turnos mientras los demás echaban una cabezada. Alrededor de la medianoche estaban despiertos y dispuestos para entrar en acción. Empujaron la lancha neumática al agua y se pusieron en marcha.

Se encontraban un poco más allá de la mitad del lago cuando Ryan miró a través de los prismáticos, y exclamó:

—¡Dios mío!

El cielo al otro lado del lago se había iluminado. Le pasó los prismáticos a Therri, pero incluso a simple vista la mujer veía la estructura verde azulada que destacaba por encima de los árboles. Parecía algo que hubiese caído del espacio.

Ryan le indicó a Mercer que pusiera rumbo a uno de los lados, lejos del muelle. En cuanto llegaron a la costa al cabo de unos minutos, arrastraron la embarcación hasta la maleza y la taparon con ramas. Después caminaron por la orilla en dirección al muelle. Cuando estaban a unos doscientos metros del este, se dirigieron tierra adentro hasta llegar al camino que Ben y Josh Green habían seguido para llegar al hangar. Las huellas de neumáticos que había descrito Ben habían desaparecido y ahora el camino estaba asfaltado.

Buscaban un edificio en particular, y encontraron lo que buscaban en una construcción de la cual salía el rumor de las bombas. Mercer cortó los candados con un pequeño soplete.

El interior estaba ocupado de un extremo a otro por grandes tanques de cristal. El aire olía fuertemente a pescado y el estrépito de las bombas era ensordecedor. La iluminación era escasa, pero así y todo se veían unas grandes siluetas blancas que nadaban en los tanques. Mercer puso manos a la obra. Colocó las cargas de C-4 en los puntos estratégicos. Adaptaba el explosivo, que parecía plastilina, a las bombas hidráulicas y a las conducciones eléctricas donde las explosiones causarían los mayores destrozos. El explosivo que sobró lo puso en las paredes de los tanques.

Trabajaron deprisa y en menos de media hora habían acabado de colocar las cargas y poner en marcha los temporizadores. Las únicas personas que habían visto hasta entonces estaban lejos, pero Ryan no quería abusar de la suerte. Emprendieron el camino de regreso a la casa, y tampoco ahí encontraron a nadie. Marcus comenzaba a inquietarse, aunque no por eso se detuvo. Si todo salía de acuerdo con el plan, Bear los recogería inmediatamente antes de que se produjera la explosión.

Desafortunadamente, no todo salió de acuerdo con el plan. Para empezar, la embarcación había desaparecido. Ante la posibilidad de que se hubieran equivocado de lugar a causa de la oscuridad, Ryan envió a los otros a buscarla, mientras él montaba guardia. Esperó cinco minutos y al ver que no volvían, fue a buscarlos. Encontró a Therri y Mercer mirando el lago.

—¿La habéis encontrado? —preguntó.

Ninguno de los dos respondió. Continuaron inmóviles. Al acercarse, descubrió la razón. Tenían atadas las manos detrás de la espalda y los habían amordazado con cinta adhesiva. Antes de que pudiera quitarles las ligaduras, los arbustos parecieron cobrar vida y se vio rodeado por una docena de hombres corpulentos.

Uno de los hombres le quitó el arma; otro se acercó y encendió una linterna para iluminarse la otra mano. Sostenía una de las cargas explosivas que Mercer había colocado en los tanques de vidrio. El hombre arrojó los explosivos al lago y después se alumbró el rostro para que Ryan viera con toda claridad las facciones picadas de viruela y la sonrisa malvada.

Sacó de la vaina un cuchillo de hoja blanca y apoyó la punta debajo de la barbilla de Ryan con la fuerza suficiente para que cayera una gota de sangre. Luego dio una orden en una lengua extraña al tiempo que guardaba el cuchillo. Los captores los hicieron caminar en dirección al hangar.

31

Austin miró la fotografía del satélite con la ayuda de una lupa y sacudió la cabeza. Le pasó la foto y la lupa a Zavala. Después de observar la foto durante unos momentos, Zavala comentó:

—Veo un lago con un claro en un lado y algunas casas. Podría ser el pueblo de Nighthawk. Hay un muelle y unas embarcaciones al otro lado, pero no se ve ningún hangar. Quizá está camuflado.

—Bien podría ser que acabáramos con un palmo de narices, compañero.

—No sería la primera vez. Míralo de esta manera: Max dijo que este es el lugar, y pondría mi vida en sus manos sin dudarlo.

—Quizá tengas que hacerlo —replicó Austin. Miró su reloj—. Nuestro avión estará preparado dentro de dos horas. Habrá que hacer las maletas.

—Todavía no he deshecho las maletas del último viaje —dijo Zavala—. Te veré en el aeropuerto.

Austin recogió lo básico en su casa y se disponía a salir, cuando vio parpadear la luz en el contestador automático. Dudó si escuchar o no el mensaje, pero cuando pulsó el botón, se alegró. Ben Nighthawk le había dejado un número de teléfono.

Dejó el macuto en el suelo y se apresuró a marcarlo.

—Me alegra oírle —dijo Nighthawk—. Llevo horas sentado junto al teléfono esperando su llamada.

—Lo llamé un par de veces.

—Lamento haberme comportado como un idiota. Aquel tipo me hubiera matado de no haber sido por usted. Me alojé en casa de unos amigos y no hice otra cosa que compadecerme de mí mismo. Cuando volví a mi apartamento, me encontré con un mensaje de Therri. Dijo que los centinelas actuarían por su cuenta. Supongo que Ryan consiguió convencerla.

—Malditos idiotas. Conseguirán que los maten.

—Esa es mi opinión. También me preocupa mi familia. Tenemos que detenerlos.

—Estoy dispuesto a intentarlo, pero necesitaré su ayuda.

—Cuente con ella.

—¿Cuánto tardará en estar preparado?

—Cuando usted diga.

—¿Qué le parece ahora? Lo recogeré de camino al aeropuerto.

—Le estaré esperando.

Zavala salió del edificio de la NUMA y fue en su Corvette de 1961 descapotable a su casa en Arlington, Virginia. Mientras que en la planta superior todo estaba impoluto, como cabía esperar de alguien que trabajaba normalmente con microscopios, la planta baja parecía una mezcla entre el taller del capitán Nemo y una estación de servicio abandonada. Estaba lleno de maquetas de naves submarinas, herramientas de todo tipo y montones de planos de máquinas manchadas con huellas de dedos grasientos.

La única excepción en todo aquel desorden era un armario metálico donde Zavala guardaba su colección de armas. Técnicamente, Zavala era ingeniero naval, pero había ocasiones en las que su trabajo en el equipo de misiones especiales requería el uso de armas. A diferencia de Austin, que usaba un revólver Bowen hecho por encargo, Zavala utilizaba cualquier arma que tuviera a mano, casi siempre con una eficacia letal. Miró las armas mientras se preguntaba cuál, que no fuera una bomba de neutrones, podía servir para enfrentarse a una despiadada organización multinacional que tenía su propio ejército privado, y se decidió por una escopeta de repetición Ithaca Modelo 37, el arma de los Seal en Vietnam. Le gustaba la escopeta porque disparaba casi como un arma automática.

Zavala metió la escopeta y una buena provisión de cartuchos en una maleta, y emprendió el viaje hacia el aeropuerto Dulles. Condujo con la capota bajada, y disfrutó del viaje porque no volvería a conducir el Corvette hasta que acabara la misión. Aparcó el coche en un hangar que estaba en el rincón más apartado del aeropuerto, donde un grupo de mecánicos realizaban los controles de última hora a un jet de la NUMA. Besó una aleta del Corvette y se despidió de él con tristeza, antes de subir al avión.

Zavala estaba repasando el plan de vuelo cuando Austin apareció acompañado por Nighthawk. Austin le presentó al joven. Nighthawk miró en derredor como si buscara algo.

—No te preocupes. —Austin lo tuteó para intentar tranquilizarlo al ver la expresión preocupada en el rostro de Ben—. Aunque tenga esa pinta, Joe sabe pilotar un avión.

—Así es —afirmó Zavala, que dejó de mirar el plan de vuelo por un momento para mirar al indio—. Hice un curso por correspondencia, y lo aprobé todo excepto la parte del aterrizaje.

Austin no estaba dispuesto a que Ben saliera pitando del avión por culpa de una broma.

—A Joe le gusta hacerse el gracioso —comentó.

—No es eso lo que me preocupa, lo que quiero decir es que... ¿eso es todo? ¿Solo nosotros?

En el rostro de Zavala brilló una sonrisa.

—Otra vez con lo mismo —dijo al recordar el escepticismo de Becker cuando él y Austin se habían presentado para rescatar a los marineros daneses—. Comienzo a sentirme poco valorado.

—Este no es un escuadrón suicida —manifestó Austin—. Recogeremos a los refuerzos por el camino. Mientras tanto, ponte cómodo. Tienes café en aquel termo. Yo ayudaré a Joe en la cabina.

La torre de control autorizó el despegue, y el avión puso rumbo al norte. A una velocidad de crucero de ochocientos kilómetros por hora, se encontraron volando sobre las aguas del golfo de San Lorenzo en poco más de tres horas. Aterrizaron en un pequeño aeropuerto de la costa. Rudi Gunn se había puesto en contacto con un barco de exploración de la NUMA que navegaba por las aguas del golfo y con la aduana canadiense, y Austin, Zavala y Ben subieron rápidamente a bordo del barco que les esperaba en el muelle. El *Navarra* se encontraba a diez millas de la costa.

Mientras se acercaba al yate, Zavala analizó el diseño de la embarcación con una mirada experta.

—Es bonito —opinó—, y por la línea del casco, diría que es muy rápido, aunque no creo que sea lo bastante fuerte para enfrentarse a Oceanus.

—Tú espera —dijo Austin con una sonrisa.

El *Navarra* envió una lancha a recogerlos. Aguírrez los esperaba en cubierta, con la boina negra, como siempre, ladeada. A su lado estaban los dos hombres fornidos que habían escoltado a Austin después de rescatarlo del agua delante de la Puerta de la Sirena.

—Es un placer volver a verlo, señor Austin. —Aguírrez le estrechó la mano—. Le doy la bienvenida a bordo a usted y a sus amigos. Estos son mis dos hijos, Diego y Pablo.

Era la primera vez que Austin veía sonreír a los dos hombres, y advirtió el parecido con el padre. Presentó a Zavala y a Nighthawk. El yate empezó a navegar, y él y los demás siguieron a Aguírrez hasta el salón. El vasco los invitó a sentarse, y entró un camarero con bocadillos y bebidas calientes. Aguírrez les preguntó por el viaje y esperó pacientemente a que acabaran de comer antes de coger un control remoto. Pulsó un botón y se abrió un panel de la sala tras el que apareció una pantalla gigante. Otro click y en la pantalla apareció una fotografía aérea. En la imagen solo se veían árboles y agua.

Nighthawk contuvo el aliento, sorprendido.

—Ese es mi lago, y mi pueblo —exclamó.

—Utilicé las coordenadas que me facilitó el señor Austin y las transmití a un satélite comercial —le explicó Aguírrez—. Sin embargo, estoy intrigado. Como puede ver, no hay ningún rastro del hangar que mencionó.

—Tuvimos el mismo problema con las fotos tomadas por el satélite que vimos —señaló Austin—. Pero el modelo hecho por ordenador indica que este es el lugar.

Nighthawk se levantó para acercarse a la pantalla. Señaló una parte del bosque junto al lago.

—Está aquí, lo sé. Miren, aquí se ve dónde talaron el bosque, y aquí está el muelle. —Su desconcierto era evidente—. Sin embargo no hay más que árboles donde tendría que estar el hangar del dirigible.

—Repítenos lo que viste aquella noche —pidió Austin.

—La cúpula era enorme, pero no la vimos hasta que apareció el dirigible. La superficie estaba cubierta con paneles.

—¿Paneles? —repitió Zavala.

—Sí, como los que se ven en una cúpula geodésica, como aquella que construyeron en Montreal para las Olimpiadas. Centenares de secciones.

—No sabía que la tecnología del camuflaje adaptado al entorno estuviese tan avanzada —dijo Zavala.

—Me parece que estamos hablando de algo que se acerca más a la invisibilidad —replicó Austin señalando la pantalla con la mano.

—No vas desencaminado. El camuflaje adaptado es una técnica nueva. La superficie que quieres esconder está cubierta con paneles planos equipados con sensores que recogen información del entorno y de los cambios de luz. Lo que ven los sensores aparece reflejado en los paneles. Si estuvieses en tierra delante de esa cosa, solo verías árboles, porque la cúpula se confundiría con el bosque. Es obvio que alguien tuvo en cuenta el espionaje desde los satélites. No costaría nada proyectar las imágenes de árboles en los paneles del techo.

Austin sacudió la cabeza.

—Joe, tus enormes conocimientos no dejan de asombrarme.

—Creo que lo leí en un ejemplar de *Mecánica Popular*.

—En cualquier caso, es posible que haya aclarado el misterio —declaró Aguírrez—. Es posible que, por la noche, los paneles que mencionó el señor Zavala estuvieran programados para la oscuridad. El señor Nighthawk vio más de lo que se pretendía cuando se abrió la cúpula para dar paso al dirigible. Hay algo más que quizá pueda interesarles. Archivé las fotos anteriores. —Aguírrez buscó en la memoria y proyectó otra fotografía—. Esta foto la tomaron ayer. Allí, en aquella esquina, se ve la silueta de un avión pequeño. Ampliaré la imagen.

La imagen del hidroavión llenó toda la pantalla. Había cuatro figuras en la orilla.

—El avión desapareció poco después de que tomaran la foto, pero mire aquí.

Apareció una tercera imagen, donde se veía una lancha neumática con tres personas a bordo. Una de ellas, una mujer, miraba al cielo como si supiera que los vigilaban desde el espacio.

El fino oído del vasco captó las maldiciones que mascullaba Austin. Aguírrez enarcó sus descomunales cejas.

—Creo saber quiénes son esas personas —explicó Austin—. Si no me equivoco, esto podría complicar las cosas. ¿Cuánto falta para que podamos desembarcar?

—Ahora mismo nos dirigimos a un punto de la costa desde donde podrán seguir el camino más corto. Tardaremos unas dos horas. Mientras, les enseñaré lo que les puedo ofrecer.

Aguírrez, con sus hijos en la retaguardia, escoltó a sus invitados hasta un hangar bajo cubierta muy iluminado.

—Tenemos dos helicópteros. El civil que está a popa lo utilizamos como medio de transporte. Este SeaCobra lo tenemos en reserva por si surge la necesidad. La armada española compró varios de estos aparatos. A través de mis relaciones, pude hacerme con uno. Lleva el armamento de serie. —El tono de Aguírrez era el mismo de un vendedor de coches que intenta vender accesorios opcionales para un Buick.

Austin echó un vistazo a la versión naval del Huey del ejército, con los misiles y las ametralladoras instaladas debajo de los redondos alerones.

—Creo que bastará con el armamento de serie —afirmó.

—Muy bien. Mis hijos le acompañarán a usted y a su amigo en el Eurocopter, y el SeaCobra les escoltará por si necesitan respaldo. —Frunció el entrecejo—. Me preocupa que, si es lo bastante listo como para usar las técnicas más avanzadas de camuflaje, también tenga los mejores sistemas de detección. Podría ser que se encontraran con un comité de bienvenida, y en ese caso incluso un helicóptero de combate sería un objetivo vulnerable.

—Estoy de acuerdo —asintió Austin—. Por eso mismo avanzaremos por tierra. Descenderemos en un viejo campamento maderero, y Ben nos guiará a través del bosque hasta nuestro objetivo. Creo que estarán atentos a cualquier incursión a través del lago, como hizo Ben la primera vez, así que iremos por detrás. Espero escapar con la familia de Ben por el mismo camino, si nos acompaña la suerte.

—Me gusta. Es un plan sencillo y fácil de ejecutar. ¿Qué hará cuando llegue al objetivo?

—Esa es la parte difícil —respondió Austin—. Solo sabemos lo que nos ha dicho Ben y lo que se ve en las fotos aéreas. Tendremos que improvisar, pero no será la primera vez.

Aguírrez no pareció preocupado.

—Creo que es hora de ponerse en marcha. —Hizo una seña a Diego, que se acercó a un teléfono instalado junto a una batería de interruptores. Dijo unas cuantas palabras mientras comenzaba a accionar interruptores. Se oyó el zumbido de motores junto con el aullido de una sirena, y las compuertas del techo del hangar comenzaron a abrirse. Luego, el suelo se elevó y, en un par de minutos, ellos y el helicóptero se encontraron a nivel de cubierta, donde los tripulantes, alertados por la llamada, corrían para preparar al SeaCobra.

32

La nave que el doctor Throckmorton se había procurado para sus investigaciones era un pesquero de arrastre reconvertido perteneciente al Servicio de Pesca canadiense. La embarcación, de poco más de treinta metros de eslora, estaba amarrada muy cerca del lugar donde había estado el barco de Mike Neal durante la primera visita de los Trout al puerto.

—Como diría el gran Yogi Berra, «Esto es un *déjà vu*» —comentó Trout, mientras él y Gamay subían por la pasarela hasta la cubierta de la nave.

Gamay contempló la bahía desierta.

—Es extraño estar aquí de nuevo. Es un lugar tan tranquilo...

—Como un cementerio —replicó Paul.

Throckmorton se acercó a la carrera para saludarlos con su habitual efusividad.

—¡Los doctores Trout! ¡Qué placer tenerlos a bordo! Me alegró mucho que me llamaran. Nunca me hubiera imaginado que volveríamos a vernos tan pronto después de nuestro encuentro en Montreal.

—Tampoco nosotros —admitió Gamay—. Sus descubrimientos provocaron un gran revuelo en la NUMA. Gracias por recibirnos casi sin avisar.

—No se preocupen. —Bajó la voz—. Busqué a un par de mis estudiantes para que me ayudaran. Un muchacho y una chica. Brillantes. Pero me alegra tener a bordo a unos colegas adultos. Ya me entienden. Veo que todavía lleva el yeso. ¿Qué tal el brazo?

—Está bien —respondió Paul. Miró en derredor—. No veo al doctor Barker.

—No pudo venir. Tenía unos compromisos personales. Quizá se reúna con nosotros más adelante. Espero que aparezca. Me vendría muy bien contar con sus conocimientos genéticos.

—¿Acaso la investigación no ha ido bien? —preguntó Gamay.

—Todo lo contrario, va viento en popa, pero en este campo soy algo así como un mecánico, si me permiten la analogía. Puedo atornillar la carrocería al chasis, pero Frederick es el diseñador del coche deportivo.

—Incluso el coche deportivo más caro no puede funcionar eternamente sin un mecánico que se encargue del motor —señaló Gamay con una sonrisa.

—Es usted muy amable. Sin embargo este es un tema complejo, y he encontrado algunas cosas que me tienen intrigado. —Frunció el entrecejo—. Siempre he tenido claro que los pescadores son unos magníficos observadores de lo que sucede en el mar. La flota pesquera local se ha trasladado a aguas más productivas, como ustedes ya saben. Pero hablé con algunos de los veteranos, capitanes que han visto cómo desaparecían los bancos de peces y ocupaban su lugar los peces diablo. Ahora el pez diablo se está extinguiendo. Mueren, y no sé el motivo.

—Es una pena que no pudiera pescar ninguno.

—Yo no he dicho tal cosa. Vengan, se lo mostraré.

Throckmorton los llevó a través del «laboratorio seco», donde los ordenadores y otros equipos eléctricos estaban protegidos de la humedad, hasta el «laboratorio húmedo», que consistía en un espacio pequeño con pilas, agua corriente, tanques y mesas que se utilizaban para diseccionar los peces sometidos a estudio. Se puso unos guantes de goma y metió la mano en un congelador. Con la ayuda de los Trout, sacó un salmón congelado de poco más de un metro veinte de longitud y lo dejó sobre una mesa.

—Es muy parecido al que pescamos nosotros —señaló Paul, que se inclinó sobre el pescado para mirar las escamas blancas.

—Hubiésemos preferido mantenerlo vivo, pero fue imposible. Destrozó la red y hubiera hecho lo mismo con el resto del barco de haber vivido el tiempo necesario.

—Ahora que ha visto uno de estos ejemplares de cerca, ¿cuáles son sus conclusiones? —preguntó Gamay.

Throckmorton inspiró profundamente y luego hinchó los carrillos.

—Es lo que me temía. A juzgar por su extraordinario tamaño, yo diría que es un salmón modificado genéticamente. En otras palabras, un mutante creado en un laboratorio. Pertenece a la misma especie que aquel que le mostré en mi laboratorio.

—Aquel era más pequeño y tenía un aspecto más normal.

—Me aventuraría a decir que ambos fueron programados con genes de crecimiento, pero mientras que mi experimento siempre estuvo controlado, en este no parece que se hiciera el menor esfuerzo por limitar el tamaño. Es como si alguien hubiese querido ver qué pasaría. Sin embargo, su tamaño y ferocidad los ha llevado a la perdición. Una vez que estas criaturas destruyeron y reemplazaron a los peces naturales, comenzaron a atacarse los unos a los otros.

—¿Quiere decir que tenían tanta hambre que no podían criar?

—Es posible, o quizá sencillamente este diseño tuvo problemas de adaptación al medio natural, de la misma manera que un árbol grande acaba abatido por una tormenta mientras que un pino pequeño sobrevive. La naturaleza tiende a eliminar a los mutantes que no encajan en el orden natural de las cosas.

—Hay otra posibilidad —apuntó Gamay—. Creo que el doctor Barker dijo algo referente a producir peces transgénicos estériles para que no pudieran reproducirse.

—Sí, eso también es posible, aunque se necesitaría una biotecnología muy avanzada.

—¿Cuál es el siguiente paso en sus estudios? —preguntó Paul.

—Durante los próximos días intentaremos pescar alguno más, y luego nos llevaremos este ejemplar y cualquier otro que consiga a Montreal, donde podremos hacer el mapa genético. Quizá encuentre una coincidencia con los que tengo en los ordenadores. Así podremos saber quién lo diseñó.

—¿Es posible hacerlo?

—Por supuesto. Un programa genético es como una firma. Le enviaré un mensaje al doctor Barker para comunicarle lo que he descubierto. Frederick es un mago para estas cosas.

—Habla usted muy bien de él —manifestó Paul.

—Es brillante. Lo único que lamento es que trabaje para una empresa privada.

—Ahora que ha mencionado el sector privado, hemos oído que hay una piscifactoría o algo así en esta costa. ¿Podría tener alguna relación con lo que ocurre aquí?

—¿En qué sentido?

—No lo sé. Quizá la contaminación. Como esas ranas de dos cabezas que a veces se encuentran en las aguas contaminadas.

—Interesante teoría, pero poco probable. Quizá pueda haber algún pez deforme o una excesiva mortandad de peces, pero este monstruo no es un accidente. Además tendríamos que haber encontrado deformidades en otras especies, y no parece ser el caso. Le propongo una cosa. Iremos hasta donde se encuentra la piscifactoría y por la mañana echaremos las redes. ¿Cuánto tiempo pueden quedarse a bordo?

—Todo el tiempo que sea usted capaz de soportarnos —respondió Paul—. No queremos convertirnos en una carga.

—En absoluto. —El científico guardó el salmón en el congelador—. Quizá ustedes mismos decidan acortar la visita en cuanto vean su camarote.

El camarote era apenas un poco más grande que las dos literas que contenía. En cuanto Throckmorton los dejó para que se instalaran, Paul se acostó en la litera inferior. Como medía casi dos metros se vio obligado a dejar las piernas colgando fuera de la cama.

—He estado pensando en lo que nos ha dicho el doctor Throckmorton —dijo Gamay, que estaba probando el colchón de la otra litera—. Digamos que tú eres el doctor Barker y trabajas para Oceanus en este experimento de los peces transgénicos. ¿Permitirías que alguien analizara un material genético que podría ser rastreado hasta tu puerta?

—No. A juzgar por nuestra propia experiencia, Oceanus es implacable cuando se trata de espías.

—¿Alguna idea?

—Por supuesto. Podríamos proponerle a Throckmorton que esta noche fondee en cualquier otro lugar. Podrías inventarte un dolor de muelas, o lo que sea.

—La verdad es que no quieres que lo haga, ¿me equivoco?

—Como recordarás no he dejado de quejarme durante todo el viaje porque no he podido ir a jugar con Kurt y Joe.

—No hace falta que me lo recuerdes. Parecías un niño al que han dejado sin postre.

—El doctor Throckmorton es un buen tipo, pero no estoy preparado para hacerle de niñera y mantenerlo a salvo de los acontecimientos.

—¿Ahora crees que los acontecimientos pueden ocurrir aquí?

Paul asintió en respuesta a la pregunta.

—¿Tienes una moneda? —preguntó.

Gamay sacó una moneda de un dólar canadiense.

Paul la arrojó al aire y la cogió con la parte inferior del yeso

—Cara. He perdido. Te toca elegir el turno de guardia.

—De acuerdo, haz tú el primer turno de dos horas, a partir del momento en que la tripulación se vaya a dormir.

—Muy bien. —Se levantó de la litera—. Tampoco hubiese

podido pegar ojo en este potro de tortura. —Agitó el brazo enyesado—. Quizá pueda utilizarlo como arma.

—No será necesario —replicó Gamay con una sonrisa. Metió la mano en el macuto y sacó una pistola de tiro al blanco del calibre 22—. La he traído por si se presenta la ocasión de practicar un poco.

Paul sonrió. Su suegro había enseñado a disparar a Gamay cuando era una niña, y era una experta tiradora. Cogió la pistola y comprobó que podía apuntar si aguantaba el yeso con la otra mano. Gamay vio el temblor de la mano.

—Quizá debamos hacer guardia juntos —propuso.

El barco echó el ancla a una milla de la costa. Las siluetas de los techos y de una torre de comunicaciones indicaban el emplazamiento de las instalaciones de Oceanus, que estaban en una colina que miraba al mar. Los Trout cenaron en la cocina con Throckmorton, los estudiantes y algunos de los tripulantes. El tiempo se les pasó volando gracias a la animada conversación en la que el profesor explicó cosas de su trabajo y los Trout algunas de las experiencias vividas al servicio de la NUMA. Dieron por concluida la velada sobre las once.

Paul y Gamay se retiraron a su camarote y esperaron hasta que reinó el silencio. Luego volvieron a cubierta y se acomodaron en la banda que daba a tierra. La noche era fría. Para mantenerse calientes llevaban unos jerséis muy gruesos debajo de las parkas y habían cogido las mantas de las literas para usarlas como capas. Paul se sentó de espaldas a la caseta del timón, y Gamay se acostó a su lado.

Las primeras dos horas pasaron deprisa. Luego Gamay se hizo cargo de la guardia y Paul se echó a dormir. Le pareció que solo había dormido unos minutos antes de que Gamay le sacudiera el hombro. Se despertó en el acto.

—¿Qué pasa?

—Necesito tus ojos. He estado mirando aquella mancha negra en el agua. Creí que era un montón de algas, pero se está acercando.

Paul se frotó los ojos y siguió con la mirada la dirección que marcaba el dedo. En el primer momento no vio nada más que el azul oscuro del mar. Después, vio una masa oscura que parecía moverse hacia el barco. Había algo más, el suave murmullo de unas voces.

—Es la primera vez que oigo hablar a un montón de algas. ¿Qué te parece si haces un disparo por delante de la proa?

Fueron a gatas hasta la borda, y Gamay adoptó la posición de tiro, con los codos apoyados en la cubierta y la pistola sujeta con las dos manos. Paul tardó en sujetar correctamente la linterna. Cuando Gamay le dio la orden, la encendió. El potente rayo de luz alumbró los rostros de cuatro hombres morenos. Iban vestidos de negro y navegaban en dos kayaks. Sus ojos rasgados parpadearon ante la sorpresa de verse iluminados y se quedaron inmóviles con los remos alzados.

¡Bang!

El primer disparo destrozó el remo que sujetaba el hombre sentado a proa de una de las embarcaciones. Se oyó una segunda detonación, y esta vez un remo del segundo kayak quedó convertido en astillas. Los hombres sentados a popa comenzaron a ciar furiosamente, y los otros utilizaron las manos a modo de remos. Consiguieron hacer girar las embarcaciones y pusieron rumbo a tierra, pero Gamay no estaba dispuesta a dejar que se escaparan con tanta facilidad. Ya estaban casi fuera del alcance de la luz de la linterna cuando con dos certeros disparos destrozó los otros dos remos.

—Buena puntería, Annie Oakley —dijo Paul.

—Gracias, Ojo de Águila. Creo que estarán ocupados durante un buen rato.

Los disparos no habían sido muy sonoros, pero en el silencio de la noche debieron de parecer cañonazos, porque el doctor Throckmorton y algunos tripulantes aparecieron en cubierta.

—Oh, hola —dijo al ver a los Trout—. Oímos un ruido. Dios mío… —exclamó cuando vio la pistola en la mano de Gamay.

—Estaba practicando un poco.

Todos oyeron las voces en el agua. Uno de los tripulantes se acercó a la borda y miró hacia el mar.

—Parece como si alguien necesitara ayuda. Creo que lo mejor será arriar un bote.

—Yo en su lugar no lo haría —dijo Paul, con su habitual tono suave pero que sonó como una orden—. Esos tipos se pueden arreglar solos perfectamente.

Throckmorton titubeó, pero después decidió intervenir.

—Todo está en orden —le dijo al tripulante—. Quiero hablar un momento con los Trout. —Esperó a que los demás se fueran a los camarotes antes de añadir—: Ahora si no les importa, amigos míos, ¿podrían explicarme qué está pasando?

—Iré a preparar café —se ofreció Gamay—. Esta promete ser una noche muy larga. —Solo tardó unos minutos en volver con tres tazones de café—. He encontrado una botella de whisky y he añadido unas gotas. Me pareció que no nos vendría mal.

La pareja se turnó para explicar sus sospechas sobre los planes de Oceanus y las respaldaron con las pruebas obtenidas de diversas fuentes.

—Son unas acusaciones muy graves —afirmó Throckmorton—. ¿Disponen de pruebas irrefutables de este siniestro plan?

—Yo diría que la prueba es esa cosa que tiene en el congelador del laboratorio —respondió Gamay—. ¿Tiene alguna otra pregunta?

—Sí —dijo el profesor después de una pausa—. ¿Tiene a mano la botella de whisky?

Gamay, previsoramente, había traído la botella. Sirvió la bebida en el tazón de Throckmorton.

—La participación de Frederick en la empresa privada siempre me ha preocupado —manifestó después de beber un sorbo—, pero me convencí a mí mismo, quizá con demasiado optimismo, de que con el tiempo la razón científica se impondría al interés comercial.

—Permítame que le haga una pregunta referente a la premisa sobre la que estamos trabajando —dijo Gamay—. ¿Sería posible destruir a las poblaciones de peces naturales y sustituirlos por los transgénicos?

—Totalmente posible, y si alguien puede hacerlo, es el doctor Barker. Esto explica muchas cosas. Todavía me cuesta creer que el doctor Barker esté con esa gentuza. Pero se ha comportado de una manera francamente extraña. —Parpadeó como si acabara de despertar de un sueño—. Los disparos que oí... ¡Alguien intentó abordarnos!

—Eso parece —admitió Gamay.

—¡Quizá lo mejor sería levar el ancla e informar a las autoridades!

—No sabemos dónde encaja la instalación de la costa en el plan —declaró Gamay en un tono que era al mismo tiempo firme y tranquilizador—. Kurt cree que podría ser importante y quiere que lo vigilemos hasta que acabe su misión.

—¿No será peligroso para las personas que están a bordo?

—No lo creo —afirmó Paul—. Siempre que estemos en guardia. Le aconsejo que comunique al capitán que esté preparado para zarpar al primer aviso. Pero dudo que nuestros amigos aparezcan de nuevo, ahora que les hemos estropeado el elemento sorpresa.

—De acuerdo —aceptó Throckmorton muy decidido—. ¿Hay algo más que pueda hacer?

—Sí. —Paul cogió la botella y le sirvió más whisky para calmar los nervios del profesor—. Esperar.

33

El grupo de los centinelas avanzó a trompicones en la oscuridad del bosque, sin que los guardias demostraran la menor piedad. Therri intentó ver mejor a sus captores, pero uno de los hombres apretó el cañón del arma contra su espalda con tanta fuerza que le produjo un corte. Lágrimas de dolor rodaron por sus mejillas. Se mordió el labio inferior para contener el grito.

En el bosque solo se veían algunos puntos de luz dispersos. Luego los árboles se fueron espaciando, y se encontraron delante de un edificio con la puerta iluminada por un potente foco. Los hicieron entrar a empujones y los guardias cortaron las ligaduras que les sujetaban las muñecas; la puerta se cerró con gran estrépito cuando se marcharon.

El aire olía a gasolina y había manchas de aceite en el suelo, una prueba de que el edificio se había utilizado como garaje. No había vehículos aparcados, pero el recinto no estaba vacío. Había casi cuarenta personas —hombres, mujeres y unos pocos niños— acurrucados como cachorros asustados contra la pared opuesta. Su sufrimiento se reflejaba claramente en los rostros macilentos; el terror en sus ojos ante la súbita aparición de unos extraños era evidente.

Los dos grupos se miraron el uno al otro con desconfianza. Al cabo de unos segundos, un hombre que estaba sentado en la posición del loto se levantó para acercarse. Su rostro estaba arrugado como el cuero viejo y llevaba sujeta la larga caballera en una cola de caballo. Las ojeras marcaban su rostro y sus ropas se habían convertido en harapos, sin embargo, transmitía dignidad. Cuando habló, Therri se dio cuenta de por qué había tenido la sensación de que le conocía.

—Soy Jesse Nighthawk —dijo, y extendió la mano.

—Nighthawk —repitió Therri—. Usted debe de ser el padre de Ben.

El hombre la miró, boquiabierto.

—¿Conoce a mi hijo?

—Sí. Trabajo con él en las oficinas de los Centinelas del Mar en Washington.

El viejo miró por encima del hombro de Therri como si buscara a alguien.

—Ben estuvo aquí. Lo vi salir del bosque. Estaba con otro hombre, al que mataron.

—Sí, lo sé. Ben está sano y salvo. Acabo de verlo en Washington. Nos dijo que usted y los demás habitantes del pueblo tenían problemas.

Ryan se adelantó para intervenir en la conversación.

—Hemos venido para sacarlos de aquí a usted y a los demás.

Jesse Nighthawk miró a Ryan como si fuese Dudley Do-Right, el policía montado de los dibujos animados que siempre llegaba a tiempo para salvar a los buenos. Sacudió la cabeza.

—Le agradezco la buena intención, pero lamento que haya venido. Se ha puesto usted en grave peligro al venir aquí.

—Nos capturaron en cuanto desembarcamos —señaló Therri—. Fue como si hubiesen sabido que veníamos.

—Tienen espías en todas partes —afirmó Nighthawk—. El malvado me lo dijo.

—¿El malvado?

—Mucho me temo que ya lo conocerá. Es como el monstruo de una pesadilla. Mató al primo de Ben con una lanza. —Al viejo se le humedecieron los ojos al recordar la escena—.

Nos hacen trabajar día y noche talando árboles. Incluso las mujeres y los niños… —Su voz se apagó como si no le quedaran fuerzas.

—¿Quiénes son esas personas? —preguntó Ryan.

—Se llaman a sí mismos kiolya. Creo que son esquimales. No estoy seguro. Comenzaron a construir en el bosque, en la orilla del lago opuesta a nuestro pueblo. No nos gustó, pero somos intrusos en esta tierra, así que no pudimos decir nada. Luego un día cruzaron el lago con sus armas y nos trajeron aquí. Hemos estado talando árboles y arrastrando troncos desde entonces. ¿Tiene usted alguna idea de qué va todo esto?

Antes de que Ryan pudiera responder, se oyó el ruido de la puerta al abrirse. Seis hombres entraron en el garaje, con fusiles automáticos apoyados en el pliegue del codo. Los rostros morenos eran muy parecidos: anchos, con los pómulos altos y los ojos rasgados. La crueldad de sus expresiones pareció casi agradable cuando vieron entrar a un séptimo hombre. Tenía el físico de un toro, con el cuello corto y grueso, la cabeza casi apoyada directamente en los poderosos hombros. La piel rojiza amarillenta estaba picada de viruela y su boca mostraba una mueca de desprecio. A ambos lados de la nariz, que parecía una patata aplastada, destacaban unos tatuajes verticales. No llevaba más armas, excepto un cuchillo metido en una vaina sujeta al cinturón.

Therri miró con incredulidad al hombre que había perseguido a Austin en un trineo. Era imposible confundir el rostro deforme y el cuerpo que parecía haber sido moldeado a base de esteroides. No necesitó nada más para saber a quién se había referido Jesse cuando habló del «malvado». El matón echó una ojeada a los nuevos prisioneros, y Therri sintió cómo un sudor helado le corría por la espalda cuando la mirada de los ojos de color negro azabache se recreó en su cuerpo. Jesse Nighthawk retrocedió instintivamente para reunirse con su familia y amigos.

Una sonrisa brutal apareció en el rostro del hombre al ver el miedo que inspiraba. Dio una orden con voz gutural. Los guardias sacaron a Therri, Ryan y Mercer del edificio y se adentraron de nuevo en el bosque. La muchacha estaba completamente desorientada. No tenía ni idea de dónde estaba el lago. Si por algún milagro hubiese podido escapar, no hubiese sabido en qué dirección correr.

Su confusión aumentó todavía más al cabo de unos minutos. Se dirigían por un camino pavimentado hacia lo que parecía un oscuro e impenetrable muro de abetos. Las sombras de los gruesos troncos y las grandes ramas formaban un juego de negros y grises. Cuando estaban a solo unos metros de los árboles más cercanos, desapareció una parte del bosque. En su lugar apareció un rectángulo de una luz cegadora. Therri se protegió los ojos. Cuando se acostumbró a la luz, vio a unas personas que pasaban como si ella estuviese mirando a través de una puerta a otra dimensión.

Les hicieron entrar en un enorme espacio de centenares de metros de ancho y con un techo en forma de cúpula. Miró por encima del hombro en el momento en que el rectángulo abierto en el bosque desaparecía, y comprendió que habían entrado en un edificio disimulado con lo más novedoso en técnicas de camuflaje. Si bien la estructura era en sí misma una maravilla de diseño, lo que les cortó la respiración fue el gigantesco dirigible blanco que ocupaba gran parte del espacio debajo de la cúpula.

Miraron atónitos el leviatán con forma de torpedo que tenía una longitud superior a la de dos campos de fútbol. La cola se afinaba hasta un punto donde había cuatro aletas estabilizadoras triangulares, que le daban un aspecto aerodinámico a pesar de su enorme tamaño. Cuatro grandes motores con las carcasas protectores colgaban de las riostras sujetas en el vientre de la aeronave que estaba apoyada en un complicado sistema de grúas fijas y móviles. Docenas de hombres vestidos con monos se afanaban alrededor y encima del dirigible. El ruido de las máquinas y las herramientas era ensordecedor. Los guardias empujaron a los prisioneros hasta dejarlos debajo de la proa de la aeronave, que se cernía sobre ellos como si fuera a aplastarlos en cualquier momento. Therri tuvo la fugaz imagen de lo que debía de sentir una cucaracha antes de que cayera sobre ella un zapato.

La larga y angosta cabina de mando, con grandes ventanillas en toda su longitud, estaba colocada en el vientre del dirigible muy cerca de la proa, y los guardias les ordenaron que entraran. El amplio interior recordó a Therri el puente de mando de un barco con la bitácora y la rueda del timón. Había un hombre junto a la bitácora que parecía estar al mando. A diferencia de los guardias, que parecían todos cortados por el mismo patrón, era alto y su piel era descolorida. Llevaba la cabeza afeitada. Cuando entraron los prisioneros se volvió y los miró a través de las gafas de sol. Se guardó en un bolsillo una agenda electrónica.

—Bueno, bueno, qué agradable sorpresa. Los Centinelas del Mar al rescate. —Sonrió, pero su voz era helada como el viento que sopla desde un glaciar.

Ryan le respondió como si no hubiese oído la burla.

—Me llamo Marcus Ryan, director de los Centinelas del Mar. Esta es Therri Weld, nuestra asesora legal, y él es Chuck Mercer, director de operaciones.

—Déjese de presentaciones. Sé perfectamente quiénes son ustedes —replicó el hombre—. No perdamos tiempo. En el mundo del hombre blanco, mi nombre es Frederick Barker. Mi pueblo me llama Toonook.

—¿Usted y estos otros son esquimales? —preguntó Ryan.

—Los ignorantes nos llaman con ese nombre, pero somos kiolya.

—Usted no encaja con el estereotipo de un esquimal.

—Heredé los genes de un capitán ballenero de Nueva Inglaterra. Aquello que comenzó como algo humillante me ha permitido entrar en el mundo exterior sin preguntas, para beneficio de los kiolya.

—¿Qué es esto? —Ryan miró en derredor.

—Hermoso, ¿verdad? El *Nietzsche* fue construido en secreto por los alemanes para ir al Polo Norte. Pensaban utilizarlo para los vuelos comerciales. Estaba equipado para llevar pasajeros dispuestos a pagar lo que fuera para viajar a bordo de una aeronave que había estado en el Polo. Cuando se estrelló, mi pueblo creyó que era un regalo de los dioses. En cierto sentido, tenían razón. He gastado millones en restaurarlo. Hicimos mejoras en los motores y en la capacidad de carga. Los contenedores de gas han sido reemplazados por otros con una cabida de millones de metros cúbicos de hidrógeno.

—Creí que el hidrógeno había desaparecido de los dirigibles después de lo ocurrido con el *Hindenburg* —comentó Mercer.

—Las aeronaves alemanes recorrieron miles de kilómetros con hidrógeno sin ningún problema. Lo escogí debido al peso de la carga. El hidrógeno es capaz de levantar el doble de peso que el helio. Gracias a las virtudes del átomo más simple, el pueblo de la aurora boreal alcanzará su merecido destino.

—Habla usted con acertijos —señaló Ryan.

—En absoluto. La leyenda dice que los kiolya nacieron en la aurora, un fenómeno que las tribus inuit consideran una señal de mala suerte. Desafortunadamente, usted y sus amigos no tardarán en comprobar que dicha reputación es merecida.

—No pensará matarnos, ¿verdad?

—Los kiolya no conservan a los prisioneros cuando ya no les son útiles.

—¿Qué me dice de la gente del pueblo indio?

—Se lo repito, no conservamos a los prisioneros.

—Dado que estamos condenados, ¿por qué no satisface nuestra curiosidad y nos explica dónde encaja esta antigualla aérea?

Una sonrisa áspera apareció fugazmente en el rostro de Barker.

—Esta es la parte en la que el héroe apela a la vanidad del villano, con la esperanza de que llegue la caballería. No malgaste su tiempo. Usted y sus amigos solo vivirán mientras yo los necesite.

—¿No le interesa conocer lo que sabemos de sus planes?

Barker dijo algo en un idioma extraño, y el jefe de los guardias se adelantó para entregarle uno de los paquetes del explosivo C-4 que Mercer había preparado con tanto cuidado.

—¿Pretendía hacer algún trabajo minero?

—¡Diablos, no! —replicó Ryan—. Habíamos planeado destrozar todo esto de la misma manera que hizo usted con nuestro barco.

—Claro como el agua y directamente al grano como siempre, señor Ryan. Pero no creo que tenga la oportunidad de ofrecernos su espectáculo de fuegos artificiales —manifestó con un evidente tono de desprecio. Le arrojó el paquete de explosivos a su secuaz—. ¿Qué es exactamente lo que sabe de nuestras «operaciones»?

—Lo sabemos todo de sus experimentos con los peces transgénicos.

—Eso es solo una parte de mi gran plan. Permítame explicarle lo que depara el futuro. Esta noche, esta aeronave despegará con rumbo este. En sus bodegas llevará tanques llenos de peces transgénicos de diversas especies. Desparramará mis creaciones en el mar como el agricultor siembra las semillas en sus campos. En cuestión de pocas semanas o meses, se habrán extinguido las especies naturales. Si el proyecto piloto tiene éxito, tal como espero, se repetirá la experiencia en todos los mares del mundo. Con el tiempo, la mayor parte del pescado a la venta en el mercado mundial será el producido con nuestras patentes. Tendremos casi el monopolio total.

El director de los centinelas se echó a reír.

—¿De verdad cree que funcionará semejante locura?

—No tiene nada de locura. Todos los modelos por ordenador indican un éxito rotundo. En cualquier caso, las especies naturales están condenadas por la sobreexplotación y la contaminación industrial. Yo solo estoy adelantando el día en que los océanos se conviertan en enormes piscifactorías. Lo más gracioso es que arrojar peces al mar ni siquiera va contra la ley.

—Matar personas sí va contra la ley —señaló Ryan, furioso—. Usted asesinó a mi amigo y colega Josh Green.

Therri fue incapaz de continuar callada.

—Josh no fue el único. También asesinó al periodista de la televisión a bordo del *Centinela del Mar*. Sus secuaces mataron a uno de los suyos en Copenhague. Asesinó al primo de Ben Nighthawk e intentó matar al senador Graham. Además tiene a unas personas trabajando como esclavos.

—¡La abogada de la compañía tiene lengua! —La expresión de Barker se volvió hosca y desapareció el tono educado que había mantenido hasta ahora—. Es una lástima que no estuviese allí para defender la causa de los kiolya cuando murieron de hambre porque el hombre blanco acabó con las morsas, o cuando la tribu tuvo que abandonar sus territorios de caza tradicionales, desperdigarse por Canadá y acabar viviendo en las ciudades muy lejos de su tierra natal.

—Nada de todo eso le da derecho a matar a personas o a atentar contra los océanos en su propio beneficio —declaró Therri apasionadamente—. Puede aterrorizar a un grupo de indígenas indefensos y maltratarnos a nosotros, pero tendrá que vérselas con la NUMA.

—No me preocupan en absoluto todos esos tipejos a las órdenes del almirante Sandecker.

—¿No le preocupa lo que pueda hacer Kurt Austin? —intervino Ryan.

—Lo sé todo de Kurt Austin. Es un hombre peligroso, pero la NUMA considera a los Centinelas del Mar una organización fuera de la ley. No, usted y sus amigos están solos. Más solos que nunca. —El esbirro tatuado de Barker dijo algo en kiolya—. Umealiq me recuerda que querían ver mis peces.

Los guardias escoltaron a los prisioneros mientras Barker los llevaba a una puerta lateral que daba al exterior. Un minuto más tarde, se encontraron de nuevo en el edificio donde Ryan y Mercer habían colocado las cargas explosivas. Solo que esta vez el recinto estaba iluminado como si fuese pleno día.

Barker se detuvo delante de uno de los tanques transparentes. El pez que había dentro medía casi tres metros de largo. Barker ladeó la cabeza como un artista que contempla su obra.

—Realicé mis primeros ensayos con los salmones —comentó—. Fue relativamente sencillo crear gigantes como este. Claro que también llegué a crear una sardina de veinticinco kilos que vivió algunos meses.

Se acercó a otro tanque. Therri contuvo el aliento al ver a la criatura que contenía. Era un salmón, de la mitad de tamaño que el otro, pero tenía dos cabezas idénticas.

—Este no salió como yo esperaba. Sin embargo, debe usted admitir que es interesante.

El pez del tercer tanque era todavía más deforme; tenía el cuerpo cubierto de protuberancias como pelotas que le daban un aspecto repulsivo. En el tanque siguiente, su ocupante tenía unos ojos descomunales que amenazaban con salirse de las órbitas. Las mismas deformidades se repetían en otras especies: bacalao, corvinas y arenques.

—Son horribles —dijo Ryan.

—La belleza está en el ojo del que mira. —Barker se detuvo ante un tanque donde había un pez de escamas blancas que medía poco más de un metro y medio—. Este es uno de los primeros prototipos que desarrollé antes de descubrir que la agresividad y el tamaño de los peces estaban escapando de mi control. Solté algunos al medio natural para ver qué pasaba. Desafortunadamente, comenzaron a devorarse entre ellos después de acabar con las especies locales.

—Estos peces no son experimentos, son monstruos —insistió Ryan—. ¿Por qué los mantiene vivos?

—¿Le dan pena los peces? Eso es pasarse de la raya, incluso para los centinelas. Permítame que le diga algo de este pececillo. Es muy útil. Arrojamos el cadáver del indio junto con el de su amigo al interior del tanque, y en un periquete no quedaban más que los huesos. Dejamos que los otros indios disfrutaran del espectáculo y desde entonces no nos han dado más problemas.

Ryan perdió el control y se arrojó sobre Barker. Ya tenía las manos alrededor del cuello del hombre, cuando el esbirro de Barker cogió el fusil de uno de los guardias y descargó un culatazo contra la cabeza del ecologista. La sangre de la herida salpicó a Therri mientras Ryan se desplomaba.

Cuando identificó la fuente del terror que había visto en los ojos de Jesse Nighthawk, Therri tuvo la sensación de que una mano helada le oprimía la boca del estómago. Oyó que Baker decía:

—Si al señor Ryan y a sus amigos les interesan tantos nuestros escamosos amigos, quizá podríamos disponerlo todo para que cenen juntos.

Luego se acercaron los guardias.

34

El Eurocopter que llevaba a Austin, Zavala, Ben Nighthawk y a los dos vascos despegó de la cubierta del *Navarra* y voló en círculo alrededor del yate. Unos minutos más tarde, el SeaCobra se reunió con el primer aparato. Juntos, los helicópteros pusieron rumbo al oeste hacia el sol de la tarde.

Desde su asiento junto al piloto, Austin veía con toda claridad la amenazadora silueta del SeaCobra que volaba a solo un par de cientos de metros del Eurocopter. El helicóptero de combate llevaba el armamento suficiente para arrasar una ciudad pequeña. Austin no se hacía ilusiones. Oceanus sería un hueso duro de roer.

A una velocidad de crucero de ciento veinticinco nudos, los helicópteros no tardaron en pasar sobre la costa rocosa y dejar el mar atrás. Volaban en formación sobre un espeso bosque de abetos, casi a ras de las copas de los árboles con la intención de evitar que los detectaran. Austin comprobó la carga de su revólver Bowen, luego se reclinó en el asiento, cerró los ojos y repasó el plan.

Había ocasiones en las que Zavala acusaba en broma a Austin de hacer las cosas sobre la marcha. Había algo de cierto en aquella afirmación. Austin sabía que no se podía planear todo. Se habían criado juntos y en el mar, y sus opiniones estaban matizadas por su experiencia náutica. Sabía que una misión era como navegar con mal tiempo; cuando las cosas iban mal, iban mal de verdad. Un buen marino intenta sacar el mejor partido de cada situación pero siempre tiene el equipo de salvamento a mano.

Era un firme partidario de hacer las cosas de la manera más sencilla posible. Dado que el objetivo era rescatar a la familia de Ben y a sus amigos, el SeaCobra no se lanzaría al ataque para acabar con todo lo que había a la vista. Austin era consciente de que no existía eso que llamaban un ataque quirúrgico. Tendrían que utilizar el armamento del helicóptero con prudencia, lo que neutralizaba su aterradora potencia de fuego. Frunció el entrecejo al pensar en el motivo añadido que le había dado el idiota de Marcus Ryan. Austin no quería que su interés por Therri Weld le ofuscara la mente.

El ruido del motor del Eurocopter se apagó un poco cuando el piloto redujo la velocidad y mantuvo al aparato inmóvil en el aire. Ben, que estaba sentado detrás con Zavala y los hermanos Aguírrez, hizo señas al piloto para que descendiera. El piloto sacudió la cabeza e insistió en que no había ningún lugar donde aterrizar. Pablo miró a través de la ventanilla.

—¿Confía en el indio? —preguntó a Kurt.

Austin miró la zona de aterrizaje. La visibilidad era restringida, y no veía más que el verde de las copas de los árboles iluminadas por el sol poniente. Ahora se encontraban en lo que se podía llamar el patio de Ben Nighthawk.

—Es su tierra, no la mía.

Pablo asintió, y después dio una orden al piloto, que masculló algo y luego se comunicó con el otro helicóptero para avisarle de que se disponía a aterrizar. El SeaCobra comenzó a volar en zigzag sobre el terreno para hacer un barrido con los detectores de infrarrojos y descubrir a través de las ondas de calor si había personas ocultas en la zona. Al no encontrar ninguna señal de vida humana, el SeaCobra aprobó el descenso.

El Eurocopter se hundió en el bosque. Nadie excepto Ben se hubiera sorprendido si hubiera oído cómo los rotores se hacían pedazos en un combate desigual contra los gruesos troncos. Pero el único sonido fue el de las ramitas que se rompían y el suave golpe de los patines al tocar tierra. La aguda mirada de Ben había visto aquello que los demás no habían distinguido, que lo que parecía un bosque espeso era en realidad un claro cubierto de maleza. El SeaCobra se posó unos metros más allá.

Austin volvió a respirar y saltó del aparato seguido por Zavala y los hermanos Aguírrez. A pesar del barrido de los detectores infrarrojos, adoptaron de inmediato una postura de combate con las armas preparadas. Cuando los rotores se detuvieron del todo, se hizo un silencio absoluto, como si una campana de cristal hubiese caído sobre ellos. Ben salió del helicóptero y miró a los hombres con las armas preparadas.

—Aquí no encontrarán a nadie —comentó—. Este lugar no se utiliza desde que yo era niño. Hay un río un poco más allá de los árboles. —Señaló los restos de unos barracones y tinglados que apenas si se veían en la luz del ocaso—. Aquello es lo que queda del aserradero. Es un lugar con mala suerte. Mi padre decía que tuvieron muchos accidentes. Instalaron uno nuevo río abajo desde donde podían llevar los troncos al mercado en menos tiempo.

Austin tenía en la cabeza otros asuntos más urgentes.

—Se va la luz. Es mejor que nos pongamos en marcha.

Recogieron los equipos y se dividieron en dos grupos. Los hombres de la NUMA, Nighthawk y los dos vascos formaban el grupo de asalto. Los fornidos hermanos Aguírrez se movían con una seguridad que indicaba que no eran unos novatos en misiones clandestinas.

Los dos pilotos, que también iban fuertemente armados, esperarían una llamada para darle apoyo. Ben abrió la marcha y en cuanto entraron en el bosque se encontraron en la oscuridad. Cada hombre excepto el último de la fila llevaba una pequeña linterna halógena, que mantenían enfocada hacia abajo mientras seguían a Ben, que se movía por el bosque silenciosa y rápidamente como una culebra. Caminaron a un paso que estaba entre la marcha y el trote durante varios kilómetros, y lo hicieron a buen ritmo gracias al suelo cubierto de pinaza, hasta que Ben ordenó que se detuvieran. Aprovecharon la pausa para recuperar el aliento, con los rostros bañados en sudor.

Ben escuchó con mucha atención. Después dijo:

—Estamos a poco más de un kilómetro.

Zavala cogió la escopeta de repetición que llevaba en bandolera.

—Es hora de asegurarse de que la pólvora está seca.

—No se preocupen por los guardias —replicó el indio—. Están todos junto al lago. Nadie esperaría que viniéramos por aquí.

—¿Por qué no? —quiso saber Zavala.

—Ya lo verán. Asegúrense de no adelantarme —advirtió Ben, y sin decir nada más, reanudó la marcha. Diez minutos más tarde, aminoró el paso. Después de repetir la advertencia, llevó al grupo hasta el borde de una profunda garganta. Austin alumbró con la linterna las paredes verticales y luego alumbró hacia abajo donde se oía el ruido de una corriente de agua. El rayo de luz no alcanzó a iluminar el río.

—Creo que ahora sé por qué no hay guardias en este lado —comentó Zavala—. Nos hemos equivocado de camino en algún punto y hemos acabado en el borde norte del Gran Cañón.

—Este lugar se llama el Salto del Hombre Muerto —dijo Ben—. La gente de estos parajes no es muy original a la hora de buscar nombres.

—Eso está claro —manifestó Austin.

Zavala miró a izquierda y derecha.

—¿Hay alguna manera de rodear esta pequeña acequia?

—Tendríamos que recorrer otros dieciséis kilómetros a través del bosque —respondió Ben—. Este es el punto más angosto. El lago está a unos ochocientos metros de aquí.

—Recuerdo una película de Indiana Jones donde cruzaban un abismo por un puente invisible —comentó Zavala.

—Pide y recibirás —intervino Austin, mientras descargaba la mochila. La abrió y sacó un rollo de cuerda de nailon y un garfio plegable.

—Nunca dejas de asombrarme, amigo —exclamó Zavala—. Y yo que estaba convencido de que venía bien preparado porque traía mi cortaplumas con sacacorchos. Eres capaz de llevar también una botella de buen vino en tu mochila.

Austin sacó una polea y un arnés de rappel.

—Antes de que me propongas para la medalla al mérito de los niños exploradores, debo confesar que Ben me dijo que tendríamos que cruzar este foso antes de escalar los muros del castillo.

Kurt pidió a todos que se apartaran. Se acercó peligrosamente al borde, hizo girar el garfio por encima de la cabeza y lo lanzó. El primer intento se quedó corto y golpeó contra la pared de la garganta. Los otros dos llegaron al otro lado pero el garfio no se sujetó. Al cuarto intento, los ganchos encajaron en una grieta entre unas piedras. Austin ató el otro extremo de la cuerda a un árbol y tiró de ella para ver si el garfio aguantaba. Después enganchó la polea y el arnés a la cuerda, respiró hondo y se lanzó al vacío.

Cuando llegó al otro lado, le pareció que había superado la velocidad del sonido. Unos arbustos amortiguaron el aterrizaje. Zavala utilizó una segunda cuerda para recuperar el arnés, sujetó la mochila de Austin y la envió al otro lado. Después de enviar el resto del equipo de la misma manera, Zavala y Ben fueron los siguientes en cruzar, y por último los dos vascos.

Volvieron a cargar las mochilas y reanudaron la marcha a través del bosque hasta que comenzaron a ver luces dispersas entre los árboles, como las hogueras de un campamento de gitanos. Oyeron el rumor de las máquinas. Ben les indicó que se detuvieran.

—Ahora pueden preocuparse por los guardias —susurró.

Zavala y los vascos empuñaron las armas y Austin abrió la solapa de la pistolera. Había estudiado las fotos de satélite del complejo para hacerse una idea de cómo era el terreno sin el hangar. Ben le había ayudado a completar los detalles.

El hangar del dirigible estaba muy cerca del lago, rodeado por una red de senderos y caminos pavimentados que conectaban los edificios más pequeños ocultos en el bosque. Austin pidió a Ben que lo llevara al lugar desde donde había visto la cúpula. Mientras los demás esperaban, el indio lo llevó a través del bosque hasta la vera de un camino asfaltado que estaba iluminado por unas luces de poca intensidad colocadas casi a nivel de tierra. Al ver que el camino estaba desierto, lo cruzaron a la carrera para volver a entrar en el bosque.

Al cabo de unos minutos, Ben se detuvo, levantó las manos y comenzó a caminar como un sonámbulo hacia los árboles que les cerraban el paso. Se detuvo de nuevo y susurró a Austin que lo imitara. Austin caminó con los brazos extendidos hasta que sus manos casi tocaron los oscuros troncos. Pero en lugar de la corteza rugosa y áspera, sus palmas tocaron una superficie pulida. Apoyó la oreja contra ella y oyó un zumbido. En cuanto se apartó un metro volvió a ver los árboles. El camuflaje adaptable tenía un gran futuro, pensó.

Ben y él volvieron rápidamente sobre sus pasos y se reunieron con los demás. Austin propuso que investigaran los edificios auxiliares. Volverían a reagruparse en quince minutos.

—Recordad que está prohibido dar comida a los esquimales —dijo Zavala, mientras desaparecía en la oscuridad.

—¿Qué pasará si nos descubren? —preguntó Pablo.

—Si puede hacerlo en silencio, acabe con cualquiera que lo vea —respondió Austin—. Si no es así, y se monta un follón, escape por donde vinimos.

—¿Qué pasa conmigo? —quiso saber Ben.

—Ya has hecho más de la cuenta con traernos hasta aquí. Descansa.

—No puedo descansar hasta que mi familia esté a salvo.

Austin no podía culpar a Ben por querer encontrar a su familia.

—No te apartes de mí. —Desenfundó el Bowen y esperó a que los demás se marcharan. Luego indicó a Ben que lo siguiera. Avanzaron por el camino, sacrificarían la protección del bosque en beneficio de la velocidad.

Escucharon ruidos procedentes de la costa, pero el camino estaba despejado, y pronto llegaron a un edificio de una sola planta. No había vigilancia.

—¿Entramos? —preguntó Austin a Ben. Entraron. El edificio era un almacén. Echaron una ojeada y emprendieron el camino de regreso al punto de encuentro. Zavala apareció un par de minutos más tarde.

—Hemos encontrado un almacén —informó Austin—. ¿Tú has visto algo más interesante?

—Desearía no haberlo visto —declaró Zavala—. Juro que nunca más volveré a comer pescado con patatas fritas. Creo que he encontrado la cueva de los monstruos marinos.

Describió las extrañas criaturas deformes que había visto. No era fácil alterar la calma natural de Zavala, pero, por el tono de su voz, era obvio que la visión de los mutantes en los tanques de cría lo había impresionado.

—Creo que esos monstruos con aletas son los prototipos —comentó Austin.

Se interrumpió al oír un débil sonido en el bosque. Era Pablo que volvía. Contó que había encontrado algo que parecía un garaje vacío. Dentro había señales de que ahí se habían alojado personas: restos de comida, cubos y mantas que podrían haber servido como colchones. Le entregó a Austin un objeto que endureció la expresión del hombre de la NUMA. Era una muñeca.

Esperaron el regreso de Diego, y cuando apareció, comprendieron la razón de la tardanza. Caminaba inclinado por la pesada carga que llevaba sobre los hombros. Se irguió y un guardia, inconsciente, cayó al suelo.

—Dijo que acabara con cualquiera que se me cruzara en el camino, pero me pareció que este cerdo podría sernos más útil vivo.

—¿Dónde lo ha encontrado?

—Estaba en una de las barracas de los guardias. Había

unas cien o doscientas camas. Este tipo estaba durmiendo la siesta.

—Será la última vez que se quede dormido en horas de trabajo —dijo Austin. Hincó una rodilla en tierra y alumbró con la linterna el rostro del guardia. Los pómulos altos, los ojos rasgados y la boca grande eran prácticamente idénticos a los de los otros guardias que había visto, solo que este tenía un golpe en la frente. Se levantó para coger una cantimplora. Bebió un trago, después vertió un poco de agua en el rostro del hombre. Este hizo una mueca y abrió los ojos. Miró asombrado las armas que le apuntaban a la cabeza.

—¿Dónde están los prisioneros? —preguntó Kurt. Levantó la muñeca para que el guardia entendiera lo que quería.

En el rostro del hombre apareció una sonrisa despiadada, y los ojos brillaron como ascuas. Gruñó algo en un idioma incomprensible. Diego ayudó a convencerlo de la conveniencia de responder. Apoyó una bota en la entrepierna del hombre y la boca de su fusil automático entre los ojos. La sonrisa desapareció, pero Austin sabía que el fanatismo del guardia le ayudaría a soportar todas las amenazas y maltratos.

El vasco también se dio cuenta, y cambió de posición. Le pisó el rostro al tiempo que metía el cañón del arma en la entrepierna. Esta vez la actitud del guardia cambió como por ensalmo. Se apresuró a murmurar algo en su lengua.

—Habla en inglés —le ordenó Diego, y apretó el arma un poco más.

El guardia contuvo el aliento durante unos instantes.

—El lago —dijo—. Están en el lago.

—Hasta los cerdos quieren conservar los cojones —afirmó con una sonrisa.

Apartó el arma, la hizo girar y descargó un tremendo culatazo contra la cabeza del hombre. Se oyó un horrible sonido a hueco, y el guardia quedó tendido como la muñeca rota que Austin sostenía en la mano.

Austin hizo una mueca, pero no sintió ninguna compasión por su enemigo. Solo pensaba en la manera de rescatar a los prisioneros. Se encogió de hombros.

—Felices sueños —murmuró.

—Vamos allá —dijo Pablo.

—A la vista de que nos superan en número, este podría ser un buen momento para llamar a los refuerzos —propuso Zavala.

Pablo cogió el radiotransmisor y ordenó al piloto del Sea-Cobra que despegara. Le dijo que se mantuviera a la espera a un kilómetro de la cúpula. Austin se guardó la muñeca debajo de la camisa. Luego, con los demás pisándole los talones, inició la marcha en dirección al lago, dispuesto a devolver la muñeca a su legítima propietaria.

35

Marcus Ryan estaba acurrucado junto a Jesse Nighthawk cuando los guardias entraron en el garaje prisión con las porras en alto. La intención del director de los centinelas había sido aprovechar los conocimientos del padre de Ben para preparar un plan de fuga. Sus intenciones se fueron al traste cuando los guardias, al menos unos veintitantos, comenzaron a repartir golpes a diestro y siniestro. La mayoría de los indios estaban acostumbrados a las palizas, que pretendían acabar con cualquier conato de resistencia, y se refugiaron contra la pared más apartada. En cambio Ryan tardó en reaccionar y los golpes llovieron sobre su cabeza y sus hombros.

En el momento en que se abrió la puerta y en el recinto comenzaron a oírse los gritos de los prisioneros que intentaban esquivar las porras de los guardias, Therri estaba jugando con una niña llamada Rachael. Tendría unos cinco años, era la más pequeña del grupo, y como casi todos los demás, formaba parte de la gran familia de Ben. La mujer se interpuso entre uno de los atacantes y la niña, y se preparó para recibir el porrazo. El guardia se detuvo, sorprendido por aquel inesperado desafío. Luego se echó a reír y bajó la porra. Miró a Therri con una expresión despiadada.

—Por lo que has hecho, tú y la niña seréis las primeras.

Llamó a uno de sus compañeros, que cogió a Therri por los cabellos. La obligó a tumbarse boca abajo y apretó la porra contra la nuca. Le ataron las manos a la espalda, y apretaron el alambre con tanta fuerza que le cortó la piel de las muñecas. Luego la levantaron de un tirón; entonces vio a Marcus y Chuck, que sangraban por las heridas causadas por los porrazos.

En cuanto acabaron de atar a todos los prisioneros, los guardias les hicieron salir del garaje y los llevaron a través del bosque. Al cabo de unos minutos vieron el resplandor opaco del agua entre los árboles. Aunque les parecía que habían transcurrido varios días, solo habían pasado unas horas desde la captura.

Les hicieron entrar a empellones en un cobertizo casi en la orilla del lago y los dejaron solos en la oscuridad. Los niños lloriqueaban y los mayores intentaban consolarlos con su actitud estoica. El miedo a lo desconocido era una tortura mucho peor que una paliza. Después se abrió la puerta y apareció Barker, escoltado por un pelotón de guardias. Se había quitado las gafas de sol, y Therri vio por primera vez sus ojos claros. Tenían el color del vientre de una serpiente de cascabel, pensó la joven. Algunos de los guardias llevaban antorchas, y en los ojos de Barker se reflejaban las llamas. En su rostro había una sonrisa satánica.

—Buenas noches, damas y caballeros —saludó con el entusiasmo de un guía en un parque de atracciones—. Gracias por venir. Dentro de unos minutos, me elevaré sobre este lugar en lo que será la primera etapa de un viaje al futuro. Quiero darles las gracias a todos ustedes por su colaboración en este proyecto. A los Centinelas del Mar solo les digo que lamento no haberlos tenido antes en mis manos, para que con el sudor de su trabajo llegaran a comprender la grandeza de este plan.

—Corte el rollo —le interrumpió Ryan, que había recuperado la compostura—. ¿Qué pretende hacer con nosotros?

Barker observó el rostro ensangrentado de Ryan como si lo viera por primera vez.

—Vaya, señor Ryan, no parece estar usted en su mejor momento.

—No ha respondido a mi pregunta.

—Se equivoca. Se la respondí en nuestro primer encuentro. Le dije que usted y sus amigos continuarían vivos mientras me resultaran útiles. —El científico volvió a sonreír—. Ya no lo son. Mandaré iluminar la cúpula para que puedan admirar el espectáculo. Será lo último que verán antes de morir.

A Therri se le heló la sangre en las venas.

—¿Qué pasará con los niños?

—¿Qué pasa con ellos? —La mirada cruel de Barker se posó un momento en los prisioneros como si fueran ganado que llevan al matadero—. ¿Cree que me importa lo que les ocurra, ya sean grandes o pequeños? Para mí, todos ustedes son como copos de nieve. Nadie los recordará en cuanto el mundo se entere de que la insignificante tribu kiolya es dueña y señora de una parte considerable del océano. Lamento no poder quedarme. Nuestro horario es muy estricto.

Se volvió y sin más desapareció en la noche. Los guardias hicieron salir a los prisioneros y los llevaron hacia el lago. Al cabo de unos momentos, sus pisadas resonaron en el muelle de madera. No había luz en la zona, excepto los focos en la cubierta de lo que parecía ser una barcaza con el casco de un catamarán. En cuanto se acercaron un poco más, Therri vio que en la cubierta había una cinta transportadora que iba desde un tanque en la proa hasta un gran tubo instalado a popa. Llegó a la conclusión de que se trataba de una barcaza desde la cual se echaba comida a los peces. El pienso se echaba en el tanque, y la cinta lo transportaba hasta el tubo desde donde se descargaba en las jaulas. Fue entonces cuando se le ocurrió cuál podía ser su destino y gritó:

—¡Van a ahogarnos!

Marcus y Chuck también habían visto la barcaza, y al escuchar la advertencia de su compañera, intentaron zafarse de sus captores. Todo lo que consiguieron fue que los apalearan sin poder hacer nada por impedirlo. Unas manos sujetaron a Therri y la empujaron violentamente hacia la barcaza. Tropezó, y al no poder recuperar el equilibrio cayó sobre la cubierta. En el último momento consiguió girar el cuerpo para no estrellarse de cara contra la cubierta de hierro, y gran parte del tremendo golpe lo soportó su brazo derecho. También notó un terrible dolor en la rodilla. No le dieron tiempo para pensar en las heridas. La amordazaron con cinta adhesiva para que no pudiera gritar. Luego le ataron los tobillos, sujetaron un peso en las ligaduras de las muñecas y a continuación la arrastraron hasta un extremo de la barcaza para colocarla sobre la cinta transportadora.

Notó la presión de otro cuerpo más pequeño contra el suyo. Giró la cabeza y vio, horrorizada, que la siguiente víctima era Rachael, la pequeña con la que había trabado amistad. Luego les tocó el turno a los hombres de los Centinelas del Mar y a los demás prisioneros. Los preparativos para el asesinato múltiple continuaron hasta que todos los prisioneros quedaron colocados como troncos en la cinta transportadora. Luego arrancaron los motores de la barcaza.

Soltaron las amarras y la barcaza se puso en movimiento. Therri no podía ver hacia dónde navegaban, pero consiguió ponerse de cara a la niña e intentó consolarla con la mirada, aunque estaba segura de que en sus ojos no se reflejaba otra cosa que pánico. Vio a lo lejos la luz de la cúpula por encima de las copas de los árboles, tal como Barker les había prometido. Juró para sus adentros que si alguna vez tenía la oportunidad, lo mataría con sus propias manos.

Los motores solo funcionaron durante unos minutos. Luego se apagaron y se oyó un chapoteo cuando arrojaron el ancla. Therri luchó por quitarse las ligaduras sin conseguirlo. Tensó los músculos mientras se preparaba para lo peor. Llegó un minuto más tarde, cuando se encendió el motor de la cinta transportadora. Al cabo de un segundo la cinta comenzó a moverse para llevarla hacia la entrada del tubo y a las oscuras y heladas aguas al otro extremo.

36

Después de rodear la plaza a oscuras, Austin había llevado a su variopinto grupo de asalto a través del bosque; había utilizado el sendero alumbrado con las luces a ras de tierra, que era visible entre los árboles, para guiarse. Avanzaba lentamente y con mucha precaución; antes de dar un paso, miraba que en su camino no hubiera ramas caídas ni ningún otro impedimento.

Avanzar a paso lento le desesperaba, pero si bien no habían visto a nadie más desde el encuentro con el guardia, Austin tenía la inquietante sensación de que no estaban solos. Su desconfianza se vio confirmada cuando el hangar se iluminó como una bombilla gigante y se oyó un rugido ensordecedor en la plaza.

Austin y los demás se quedaron inmóviles como estatuas. Luego reaccionaron y se arrojaron cuerpo a tierra, con las armas preparadas para repeler el ataque. La lluvia de balas que esperaban no llegó. Pero el rugido fue aumentando en intensidad y volumen y los rodeó como una inmensa ola sonora. El ruido provenía de las gargantas de centenares de kiolya, con los rostros iluminados por la luz azulada, que miraban como autómatas a Barker, que se encontraba de pie en una tarima delante del hangar.

Luego se oyó el ritmo monótono de una docena de tambores, y la multitud comenzó a corear:

—Toonook... Toonook... Toonook.

Barker se dejó llevar por el baño de multitudes, y escuchó las aclamaciones como si fueran un elixir embriagador antes de levantar los brazos. Los gritos y el batir de los tambores se apagaron bruscamente como si hubieran accionado un interruptor. Barker comenzó a hablar en un idioma extraño que tenía sus orígenes mucho más allá de la aurora boreal. Su voz fue ganando poder a medida que hablaba.

Zavala se arrastró hasta ponerse junto a Austin.

—¿Qué está pasando?

—Parece que nuestro amigo está animando a la afición.

—Vaya. Pues a esas animadoras no las admitirían en ningún concurso de belleza —comentó Zavala.

Austin miró entre los árboles, hipnotizado por el salvaje espectáculo. Tal como le había dicho Ben, el hangar parecía realmente un gigantesco iglú. Barker les estaba haciendo un favor al llevar a su tropa de asesinos hasta el frenesí. Con toda la atención centrada en su líder, el ejército privado de Barker no advertiría la presencia de un puñado de intrusos que se movían sigilosamente por el bosque. Austin se levantó e indicó a los demás que lo imitaran. Agachados, reanudaron la marcha hasta que al final salieron a campo abierto cerca de la orilla del lago.

La zona alrededor del muelle parecía desierta. Era probable que hubieran llamado a todos los hombres para que se reunieran delante del hangar a escuchar la arenga de su líder, pero Austin no estaba dispuesto a correr riesgos. El cobertizo cercano al muelle podía estar ocupado por docenas de asesinos. Se acercó hasta un lado de la construcción y espió por una esquina. Las puertas que daban al agua estaban abiertas de par en par, como si la última persona en salir hubiese tenido mucha prisa.

Zavala y los vascos vigilaron mientras Austin entraba en el cobertizo y echaba una ojeada. No había nadie, solo cabos, anclas, boyas y otros artículos de navegación. Después de un último vistazo, ya se disponía a salir, cuando Ben, que lo había seguido, dijo:

—Espere.

El indio señaló el suelo de cemento. Austin solo vio unos montones de tierra arrastrada al interior por el viento y las botas de los hombres que usaban el cobertizo. Ben apoyó una rodilla en el suelo y con el dedo siguió el contorno de la pisada de un niño. La mirada de Austin se endureció. Cuando salió, Zavala y los hermanos Aguírrez miraban con atención unas luces que se movían en el lago. Le pareció oír el ruido de un motor. No estaba muy seguro, porque se mezclaba con la voz de Barker que traía el viento. Metió la mano en la mochila, sacó unas gafas de visión nocturna y se las puso para mirar hacia el lago.

—Es una especie de embarcación. Cuadrada y sin bordas.

Le pasó las gafas a Ben.

—Es el catamarán que vi la primera vez —explicó el joven.

—No recuerdo que lo mencionaras.

—Lo siento. Pasaron muchas cosas aquella noche. Cuando Josh Green y yo desembarcamos, lo vimos amarrado en el muelle. Entonces no nos pareció importante.

—Podría ser muy importante. Dame más detalles.

El muchacho se encogió de hombros.

—Diría que tiene unos veinte metros de eslora. Es una barcaza, pero con dos cascos, como un catamarán. Tiene una cinta transportadora de casi dos metros de ancho que va desde un gran depósito instalado a proa hasta la popa, donde hace pendiente. Dedujimos que la utilizan para alimentar a los peces.

—Alimentar a los peces —murmuró Austin.

—Ya le hablé de las jaulas de peces que vi.

Austin no estaba pensando en los peces. Las palabras de Ben le recordaban una escena que se repite en muchas películas policíacas donde los mafiosos meten a las víctimas en un bidón con cemento y las arrojan al río. Maldijo al pensar en la desagradable costumbre que tenían los kiolya de meterse en problemas con las tribus vecinas. Barker había organizado un sacrificio en masa como broche de oro de su discurso.

Corrió hasta el extremo del muelle. Se detuvo para utilizar de nuevo las gafas de visión nocturna. Gracias a las explicaciones de Ben, ahora comprendía mucho mejor lo que estaba viendo. La barcaza se movía lentamente y apenas había llegado a la mitad del lago. Las luces le permitían ver las siluetas de los hombres que se movían por la cubierta. No sabía a ciencia cierta qué hacían, aunque se le ocurrió una idea.

—¿Qué es aquello? —preguntó Pablo, que le había seguido, con la mirada puesta en las luces.

—Problemas —respondió Austin—. Llame al SeaCobra.

Pablo cogió el radiotransmisor y dio una orden en castellano.

—Ya vienen. ¿Qué quiere que hagan cuando lleguen?

—Dígales que para empezar destruyan aquel iglú gigante.

El vasco transmitió la orden con una sonrisa.

Austin llamó a Zavala y mantuvieron una breve conversación. Mientras Zavala se alejaba por el muelle, Kurt reunió a los demás.

—Quiero que vayan al pueblo de Ben, al otro lado del lago. Esperen allí. Si las cosas se ponen feas cuando comiencen los disparos, desaparezcan en el bosque.

—¿Es mi gente la que está en la barcaza? —preguntó Ben, preocupado.

—Creo que sí. Joe y yo iremos a echar un vistazo.

—Quiero ir.

—Ya lo sé. Pero necesitamos tu conocimiento del bosque para sacarnos de aquí. —Al ver la expresión del indio, añadió—: El peligro que corren los tuyos aumenta con cada segundo que perdemos hablando.

Se oyó el ruido de un motor proveniente del lugar donde Zavala había estado ocupado con una de las motos de agua amarradas al muelle. Los hombres de Barker no habían querido correr riesgos después de la última visita de Ben, y se habían llevado todas las llaves de contacto, pero Zavala era capaz de desmontar un motor con los ojos cerrados. Al cabo de unos segundos, el motor de uno de los Jet Ski estaba en marcha. Zavala se reunió con los demás.

—Sabía que mi cortaplumas suizo nos vendría de perlas —afirmó.

Austin miró en dirección al lago; su inquietud crecía por momentos. Montó en el Jet Ski. Zavala tuvo que montar a horcajadas. Austin apartó el Jet Ski del muelle y giró el puño del acelerador. En unos segundos, la moto de agua surcaba las aguas a una velocidad de ochenta kilómetros por hora persiguiendo las luces lejanas.

La opinión de Kurt sobre esta clase de embarcaciones era ambivalente. Eran ruidosas, contaminaban y no tenían otro propósito que molestar a los bañistas, a los peces y a los veleros. Sin embargo, debía admitir que montar en un Jet Ski era una sensación única y muy divertida. En cuestión de minutos, vio la silueta del catamarán sin necesidad de utilizar las gafas de visión nocturna. La barcaza parecía haberse detenido. Los tripulantes oyeron el sonido de la moto de agua que se acercaba a gran velocidad y vieron cómo levantaba una estela como si fuese la cresta de un gallo. Se encendió un reflector.

Cegado momentáneamente por el rayo de luz, Austin se inclinó sobre el manillar, consciente de que había reaccionado tarde. Había confiado en acercarse a la barcaza antes de que le descubrieran. Incluso una fugaz mirada a sus facciones caucásicas y a su pelo blanco bastaría para que lo identificaran como un extraño y, por consiguiente, un enemigo. Viró bruscamente para levantar una nube de espuma. La luz volvió a encontrarlos en un santiamén. Austin viró de nuevo en la dirección opuesta; no sabía durante cuánto tiempo podría continuar con estas maniobras, o incluso si los virajes le servirían de algo.

—¿Puedes apagar aquel reflector? —gritó por encima del hombro.

—Si mantienes esta cosa estable lo haré —replicó Zavala.

Austin redujo la velocidad del Jet Ski y ofreció el flanco al catamarán. Era consciente de que se había convertido en un blanco fácil para los tripulantes, pero tenía que correr el riesgo. Zavala se llevó la escopeta al hombro y apretó el gatillo. El disparo sonó como un trueno. El reflector continuó encendido, y el rayo los enfocó de nuevo. Todavía ensordecido por el disparo anterior, Austin solo vio el resplandor del fogonazo del segundo disparo. La luz se apagó.

Los tripulantes de la barcaza recurrieron a las linternas. Muy pronto, los rayos de luz los buscaron en las tinieblas, y Austin oyó el fuego graneado de las armas pequeñas. Para entonces, ya estaba fuera del alcance de la luz de las linternas, y mantuvo el motor del Jet Ski a baja velocidad para que la estela no fuera demasiado visible. Oyeron muy cerca el impacto de las balas en el agua. El catamarán había levado el ancla y se movía de nuevo.

Austin estaba seguro de que el encuentro no retrasaría los malvados propósitos de los tripulantes; al contrario, aceleraría su ejecución. Sospechaba que si se acercaba a la barcaza como un policía de tráfico, él y Zavala acabarían como un colador. Transcurrieron unos valiosos segundos mientras se exprimía el cerebro. Recordó lo que Ben le había explicado de la embarcación, y se le ocurrió una idea. Se la explicó rápidamente a Zavala.

—Estoy empezando a preocuparme —manifestó Joe.

—No te culpo. Sé que es arriesgado.

—No lo entiendes. Me gusta el plan. Eso es lo que me preocupa.

—Pediré hora al psiquiatra de la NUMA en cuanto regresemos, pero mientras tanto intenta acabar con ellos.

Zavala asintió con un gesto y apuntó con la escopeta a la silueta de un hombre que había tenido la imprudencia de situarse donde lo iluminaban las luces de navegación. Sonó un disparo. El hombre levantó los brazos y desapareció de la vista como un pato en una caseta de tiro.

Austin aceleró a fondo, y un segundo más tarde, cuando la descarga enemiga levantó columnas de agua en la superficie del lago, ya estaban lejos del lugar. Volvió a oír el estampido de la escopeta y otro cuerpo cayó por la borda. Los tripulantes dedujeron finalmente que eran blancos fáciles y apagaron las luces. Era lo que Austin quería.

El catamarán ganó velocidad. Austin situó al Jet Ski en un rumbo paralelo durante unos momentos, y después trazó un círculo para situarse a menos de doscientos metros de la popa. Con la mirada fija en la doble estela, aceleró a fondo. Apuntó directamente a uno de los lados, y soltó el acelerador en el último segundo.

La proa de la moto de agua chocó contra la popa del catamarán con un ruido tremendo, y a continuación se oyó el espantoso rechinar que hizo cuando se montó en la cubierta por la rampa. Un tripulante que había oído que el Jet Ski se acercaba se encontraba en la popa con la metralleta preparada. La parte delantera del Jet Ski le pegó de lleno en las piernas. Se oyó el ruido de los huesos al romperse, y el hombre voló por los aires y fue a caer estrepitosamente sobre la cubierta a medio camino de la proa. Zavala saltó del Jet Ski antes de que se detuviera. Austin lo siguió casi en el acto y desenfundó el revólver.

La moto de agua había derrapado en la cubierta y ahora estaba de lado, con lo cual les protegía del fuego enemigo. Austin atisbó una silueta y disparó. Falló el tiro, pero el fogonazo iluminó un espectáculo dantesco. Unos cuerpos —en la oscuridad no pudo saber si vivos o muertos— estaban atravesados en la cinta transportadora y se movían lentamente hacia popa, donde se deslizarían por un tubo hasta el agua.

Gritó a Zavala que lo cubriera. Sonaron tres disparos en rápida sucesión. Por los alaridos que se oyeron a proa, los perdigones habían hecho diana. Austin enfundó el revólver, corrió hacia el cuerpo más cercano y lo sacó de la cinta. Otro cuerpo más pequeño ocupó su lugar en la infernal cadena de montaje. En el momento de apartarlo vio que era una niña.

Otros cuerpos la siguieron. Se preguntó durante cuánto tiempo tendría fuerzas para librarlos de una muerte segura, pero estaba dispuesto a intentarlo. Sujetó a otro por las piernas. Por el peso, adivinó que era un hombre, y tuvo que emplearse a fondo para apartarlo. Ya tenía sujetos los tobillos del siguiente, cuando la cinta se detuvo. Se irguió. Estaba bañado en sudor, y jadeaba. Sintió un pinchazo en la vieja herida. Miró a proa y vio una figura con una linterna encendida que se acercaba. Desenfundó el Bowen.

—No dispares, amigo —dijo la voz de su amigo.

Austin bajó el revólver.

—Creía que me estabas cubriendo.

—Y lo estaba. Pero después no quedó nada de que cubrirte. En cuanto liquidé a un par de ellos, el resto abandonó el barco. Encontré los controles de la cinta y apagué el motor.

La primera persona a la que Austin había salvado de la muerte intentaba hablar pese a la mordaza. Austin cogió la linterna de Joe y se encontró mirando los inconfundibles ojos color genciana de Therri Weld. Le quitó de la boca el trozo de cinta adhesiva con mucho cuidado y luego le desató las ligaduras de pies y manos. Ella le dio las gracias mientras desataba a la niña condenada a morir con ella. Austin le dio la muñeca y la pequeña la estrechó contra su pecho.

Therri y Kurt se apresuraron a desatar a los demás. Ryan dedicó a su salvador una agradecida sonrisa y se deshizo en alabanzas. Austin ya estaba harto de aquel individuo; estaba furioso porque Ryan se había entrometido en el rescate y había arriesgado la vida de Therri. Un comentario más y lo echaría por la borda.

—¡Cállese de una vez por todas!

Ryan comprendió que Austin no estaba de humor para tonterías, y cerró la boca.

Ya habían liberado a todos los prisioneros, cuando Austin oyó el ruido de un motor. Él y Zavala empuñaron las armas y se agacharon junto a la borda. Después se apagó el ruido del motor y unos segundos más tarde la otra embarcación golpeó suavemente contra el casco del catamarán. Austin se levantó al tiempo que encendía la linterna. El rayo iluminó el rostro angustiado de Ben Nighthawk.

—Sube —gritó Austin—. Todos están sanos y salvos.

En el rostro de Ben apareció una expresión de felicidad. Los hermanos Aguírrez y el indio subieron a bordo. Pablo se inclinaba un poco y parecía tener problemas al moverse, y los demás hombres tuvieron que ayudarlo. La manga del vasco estaba empapada de sangre por encima del codo.

—¿Qué ha pasado? —preguntó Austin.

—Mientras usted estaba aquí, unos guardias nos vieron mientras nos hacíamos con la lancha y quisieron cobrarnos el alquiler —respondió Diego con una sonrisa—. Les pagamos con plomo. Pablo resultó herido, pero matamos a esos cerdos. —Echó una ojeada a la cubierta y contó por lo menos tres cadáveres—. Veo que ustedes también han tenido trabajo.

—Más del que quería. —Austin miró en dirección al muelle donde se movían unas luces—. Por lo que parece, han revuelto un avispero.

—Un avispero muy grande —comentó Pablo. Hizo una pausa al escuchar el ruido de un helicóptero—. Pero nosotros también tenemos aguijones.

Austin vio una sombra fugaz contra el cielo nocturno. El SeaCobra llegaba justo a tiempo. Volaba como una flecha hacia tierra. Al acercarse al hangar de Barker, disminuyó la velocidad y, en lugar de descargar toda su potencia de fuego contra el iglú, comenzó a trazar un círculo. Buscaba su objetivo y no lo encontraba. Habían conectado de nuevo el sistema de camuflaje, y la enorme construcción se confundía con el resto del bosque.

La indecisión fue mortal. Los reflectores iluminaron el helicóptero como a un bombardero alemán durante la batalla de Inglaterra. Al ver que habían sido descubiertos, la tripulación disparó un misil contra la plaza. Demasiado tarde. El proyectil explotó en la plaza y mató a un puñado de los hombres de Barker, pero al mismo tiempo, le dispararon desde tierra. El misil tierra-aire guiado por las fuentes de calor no podía fallar a esa distancia. Se dirigió al tubo de escape del aparato. Se produjo un cegador destello de luz roja y amarilla, y los trozos del helicóptero cayeron al lago envueltos en llamas.

Todo ocurrió tan deprisa que las personas a bordo del

catamarán no daban crédito a sus ojos. Era como si la caballería hubiese venido en su rescate solo para ser aniquilada en una emboscada india. Incluso Austin, que sabía muy bien los cambios que se podían producir en un combate, se quedó de piedra. Sin embargo, se repuso rápidamente. No había tiempo que perder. Los sicarios de Barker podrían atacarlos en cuestión de minutos. Llamó a Ben y le dijo que se llevara a su gente a tierra donde podían ocultarse en el bosque. Ryan se le acercó.

—Escuche, lo siento mucho, pero creo que estoy de nuevo en deuda con usted.

—Esta vez invita la casa, pero la próxima vez que se meta en líos tendrá que apañárselas solo.

—Quizá pueda pagarle echando una mano.

—Quizá pueda pagarme marchándose de aquí. Ocúpese de que Therri y los demás lleguen sanos y salvos a la orilla.

—¿Qué harás tú? —preguntó Therri, que había seguido a Ryan.

—Quiero tener unas palabras con el doctor Barker, o Toonook.

La mujer lo miró, boquiabierta.

—¿Quién es ahora el insensato? Me reñiste porque me metí en una situación de peligro sin ninguna necesidad. Él y sus hombres te matarán.

—No creas que te librarás de nuestra cena tan fácilmente.

—¿Cena? ¿Cómo se te ocurre pensar en cenar en medio de este infierno? ¡Estás loco!

—Estoy muy cuerdo, pero también decidido a disfrutar de una romántica cena para dos sin interrupciones.

La expresión de enfado cedió paso a una tímida sonrisa.

—A mí también me gustaría. Ve con cuidado.

Austin le dio un rápido beso en los labios. Luego él y Zavala empujaron el Jet Ski al agua. Había sufrido algunos desperfectos y se veían los agujeros de bala, pero el motor estaba en perfectas condiciones y Zavala no tuvo problemas para arrancar. Mientras Austin ponía rumbo de nuevo al vórtice de violencia, se dio cuenta de que no sabía qué haría cuando se encontrara cara a cara con el doctor Barker. No le preocupó demasiado. Estaba seguro de que se le ocurriría alguna cosa.

Austin y Zavala desembarcaron a unos centenares de metros del muelle y se dirigieron hacia la plaza, donde Barker había hablado a su ejército de asesinos. La plaza estaba desierta. La mayoría de los hombres se habían dispersado por el bosque durante el ataque del helicóptero. Los hombres de la NUMA pasaron junto al cráter abierto por la explosión del misil y varios cadáveres.

Con el camuflaje electrónico en marcha, la cúpula era invisible, pero se veía un pequeño rectángulo de luz donde alguien se había dejado una puerta abierta. Nadie les salió al paso cuando Austin y Zavala entraron en el edificio y vieron por primera vez la asombrosa imagen del gigantesco torpedo plateado que llenaba casi todo el hangar. Los potentes reflectores iluminaban la brillante superficie de aluminio del dirigible, y dejaban el resto del recinto sumido en la penumbra. Buscaron la protección de las sombras y se ocultaron detrás de una plataforma deslizante desde donde podían mirarlo todo sin obstáculos.

La cantidad de técnicos que se afanaban alrededor del dirigible, al parecer ocupados en los preparativos finales previos al despegue, les daba una idea de la dimensión de la gigantesca aeronave. Los equipos de tierra sujetaban las cuerdas de anclaje con todas sus fuerzas. En lo alto, el techo de la cúpula comenzaba a abrirse lentamente y permitía ver las estrellas por la abertura. Austin observó el dirigible en toda su longitud, atento a todos los detalles, desde la proa redondeada a la popa con las cuatro aletas estabilizadoras. Su mirada se detuvo un segundo en la aleta triangular donde aparecía el nombre de la aeronave: *Nietzsche*. El aparato era una maravilla de la técnica donde se unían el diseño y la funcionalidad, pero la estética era algo secundario en ese momento.

La cabina de control estaba a solo un par de metros del suelo, pero la vigilaban una docena de guardias. Volvió a mirar la aeronave y encontró lo que buscaba. Señaló la carcasa del motor más cercano y rápidamente le explicó su idea a Zavala, que asintió con un gesto. Zavala le comunicó por radio a Diego que se disponían a subir al dirigible. El techo casi se había abierto del todo. Dentro de unos segundos, los equipos comenzarían a soltar las cuerdas.

El dirigible se apoyaba sobre unos soportes que parecían las viejas torres de las perforaciones petroleras. Había otras torres más cercanas. Austin fue de torre en torre, con Zavala pisándole los talones, hasta que llegó junto a dos plataformas que soportaban el motor de estribor. Miró en derredor. Los hombres aún mantenían tensas las cuerdas. Seguro de que no les habían descubierto, trepó hasta lo alto de una de las plataformas.

La carcasa del motor tenía una forma ovalada y el tamaño de un vehículo todoterreno. Estaba sujeto al fuselaje con unos puntales de acero. La hélice tenía la altura de dos hombres. Austin se sujetó a uno de los puntales y subió a la carcasa. Notaba las vibraciones del motor a través de las suelas de las botas. A medida que la hélice ganaba velocidad, el remolino de aire era cada vez más fuerte, y tuvo que sujetarse con fuerza para no salir despedido. Se agachó para echarle una mano a Zavala, que aún intentaba encaramarse; en ese momento, los equipos de tierra soltaron las cuerdas de amarre y el dirigible comenzó a elevarse. Los pies de Zavala se agitaron en el vacío mientras intentaba poner uno en la parte superior de la barquilla. Austin se sujetó con una mano y utilizó la considerable fuerza de sus hombros para dar a Zavala el tirón que necesitaba.

Para entonces, el dirigible ya estaba muy cerca del techo abierto. Desde su posición en la parte superior del motor, quedaban ocultos de las miradas desde tierra. Pero el remolino era cada vez más fuerte y se hacía muy difícil sujetarse a la superficie curva pulida. Austin alzó la mirada y vio una abertura rectangular por donde los puntales entraban en el fuselaje. Gritó a Zavala, pero no podía oírle, así que sencillamente señaló. Zavala respondió y, aunque Austin no pudo oír la respuesta de su compañero, estaba seguro de que Joe le había dicho: «Después de ti».

Austin comenzó a subir. El puntal era al mismo tiempo una escalerilla para permitir el acceso de un mecánico al motor en pleno vuelo si era necesario hacer una reparación. Con la hélice en marcha y el dirigible remontando el vuelo, subir aquellos pocos peldaños era el último desafío. No fue un ejercicio realizado con elegancia, pero consiguió pasar por la abertura y acceder al vientre de la aeronave.

Una vez fuera del remolino de la hélice, se sujetó a la escalerilla y miró hacia abajo. Zavala lo seguía a un peldaño de distancia. El dirigible ya había salido del hangar, y la cúpula se cerraba de nuevo. Las personas en el interior del hangar parecían hormigas. Cuando Zavala entró en el fuselaje, la cúpula se había cerrado del todo. Una vez tomada la decisión de viajar como polizontes, los hombres de la NUMA no tenían otra alternativa que ocultarse. Comenzaron a subir en la oscuridad.

37

El *Nietzsche* era una maravilla del diseño aeronáutico. Con una longitud que doblaba la de un Boeing 747 Jumbo, había sido construido en una época donde no existían los ordenadores ni los materiales de la era espacial. El *Nietzsche* era la segunda generación del *Graf Zeppelin*, la aeronave de doscientos sesenta metros de longitud construida en 1928 por el pionero aeronáutico Hugo Eckener, pero las innovaciones que más tarde se habían hecho en el *Hindenburg* también se habían incorporado al diseño. En el *Graf Zeppelin*, las cabinas de pasajeros estaban situadas detrás de la cabina de mando. En el *Nietzsche*, en cambio, estaban dentro del fuselaje.

Una vez dentro del fuselaje, después de la peligrosa subida desde la barquilla del motor, Austin y Zavala se encontraron en una pequeña habitación. Colgados en las paredes había recambios y herramientas y un perchero con abrigos de cuero negro largos como los que usaban los pilotos de los primeros tiempos de la aviación. No había calefacción, y los abrigos eran para los mecánicos que debían trabajar allí. Austin se probó uno de los abrigos y comprobó que era de su talla.

—Pareces el Barón Rojo —comentó Zavala.

Austin se puso la gorra de cuero que encontró en un bolsillo.

—Prefiero creer que soy el maestro del disfraz. —Al ver la expresión de escepticismo en el rostro de su camarada añadió—: Quizá te hayas dado cuenta de que no nos parecemos mucho a los caballeros esquimales que hemos encontrado en esta pequeña aventura. Si estos ridículos vestidos nos dan un segundo de ventaja, vale la pena llevarlos.

—¡Los sacrificios que hay que hacer por la NUMA! —se quejó Zavala. Comenzó a buscar un abrigo de su talla.

La única puerta de la habitación comunicaba con un largo pasillo. Las paredes del pasillo cubierto con una mullida alfombra estaban decoradas con divertidas escenas de hombres con sombreros de copa que viajaban en globos aerostáticos y máquinas voladoras de distintas formas. Antiguos candelabros de cristal colgados del techo iluminaban el lugar. Al final del pasillo estaban los lujosos camarotes de los pasajeros, cada uno con dos literas y un lavabo.

Un poco más allá encontraron un elegante comedor. Había poco más de una docena de mesas pequeñas rectangulares, cada una con la mantelería puesta, y cómodas butacas de caoba y cuero un poco apartadas, como si los comensales fueran a llegar en cualquier momento.

Los ventanales, ahora con las cortinas echadas, permitirían a los viajeros disfrutar de una maravillosa vista. A continuación del comedor estaba el bar con la barra, la pista de baile y la tarima para la orquesta. Al igual que el comedor, el bar estaba decorado en estilo art déco. Dominaban los diseños geométricos, y detrás de la barra había una exposición fotográfica de dirigibles.

En el bar solo se oía el lejano rumor de los motores. Zavala miró en derredor sin disimular su asombro.

—Tiene el mismo aspecto que los viejos trasatlánticos de lujo.

—Solo ruega que no acabe como el *Titanic* —dijo Austin.

Salieron del bar y entraron en otra sala amueblada con sofás y butacas de cuero. Austin solo conocía algunas palabras en alemán, pero supo que la inscripción en la placa de la puerta indicaba que aquella era la sala de fumadores. Tampoco vieron a nadie y caminaron por otro pasillo que los llevó hasta una amplia sala que parecía un lugar de trabajo. Había una mesa muy grande con lámparas halógenas, ordenadores y sillas con ruedas. Parte de la sala estaba en sombras. Austin encontró el interruptor. Se encendieron las luces cenitales y, al ver que no estaban solos, los dos hombres se prepararon para entrar en acción. Había dos figuras junto a la pared más apartada. Zavala maldijo en español. Austin vio con el rabillo del ojo el movimiento de la escopeta.

—¡Espera! —dijo.

Zavala bajó el arma y sonrió mientras miraba las figuras. Eran los cuerpos momificados de dos hombres, colocados en unos pedestales de metal. Mantenían una postura natural, con los brazos a los costados. La piel era oscura como el cuero y muy tensa en el cráneo. Las cuencas de los ojos estaban vacías, pero los rostros estaban muy bien conservados. Austin y Zavala se acercaron a las momias.

—No creo que estos tipos sean los hermanos Blue.

—Ni siquiera creo que fueran hermanos. A juzgar por las prendas, diría que pertenecen a siglos distintos.

Uno de los hombres, el más bajo, vestía un jubón y calzas de una tela rústica. Los cabellos oscuros le caían por debajo de los hombros. El alto tenía los cabellos rubios y cortos y vestía un abrigo de cuero negro, muy parecido a los que llevaban Austin y Zavala. En la pared, por encima de las cabezas de las momias, había un trozo de aluminio donde aparecía el nombre de la aeronave: *Nietzsche*.

Junto a las momias había una vitrina como las que se encuentran en los museos. En el interior había una cámara de fotos Leica de 35 milímetros y varias lentes, cartas geográficas del hemisferio norte y un diario de a bordo encuadernado en cuero. Austin abrió la vitrina y cogió el diario. Las anotaciones estaban en alemán y la última correspondía al año 1935. Se metió el diario en el bolsillo. Estaba mirando una exposición de arpones y cuchillos esquimales cuando lo llamó Zavala.

—Kurt, tienes que ver esto.

Zavala se encontraba junto a un cofre de ébano que descansaba en un pedestal. En la tapa del cofre había un cuerno que parecía hecho con un colmillo de elefante. El instrumento estaba recamado con piedras preciosas entre bandas de oro. Austin cogió el cuerno con mucho cuidado y se lo entregó a Zavala, que se maravilló ante los detalles de las escenas de combate talladas en el marfil.

Austin levantó la tapa del cofre. Sobre el forro de terciopelo rojo había una espada con su vaina. Levantó la vaina de cuero para mirar con atención la empuñadura revestida con hilo de oro y la guarda. Un rubí grande como un huevo remataba la empuñadura triangular. La filigrana de la guarda reproducía diversas flores. Pensó en la incongruencia de unos adornos tan bellos en un arma mortífera.

Sopesó la espada de dos filos, comprobó que estaba perfectamente equilibrada, y después la sacó de la vaina de cuero. Notó como una descarga eléctrica en el brazo. ¿Podría ser *Durandarte*, la legendaria espada que Roldán había blandido contra los sarracenos? Había algunos rasguños en la hoja. Se imaginó a Roldán descargando golpes con la espada contra una roca, para romperla e impedir que cayera en manos del enemigo.

Zavala soltó un silbido de admiración al ver el arma.

—Esto debe de valer una fortuna.

Austin pensó en todo el tiempo y el dinero que Baltasar Aguírrez había invertido en la búsqueda del objeto que tenía en su mano.

—Vale mucho más que eso.

Se quitó el abrigo y se abrochó el ancho cinto con la vaina. Dio unos cuantos pasos de prueba; la vaina golpeaba contra la pierna. Además, la anchura del cinto le impedía desenfundar el revólver con rapidez. Probó de otra manera: se puso el cinto en bandolera para dejar que la espada cayera sobre su lado izquierdo. Después volvió a ponerse el abrigo.

—¿Piensas practicar esgrima? —preguntó Zavala.

—Quizá. Debes admitir que supera tu cortaplumas.

—Mi cortaplumas tiene sacacorchos —le recordó Zavala—. ¿Qué hacemos con el cornetín gigante?

—Lo mejor será dejarlo donde estaba. No pienso ir por ahí pregonando que hay un polizonte con un palillo de dientes debajo de la chaqueta.

Dejaron el cuerno en el mismo sitio donde lo habían encontrado y cruzaron hasta el otro lado de la sala, donde había un planisferio desplegado sobre la mesa. Austin le echó una ojeada y vio que había zonas costeras de los cinco continentes marcadas con tinta roja. Apuntada junto a cada sección roja había una fecha y una lista de varias especies de peces. Una estrella de gran tamaño indicaba el lago donde habían subido a la aeronave. Siguió con el dedo una línea en lápiz que iba hacia el este hasta el Atlántico norte. La fecha indicada sobre la línea correspondía a ese día.

—Tenemos que detener a esta aeronave antes de que entre en el Atlántico. Este no es un viaje de prueba.

—Por mí, de acuerdo. Quizá deba recordarte que esta cosa mide casi trescientos cincuenta metros de longitud y está llena de matones armados que seguramente tienen otra opinión.

—No es necesario que nos hagamos con todo el dirigible, solo con la cabina de control.

—¿Por qué no me lo has dicho antes? Eso está hecho.

—¿Crees que podrás pilotar esta bolsa de gas?

—No puede ser muy difícil —respondió Zavala—. Solo tienes que pisar el acelerador y apuntar el morro hacia donde quieres ir.

A pesar del tono de guasa, Austin no dudaba en absoluto de la capacidad de Zavala. Su compañero tenía miles de horas de vuelo en prácticamente todos los aviones construidos. Intentó situar dónde se encontraban en este momento. Calculó que estarían más o menos en medio de la gigantesca aeronave. Si continuaban avanzando y bajaban, acabarían por llegar a la cabina de control.

Salieron de la sala y su curioso museo y siguieron por un laberinto de pasillos que no se parecían en nada a todos los anteriores. Todo era nuevo y funcional. Llegaron a una escalera que descendía. Austin creyó que habían llegado a la cabina de control, pero cambió de idea cuando olió una ráfaga de agua salada y pescado. Recordó con desagrado el olor de la piscifactoría de Oceanus en las islas Feroe.

Vaciló por un momento en lo alto de la escalera, desenfundó el revólver, y comenzó a bajar lentamente hacia la oscuridad. Oyó el sonido de los motores y el burbujeo del aire. Su teoría del criadero de peces era correcta. Ya había bajado hasta la mitad de la escalera, cuando se encendieron las luces y vio que tendría que enfrentarse a algo más que a unos peces transgénicos.

El doctor Barker se encontraba al pie de la escalera con una amplia sonrisa en su rostro afilado. Como siempre, sus ojos estaban ocultos por las gafas de sol.

—Hola, señor Austin —dijo Barker—. Le estábamos esperando. ¿No quiere unirse a nosotros?

Cualquier inclinación a rechazar la oferta de Barker se borró en el acto ante la visión de los rostros impasibles de los guardias que rodeaban al hombre, y los fusiles de asalto que apuntaban hacia la escalera. Bastaría que cualquiera de ellos apretara el gatillo para que Austin y Zavala quedaran reducidos a sus moléculas básicas. La expresión del lugarteniente de Barker, el hombre que había intentado matar a Austin en diversas ocasiones, era todavía más persuasiva. Sus labios de un color amarillo bilioso se estiraban en una amplia sonrisa que advirtió a Austin que seguía siendo el principal objetivo de su venganza.

—Sería una tontería rechazar su cordial invitación —respondió Austin, mientras acababa de bajar la escalera.

—Ahora dejen caer las armas y empújenlas hacia aquí —ordenó Barker.

Austin y Zavala obedecieron sin rechistar. Los guardias recogieron las armas. Un hombre se acercó para cachear a Zavala. Cara Cortada se acercó a Austin y pasó una mano por la pechera del abrigo.

—Disfrutaré con tu agonía —gruñó.

Kurt notó en las costillas la sensación de que *Durandarte* se había convertido de pronto en un hierro candente.

—Conozco a un dentista que haría maravillas con tu dentadura —replicó Austin.

Cara Cortada interrumpió el cacheo y sujetó las solapas del abrigo de Austin con tanta fuerza que casi lo dejó sin respiración, pero se apartó inmediatamente cuando Barker le dio una orden.

—Esa no es manera de tratar a nuestros invitados —dijo Barker. Miró a Joe—. Usted es el señor Zavala, ¿verdad?

Las comisuras de los labios de Zavala se levantaron ligeramente, y la tranquila mirada de sus ojos de color castaño oscuro no pudieron disimular el desprecio en su voz.

—Usted es el doctor Barker, el científico loco, ¿no? Kurt me ha hablado mucho de usted.

—Estoy seguro de que me ha colmado de elogios —manifestó Barker. Parecía encontrar la situación muy divertida. Miró de nuevo a Austin—. ¿Los caballeros se dirigían a alguna fiesta de disfraces?

—Sí, efectivamente. Ahora si no le importa, nos iremos.

—No se marchen tan pronto. Acaban de llegar.

—Si se empeña. Nos gustaría bajar las manos, si no le importa.

—Adelante, pero no den a mis hombres una excusa para matarlos en el acto.

—Gracias por la advertencia. —Austin miró en derredor—. ¿Cómo supo que estábamos a bordo, cámaras de vigilancia?

—No hay nada tan moderno en esta vieja reliquia. Solo como medida de seguridad, instalamos sensores en cada sección. Un testigo en la cabina de control avisó de un cambio en la temperatura del aire en el cuarto de mantenimiento del motor de estribor. Cuando fuimos a investigar, encontramos la escotilla abierta. Creímos que se trataba de un accidente hasta que vimos que faltaban los abrigos.

—Un descuido por nuestra parte.

—Son esos descuidos los que hacen que la gente muera. Fue una manera muy arriesgada de subir a bordo. Si le interesaba participar en el viaje, les hubiéramos recibido con mucho placer.

—Quizá la próxima vez.

—No habrá una próxima vez. —Barker se adelantó al tiempo que se quitaba las gafas y dejaba a la vista los ojos pálidos que Austin había visto por primera vez en la recepción en el Smithsonian. Las pupilas eran casi tan blancas como el resto del ojo y a Austin le recordaron a una serpiente venenosa que había visto en una ocasión—. Usted y la NUMA me han causado muchos problemas.

—Sus problemas solo acaban de comenzar.

—Unas palabras muy valientes para alguien que está en su posición. Pero no inesperada. Umealiq se llevó una desilusión cuando le estropeó los planes que tenía para usted en Washington.

—¿Umealiq? —dijo Zavala, que oía aquel nombre por primera vez.

—Es el verdadero nombre de Cara Cortada —le explicó Austin—. Al parecer significa «lanza de piedra».

Zavala esbozó una sonrisa.

—¿Lo encuentra divertido? —preguntó Barker.

—Pues sí. Creía que era la palabra kiolya para «mierda de foca».

La mano de Umealiq voló hacia la empuñadura del cuchillo de hueso que llevaba al cinto, y dio un paso adelante. Barker extendió un brazo a modo de barrera para detenerlo. Miró a los hombres de la NUMA con una expresión pensativa.

—¿Qué saben ustedes de los kiolya?

—Sé que los inuit los consideran la escoria del Ártico —contestó Austin.

La furia puso una nota de color en el rostro del científico.

—Los inuit no son los más indicados para juzgar. Permiten que el mundo crea que los pobladores del norte no son más que unas criaturas folclóricas que van por ahí vestidos con pieles y viven en casas de hielo.

Austin se animó al ver que podía provocar a Barker con sus pullas.

—También he oído decir que las mujeres kiolya apestan como cerdas.

Zavala comprendió la intención de su amigo y le siguió el juego.

—La verdad es que huelen mucho peor. Por eso estos monos prefieren apañárselas entre ellos.

—Pueden insultarnos todo lo que quieran —manifestó Barker—. Sus tonterías solo son el consuelo de los condenados. Mis hombres forman una hermandad, como los monjes guerreros del pasado.

Austin se devanaba los sesos. Barker tenía razón. Joe y él podían inventarse todos los insultos posibles, pero seguían siendo dos hombres indefensos contra unos guardias armados hasta los dientes. Tendría que buscar algo que igualara la situación. Necesitó recurrir a toda su fuerza de voluntad para simular un bostezo y decir en tono despreocupado:

—¿Qué hay de esa visita que nos prometió?

—Le pido disculpas. Ha sido una descortesía de mi parte.

Barker los precedió por una pasarela elevada que iba de un extremo a otro de la sala. Se oía un burbujeo a ambos lados de la pasarela, pero la fuente del sonido estaba oculta por la oscuridad. El científico se puso las gafas y dio una orden a uno de sus hombres. Un segundo más tarde, la sala se iluminó con una luz azul proveniente de los tanques que había a ambos lados y a menos de un metro por debajo de la pasarela. Los tanques estaban apoyados en el suelo y cerrados con unas tapas correderas de plástico transparente que permitían ver los enormes peces que nadaban en su interior.

—Parece intrigado, señor Austin.

—Otro error de cálculo por mi parte. Creía que sus peces se encontraban en los tanques de cría en las instalaciones de la costa, desde donde tendrían acceso al agua salada.

—Estos no son unos peces vulgares —replicó Barker con una clara nota de orgullo en su voz—. Pueden vivir en agua dulce o salada. Las crías son mejoras de los modelos que desarrollé con el doctor Throckmorton. Son un poco más grandes y más agresivos que los peces normales. Auténticas máquinas reproductoras. La aeronave volará a ras del agua, y los descargaremos por unos tubos especiales instalados en el vientre. —Levantó los brazos y los mantuvo muy separados, como un orador que alienta a las masas—. Contemplen mis creaciones. Muy pronto, estas hermosas criaturas nadarán en el mar.

—Donde sus monstruos provocarán una catástrofe sin igual —opinó Austin.

—¿Monstruos? No lo creo. Solo he empleado mis conocimientos de ingeniería genética para conseguir un producto comercial de mejor calidad. No hay absolutamente nada ilegal en ello.

—El asesinato es ilegal.

—Evítenos su ridícula indignación. Hubo otras bajas antes de que usted entrara en escena. Habrá que eliminar muchos obstáculos todavía. —Se acercó a los tanques al otro lado de la pasarela—. Estos son mis cachorros favoritos. Quería averiguar hasta dónde podía convertir a un pez vulgar en un gigante con un apetito insaciable. Su tremenda agresividad los descarta para fines reproductivos. Hemos instalado compuertas para mantenerlos separados y evitar que se devoren entre ellos.

A una palabra de Barker, un guardia se acercó a un congelador y sacó un bacalao congelado que debía de pesar unos tres kilos. Deslizó la tapa de uno de los tanques y arrojó el pescado al agua. En cuestión de segundos, del bacalao solo quedó una espuma sanguinolenta.

—Les he reservado mesa y hora para la cena —añadió el amo de Oceanus.

—No, gracias, ya hemos cenado —dijo Austin.

Barker observó los rostros de los dos hombres, pero no

vio en ellos ninguna señal de temor, solo de desafío. Frunció el entrecejo.

—Les daré a usted y a su compañero tiempo para que piensen en su destino, para que imaginen la sensación de ser desgarrados por unos dientes afilados como navajas. Mis hombres irán a buscarlos cuando lleguemos a nuestras instalaciones en la costa para repostar. Adiós, caballeros.

Los hombres de Barker sujetaron a Austin y Zavala y los llevaron por un pasillo hasta un almacén. Los hicieron entrar a empujones y cerraron la puerta.

Austin comprobó que estuviera bien cerrada; luego se sentó en una caja de cartón.

—No parece preocuparte mucho que vayas a servir de alimento para peces —comentó Zavala.

—No tengo la menor intención de servir de entretenimiento a ese monstruo de ojos blancos y a su pandilla de cretinos. Por cierto, me gustó tu comentario sobre las mujeres kiolya.

—Lo hice a mi pesar. Como sabes, adoro a las mujeres de todas las razas. Las kiolya deben de ser muy sufridas, a la vista del entusiasmo que muestran sus maridos de ir por ahí asesinando a la gente. A ver, señor Houdini, ¿cómo haremos para salir de este embrollo?

—Creo que la única manera será hacerlo por las bravas.

—Muy bien. En el caso de que podamos ir más allá de la puerta, ¿qué probabilidades tenemos de derrotar a un batallón de hombres armados nosotros dos solos?

—Somos tres.

Zavala miró en derredor.

—Un amigo invisible, sin duda.

Austin se quitó el abrigo y desenvainó la espada. Incluso en la penumbra del almacén, la espada parecía brillar.

—Te presento a mi amiga *Durandarte*.

38

El catamarán se acercó a la orilla como una lancha de desembarco, y los cascos abrieron dos surcos paralelos en la playa con un tremendo rechinar de fibra de vidrio contra los cantos rodados. La embarcación se detuvo con una sacudida y los pasajeros se apresuraron a desembarcar. El primero en saltar a tierra fue Ben Nighthawk, seguido por los vascos y el grupo de los centinelas. Ayudaron a bajar a las mujeres y a los niños, y el grupo se alejó tierra adentro. Solo Ben y Diego se quedaron atrás.

Jesse Nighthawk miró hacia el lago y vio que su hijo seguía en la playa. Dijo a los demás que siguieran mientras él volvía sobre sus pasos para reunirse con el muchacho.

—¿Por qué no vienes? —preguntó.

—Vete sin mí —respondió Ben—. He estado hablando con Diego. Tenemos un trabajo pendiente.

—¿A qué te refieres? ¿Qué trabajo?

—La venganza —afirmó Ben con la mirada puesta en el otro lado del lago.

—¡No puedes volver! —exclamó Jesse—. ¡Es muy peligroso!

Diego, que había estado escuchando la discusión, se decidió a intervenir.

—Los pilotos del helicóptero que derribaron eran amigos nuestros. Su muerte merece una respuesta.

—Esas personas mataron a mi primo —añadió Ben—. Golpearon y torturaron a mis amigos y a mi familia. Han destrozado nuestro hermoso bosque.

Jesse no veía el rostro de su hijo en la oscuridad, pero la decisión en su voz era inconfundible.

—Muy bien —dijo con voz apenada—. Me ocuparé de llevar a los demás a un lugar seguro.

Marcus Ryan salió del bosque, seguido por Chuck Mercer y Therri Weld.

—¿Qué pasa? —preguntó, al darse cuenta de que algo no iba bien.

—Ben y este hombre han decidido volver al otro lado —le informó Jesse—. He intentado detenerlos. Quieren que los maten.

Ben apoyó una mano en el hombro de su padre.

—Es lo último que querría, papá. No puedo hablar por Diego, pero yo, por lo menos, quiero borrar de la faz de la tierra aquel falso iglú.

—Es mucho trabajo para dos hombres solos —señaló Ryan—. Necesitaréis ayuda.

—Gracias, Marcus, sé que lo dices de corazón, pero los demás te necesitan más que nosotros.

—Tú no eres el único que tiene una cuenta pendiente —replicó Ryan. El tono de su voz se endureció—. Barker mató a Joshua y hundió mi barco. Ahora intenta matar a los peces de los océanos. No puedo permitirlo. Esa cosa al otro lado del lago no es una chabola. No vas a conseguir volarla de un soplido.

—Lo sabemos. Ya se nos ocurrirá algo.

—No tienes tiempo para ensayos. Sé cómo podemos enviar esa cosa a la estratosfera. —Ryan miró a Mercer—. ¿Recuerdas lo que hablamos?

—Sí, lo recuerdo. Dijimos que daríamos un escarmiento a Barker si teníamos la oportunidad.

—Bueno, Ben, ¿qué dices? —preguntó Ryan—. ¿Estamos dentro?

—No soy el único que decide —respondió el muchacho. Miró a Diego.

—Ellos son muchos y nosotros solo un puñado. Pablo está fuera de combate. Tendremos suerte si conseguimos salir vivos.

—Muy bien, Marcus, estás dentro —dijo Ben.

En el rostro de Ryan apareció un sonrisa triunfal.

—Necesitaremos explosivos. Nos quitaron el C-4 cuando nos capturaron.

—Mi hermano y yo tenemos unas cuantas granadas de mano —dijo Diego. Señaló la mochila—. Tres para cada uno. ¿Son suficientes?

Ryan dejó que respondiera Mercer.

—Bastarían si las colocamos en el lugar correcto.

—¿En qué puedo ayudar? —preguntó Therri que hasta entonces se había limitado a escuchar la discusión.

—La gente de Ben está bastante mal —contestó Ryan—. Necesitarán tu ayuda, sobre todos los niños.

—Haré todo lo que pueda. —Therri le dio un beso y también besó a Mercer y a Ben en la mejilla—. Tened mucho cuidado.

Mientras Therri volvía a internarse en el bosque, Ben y los demás empujaron el catamarán hasta el agua y subieron a bordo. El doble casco y los potentes motores le permitían navegar a gran velocidad. No tardaron mucho en llegar a la orilla opuesta. Diego, que estaba a proa, se encargó de amarrar la embarcación en cuanto llegaron al muelle. El grupo se puso en marcha inmediatamente.

Mercer entró en el cobertizo y salió un par de minutos después cargado con dos carretes de cuerda delgada, otro de cordel y un rollo de cinta adhesiva. Rodearon la plaza en fila india. Con Ryan a la cabeza, el grupo llegó junto a la cúpula sin ser descubierto.

Ryan encontró lo que buscaba: un enorme tanque cilíndrico de combustible en mitad de un claro. Pintado en la superficie metálica había un cartel que avisaba que su contenido era muy inflamable. Un tubo de acero de unos quince centímetros de diámetro conectaba el tanque con un lado del edificio. Junto al lugar por donde entraba el tubo en el hangar había una puerta cerrada con llave. Estaba hecha del mismo material plástico que la cúpula y cedió fácilmente cuando Diego la golpeó un par de veces con el hombro.

Avanzaron por un pasillo paralelo al tubo que unos metros más allá atravesaba la pared. También allí había otra puerta, aunque esta no estaba cerrada. Ryan la abrió solo lo suficiente para poder mirar. Vio a los hombres que trabajaban en el centro del hangar, donde había estado la aeronave. Otros se ocupaban de recoger los cabos de amarre y de mover las grúas y plataformas. Los pocos guardias que quedaban iban hacia la puerta principal.

Ryan hizo una seña a los demás para que esperaran mientras él y Mercer se colaban en el hangar. Se movieron junto a la pared, ocultos detrás de las pilas de mangueras enrolladas hasta que llegaron al lugar donde el tubo entraba en el edificio. Barker había señalado las mangueras cuando les había explicado la razón por la cual utilizaba hidrógeno en lugar de helio para llenar los tanques de gas. Una válvula controlada por una rueda permitía la entrada del gas en la manguera. Ryan la hizo girar hasta que oyeron el siseo del gas que escapaba por la espita.

El gas subió hacia el techo, donde no sería detectado hasta que fuera demasiado tarde. Acabado su trabajo, abandonaron el hangar y recorrieron el mismo pasillo para salir al exterior. Ben y Diego también habían tenido trabajo. De acuerdo con las instrucciones de Mercer, habían sujetado las granadas de mano al tanque. Después habían atado los pasadores con el cordel y este a su vez lo habían atado a la cuerda de uno de los carretes. Ryan y Mercer inspeccionaron el trabajo, dieron su aprobación y emprendieron el camino de regreso al lago. Fueron desenrollando la cuerda a medida que avanzaban lo más recto posible hacia la orilla; evitaban los árboles y arbustos para impedir que la cuerda se enganchara.

Cuando se acabó el primer carrete de setenta metros, empalmaron el extremo al siguiente. Les faltaban unos diez metros para llegar a la orilla del lago cuando también se acabó el segundo. Mercer entró de nuevo en el cobertizo y salió con algunos trozos de cuerda que empalmaron hasta llegar al agua. En cuando acabaron, Diego regresó hasta la plaza y ocupó su posición detrás de un árbol.

Los kiolya que habían acabado de trabajar en el hangar salían a la plaza; algunos de ellos se dirigieron a los barracones. El vasco apuntó a uno de los guardias y disparó una ráfaga. El hombre se desplomó. Más guardias llegaron a la carrera desde los barracones y comenzaron a disparar indiscriminadamente contra los árboles allí donde veían los fogonazos, pero Diego cambiaba de posición después de cada disparo y el fuego enemigo se perdía muy lejos de su objetivo. En cuanto vieron que ya habían caído dos de los suyos, los hombres que estaban en la plaza corrieron hacia la entrada del hangar.

Esta era la reacción que había esperado Diego. Había disparado contra los hombres que intentaban correr hacia el bosque con el propósito de obligar a los guardias a buscar «protección» en el edificio. Sabía que los kiolya saldrían por las otras puertas para desplegarse en el bosque y rodearlo. Pero en cuanto el último guardia entró en la cúpula y no quedó nadie en la plaza, Diego echó a correr de regreso al lago.

Ryan y los demás, que habían oído los disparos, lo esperaban en la orilla. Marcus vio aparecer a Diego y sin perder un segundo le entregó el extremo de la cuerda a Ben.

—¿Quieres hacer los honores?

—Gracias —respondió Ben, y cogió la cuerda—. Nada me haría más feliz.

Ryan se volvió hacia los demás.

—En cuanto Ben tire de la cuerda, meteos en el agua y mantened la cabeza sumergida todo el tiempo que podáis. Venga, Ben, mándalos al infierno.

Ben tiró de la cuerda con todas sus fuerzas y a continuación se zambulló en el lago. Todos se llenaron los pulmones de aire y se sumergieron. Esperaron el estampido. No pasó nada. Ryan asomó la cabeza y soltó una maldición. Regresó a la playa, cogió el extremo de la cuerda y le dio un tirón. Notó como si la cuerda estuviese enganchada en una rama.

—Iré a comprobarla. Seguramente se ha enganchado —gritó a los demás. Sin esperar respuesta, comenzó a seguir el recorrido de la cuerda.

El jefe de los centinelas solo había acertado en parte. La cuerda se había enganchado en alguien, no en algo. Uno de los guardias había visto a Diego en el momento en que escapaba hacia el lago y se había acercado a investigar. Sujetaba la cuerda en una mano cuando vio a Ryan que venía en su dirección. Ryan avanzaba inclinado, atento a la cuerda, y no vio al hombre que le apuntaba. El primer aviso de que no estaba solo fue el impacto de la bala en un hombro, como si le hubiesen golpeado con un martillo al rojo vivo. Cayó de rodillas.

El kiolya no tuvo otra oportunidad. Diego, que había seguido el rastro de Ryan, disparó una ráfaga que alcanzó al guardia en el pecho. El hombre cayó hacia atrás por el impacto de las balas, pero sus dedos agarrotados no soltaron la cuerda. Ryan vio con la mirada borrosa cómo se desplomaba el guardia al tiempo que tiraba de la cuerda con todo su peso. Una alarma sonó en su cabeza, por encima del dolor y la confusión, e intentó levantarse, pero las piernas no le aguantaron. Luego sintió que unas manos fuertes lo ayudaban a levantarse y lo llevaban de regreso al lago. Ya estaban casi al borde del agua cuando el lago se iluminó como si lo hubiesen rociado con pintura fosforescente.

El tirón del guardia al caer se había transmitido por la cuerda hasta las anillas de las granadas de mano, que volaron por el aire. Se accionaron los detonadores. Al cabo de seis segundos, las granadas estallaron simultáneamente. El hidrógeno del tanque se encendió una milésima de segundo más tarde. El gas inflamado recorrió la tubería y salió por la boquilla como si fuese la boca de un lanzallamas. El fuego se transmitió a la invisible nube de hidrógeno en lo alto de la cúpula.

El hangar se convirtió en un infierno para los guardias y los trabajadores. Saturado de hidrógeno, el aire recalentado estalló en el interior del inmenso recinto y redujo a cenizas a todos los que estaban dentro. La cúpula contuvo el calor y la onda expansiva solo durante unos segundos; luego, los gruesos paneles de plástico que formaban las paredes se fundieron. El tiempo que transcurrió hasta la explosión final dio a Ryan y Diego el tiempo que necesitaban. Llegaron a la orilla y se zambulleron en el mismo instante en que estallaba la cúpula y una inmensa bola de fuego arrasaba los árboles y los edificios que encontraba a su paso, seguida por una ola de calor que soplaba como un huracán.

Ryan, debido a la herida, solo había conseguido aspirar una pequeña bocanada de aire antes de sumergirse. Con los pulmones llenos solo a medias le costó mucho mantenerse debajo de la superficie. Vio cómo el agua se iluminaba y oyó una explosión sorda. Cuando ya no pudo más, asomó la cabeza. El humo del bosque en llamas le irritó los ojos, pero no hizo caso del dolor. Contempló boquiabierto la nube con forma de hongo que se elevaba en el cielo desde una extensión cubierta de ascuas que marcaba el lugar donde había visto la cúpula por última vez. Comparada con esta, la explosión del *Hindenburg* había sido un simple petardazo.

Ben, Mercer y Diego asomaron las cabezas como nutrias que salen a respirar y compartieron su asombro. Cada uno de ellos había perdido a un amigo o a un pariente como consecuencia de los planes de Barker y sus sicarios. Pero no había ninguna complacencia ni satisfacción en la destrucción que habían provocado. Sabían que solo se había hecho justicia en parte. El científico loco había recibido un duro golpe, pero no lo habían detenido. Alumbrados por las llamas del incendio, nadaron hasta donde se encontraba el catamarán. Ayudaron entre todos a subir a Ryan. Unos minutos más tarde, la embarcación surcaba las aguas dejando atrás la humeante pira funeraria.

39

Austin estaba sentado en un cajón de antibióticos para peces con la espada entre las rodillas y la cabeza apoyada en la empuñadura. Un extraño hubiese interpretado esta postura como una expresión de derrota, pero Zavala sabía que no era así. Austin entraría en acción cuando estuviese preparado.

Zavala se entretenía haciendo una serie de ejercicios que combinaban el yoga, el zen, y boxear contra su sombra para relajar los músculos y centrar su mente. Acabó de tumbar a su imaginario oponente con un gancho de izquierda y un directo a la mandíbula, y se frotó las manos.

—Acabo de noquear a Rocky Marciano, Sugar Ray Robinson y Muhammad Ali, uno detrás de otro.

—Guarda unos cuantos puñetazos para Barker y sus amiguetes —replicó Austin—. Comenzamos a descender.

Kurt había partido del supuesto que Barker no mentía cuando había dicho que los convertiría en comida para sus engendros y arrojaría lo que quedara al océano Atlántico. Un asesino como Barker apelaría a cualquier tipo de violencia y duplicidad para conseguir sus objetivos, pero la desquiciada visión que tenía de sí mismo lo llevaba a creerse un dios que decidía la vida y la muerte de los demás. Si Barker había dicho que los mataría cuando volaran sobre el Atlántico, lo haría.

Había estado esperando la parada que debían hacer para repostar; en ese momento, la tripulación estaría ocupada con la maniobra de aterrizaje de la enorme aeronave. Los guardias les habían quitado los relojes de pulsera, y no podían hacer un cálculo exacto del tiempo transcurrido. Después de comprobar que se encontraban absolutamente aislados, Austin había clavado la punta de la espada en el suelo y luego había apoyado una oreja contra la empuñadura. La espada recogía las vibraciones de los motores como la aguja de un tocadiscos. En los últimos minutos, el ritmo había cambiado. Los motores habían reducido la velocidad. Se levantó para ir hacia la sólida puerta de madera. Antes habían intentado derribarla utilizando los hombros como arietes, pero lo único que habían conseguido eran unos cuantos morados.

Austin golpeó la puerta con los nudillos. Quería estar seguro de que no había ningún guardia al otro lado. Al no tener respuesta, empuñó la espada con las dos manos, levantó la hoja por encima de la cabeza y la bajó con toda la fuerza de sus brazos dando un tremendo golpe.

La madera se rajó, pero la espada no atravesó la puerta. Utilizó la punta para arrancar un trozo del tamaño de un puño, y después lo agrandó. Trabajó con furia hasta abrir un agujero que le permitió pasar el brazo. Habían asegurado el cerrojo con un candado. Después de algunos minutos, durante los que se turnó con Zavala para golpear el cerrojo, lograron arrancarlo y abrieron la puerta. No vieron a ningún guardia y avanzaron cautelosamente hasta la bodega donde estaban los tanques con los peces. Austin se inclinó sobre la barandilla de la pasarela.

—Lamento desilusionaros, chicos —dijo a las siluetas plateadas que nadaban en los tanques—, pero tenemos otros planes para la cena.

—En cualquier caso no creo que les guste la comida mexicana —comentó Zavala—. Vigila el nivel del agua.

La superficie del agua estaba inclinada, una clara indicación de que el dirigible había iniciado una trayectoria de descenso, Austin quería ir a la cabina de mando pero sospechaba que estaría muy vigilada. Tendrían que ser más creativos.

De nuevo buscó la respuesta en la personalidad psicótica de Barker. En su delirante discurso, Barker había dicho más de lo que era prudente.

—Eh, Joe —preguntó Austin pensativamente—, ¿recuerdas lo que dijo nuestro anfitrión sobre las compuertas?

—Las usan para mantener separados a los peces más agresivos. De lo contrario, sus engendros acabarían comiéndose entre sí.

—También dijo que los sistemas en esta bolsa de gas tienen sensores. Estoy seguro de que cuando se levantan las compuertas, se dispara una alarma. ¿Qué te parece si removemos un poco el avispero?

Austin levantó una de las compuertas. Los peces de ambos lados estaban muy cerca de la superficie, convencidos de que la presencia de un humano significaba que les darían de comer. Cuando se abrió la compuerta, todos permanecieron inmóviles durante un segundo. Luego sus aletas se convirtieron en un relámpago. Se vio un destello y mandíbulas que se movían. Al recordar el destino que Barker les había augurado, Austin y Zavala presenciaron la silenciosa batalla con una sensación helada en la boca del estómago. En cuestión de segundos, los tanques se llenaron de sangre y restos de peces. Las criaturas se habían hecho pedazos las unas a las otras.

Una luz roja en una pared había comenzado a destellar al levantarse la compuerta. Austin esperó junto a la puerta mientras Zavala holgazaneaba en la pasarela. Casi gritó de la alegría cuando solo apareció un guardia. El hombre se detuvo bruscamente al ver a Zavala y levantó el fusil. Austin se le acercó por detrás y dijo: «Hola». En cuanto el guardia se volvió, Austin le dio un codazo en la mandíbula. El hombre se desplomó fulminado. Austin cogió el arma y se la arrojó a Zavala. Después encontró el interruptor que apagaba la alarma.

Zavala, armado, y Austin con la espada en alto como si fuese a asaltar un castillo, abandonaron la bodega y siguieron por un corto pasillo que acababa en las escaleras que bajaban a la cabina de mando. Desde su posición elevada, veían a tra-

399

vés de la puerta abierta. Vieron a unos cuantos hombres, pero Barker no se encontraba entre ellos. Austin hizo un gesto a Zavala para que retrocediera. La cabina de mando podía esperar. No tenía sentido enfrentarse a un monstruo llamado Oceanus cuando podía resultar más sencillo cortarle la cabeza.

Austin estaba seguro de saber dónde encontraría a Barker. A la carrera, volvieron a cruzar la bodega con los tanques y recorrieron el pasillo que los llevó hasta la sala de trabajo y museo donde Austin había encontrado a *Durandarte*. Su deducción sobre el paradero de Barker fue correcta. El científico y su sicario estaban muy ocupados con las cartas de navegación.

Alertado por su instinto animal, Cara Cortada notó la presencia de los intrusos y levantó la cabeza. Vio a los dos hombres de la NUMA, y su rostro se desfiguró en una mueca de rabia salvaje. Barker oyó el gruñido de su lugarteniente. Después de la sorpresa inicial, esbozó una sonrisa. Austin no podía ver los ojos ocultos por las gafas de sol, pero sabía que miraban la espada. Sin decir ni una palabra, Barker se acercó al arcón para recoger el cuerno, y después levantó la tapa del mueble y miró en su interior.

—Vaya, vaya, señor Austin. Veo que es usted un ladrón además de un polizón.

Cerró la tapa y amagó dejar el cuerno en su lugar, pero antes miró de reojo a Cara Cortada, quien le contestó con un gesto casi imperceptible. Antes de que Austin pudiera moverse, el científico arrojó el cuerno contra la cabeza de Zavala. Joe se agachó y el cuerno falló el blanco por unos pocos centímetros. Umealiq aprovechó la momentánea distracción para ponerse detrás de la mesa. Con la agilidad de un gato, se protegió tras el sofá. Se asomó fugazmente para hacer un disparo y luego escapó de la habitación.

—¡Atrápalo antes de que avise a los demás! —gritó Austin, aunque el aviso sobraba porque Zavala ya había salido en persecución del kiolya.

Austin y Barker se quedaron solos. Con la sonrisa todavía en su rostro descolorido, el científico comentó:

—Al parecer nos hemos quedado solos.

—Si es así, está acabado —replicó Austin que le devolvió la sonrisa.

—Unas palabras muy valientes. Sin embargo considere su posición. Umealiq matará a su compañero, y en cuestión de minutos, una multitud de hombres armados entrarán por esa puerta.

—Considere su posición, Barker. —Austin levantó la espada y avanzó—. Me dispongo a arrancarle el corazón y arrojárselo a sus repugnantes engendros.

Barker se volvió con la celeridad de un bailarín, cogió un arpón de los que había colgados en la pared y, con un diestro movimiento de muñeca, lo lanzó contra Austin con sorprendente puntería. El hombre de la NUMA consiguió esquivarlo por los pelos. El arpón se hundió en el pecho de una de las momias. El pedestal que aguantaba el cuerpo momificado se tumbó, y en su caída arrastró el trozo de aluminio donde aparecía el nombre de la aeronave. Barker cogió otro arpón y cargó contra Austin; en la otra mano llevaba un cuchillo de marfil que había cogido de la colección de armas.

Austin desvió la punta del arpón con un rápido movimiento de la espada, pero el movimiento creó un hueco en su defensa. Dio un paso atrás para evitar la cuchillada sin darse cuenta de que el cuerno estaba en el suelo. Se le dobló el tobillo al tropezar con el objeto y cayó. Barker soltó un grito de triunfo. La espada quedó debajo de su cuerpo y Austin no podía utilizarla para defenderse. El cuchillo bajó como un rayo. Austin detuvo la muñeca de Barker con el canto de su mano. Intentó sujetarla, pero el sudor en la palma se lo impidió. Soltó la espada y empleó la otra mano para apartar el cuchillo que le apuntaba a la garganta.

A pesar de la superioridad física de Austin, el científico volvió a levantar el puñal. Antes de que pudiera descargar el golpe, Austin rodó sobre sí mismo, sin preocuparse por la espada. Los contrincantes se levantaron al mismo tiempo.

Cuando Austin fue a recoger la espada, el cuchillo cortó

el aire a unos pocos centímetros de su pecho. Barker apartó la espada de un puntapié y después avanzó hacia su enemigo. Kurt dio un paso atrás y se encontró con el borde de la mesa. No podía retroceder más. Tenía a Barker tan cerca que vio su propio rostro reflejado en los cristales de las gafas.

Barker mostró una sonrisa asesina mientras levantaba el cuchillo dispuesto a asestarle una puñalada mortal.

Zavala cruzó el umbral y se detuvo en seco. Había esperado encontrar un pasillo. Sin embargo, estaba en un cuarto pequeño, apenas un poco más grande que una cabina de teléfonos, con peldaños en una de las paredes. Una solitaria lámpara iluminaba el cubículo. Debajo de la lámpara había un colgador con linternas. Faltaba una. Cogió una de las que quedaban y alumbró hacia arriba. Le pareció ver un movimiento fugaz que cruzaba el rayo de luz, y luego de nuevo la oscuridad. Se colgó el fusil en bandolera, sujetó la linterna al cinturón y comenzó a subir. Llegó a un pasillo formado por los triángulos de intersección de las vigas. Probablemente era la parte de la quilla que daba rigidez a la aeronave y accedía a la estructura interior.

Avanzó algunos metros. El pasillo se cruzaba con otro. Zavala contuvo el aliento y oyó un sonido muy leve, como el del roce de una bota o un zapato contra el metal. Entró en el pasillo y descubrió que seguía la curva marcada por la cubierta exterior de aluminio. Al otro lado tenía las bolsas de gas que se apretaban contra un enrejado metálico. Dedujo que se encontraba en un anillo que, junto con las quillas, reforzaba la rigidez del dirigible.

Su teoría resultó ser correcta; vio que el pasillo comenzó a curvarse sobre sí mismo y se encontró con que estaba subiendo directamente por encima de las enormes bolsas. Zavala estaba en forma, pero jadeaba sonoramente cuando, al llegar a lo más alto, se encontró con otro pasillo triangular que corría en sentido longitudinal desde la proa a la popa de la aeronave. Esta vez le resultó fácil elegir. Alumbró con la linterna entre los soportes transversales. Vio un movimiento a lo lejos y oyó el eco de las pisadas.

Zavala echó a correr; debía detener a Cara Cortada antes de que llegara a la cabina de mando y diera la voz de alarma. Llegó a otro cruce donde el pasillo atravesaba otro de los anillos de soporte. No vio ni oyó nada que pudiera indicarle cuál era el camino que seguía Umealiq. Se hizo una composición mental del interior de la aeronave.

Si imaginaba un reloj; el pasillo estaría en la posición de las doce. El pasillo transversal que había visto antes estaba a las ocho. Para mantener la rigidez de los anillos, tendría que haber un tercer pasillo a las cuatro. Quizá podría cerrar el paso a Cara Cortada en aquel punto.

Comenzó a bajar por el anillo. Casi gritó de alegría cuando llegó al tercer pasillo transversal. Corrió por este tomando la precaución de detenerse a escuchar en cada anillo. Calculaba que Cara Cortada intentaría acercarse lo más posible a la proa antes de descender a la cabina de control por uno de los anillos.

En el tercer cruce de la quilla con un anillo, Zavala oyó el repiqueteo metálico de las botas de alguien que bajaba por la escalerilla metálica. Esperó pacientemente hasta que oyó una respiración muy fuerte. Encendió la linterna. El rayo alumbró al kiolya que se sujetaba a los peldaños como una araña gigante. El asesino, al ver que le habían cortado el paso, intentó subir.

—¡Quédate donde estás! —le ordenó Zavala, y levantó la escopeta.

Umealiq se detuvo y miró a Zavala con una mueca repugnante.

—¡Imbécil! —gritó—. ¡Venga, dispara! Habrás firmado tu sentencia de muerte. Si fallas y le das a uno de los depósitos de hidrógeno, el dirigible se incendiará y tú y tu compañero moriréis.

Zavala contuvo una sonrisa ante aquella bravata. Como ingeniero, conocía muy bien las propiedades de los diversos elementos. Sabía que el hidrógeno era inflamable, pero a menos que utilizara una bala explosiva, la combustión era poco probable.

—Me parece que te equivocas. Solo abriría un agujero en uno de los depósitos.

La sonrisa malvada se esfumó. Umealiq se inclinó en la escalera y apuntó a Zavala con el arma. La escopeta tronó una vez. El proyectil alcanzó al kiolya en la mitad del pecho y lo arrancó de la escalerilla. Zavala se apartó para esquivar el cuerpo que se estrelló a sus pies. En el rostro de Umealiq apareció una expresión de asombro.

—También te has equivocado en otra cosa —dijo Zavala—. Yo no fallo.

Mientras Zavala perseguía a Cara Cortada, Austin continuaba luchando por su vida. Una vez más, había levantado la mano izquierda para contener la muñeca de Barker con el canto y detener el cuchillo cuando estaba a punto de cortarle el cuello. Intentó utilizar la derecha para sujetar a Barker por la garganta, pero el hombre se echó hacia atrás. Con los dedos, Austin le arrancó las gafas. Se encontró mirando los ojos de serpiente del científico. Austin se quedó paralizado por un momento y aflojó la presión en la muñeca. Barker tiró el brazo hacia atrás, preparado para un nuevo ataque.

Austin buscó desesperadamente en la superficie de la mesa algo que pudiera utilizar como arma contra Barker. Se quemó los dedos. Su mano había tocado una de las lámparas halógenas que iluminaban el mapa. Cogió la lámpara por el pie y la empujó contra el rostro de Barker con la intención de quemarlo. Barker consiguió detener el golpe, pero no pudo detener la luz. Fue como si Austin le hubiese echado ácido en los ojos. Soltó un alarido y levantó las manos para protegerse los ojos. Retrocedió tambaleándose, al tiempo que maldecía en su lengua nativa. Austin lo observó asombrado ante el daño que había conseguido hacerle con una bombilla eléctrica.

Barker escapó a tientas de la habitación. Austin recogió la espada y fue tras él. En su prisa por atrapar a Barker antes de que pudiese llegar a la cabina de control, Austin olvidó andar con precaución, y Barker lo estaba esperando en la bodega con los tanques llenos de peces. Atacó por sorpresa al hombre de la NUMA en cuanto este cruzó la puerta; el cuchillo se clavó en las costillas en el lado opuesto a la herida anterior. Austin dejó caer la espada y se desplomó desde la pasarela sobre las tapas de plástico que cubrían los tanques. Notó cómo la sangre empapaba la camisa.

Oyó la siniestra carcajada de Barker, que se encontraba en la pasarela alumbrado por el resplandor azul de los tanques. Miraba a un lado y a otro, y Austin se tranquilizó un poco al ver que aún estaba ciego. Intentó ponerse de pie. Los peces, debajo de la tapa, se revolvieron en el agua al ver sus movimientos y oler la sangre. Barker volvió la cabeza hacia donde estaba Kurt.

—Así es, señor Austin. Aún no puedo ver. Sin embargo mi muy agudo sentido del oído me proporciona otro tipo de visión. En el reino de los ciegos, el hombre que oye mejor es el rey.

Barker pretendía que Austin cayera en la trampa de responderle. Austin perdía sangre y no sabía durante cuánto tiempo podría mantenerse consciente. Zavala podía estar muerto. Estaba librado a su suerte. Solo tenía una posibilidad. Comenzó a abrir la tapa del tanque que tenía a su lado y gimió para disimular el ruido.

La cabeza del científico se detuvo como una antena de radar que ha fijado el objetivo. Sus ojos casi blancos se clavaron en Austin.

—¿Está herido, señor Austin? —preguntó con una sonrisa.

Avanzó unos pasos por la pasarela. Austin gimió de nuevo y deslizó la tapa del tanque unos centímetros más. Barker abandonó la pasarela para caminar lentamente por las tapas de los tanques. Austin miró la abertura. Aún no llegaba a los treinta centímetros. Otra vez fingió un gemido mientras ensanchaba la abertura un poco más.

Barker se detuvo y escuchó como si sospechara algo.

—Que te zurzan, Barker —dijo Austin—. Estoy abriendo las compuertas.

El rostro del científico se descompuso en un gesto de furia y gritó como una fiera hambrienta. No llegó a oír el ruido de la tapa que Austin había conseguido correr un palmo más; para entonces ya había pisado en el vacío. Desapareció de la vista y luego su cabeza asomó en la superficie. Su rostro reflejó miedo al darse cuenta de dónde estaba. Se aferró al borde del tanque e intentó levantarse por sus propios medios. Al principio, el pez transgénico que ocupaba el tanque se había asustado por aquella intrusión, pero ahora se movía entre las piernas del hombre, excitado por la sangre de la herida de Austin que goteaba en el agua.

Austin se puso de pie y con total frialdad levantó la compuerta. Barker ya había conseguido sacar medio cuerpo fuera del agua cuando lo alcanzaron los peces del otro tanque. Su rostro se puso todavía más blanco y luego se hundió. Durante unos segundos el agua pareció hervir cubierta por una espuma sanguinolenta.

Austin desconectó la alarma y volvió tambaleante a la sala de los mapas, donde encontró un botiquín. Improvisó un vendaje para cortar la hemorragia. Luego recuperó la espada; se disponía a salir en busca de Zavala para ver si necesitaba ayuda, cuando su compañero apareció en la puerta.

—¿Dónde está Barker? —preguntó Zavala.

—Tuvimos un desacuerdo que lo hizo trizas. —En el rostro de Austin apareció una sonrisa—. Ya te lo contaré más tarde. ¿Qué ha pasado con Cara Cortada?

—Sufrió un ataque de gases mortal —respondió Zavala. Miró en derredor—. Quizá sería el momento adecuado para apearnos de este trasto.

—Comenzaba a disfrutar del viaje, pero creo que tienes toda la razón.

Fueron apresuradamente hacia la cabina de control. Solo había tres hombres. Uno de ellos se ocupaba de la rueda del timón situada en el extremo más alejado de la cabina. Otro se encargaba de una rueda similar colocada en la banda de babor. Un tercero, que parecía estar al mando, daba las órdenes. Fue este quien echó mano a la pistola cuando vio entrar a Austin y Zavala. Kurt no estaba de humor para soportar más tonterías.

Apoyó la punta de la espada en la garganta del hombre.

—¿Dónde están los demás? —preguntó.

El miedo reemplazó al odio en los ojos oscuros del kiolya.

—Se ocupan de las amarras para el aterrizaje.

Zavala lo cubrió mientras Austin bajaba la espada y se acercaba a una de las ventanas de la cabina. Vio una docena de cuerdas que colgaban a todo lo largo del zepelín. Los focos iluminaban los rostros de los hombres que esperaban en tierra para sujetar las cuerdas y arrastrar el dirigible hasta una torre de amarre. Se volvió y ordenó al comandante que él y sus hombres abandonaran la sala de control. Después cerró la puerta y la atrancó.

—¿Qué te parece? —le preguntó a Zavala—. ¿Crees que podrás pilotar esta antigualla?

—Es como pilotar un barco. La rueda de delante controla el timón. La otra controla los elevadores. Yo me ocuparé de ella. Puede necesitar una mano suave.

Austin se acercó a la rueda del timón. El dirigible estaba inclinado hacia proa y esto le permitía ver con claridad todo lo que ocurría en tierra. Algunos de los equipos ya sujetaban las cuerdas de amarre. Respiró profundamente antes de decirle a su compañero:

—Venga, a volar.

Zavala hizo girar la rueda, pero el dirigible no se levantó. Austin aceleró los motores a media potencia. La aeronave comenzó a moverse, pero sin conseguir librarse de las amarras.

—Necesitamos más potencia —dijo Zavala.

—¿Qué tal si soltamos un poco de lastre?

—Podría funcionar.

Austin echó una ojeada a los paneles de control hasta que encontró lo que buscaba.

—Sujétate.

Pulsó un botón. Cuando se vaciaron los tanques se oyó un ruido como el de un desagüe gigante. Centenares de peces y miles de litros de agua escaparon por los tubos instalados en el vientre del aparato y cayeron sobre los hombres que estaban en tierra. Los hombres soltaron las amarras y echaron a correr. Aquellos que no reaccionaron a tiempo se levantaron por los aires cuando el dirigible subió bruscamente como resultado de la descarga de lastre. Luego ellos también se dejaron caer.

El zepelín se movió hacia delante y subió hasta quedar fuera de la zona de amarre. Austin comprobó que manejar la rueda del timón, tal como le había dicho Zavala, era muy parecido a timonear un barco. La enorme masa que tenían por encima de sus cabezas tardaba un poco en responder a la maniobra. Puso rumbo a mar abierto. En el reflejo dorado del sol naciente, vio la silueta de un barco fondeado a unas millas de la costa. Luego le distrajeron los golpes que descargaban contra la puerta de la cabina.

—Creo que ha terminado la fiesta de bienvenida, Joe —gritó por encima del hombro.

—Ni siquiera sabía que nos habían dado la bienvenida, pero no voy a discutir contigo.

Austin mantuvo el rumbo hacia la embarcación, y cuando estuvieron cerca, redujo la velocidad de los motores al mínimo. Zavala accionó los elevadores para subir un poco la proa del zepelín. Después se asomaron a las ventanas y cogieron un par de cuerdas de amarre. Austin tuvo algunas dificultades para sujetarse debido a la herida, pero consiguió afirmar bien las piernas alrededor de la cuerda y controlar el descenso bastante bien. Comenzaron a bajar hacia el mar mientras el dirigible ganaba altura.

Paul, que estaba de guardia, había oído el sonido inconfundible de unos motores de gran potencia. Algo volaba sobre las instalaciones de Oceanus. Unos minutos antes, los haces de los reflectores habían cruzado el aire. Luego vio una silueta y a continuación las luces iluminaron un gigantesco dirigible. La aeronave viró hacia el mar y fue perdiendo altura poco a poco a medida que se acercaba al barco.

Despertó a Gamay y le pidió que llamara al resto de la tripulación. Temía que Oceanus hubiese pedido apoyo aéreo. El capitán apareció en la cubierta con una expresión somnolienta.

—¿Qué pasa? —preguntó.

Paul le señaló el zepelín que se acercaba, resplandeciente como si estuviese en llamas bajo los rayos dorados del sol naciente.

—Será mejor que nos pongamos en marcha. No sé si ese trasto es amigo o enemigo.

El capitán se despertó del todo en un santiamén. Corrió al puente.

También el profesor Throckmorton apareció en la cubierta.

—¡Dios mío! —exclamó el científico—. No había visto nunca un objeto volador de ese tamaño.

Los motores se pusieron en marcha y el barco comenzó a alejarse. Todos observaron con inquietud cómo la aeronave recortaba la distancia. El vuelo era un tanto errático, como si avanzara en zigzag, al tiempo que bajaba y subía la proa. No obstante, una cosa estaba clara: iba directamente hacia ellos. Ahora volaba tan bajo que las cuerdas colgadas de la panza rozaban las olas.

Gamay no había dejado de mirar la cabina de mando. Vio aparecer unas cabezas en las ventanas, y después a dos hombres que se descolgaban por las cuerdas. Se las señaló a Paul, y una amplia sonrisa apareció en el rostro de su marido. El capitán había vuelto a cubierta. Paul le pidió que detuviera el barco.

—Nos alcanzarán —protestó el marino.

—De eso se trata, capitán, que nos alcancen.

El capitán volvió a correr hacia el puente aunque sus quejas se oían con toda claridad. Paul y Gamay prepararon la lancha neumática con la ayuda de algunos tripulantes. Las máquinas se pararon y el barco se detuvo; la gigantesca silueta del zepelín parecía ocupar todo el cielo. Cuando la aeronave estaba a punto de cruzar la proa de la embarcación, las dos figuras que se descolgaban por las cuerdas se dejaron caer al mar. La lancha neumática solo tardó unos segundos en llegar junto a las cabezas que asomaban en el agua. Paul y Gamay ayudaron a subir a Zavala y a Austin.

—Muy amable de vuestra parte dejaros caer por aquí —comentó Paul.

—Y muy amable de la vuestra venir a recogernos —replicó Austin.

Incluso mientras sonreía, Austin no perdía de vista el zepelín. Para su tranquilidad, vio que se nivelaba y viraba para seguir un rumbo que lo alejaba del barco. Los hombres de Barker habían derribado la puerta de la sala de control y habían recuperado los mandos. De haber querido, les hubiese costado muy poco hacer trizas la embarcación y matar a todos los que se encontraban a bordo con sus armas automáticas. Pero ahora los kiolya sin Toonook, su gran líder, estaban perdidos.

Al cabo de unos minutos, manos amigas ayudaron a Austin y a los demás a subir a bordo de la embarcación científica. Llevaron a Austin y a Zavala a los camarotes y les dieron ropa seca. Gamay se ocupó de limpiar y vendar la herida de Austin. Quizá necesitaría unos puntos de sutura pero, a pesar de su aspecto, la herida no era agrave. Austin decidió verlo por el lado bueno y se consoló con la idea de que ahora tenía cicatrices a juego. Estaban sentados con los Trout en la cocina, con sendas tazas de café bien cargado, cuando el cocinero, un hombre de Terranova, les preguntó si querían desayunar.

Austin se dio cuenta de que no habían probado bocado desde el día anterior. Por la mirada que le dirigió Zavala adivinó que él también estaba muerto de hambre.

—Cualquier cosa que nos quiera preparar —respondió Austin—. Solo asegúrese de que sea abundante.

—Puedo prepararles tortitas de pescado y huevos —dijo el cocinero.

—¿Tortitas de pescado? —preguntó Zavala.

—Sí. Es un plato típico de Terranova.

Austin y Zavala intercambiaron una mirada.

—No, gracias —contestaron a coro.

40

Tal como había prometido, Bear se presentó.

Therri se había puesto en comunicación con el piloto a través de la radio, y después de explicarle que debía evacuar a casi cincuenta personas, le pidió ayuda. Sin hacer preguntas, Bear reunió a todos los pilotos en un radio de ciento cincuenta kilómetros que, como él, trabajaban por libre. Los hidroaviones llegaron desde todas las direcciones para recoger a los pasajeros que esperaban en la orilla del lago. Los viejos y los enfermos se marcharon primero, después los jóvenes. Therri permaneció en la playa, con una sensación de alivio y tristeza, y se despidió de su nueva amiga Rachael.

La herida de Ryan justificó que viajara en uno de los primeros aviones. Con el hombro vendado para cortar la hemorragia y prevenir las infecciones, él y los demás fueron trasladados a un pequeño pero bien equipado hospital provincial. Los hermanos Aguírrez, que disponían de su propio medio de transporte, llamaron al Eurocopter, que los llevó de regreso al yate con la noticia de las bajas sufridas.

Antes de marcharse, Ben y algunos de los jóvenes de la tribu cruzaron de nuevo el lago para ver qué quedaba de las instalaciones de Barker. A su regreso, informaron que no quedaba nada. Cuando Therri preguntó por el destino de los peces transgénicos que había visto, Ben se limitó a sonreír y dijo: «Acabaron en la barbacoa».

Therri, Ben y Mercer fueron los últimos en marcharse. Esta vez, los dados colgados en la cabina de Bear les dieron ánimos. Mientras el hidroavión sobrevolaba el inmenso bosque, vio una gran zona ennegrecida en el lugar donde habían estado las instalaciones de Barker.

—Por lo que se ve allá abajo se ha producido un incendio —gritó Bear para hacerse escuchar por encima del ruido del motor—. ¿Ustedes saben algo al respecto?

—Alguien que se habrá descuidado mientras asaba unas costillas —respondió Mercer. Al ver la expresión escéptica en los ojos del piloto, añadió con una sonrisa—: Cuando regresemos, le contaré toda la historia mientras nos tomamos una cerveza.

Tuvieron que tomar unas cuantas.

Austin y Zavala, mientras tanto, disfrutaron de su encuentro con los Trout y del plácido viaje de regreso en la embarcación de Throckmorton. El profesor no salía de su asombro ante la revelación de los disparatados planes de Barker, y prometió presentarse como testigo en el comité del senador Graham, después de informar al Parlamento canadiense de los peligros de los peces transgénicos.

De regreso en Washington, Austin se reunió con Sandecker para informarle de la misión. El almirante escuchó el relato de la muerte de Barker sin perderse detalle, pero demostró mucho más interés por *Durandarte*. Sostuvo la espada como si fuese una delicada joya.

A diferencia de muchos marinos, Sandecker no era supersticioso, así que Austin lo miró sorprendido cuando el almirante contempló la resplandeciente espada y murmuró:

—Esta espada está embrujada, Kurt. Parece tener vida propia.

—Yo tuve la misma sensación —admitió Austin—. Cuando la empuñé por primera vez, me pareció como si una corriente eléctrica se transmitiera de la empuñadura a mi brazo.

Sandecker parpadeó como si saliera de un encantamiento, y guardó la espada en la vaina.

—No son más que estúpidas supersticiones, por supuesto.

—Por supuesto. ¿Qué quiere que hagamos con ella?

—Eso lo tengo muy claro. Se la devolveremos al último propietario legítimo.

—Roldán está muerto, y si la momia que vi era la de Diego, no creo que vaya a reclamar que le devolvamos a *Durandarte*.

—Ya me lo pensaré. ¿Le importa si me la quedo hasta que tomemos una decisión?

—En absoluto, aunque podría utilizarla para abrirme paso entre el papeleo.

Sandecker encendió el puro y arrojó la cerilla a la chimenea. Con su sonrisa de cocodrilo, comentó:

—Siempre me ha parecido que el fuego es lo más efectivo a la hora de ocuparse del ingente papeleo que produce nuestra burocracia.

La llamada de Sandecker llegó un par de días más tarde.

—Kurt, si tiene un momento, por favor, venga a mi despacho. Tráigase también a Joe. Aquí hay unas personas que quieren verles.

Austin encontró a Zavala en el laboratorio de diseño de vehículos submarinos y le transmitió el mensaje de Sandecker. Llegaron a la puerta del despacho del almirante al mismo tiempo. La recepcionista les dedicó una sonrisa y los invitó a pasar. Sandecker los recibió en la puerta y los acompañó al centro de mando de la NUMA.

—Kurt. Joe. Les agradezco que hayan venido —manifestó efusivamente, al tiempo que los cogía del brazo.

Austin sonrió al oír la bienvenida del almirante. No se podía hacer otra cosa que obedecer a la llamada de Sandecker. Aquellos que llegaban tarde o no se presentaban sufrían todo el peso de la ira del almirante.

Detrás de director de la NUMA estaban Baltasar Aguírrez

y sus dos hijos. Baltasar no disimuló su alegría al ver a Austin. Estrechó con entusiasmo la mano de Austin y luego la de Zavala.

—Le pedí al señor Aguírrez y a sus hijos que vinieran para agradecerles su ayuda en Canadá —explicó Sandecker—. Estábamos hablando de su misión.

—No hubiésemos podido hacer nada sin su ayuda —manifestó Austin—. Siento mucho la pérdida de sus pilotos y el helicóptero. También la herida de Pablo.

Aguírrez agitó una mano como si quisiera quitarle importancia a la disculpa.

—Gracias, amigo mío. El helicóptero no era más que una máquina y se puede reemplazar sin problemas. Como ve, la herida de mi hijo está prácticamente cicatrizada. Lamento la muerte de los pilotos, pero como todos los hombres de mi tripulación, eran mercenarios muy bien pagados y conocían perfectamente los peligros de la profesión que habían escogido.

—De todas formas, fue una trágica pérdida.

—Desde luego. Estoy muy complacido con el éxito de la misión, pero ¿tiene usted alguna noticia sobre el paradero de la espada y el cuerno?

—Todo indica que sus reliquias han realizado un largo y duro viaje —declaró Sandecker—. Con la ayuda de un diario de a bordo que Kurt encontró en el macabro museo de Barker, hemos podido reconstruir toda la historia. Su antepasado, Diego, cruzó el Atlántico hasta las islas Feroe, aunque nunca llegó a tierra. Él y sus hombres murieron, probablemente de alguna enfermedad. La nave fue a la deriva por los hielos polares. El zepelín encontró la carabela centenares de años más tarde durante un vuelo secreto al Polo Norte, y recuperaron el cadáver de su antepasado. Algún fallo mecánico obligó al dirigible a aterrizar en el hielo. Los kiolya los encontraron, y se llevaron los cuerpos de Diego y del capitán del zepelín, Heinrich Braun.

—Kurt ya me explicó toda esa historia —dijo Aguírrez, impaciente—. ¿Qué hay de las reliquias?

—Caballeros, perdonen mi descortesía —interrumpió Sandecker—. Por favor, siéntense. Creo que es el momento de tomar un brandy.

El almirante señaló a sus invitados las cómodas butacas tapizadas delante de su enorme mesa escritorio y se acercó a un bar disimulado detrás de un panel. Sacó una botella y sirvió a cada uno una copa. Acercó la suya a la nariz, cerró los ojos y aspiró el aroma. Después abrió la caja de puros y sacó un puñado de su marca particular. Repartió los puros y se palmeó el bolsillo de la chaqueta.

—Creo que he perdido el cortapuros. ¿Alguno de ustedes tiene un cortaplumas, caballeros? No importa. —Metió la mano debajo de la mesa, sacó una vaina y la dejó sobre el escritorio.

Los ojos oscuros de Baltasar se abrieron en una expresión de asombro. Se levantó de la silla, cogió la vaina y la acunó entre las manos como si estuviera hecha de cristal. Con dedos temblorosos, desenfundó la espada y la sostuvo por encima de la cabeza. Parecía Carlomagno redivivo llamando a sus legiones a la batalla. De sus labios escapó el nombre de la espada:

—*Durandarte*.

—El cuerno llegará dentro de unos días, junto con los restos de su antepasado —dijo Sandecker—. Me pareció que quizá le gustaría colocar las reliquias junto con su legítimo dueño.

Aguírrez volvió a guardar la espada en la vaina y se la pasó a sus hijos.

—El dueño legítimo es el pueblo vasco. Utilizaré la espada y el cuerno de Roldán para asegurar que los vascos obtengan finalmente su soberanía. —Sonrió—. Por la vía pacífica.

La satisfacción por el éxito de su gesto teatral fue evidente en los ojos azules de Sandecker. Levantó la copa.

—Brindemos para que así sea.

Horas más tarde, Ryan llamó a Austin para decirle que estaba de regreso en Washington. Le preguntó si podía encontrarse con él en el «lugar habitual». Austin llegó a Roosevelt

Island unos minutos antes de la hora convenida. Estaban esperando delante de la estatua cuando vio que se acercaba Ryan. Austin advirtió que aún estaba pálido y delgado como consecuencia de la herida. Había algo más. La arrogante inclinación de la barbilla y la sonrisa de sabelotodo que estropeaban sus bellas facciones y que tanto le irritaban habían desaparecido. Ryan parecía más serio y maduro. El director de los centinelas sonrió mientras le tendía la mano.

—Gracias por venir, Kurt.

—¿Qué tal está?

—Aún tengo la sensación de que me utilizaron como diana en una práctica de tiro.

—Lamento no poder decirle que uno se acostumbra —manifestó Kurt, al recordar las cicatrices de las balas y los cortes que marcaban su cuerpo—. Sin embargo, saber que acabó con los planes de Barker tuvo que ser un buen calmante para su dolor. Mi enhorabuena.

—No podría haberlo hecho sin la ayuda de Ben, Chuck, y Diego Aguírrez.

—No sea modesto.

—Usted es quien se hace el modesto. Estoy al corriente de sus aventuras a bordo del zepelín.

—Espero que alabarnos continuamente no se convierta en una costumbre —comentó Austin—. No quiero estropear una magnífica relación.

Ryan se echó a reír.

—Le pedí que viniera para disculparme. Sé que me he comportado como un asno.

—Nos puede pasar a todos.

—Hay algo más. Intenté valerme de Therri para conseguir su ayuda.

—Lo sé. También sé que Therri no es una persona que se deje utilizar.

—En cualquier caso quería disculparme antes de marcharme.

—Suena como si fuera a desaparecer con la puesta de sol.

—¿Como Shane? No, todavía no estoy preparado para eso. Me voy a Bali durante unos días para ver si podemos detener el comercio ilegal de tortugas marinas. Luego tengo que ayudar a la protección de los leones marinos en las costas sudafricanas y ver cómo podemos combatir la caza furtiva en la reserva marina de las Galápagos. En los ratos libres, recolectaré fondos para la compra de otro barco.

—Un programa muy ambicioso. Buena suerte.

—La necesitaré. —Ryan consultó su reloj—. Lamento tener que salir corriendo, pero es hora de formar a la tropa.

Fueron juntos hasta el aparcamiento, donde se despidieron con otro apretón de manos.

—Tengo entendido que tiene una cita con Therri a finales de semana.

—Saldremos a cenar en cuanto consigamos acabar con el papeleo amontonado.

—Le prometo que no les interrumpiré como hice en Copenhague.

—No se preocupe —respondió Austin. Miró el cielo con una sonrisa misteriosa en su rostro—. Esta vez llevaré a Therri a cenar a un lugar donde nadie nos interrumpirá.

41

—¿Un poco más de champán, mademoiselle? —preguntó el camarero.

—Gracias —respondió Therri con una sonrisa.

El camarero llenó la copa de fino cristal y giró la botella de Moët con un toque profesional. Luego, con un sonoro taconazo, volvió a su puesto, dispuesto a acudir a la menor señal. Iba impecablemente vestido, los cabellos negros peinados con gomina, y un bigotillo adornaba su labio superior. Mantenía una actitud perfecta; un cortés distanciamiento combinado con una constante atención.

—Es maravilloso —susurró Therri—. ¿Dónde lo has conseguido?

—Directamente del Orient Express —dijo Austin. Al ver la duda en el rostro de la muchacha, añadió—: Está bien, confieso. Lo pedí prestado al servicio de comedores de la NUMA. Trabajaba como jefe de sala en La Tour d'Argent en París antes de que Sandecker lo contratara para organizar los comedores de la NUMA.

—Ha hecho un trabajo sobresaliente en la organización de nuestra cena —afirmó Therri. Ocupaban una mesa para dos. El mantel era de hilo. La vajilla y la cubertería de plata art déco. La indumentaria era formal. Therri llevaba un vestido negro sin tirantes, y Austin había reemplazado el esmoquin que había roto en la carrera de trineos en Washington. Ella le señaló con un gesto el cuarteto de cuerda que interpretaba a Mozart. Supongo que pertenecen a la sinfónica nacional.

En el rostro de Austin apareció una sonrisa tímida.

—Son amigos míos de la división de ingeniería de la NUMA que tocan los fines de semana para divertirse. Son muy buenos, ¿verdad?

—Sí, y también la cena. No sé quién es tu cocinero, pero... —Hizo una pausa al ver la mirada en los ojos de Austin—. No me lo digas. El cocinero también es de la NUMA.

—No. Es un amigo mío, Saint Julien Perlmutter. Insistió en cocinar para nosotros esta noche. Después te lo presentaré.

Therri bebió un sorbo de champán, y su expresión se ensombreció.

—Lo siento, pero no consigo olvidar al doctor Barker y las monstruosas criaturas que creó. Es como una pesadilla.

—Desearía que lo fuese. Barker y sus cómplices eran muy reales. También lo eran sus engendros.

—Qué hombre tan extraño y terrible. Creo que nunca sabremos cómo alguien tan brillante como él pudo convertirse en alguien tan malvado.

—Lo más sorprendente es cuando piensas que su antepasado, según todos los relatos, era un hombre bueno. El primer Frederick Barker vio que los esquimales morían de hambre e intentó que los otros capitanes balleneros dejaran de cazar morsas.

—Sus genes debieron de alterarse con el paso de las generaciones.

—Añade un poco de endiosamiento en el estofado genético y tienes al científico loco que se ve a sí mismo como la encarnación de un espíritu maligno.

—Es irónico, ¿verdad? —opinó Therri después de unos momentos de reflexión—. Barker era el producto de unos genes alterados. Fue precisamente el proceso que siguió en su laboratorio para convertir a unos peces inocentes en monstruos. Me estremezco cada vez que pienso en aquellas pobres criaturas deformes. —En sus ojos se reflejó una súbita inquietud—. Este es el final de esa insensata investigación, ¿no?

—Barker era un auténtico genio. No tomó ni una sola nota. Guardaba en su cerebro hasta el último detalle de sus investigaciones genéticas. Su experimento murió con él.

—Sin embargo, eso no impedirá que alguien con su misma inteligencia repita su trabajo.

—No, pronto taparán los huecos legales. No se permitirá la venta de pescado transgénico en Estados Unidos. Los europeos tampoco están dispuestos a incluirlos en el menú. Sin un mercado, no hay incentivo.

—¿Qué ha pasado con los miembros de la tribu kiolya?

—Están detenidos, muertos o prófugos. Sin Barker, que los convertía en asesinos, yo diría que han dejado de ser una amenaza. Las propiedades de Barker están a la venta. Los lobos están haciendo pedazos su corporación. Si me permites la pregunta, ¿qué piensas hacer con los centinelas?

—Nos separamos. He decidido que las misiones de comandos no son mi estilo. Me han ofrecido una trabajo como asesora de medio ambiente en el equipo del senador Graham.

—Me alegra saber que estarás por aquí.

El camarero se acercó con un teléfono negro y lo dejó en la mesa.

—El señor Zavala quiere hablar con usted.

—Siento interrumpirte la cena —dijo Zavala—. Te interesará saber que no tardaremos en empezar la aproximación.

—Gracias por el aviso. ¿Cuánto tiempo nos queda?

—El suficiente para un baile muy largo.

Austin sonrió mientras colgaba el teléfono.

—Era Joe desde la cabina de control. No tardaremos en aterrizar.

Therri contempló a través del ventanal el tapiz luminoso que se extendía muy abajo.

—Es precioso. Nunca olvidaré esta noche. ¿Cómo te las has apañado para conseguir que te dejaran el dirigible para una cena?

—Toqué algunas teclas. Los alemanes están ansiosos para reclamar la primera aeronave que aterrizó en el Polo Norte. Cuando me enteré que el zepelín volaría de Canadá a Washington, ofrecí los servicios de un piloto con experiencia, y a cambio reservé el comedor durante unas horas. Me pareció la única manera de que pudiéramos cenar sin que nos molestaran. —Consultó su reloj—. El piloto dice que tenemos tiempo para un baile.

—Me encantaría.

Se levantaron y Austin le ofreció el brazo. Fueron hasta la pista de baile en el bar. Kurt puso en marcha el tocadiscos y los suaves tonos de la música de Glenn Miller sonaron en la sala.

—Me pareció apropiado un poco de música de época.

Therri miraba a través de la ventana las luces de la gran ciudad de la costa Este. Se volvió para mirar a Kurt.

—Gracias por una velada excepcional.

—Todavía no ha terminado. Cuando aterricemos, podemos ir a tomar una copa a mi casa. ¿Quién sabe cómo acabará?

—Oh, sé muy bien cómo acabará —afirmó Therri con una sonrisa soñadora.

Austin la cogió entre sus brazos, olió su perfume y comenzaron a bailar entre las estrellas.